미중전쟁

미중전쟁

김진명 장편소설

쌤앤파커스

작가의 말

집필을 끝내고 저 멀리 월악산을 바라보며 차 한 잔을 마신다. 지난 시간이 주마등처럼 뇌리를 스쳐 지나간다.

아쉬움이 남는다.

사드.

우리 정치계가 사드는 단순한 포대 하나가 아니라 받으면 중국을 잃고 안 받으면 미국을 잃는 메가톤급 재앙이라는 나의 메시지를 진지하게 받아들였다면 이토록 문제가 꼬이진 않았을 것이다.

어차피 성주에 놓고 미군을 보호할 용도라면, 왜 캠프 캐럴 같은 널찍한 부지를 지목해 미군 스스로 알아서 하도록 하지 못했나 하는 유감이 남는다.

그리고 ICBM.

나는 25년 전 한반도의 핵개발을 소재로 작품을 발표했던 작가로서, 작금의 이 벼랑 끝 상황에서 내가 해야 할 역할이 무엇인지 깊고 아프게 고뇌했다.

어떻게 해야 미·중·러·일의 이해가 실타래처럼 얽혀 있는 이 한반도에서, 위기의 씨줄과 날줄을 넘나들며 끊임없는 공포를 조장하는 북핵 문제를 해결할 수 있을까.

그리하여 나는 이 책 《미중전쟁》을 쓰게 되었다.

지금 우리 사회는 이참에 미국과 더불어 북한 핵을 완전히 끝장내는 게 옳은지, 무슨 일이 있어도 무력충돌만은 안 된다는 마지노선을 지키는 게 옳은지 의견이 갈리고 있다.

여기에 더해 사드 보복으로 한중관계까지 뒤틀려 있지만 나는 정말 두려운 건 북핵도, 트럼프의 불가측성도, 중국의 경제 보복도 아니라는 생각이 든다.

문제는 우리가 분명한 시각이나 태도를 취하지 않고 그저 눈치만 본다는 사실이다.

그간 미국과 중국, 심지어 핵개발 당사자인 북한의 눈치까지 보는 게 대한민국 북핵 외교의 알파요, 오메가였다. 그리하여 미국이 화내면 미국을 달래다 정확히 그 반대편에 서 있는 중국을 분노케 하고, 다음엔 중국 편으로 달려가 비위를 맞추다 다시 미국의 배신감을 초래하곤 했다.

인류의 역사는 이러한 시계추 같은 처신이 어떠한 결과를 야기하는지 너무도 뚜렷하게 보여준다. 실제 우리는 지난 세기 초 지금과 똑같이 열강 사이를 돌아다니다 결국 누구도 동행으로 만들지 못하고 나라를 빼앗기고 말지 않았던가.

내가 하고 싶은 얘기는 오직 하나. 이렇듯 물속에 몸을 숨긴 채 잠망경만 내놓고 눈치를 보다가는 우리가 설 자리를 스스로 잃어버리고 만다는 지극히 간단한 진리이다.

우리는 결연히 몸을 드러내고 대한민국의 원칙과 입장이 어떤 것인지 천명하고, 이 노선으로 국내의 보수도 진보도, 미국도 중국도 북한도 모두 이끌어가야 한다.

원산 앞바다까지 가공할 위력의 B-1B 폭격기를 들이대는 미국과 워싱턴까지 날아가는 대륙간탄도탄을 거리낌 없이 발사하는 북한 사이에서 조금만 삐끗해도 전쟁이 터지는 일촉즉발의 상황인데, 눈치 보는 것 외에 무엇을 할 수 있을까라고 생각해선 안 된다.

힘이 없을수록, 어려운 상황일수록 더욱더 원칙에 기대야만 하는 것이다.

북한에 대해선 핵 포기가 없는 한 어떤 타협도 대화도 없다는 원칙, 미국에 대해선 어떤 군사작전도 반드시 우리의 동의를 얻어야 한다는 원칙, 중국에 대해선 이 순간 이후 어떤 치졸한 보복도 용납하지 않는다는 원칙을 천명하고 그것을 굳게 지켜나갈 때에만 우리가 원하는 대로 북핵 문제가 풀린다는 사실을 나는 말하고 싶다.

용기와 결단 없이 해결할 수 있는 난제는 없다.

김선동 회장님, 이태호 운전병과 탈고의 기쁨을 같이 나눈다.

2017년 11월 마지막 날
제천에서

김진명

차 례

2부 백악관 워룸

1부 풍계리 수소폭탄

"개자식들! 70여 년 만의 복수요.

그동안 공화국이래 얼마나 불안해하며 살았소.

이제 수틀리면 너 죽고 나 죽자 식으로 나가는 거요.

동시에 수소폭탄을 다섯 발이고 열 발이고 쏘는데

놈들이 견뎌나갔소?"

1.

비엔나

비엔나 프라터 스트라세 31번지, 세계은행.

슈나이더 총재는 수화기를 타고 흘러나오는 워싱턴 김용 총재의 목소리에 미간을 찌푸렸다.

"아프리카에 보낸 우리 세계은행 자금이 거기서 초단기 투기 자본으로 돌아다니는 걸 알고 있나요?"

"요즘은 못 듣고 있는데요."

"바다 건너 여기서도 들리는데 거기 현장에서 전혀 듣지 못하고 있다고요?"

"그런 정보가 간혹 있기는 하지만 막상 조사에 들어가 보면 아무 문제가 없습니다. 처음부터 실체가 없는 허위 정보인지, 아니면 워낙 교묘하게 위장을 하고 있는지는 모르지만 말입니다."

"거기 계시는 총재께서 그런 걸 좀 세밀히 챙겨주셔야지, 자금이 줄줄 새고 있는데도 금시초문이라 그러시면 어떡해요? 유력한 정보에 따라 한 사람을 보냈으니 총재께서 그를 도와주세요."

"한 사람? 자금세탁을 조사하는 사람이란 말입니까?"

"그래요."

"그런데 한 사람이라고요?"

"그렇소."

"그 사람이 독일어는 합니까?"

슈나이더 총재는 비아냥거리는 투로 물었다. 국제적 규모로 이루어지는 자금세탁은 워낙 교묘해 수십 명의 조사요원이 달려들어도 실체를 파악하기 어려운데 단 한 사람이 워싱턴에서 비엔나로 날아온다니!

"업무를 수행할 수 있을 만큼은 할 거예요."

"업무를 수행할 수 있을 만큼? 그런데 언제 옵니까?"

"곧 그 건물에 들어설 테니 직원들이 눈치 채지 못하도록 은밀히 만나주면 좋겠군요."

"뭐라고요? 지금 들어선다고요?"

슈나이더 총재는 불쾌감을 숨기지 않았다. 조사요원이 건물에 들어설 즈음에야 자신에게 통보를 한다는 건 한마디로 세계은행 오스트리아 지부를 믿지 못함은 물론 총재인 자신조차 믿지 못한다는 얘기였다.

유럽이 지배적 지분을 갖고 있는 국제통화기금IMF과 달리 세계은행은 미국의 지분이 압도적이어서 워싱턴의 목소리에 따르지 않을 수는 없었지만, 어쨌거나 오늘 김용 총재의 전화는 지극히 못마땅한 것이었다.

"워싱턴에서 나한테 이렇게까지 할 걸로는 생각지 못했는데요."

슈나이더는 걷잡을 수 없는 분노에 책상 위에 놓인 던킨 도넛을 움켜쥐어 으스러뜨려버렸다. 세계 각국의 공적자금이 단기간 이자를 따먹으려 비엔나로 흘러들어오는 건 어제오늘의 일이 아니었다. 동유럽과 아프리카 각국의 국책은행들은 알게 모르게 세계은행이나 IMF의 지원금으로 돈 장난을 치고 있었고, 전혀 흔적이 남지 않는 비엔나는 그들이 가장 좋아하는 도시 중 하나였다.

그렇다 하더라도 노골적으로 자신까지 의심하는 워싱턴에 대한 분노가 슈나이더의 가슴 밑바닥에서부터 걷잡을 수 없이 치밀어올랐다.

"총재께 유감이 있는 건 아니오. 다만 비엔나라는 도시를 믿을 수 없을 뿐이오."

치미는 분노와 자괴감을 애써 누르며 슈나이더 총재는 전화를 끊은 다음 인터폰에 마뜩잖은 목소리를 밀어 넣었다.

"내려가 기다리다 미국에서 온 놈을 데려와."

워싱턴에서 날아온 조사요원은 의외로 밝고 젊은 사람이었다.

"김인철입니다. 잘 부탁드립니다."

슈나이더 총재는 조사요원이 젊은 사람이라는 데 놀랐고, 다음으로는 동양인이라는 데 다시 한 번 놀랐다. 온갖 나라의 사람들이 어울려 일하는 데 익숙한 세계은행임에도 불구하고 동양인이 조사요원으로 나타났다는 사실은 슈나이더 총재에게 낯설기 짝이 없었다.

조금 전 통화에서 느꼈던 분노를 채 누그러뜨리지 않은 채 슈나이더는 영어 대신 독일어로 거칠게 물었다.

"김용과 같은 성을 쓰는 걸로 보아 당신은 한국인인 모양이오."

"그렇습니다."

대답과 동시에 인철이 가방에서 서류를 꺼내 슈나이더에게 내밀자 슈나이더는 더욱 거센 분노에 휩말렸다. 조사요원들이 조사 및 보안 유지에 관한 각서를 들이미는 건 이해한다손 치더라도 이 젊은 친구는 너무 빠른 것이었다. 지금 자신이 간신히 분노를 억누른 채 인사를 나누는 건 그나마 최소한의 예의를 지키려는 성의였다.

"이게 뭐요?"

"제 이력서입니다."

"이력서?"

활활 타는 눈길을 인철이 내민 서류에 옮긴 슈나이더 총재의 동공에 찬찬히 초점이 잡혔다. 거기에는 정말 워싱턴에서 도깨비처럼 나타난 조사요원의 경력과 심지어는 자기소개서까지 첨부되어 있었다.

"이건……."

"잠시나마 슈나이더 총재님 밑에서 일하게 되었기에 드리는 게 예의일 것 같아서요."

슈나이더는 놀라움에 찬 시선을 인철의 얼굴로 옮겼다. 김용 총재에게 느꼈던 불쾌감이 순식간에 씻은 듯 사라지는 것 같았다. 워싱턴에서 날아오는 조사요원이란 어딘지 음산한 눈초리에 무례하고 거만한 태도, 그리고 안하무인의 말투로 상대를 형사 피의자 대하듯 하기 마련이었지만 이 조사요원은 전혀 달랐다.

대개의 조사요원들이 잘 내놓지도 않는 명함 대신 두툼한 이력서를 내놓자 인철을 대하는 슈나이더 총재의 표정에 아연 화색이 돌았다. 그는 말투마저 바꾸었다.

"여행은 힘들지 않았소?"

"감사합니다. 편히 왔습니다."

급속히 선의를 머금은 슈나이더 총재의 눈길이 한 줄 한 줄 이력서를 따라 내려갔다.

대한민국 육사 출신. 2학년 때 최고의 생도 단 한 명에게만 주어지는 기회를 얻어 함부르크의 독일 육사에서 연수. 탄탄한 입지였지만 소대장 임지인 전방 부대에서 지뢰가 터져 부하 병사 두 명이 부상을 당하자 전역. 그 후 로스쿨에 진학하여 변호사 자격증을 취득한 다음 2년간 한국의 로펌에서 일하다 세계은행 법무팀에 입사. 이상이 이력서와 자기소개서에서 읽히는 조사요원의 경력이었다.

"음."

슈나이더는 이 젊은 직원이 어떻게 경력 20년 이상의 베테랑들에게나 주어지는 조사 업무를 갖고 파견되어 왔는지 이해가 되지 않았지만, 세계은행 지원금 유용에 관한 조사라는 임무를 띠고 왔으니만치 필시 잿빛 깐깐함과 집요함으로 비엔나 금융계를 뒤집어놓으려 들 것이었다.

그리고 지금의 이 놀라운 처세는 아마도 자신의 정체를 숨기기 위한 나름의 변장술일 것이라 생각하면서도 슈나이더 총재의 기분은 고조되었다. 흐흐. 이력서를 들고 온 조사요원이라니.

오스트리아 재무부 차관 출신인 슈나이더 총재는 노련하고도 노회한 사람이었다. 세계은행의 유럽 지부 중에서도 비엔나 지부는 그만의 독특한 위상을 차지하고 있었다. 그 이유는 비엔나가 오랫동안 동유럽의 관문 역할을 해왔다는 지리적·정치적 특성에 있지만, 정재계를 자유자재로 넘나드는 폭넓은 인맥을 가진 슈나이더의 개인적 역량 또한 크게 작용했음을 부인할 수 없었다.

슈나이더는 눈을 들어 인철의 얼굴을 찬찬히 살폈다. 짙은 눈썹과 깊은 눈매, 그리고 또렷한 눈초리는 만만치 않은 의지와 고집을 가진 것으로 느껴졌으나 선량한 심성이 전해져 오는 느낌에 슈나이더 총재는 편한 말투로 물었다.

"그런데 독일어가 유창하군. 워싱턴에서 오는 사람들은 독일어를 거의 못하던데."

"과찬이십니다. 제가 청년 시절 독일에서 수학하고 그 후로 독일어에 매력을 느껴 지금까지 손에서 놓고 있지는 않습니다만 빈약할 뿐입니다."

"여하튼 잘 왔네. 그런데 내가 어떻게 도와주면 되겠나?"

"일단 저의 임무가 알려져선 안 될 것 같습니다. 그냥 워싱턴에서 업무 협의차 출장 온 평범한 직원으로 대해주십시오."

"알겠네."

"그리고 블랙마켓의 큰손을 한 사람 소개해주십시오."

"그런데 자네가 여기서 구체적으로 하려는 일이 뭔가? 김 총재 말로는 아프리카 몇 개국에 지원한 돈이 여기서 초단기 투기 자본으로 쓰이고 있는 것 같다던데. 그걸 조사하려고 온 건가?"

"그렇습니다. 도이체방크의 극비 정보에 의하면, 아프리카 각국으로 들어간 세계은행의 지원금이 요즘 부쩍 여기 비엔나에서 돌아다닌다고 합니다."

"어떤 나라 중앙은행들에서 얼마가 들어오고 얼마를 튀겨 돌아가는지 파악하는 게 자네의 임무인가 보군."

"그렇습니다."

"페터 요한슨을 소개하겠네. 비엔나에서는 어떤 종류의 핫머니도 그를 통하지 않을 수 없다고들 하네."

핫머니란 투기 이익을 찾아 전 세계를 배회하는 돈을 말하지만, 특히 비엔나의 핫머니란 고율의 이자로 초단기간 융통되는 돈을 가리키는 이름이었다. 국제지원금으로 돈놀이를 하는 각국의 중앙은행들은 집중되는 감시를 피해야 하기 때문에 짧은 시간에 고율의 이자로 돈을 굴리는 걸 좋아했다.

사실 슈나이더 총재가 초면의 인물에게 이렇게 친숙한 어투로 마음의 문을 여는 건 매우 이례적인 일이었다. 게르만 민족이란 몇 년을 만나도 만날 때마다 처음 보는 사람처럼 무뚝뚝한 말투에 멀뚱멀뚱한 표정을 짓기 일쑤이다.

하지만 이 젊은 사람 김인철은 형사나 검사 같았던 그간의 조사요원들과는 달리 거부감이 없었고, 상상조차 할 수 없었던 이력서까지 내놓아 적극 도와주고 싶은 기분이 들게 만드는 마력을 지니고 있었다. 인철은 일이 잘 풀린다고 생각했다. 사전조사를 할 때 반드시 만나야 할 중요한 사람으로 페터 요한슨을 점찍어두었던 터였다.

"자네 방은 내 비서가 안내해줄 거야. 나와 같은 21층을 쓰게. 직원들과 마주칠 일 없으니."

자신의 방 책상에 앉아 노트북을 세팅하고 워싱턴과 통화를 마친 인철은 요란하게 울리는 전화기를 집어 들며 미소를 머금었다. 짐작했던 대로 슈나이더 총재였다.

"요한슨과 오늘 저녁식사를 잡았네. 미국에서 온 외환 중개업자와의 선약을 취소하겠다는군."

"감사합니다, 총재님."

과연 슈나이더의 영향력은 듣던 바와 다름없었다. 그는 마음 먹자마자 상대방과 즉각 약속을 잡아낸 것이었다.

인철은 노트북을 열어 요한슨의 인적 사항을 살폈다.

페터 요한슨. 45세. 괄목할 만한 환차익을 올려 핫머니 시장에서 이름을 날렸고, 지금은 비엔나의 떠오르는 투자회사 요트아베를 대표하는 스타 펀드매니저. 한마디로 지원금 유용과 자금세탁의 현황을 가장 잘 알 수밖에 없는 사람이었다.

2.
자살

슈타이어렉. 음식도 서비스도 나무랄 데 없는 이 멋진 식당의 한 구석 자리에서 슈나이더 총재는 환한 표정으로 요한슨을 맞았다.

"페터, 워싱턴에서 오신 분을 소개하겠네. 세계은행 지원금 유용을 조사하러 온 미스터 킴이야."

슈나이더 총재는 한 점 숨김없이 인철의 신원을 밝혔다. 이는 그가 그만치 요한슨과 친분이 두텁다는 얘기인 동시에 한편으로는 워싱턴과 비엔나 중 어느 한 편도 들지 않겠다는 의미이기도 했다. 인철은 처음에 다소 놀랐으나 이내 슈나이더 총재를 이해할 수 있었다. 요한슨이 전형적인 금융인과는 아예 다른 기질을 확연하게 드러냈기 때문이었다.

"미스터 킴, 내게는 숙부와도 같은 슈나이더 총재님이 소개한 분이니 당신은 나의 사촌이오. 뭐든 물으시오. 아는 건 다 대답해줄 테니."

그의 입에서는 금융계에서 일하는 사람의 언어가 아니라 무슨 폭력배나 청부업자의 수인사 같은 것이 튀어나왔다. 사실 비슷한 금융인처럼 보이지만 펀드매니저란 엄밀히 얘기하면 은행원과는 전혀 결이 다른 사람이다. 단순한 금융정보 제공과 투자 자문을 넘어 펀드매니저는 때때로 도박사처럼 인생의 한판 승부를 걸기도 하고, 심지어는 투자자와 범죄자의 경계선을 같이 넘기도 하는 사람이다.

도박사의 기질이란 좋고 싫음이 비할 데 없이 뚜렷한 법. 과연 요한슨은 인철이 워싱턴에서 온 조사요원인 걸 번연히 알면서도 슈나이더가 소개했다는 이유 하나로 거리낌 없이 이야기를 이어나갔다.

"미스터 킴, 이 도시 비엔나는 세계 최고의 세탁소들을 갖고 있소."

"세탁소요?"

요한슨은 나이프로 얇게 저민 토스트에 캐비어를 촘촘히 바르며 웃었다.

"정말이오. 전 세계에서 비엔나보다 옷 세탁을 잘하는 도시 있으면 나와보라 해요."

"하하."

"왠지 아시오? 비엔나에는 100년 이상 이어지고 있는 전통의 댄스파티가 있소. 유럽의 귀족들과 부호들이 모이는 사교장이오."

"합스부르크 왕가 때부터 내려온 전통이라는 얘기를 들었던 것 같아요."

"맞소. 과거에는 철저히 신분을 따졌지만 지금은 누구나 참가할 수 있소. 그런데 그 파티의 하룻밤 입장료가 얼마인지 아시오?"

"글쎄요."

"구석의 가장 값싼 자리에 앉는 게 1인당 3만 유로요. 좋은 자리는 8만 유로를 호가하지. 흐흐. 누구에게나 열려 있지만 아무나 참가할 수 없는 파티요."

"그런 고가에도 사람들이 옵니까?"

"미어터지지. 나에게 티켓을 사달라고 부탁하는 사람들도 있어요. 나의 고객 중에는."

"왜요?"

"내가 소문을 내주니까."

"일종의 신분 과시군요."

"물론이오. 나는 때때로 8만 유로짜리 좌석을 거저 주기도 해요."

"8만 유로짜리를 거저 준다고요?"

"그 정도는 서비스해야 하지 않겠소? 나의 소중한 고객들에게."

"상상조차 할 수 없는 일이군요."

"그런데 내가 얘기하고자 하는 건 그 파티가 아니오. 사람들이 파티에 입고 오는 옷이지."

"물론 대단한 옷들이겠지요."

"파리에서 오든, 모나코에서 오든, 바르셀로나에서 오든, 사람들은 반드시 그 구겨지고 더럽혀진 옷들을 세탁해야 한다는 말이오. 비엔나는 수백 년 동안이나 그런 옷들을 세탁해왔소. 세계에서 가장 값비싼 옷들을 말이오. 그러니 저절로 세계 최고의 옷 세탁 도시가 될 수밖에. 그리고 그 옷 세탁의 전통이 돈세탁으로 이어진 거란 말이오."

"하하하!"

요한슨은 거침이 없었고 인철과 슈나이더도 웃음을 터뜨렸다.

"돈세탁의 도시 비엔나를 위한 변명이오."

"하하하."

요한슨도 두 사람을 따라 웃다 정색을 하고 말했다.

"돈세탁을 그렇게 나쁘게만 보지 마시오. 아프리카 중앙은행 입장에서 보면 얼마든지 변명할 수 있는 일이오. 생각해보시오. 놈들이 여기 와서 엄청나게 돈 장난질을 치지만 어쨌든 중요한 건 그들이 돈을 벌어서 자기네 나라로 가져간다는 사실이오. 그건 잘하는 짓이오."

인철은 웃었다.

"장쾌한 논리군요."

"그들 나라에서는 은행에 처박아 둬봐야 맨 그 돈이 그 돈이오. 떼일 데는 많아도 돈 벌 데가 없다는 뜻이오. 1억 유로든 2억 유로든 일을 하지 않는 게으른 숫자일 뿐이오. 은행 금고나 모니터 상에서 낮잠이나 자고 있지. 그런데 여기 와서 하루 이틀만 돌려도 10만 달러는 껌값이오. 운만 맞으면 하루에 수백만 달러도 떨어지는데 그걸 안 하는 놈이 오히려 바보 아니오?"

"하지만 언제나 돈을 벌 수 있는 건 아니잖아요. 문제가 발생하면 그게 고스란히 국가와 국민의 피해로 돌아가는데 은행이 공적자금을 가지고 그런 짓을 하도록 내버려둘 수는 없지요."

"흐흐, 미스터 킴. 그러니 나 같은 사람이 필요한 거 아니오. 언제든 실패 없이 돈을 불려주는 마이스터가 말이오."

인철은 슈나이더 총재에게로 눈길을 향했다. 그는 정말로 핀셋처럼 정확하게 자신이 필요로 하는 사람을 만나게 해준 것이다.

"돈은 굴려줄 사람을 찾아 전 세계를 떠돌고 있소. 여기 오스트리아에서는, 아니 여기 비엔나에서는 다들 나를 찾아오지. 큰돈이든 작은 돈이든 말이오. 그러니 나는 모든 걸 알고 있소. 슈나이더 총재님이 소개했으니 나는 미스터 킴이 빈손으로 돌아가지 않게 충분한 정보를 줄 거요. 아프리카 놈들에게 경각심도 줄 겸, 당신 말대로 돈맛에 너무 깊이 빠지면 사고가 나는 법이니까."

"정보도 정보지만 증거가 필요합니다."

"물론이오. 당연히 증거도 줄 거요. 내일 세 시에 내 사무실로 오시오. 당신이 1년 동안 조사해도 스칠 수조차 없는 증거물들을 한 보따리 안겨줄 테니."

요한슨은 자신만만했다.

"요한슨 씨, 나에게 정보를 주면 당신은 고객을 잃는 거 아닌가요?"

"푼돈 몇 푼 잃겠지만 가난한 나라 국민을 먼저 생각해야 하지 않겠소. 당신 말대로."

인철은 요한슨이 이렇게 적극적으로 정보를 주겠다고 나오는 이유는 둘 중 하나라 생각했다. 하나는 자신의 고객이 다른 거래처로 옮겨가 보복을 하고 싶어 하거나, 또 하나는 그가 이제는 이런 고객들을 피라미로 생각하거나. 인철은 후자의 경우라고 생각했다. 요한슨은 자신의 고객에게 8만 유로짜리 좌석을 거저 준다고 하지 않았던가.

"슈나이더 총재님, 얘기 끝났으니 잔을 부딪쳐야죠. 미스터 킴이 미국에서 온 분이라 오늘은 특별히 나파 와인을 준비하라 했어요. 인시그니아. 그 작열하는 캘리포니아의 햇살과 태평양 바람을 그득 머금고 목젖을 두텁게 눌러오는 맛이 일품이잖아요."

세 사람은 쨍그랑 소리와 함께 잔을 마주쳤다.

다음 날 오후 세 시. 인철은 요한슨과 약속한 대로 그의 회사 요트아베의 현관에 들어섰다.

"어떻게 오셨어요?"

인형같이 또렷한 이목구비와 유리처럼 투명한 피부를 가진 금발의 젊은 안내 여성이 인철을 보자 미소를 던지며 물었다.

"요한슨 씨와 약속이 되어 있습니다."

"미스터 킴?"

"맞아요."

"기다리고 있었습니다. 제가 사무실까지 안내할게요."

"아니, 혼자 갈 수 있어요. 몇 호인지만 알려주세요."

금발은 한껏 고혹적인 표정을 지으며 대답했다.

"요한슨 씨 손님은 항상 사무실까지 에스코트합니다."

요한슨이라는 이름이 요트아베에서 갖는 무게는 대단해 보였다. 금발은 마치 오래된 여자친구처럼 다정하게 인철의 곁에서 걸으며 엘리베이터로 이끌었다.

"손님을 친구처럼 대하는 게 우리 회사의 모토예요."

"요한슨 씨의 손님은 모두 VIP인가요?"

"호호, 그 이상이죠. 모두 VVIP예요."

"그분이 이 회사를 끌어가는 모양이죠?"

"사실 기관차라 할 수 있어요. 그리고 돈도 돈이지만 그분은 분위기를 끌어가셔요. 언제나 쾌활하고 자신감 있고 늠름하시죠."

엘리베이터는 최상층인 18층에 멎었다. 금발은 머리를 한 번 매만지고 화사하게 웃으며 인철 앞에서 요한슨의 방문을 두드린 다음 문고리를 부드럽게 돌렸다. 그러나 문은 안에서 잠겨 있었고, 금발이 여러 번 노크를 해도 아무런 반응이 없었다.

"어머, 웬일이실까?"

금발은 재미있다는 듯 웃었지만 인철은 어딘지 이상한 느낌이 들었다. 큰돈을 다루는 사람들의 공통된 특징은 약속시간을 정확히 지키는 것인데, 그처럼 당당하게 약속을 잡은 요한슨이 문을 안에서 잠글 리는 없었다.

"혹시 다른 방문객이 있을까요?"

"아닙니다. 오늘 점심식사 나갔다 두 시쯤 돌아오신 후로 지금까지 방문객은 한 분도 없었어요."

"근데 왜 이렇게 문을 잠가두었을까요? 혹시 낮잠이라도 자는 건가요?"

금발이 이번에는 문을 세게 두드렸지만 여전히 안에서는 아무 반응이 없었다.

"정말 이상한데요."

금발이 휴대폰을 꺼내 요한슨의 번호를 눌렀으나 신호가 오래 울리도록 요한슨은 전화를 받지 않았다. 금발에게 불려온 경비원이 예비 열쇠로 문을 열려 했으나 보조 자물쇠까지 잠겨 있어 소용없었다. 몇 번이나 세차게 문을 두드리던 경비원은 결국 연장을 가지고 와 강제로 문을 땄다.

"아악!"

요한슨의 사무실에 들어선 금발과 경비원은 동시에 경악에 찬 비명을 내질렀다. 요한슨은 혀를 길게 빼어 문 채 빙빙 돌아가고 있는 천장의 선풍기 지지대에 목을 매고 죽어 있었다.

"아악, 아아악!"

금발은 정신을 차리지 못한 채 계속 비명을 질러댔고 경비원 역시 마찬가지였다. 복도 여기저기서 문이 열리는 소리와 함께 다다닥 구둣발 소리가 들렸다. 인철은 놀란 와중에도 재빨리 시선을 옮기며 요한슨의 휴대폰을 찾았다. 소파 앞 탁자 한 귀퉁이에 놓여 있는 휴대폰을 발견하자 인철은 얼른 최근 통화자들을 확인했다.

찰칵!

인철이 자신의 휴대폰으로 최근 통화 기록을 찍자마자 사람들이 몰려들었다. 인철은 아무 일 없었다는 듯 요한슨의 휴대폰을 제자리에 두고는 요한슨의 책상 위에 놓인 모니터를 들여다보았다. 세 대의 모니터는 모두 미국 셰일 석유회사의 주가 변동을 나타내고 있었다.

간부로 보이는 직원 한 사람이 인철이 모니터를 살피는 걸 못마땅한 표정으로 지켜보다 뚜벅뚜벅 다가와 컴퓨터를 꺼버리자 인철은 머쓱한 웃음을 지으며 자리를 옮겼다.

3.
케이맨 제도에서 걸려온 전화

요한슨이 호기롭게 핫머니 정보를 제공하겠다고 한 게 자살의 이유가 되었을 것 같지는 않았지만 어찌 되었든 자신의 업무 영역 안으로 들어온 후 요한슨이 자살했기 때문에 인철은 그의 죽음에 지대한 관심을 가지지 않을 수 없었다.

"확실한 사망입니다."

누군가 나서서 그의 심장을 짚어 박동이 완전히 멈춘 걸 확인하고는 웅성거리는 많은 직원들을 향해 고개를 가로저었다.

"자살인가?"

직원들이 금발을 향해 고개를 돌리자 금발은 하얗게 질린 얼굴로 대답했다.

"문이 안으로 잠겨 있었고, 우리는 밖에서 문을 뜯고 들어왔어요. 안에는 요한슨 씨 외에는 아무도 없었어요."

"도대체 왜?"

직원들은 너 나 할 것 없이 요한슨의 죽음을 이해하지 못해 서로의 얼굴을 마주 보았지만 누구도 선뜻 대답을 하는 사람이 없었다. 인철 역시 의아스럽기 짝이 없었지만 자살의 이유를 짐작할 수 없기는 매한가지였다. 하지만 그 와중에 휴대폰의 최근 통화 내역을 촬영해둔 건 큰 도움이 될 터였다.

요한슨이 점심식사를 하고 나서 평소와 다름없이 쾌활하게 들어와 혼자 사무실에 있다가 문을 걸어 잠근 채 자살했다는 건 틀림없이 누군가와 통화를 했고, 그 결과로 자살을 택한 것이라 볼 수밖에 없었기 때문에 그의 죽음의 열쇠는 휴대폰에 있을 가능성이 매우 컸다.

세계은행 21층의 사무실로 돌아온 인철은 자신의 휴대폰에 저장된 요한슨의 최근 통화 상대에 눈길을 모은 채 두 손으로 턱을 괴고 추리해보았다. 요한슨이 점심을 마치고 돌아온 시각이 두 시였으니 자신이 찾아간 세 시 이전의 약 한 시간 사이에 통화했던 상대가 요한슨에게 자살의 원인을 제공했을 것이다.

용의점이 있는 번호는 쉽게 찾아졌다. 자살 직전 요한슨은 스스로 전화를 걸지는 않았고 걸려온 전화만 세 통이 있었는데, 그 중 한 통은 받았고 두 통은 받지 않았다. 장시간 통화가 이루어진 첫 번째 전화는 기다란 번호가 이어진 국제전화였다. 그리고 국제전화 후에 걸려온 받지 않은 두 통의 전화 발신자가 '허니'와 '프린세스'라는 애칭으로 저장된 걸로 보아 아내와 딸로 보였다. 인철은 '허니'의 번호를 눌렀다.

"요한슨 부인이시죠?"

"누구세요?"

극도로 히스테리컬한 목소리. 아내는 남편의 자살 소식을 알고 있었다.

"먼저 위로의 말씀을 드립니다. 저는 오늘 요한슨 씨와 사무실에서 만나기로 했던 사람으로 요한슨 씨가 자살한 이유를 찾고 있습니다."

"……."

요한슨 부인의 긴장감과 경계심이 전화기 저편에서 전해지는 걸 느끼면서 인철은 말을 이어나갔다.

"어제 요한슨 씨를 만났을 때 몹시 쾌활했고, 오늘 점심까지도 여느 때와 전혀 다름없었습니다. 점심식사 후 그는 아무도 만나지 않았고 밖에 나가지도 않았으니 누군가의 전화를 받은 후 자살에 이르렀을 걸로 추정됩니다."

"……."

"회사에서는 그의 죽음을 덮으려고 할 겁니다. 금융회사들은 거의 그렇게 하니까요. 아마도 이 일을 밝히려 드는 사람은 저뿐이지 않을까 싶습니다. 부인께서는 저를 믿어주시면 좋겠습니다."

"믿을게요. 회사에 불리한 말을 하는 분은 당신뿐이니까요."

"고맙습니다. 아까 남편에게 왜 전화를 하셨는지 얘기해주실 수 있을까요?"

"아이가 여기 잘츠부르크에서 열린 작은 음악 콩쿠르에서 입상했거든요. 그래서 저도 아이도 남편에게 전화를 걸었는데 받지 않았어요."

"음, 자살 직전 걸려온 가족의 전화를 받지 않았다니 그건 매우 이상한 일이군요. 혹시 오늘 다투거나 하셨나요?"

"그런 일은 전혀 없어요. 전화를 안 받기에 그냥 바쁜가 보다 하고 끊었어요. 그때 이미 사망했나요?"

"아직 확실하지 않습니다. 하지만 요한슨 씨는 부인이 전화하시기 전에 누군가와 긴 통화를 했습니다."

"그게 누구예요?"

"국제전화입니다. 하지만 누군지는 아직 확인하지 못했어요. 혹시 국제전화를 걸어올 사람이 있습니까?"

"아니요."

"평소에 남편이 일과 관련된 얘기를 하지는 않았나요?"

"네. 남편은 일에 대해서는 일언반구도 하는 성격이 아니에요."

"그러면 부인은 남편이 누구를 만나는지, 어떤 일을 하는지 전혀 모르고 계셨습니까?"

"네. 그이는 가족에게 모든 걸 모자람 없이 해주기만 했지, 걱정거리는 하나도 전하는 사람이 아니었어요. 그런데 남편이 투자자에게 큰 손실을 입혔나요?"

"현재로서는 드러난 게 아무것도 없습니다만 회사 분위기로 봐선 그런 것 같지는 않습니다. 뭔가 좀 더 알게 되면 다시 연락드리겠습니다."

전화를 끊고 난 인철의 표정은 짙은 의문으로 물들었다. 요한
슨은 먼저 걸려온 한 통의 국제전화를 받은 후 가족이 걸어온 두
통의 전화는 받지 않은 채 자살을 결행한 것이다.

가족으로부터 전화가 걸려오기 전 이미 자살을 결행했는지,
아니면 살아 있는 상태에서 가족의 전화를 일부러 받지 않았는
지는 알 수 없지만, 요한슨의 죽음에는 너무나 특이하게도 가족
이 빠져 있었다.

아무리 생각해도 이것은 이상한 일이었다. 그에게는 충분한
시간이 있었고, 자살을 염두에 둔 사람이라면 누구든 가장 먼저
생각하는 게 가족일 수밖에 없었다. 물론 죽는 바로 그 순간까지
도 가족을 증오하는 매우 특별한 사람들이 있긴 하지만, 인철은
자신이 만나본 요한슨은 보통 사람의 전형이라 생각했다. 아니,
오히려 누구보다 먼저 가족에게 연락을 하거나 작별 인사를 할
사람이었지만 그의 계획에는 분명히 가족이 빠져 있었고 이것은
고의적이었다.

인철은 세 가지 의문점을 정리해보았다.

첫째, 절대 자살할 이유가 없는 가장 성공적인 펀드매니저가 자
살했다.
둘째, 최후의 순간 누구나 생각하는 가족이 그의 자살에는 빠져

있다.

셋째, 그는 단 한 통의 전화를 받고서 자살했다.

이 중 처음의 두 가지 의문은 속사정이 따로 있을 수 있지만 요한슨에게 걸려온 한 통의 국제전화가 그를 자살하게 만들었다는 사실 하나만은 확실했다. 인철은 도대체 어떤 내용의 전화가 사람을 자살에 이르게 할 수 있는지 강렬한 의구심이 들어 자신의 추론을 다시 더듬어보았으나 아무리 생각해도 그 국제전화가 자살의 동기였음은 흔들릴 수 없는 사실이었다. 인철은 요한슨에게 걸려온 국제전화의 국가번호를 찾아보았다.

1345. 케이맨 제도였다.

"흠."

비엔나와 마찬가지로 케이맨 제도 또한 돈세탁과 조세 회피, 거대한 핫머니의 도가니였다. 비엔나가 유럽 및 아프리카의 자금들이 움직이는 곳이라면, 케이맨은 미국과 아시아를 포함하는 세상의 모든 거대한 검은 자금이 출몰하는 곳으로 그야말로 페이퍼 컴퍼니의 메카였다.

비록 자신이 푼돈 몇 푼 잃더라도 아프리카 지원금에 대한 유용한 정보를 주겠다고 했던 요한슨의 말은 이제 자신은 그런 잔챙이에는 관심도 없다는 말이나 다름없었다. 그렇다면 그는 핫머니가 아닌 엄청난 규모의 자금을 굴리고 있었음이 틀림없고, 큰돈은 언제나 문제를 일으키기 마련이었다.

범법과 불법의 온상 케이맨 제도에서 국제전화가 걸려왔다는 사실은 그가 문제의 중심에 있음을 웅변하는 것이었다. 인철은 케이맨 제도에서 걸려온 전화번호를 분산 저장한 뒤 같은 층 슈나이더 총재의 방으로 건너갔다.

4.
알 수 없는 동기

슈나이더 총재는 이미 요한슨의 자살에 대해서 보고를 받고 있었던 터라 인철이 나타나자 기다렸다는 듯이 물어왔다.

"자네가 가기 전이었나?"

"제가 도착하기 직전인 것 같습니다. 경비원과 같이 문을 따고 들어갔으니까요."

슈나이더 총재는 전연 뜻밖의 상황에 위스키 병을 책상 위에 꺼내놓고 있었다.

"그런데 도대체 왜 자살을 했지?"

"아마 그가 다루던 자금과 연관된 게 아닌가 생각됩니다. 요한슨이 최근 아무도 모르는 새로운 대형 거래에 실패한 일은 없다고 합니까?"

"나도 그런 생각이 들어 알아보았는데 전혀 그런 사실이 없다더군."

"요트아베 측과 접촉하셨습니까?"

"물론이네. 요트아베 회장은 오랜 친분이 있는 사람이야. 그는 오늘 오후까지도 요한슨이 수익을 냈다고 하더군."

"요한슨이 투자자와 상의 없이 자금에 손을 댄 적도 없고요?"

"원금은 물론 그간의 누적된 수익금까지 모두 투자자의 지시대로 움직였어. 그의 자살 후 모든 항목을 일일이 확인했지만 요한슨이 개인적으로 횡령하거나 유용한 건 단 1유로도 없다는 거야. 그건 나도 보증할 수 있어. 요한슨이 사람은 호쾌하지만 자기 자신에게 매우 철저해서 남의 돈을 횡령하거나 할 사람은 절대 아니야."

"저도 좀 생각해봤지만 상식적으로는 이해하기 힘든 사건입니다."

"유서도 남기지 않았다는군."

슈나이더 총재는 이해할 수 없다는 듯 고개를 옆으로 가로저었으나 반대로 인철은 고개를 끄덕였다.

"왜 고개를 끄덕이지? 마치 유서가 없을 걸 예상했다는 듯이."

"없을 걸로 생각했습니다. 그의 자살에 가족이 빠져 있기 때문입니다. 보통 사람이라면 받을 수밖에 없는 아내와 딸의 전화를 그는 아예 받지 않았어요."

"도대체 왜 그랬을까? 가족에게 자신의 자살을 숨겨야 할 이유라도 있는 건가?"

"좀 더 생각해볼 일입니다. 그런데 요트아베 회장에게 하나 확인해주실 수 있는지요?"

"뭐지?"

"요트아베의 서버를 보면 요한슨의 컴퓨터가 마지막으로 인터넷에 접속한 시각이 나올 겁니다. 그걸 좀 확인해주십시오."

"그게 무슨 의미가 있나?"

"그냥 궁금해서……."

슈나이더는 바로 전화기를 들어 요트아베 회장과 통화하며 메모지에 뭔가를 적어서는 인철에게 내밀었다.

"여기 있네. 14시 41분에 인터넷에 접속했군."

인철은 슈나이더 총재가 내민 메모지 위에 요한슨의 죽기 직전 행동을 시간순으로 정리했다.

14시 13분 국제전화 받음.

14시 27분 부인 전화 안 받음.

14시 28분 딸 전화 안 받음.

14시 41분 인터넷 접속.

15시 이전 자살.

분명 부인과 딸의 전화가 걸려왔을 때 그는 살아 있었고, 따라서 전화를 받았어야만 했다. 하지만 그는 가족에게 유서도 남기지 않았고 걸려온 전화도 받지 않았다. 이것은 무엇을 말하는가.

"흐음."

인철은 손등으로 입가를 문질렀다. 뭔가 떠오를 때 인철이 보이는 버릇이었다.

펀드매니저의 자살이란 거의 예외 없이 둘 중 하나였다. 하나는 고객에게 회복하지 못할 손해를 끼쳤거나, 또 하나는 고객의 돈을 유용하거나 횡령한 사실이 드러났을 경우에 발생한다. 하지만 요한슨은 고객에게 손해는커녕 정반대로 거대한 수익을 안겼고, 또한 원금이든 수익금이든 개인적으로 건드린 돈은 전혀 없었다.

그런 관점에서 분명 이 죽음은 난해했지만, 요한슨이 가족에게 유서를 쓰지 않았고 죽음 직전 걸려온 부인과 딸의 전화도 받지 않았다는 사실에서 하나의 일관된 뜻을 읽을 수 있었다.

"분명한 자살이겠지?"

요한슨의 자살은 요지부동의 사실이지만 슈나이더 총재가 동의를 구하는 건 도저히 이해하기 힘든 상황 때문일 것이다.

"의심할 여지 없는 자살입니다. 어떤 사람도 그 사무실에 들어간 적이 없었고, 문은 안에서 잠겨 있었습니다."

"그런데 자네 방금 인터넷 접속은 왜 확인했나? 그게 무슨 의미가 있는 건가?"

"그냥, 언제 자살을 결행했는지 궁금했을 뿐입니다."

"아니, 그게 아니야. 자네에게는 뭔가가 있어. 숨기고 있다 뿐이지."

"아직 완벽한 추리가 되지 않지만 퍼즐이 완전히 맞춰지면 말

쏨드리겠습니다."

"그래주면 고맙겠네. 허허, 그것 참. 어제까지 그렇게 생생하던 사람이 오늘 갑자기 자살이라니. 아니, 점심때까지 그렇게 쾌활했던 사람이 오후에 자살이라니. 그렇게 아무것도 남기지 않고 사람이 순식간에 가버릴 수 있는 건가?"

"안타까운 일입니다."

"그나저나 자네에게 자금 유용에 관한 정보를 줄 사람을 다시 찾아야 하겠군."

"감사합니다."

경찰은 요한슨의 죽음을 자살로 결론지었고, 이에 따라 장례 절차가 진행되었다. 동기야 어쨌든 본인이 문을 걸어 잠그고 자신의 손으로 목을 맨 사건을 경찰이 자살로 규정하지 않을 수 없는 일이었다. 하지만 인철은 내심 이것이 장거리 전화를 살해 도구로 사용한 살인 사건이라 규정지었다.

전화를 걸어 자살하지 않을 수 없도록 내몰았다면 법적으로는 어떻게 할 수 없다 하더라도 사실상의 살인 사건이고, 자신만이 이 사건의 진실을 파헤칠 수 있다고 스스로를 부추겼다. 또한 그 전화가 조세피난처인 케이맨 제도에서 걸려온 만큼 이 사건은 거대한 규모의 돈세탁과 관련이 있을 것이므로 자신이 업무상 해야 할 일이라 규정했다. 그러지 않고는 자신이 스스로 이 일을 파헤쳐나갈 동기를 찾기가 힘들었다.

인철은 이따금씩 휴대폰과 수첩에 기록한 국제전화 번호를 꺼냈다가는 다시 집어넣곤 했다. 분명 자살의 동기가 된 번호라 전화를 걸어보고 싶은 생각이 굴뚝같았지만 그런 만치 신중한 접근이 필요했다. 상대와 자연스럽게 대화를 이끌어나갈 정도의 정보가 없는 상태에서는 상대에게 오히려 경각심만 줄 뿐이다.

설혹 자신이 경찰이나 요트아베에 요한슨의 자살을 파헤쳐야 한다는 점을 주지시킨다 하더라도 오히려 경찰이나 회사의 섣부른 접근으로 일을 망칠 가능성이 컸다. 전화 한 통으로 사람을 자살시키는 상대의 힘은 휴대폰 수사 정도로는 접근조차 할 수 없는 거대한 것일 터였다.

슈나이더 총재는 신속히 또 한 사람의 금융인을 인철에게 소개했다. 그는 요한슨만큼 적극적이진 않았지만 비엔나에 은밀히 모여드는 세계은행 지원금의 돈세탁과 돈놀이에 대한 정보를 제공해 인철에게는 어느 정도 소득이 되었다.

하지만 이미 인철의 관심은 요한슨 사건에 쏠려 있었고, 수수께끼투성이의 이 사건을 이해하는 데 온 신경을 집중했다. 그간의 어떠한 펀드 관련 범죄나 자살의 패턴에도 들어맞지 않는 이 사건은 인철의 호기심을 뿌리부터 자극했다.

기실 인철이 젊은 나이에 세계은행의 핵심 조사요원이 된 건 이해할 수 없는 각종 금융범죄에 대한 탁월한 해결 능력이 있기 때문이었고, 인철은 자존심 때문에라도 자신이 맞닥뜨린 이 해괴한 사건을 그냥 지나칠 수가 없었다.

5.
산을 흔드는 수폭

미국 제25 공군 국가항공우주정보센터.

함경북도 길주군 풍계리 일대를 찍은 위성사진을 정밀 판독하던 정보관 니콜슨 소령은 갱도 입구의 흙 색깔이 주변에 비해 미세하나마 약간 짙은 걸 보고는 잠시 망설였다. 너무나 희미해 별 의미 없다 판단하곤 그냥 지나쳤던 니콜슨은 어딘지 마음이 편치 않아 다시 눈길을 돌렸다. 몹시 희미하지만 느낄 수 있을 듯 없을 듯 흙 색깔에 차이가 있는 것 같아 니콜슨은 과거의 사진들을 모니터에 띄웠다.

"이봐, 이 흙 색깔 좀 봐."

니콜슨의 지시에 따라 사진을 한참이나 들여다보던 부하는 고개를 끄덕이며 동의했다.

"미세한 차이지만 달라 보이는 것 같습니다."

니콜슨은 위성사진 판독실 내 모든 직원들의 주의를 환기시켰다.

"갱도 주변의 흙 색깔이 달라 보인다. 땅을 파내고 있는 것으로 보이니 즉각 첩보위성들을 추가 투입하고 GPS 위성으로 새로 쌓인 흙 두께를 측정하라!"

일상의 느슨함과 편안함에 젖어 있던 판독실이 아연 활기를 띠기 시작했다. 그로부터 여덟 시간 후, 니콜슨 소령은 보고서를 들고 제25 공군사령관 앞에 마주 앉았다.

"갱도에서 상상할 수 없을 정도의 흙이 나오고 있습니다. 예전 실험 때보다 최소 열 배 이상 늘었습니다. 놈들은 흙을 넓게 깔아 위장하고 있습니다만 갱도 바로 앞은 얕으나마 군데군데 쌓여 있습니다. 서두르고 있다는 얘깁니다."

사령관은 니콜슨이 가져온 수십 장의 사진을 하나하나 세심하게 들여다보았다.

"파낸 흙이 이 정도 양이면 갱도 깊이는?"

"3미터 지름으로 판다고 봤을 때 600미터는 확실히 넘고 거의 1,000미터 언저리일 겁니다."

사령관은 놀랍다는 듯 고개를 가로저었다.

"1,000미터라고? 저놈들이 뭘 하려고 그리 깊이 파는 거야? 그렇다면 파괴력은 어느 정도인가?"

"다이너마이트 6만에서 8만 톤 사이입니다. 지난번 5차 핵실험이 1만 톤이었으니 무서운 속도로 달리는 겁니다."

"허, 8만 톤이라? 8만 톤짜리 지하 핵실험이면 거의 수소폭탄

영역에 드는 거 아닌가?"

"수소폭탄 계열로 볼 수도 있습니다."

사령관은 계속 좌우로 고개를 가로저으며 국방장관실로 연결된 빨간색 비상전화기를 들었다.

풍계리 핵실험장.

육중한 컨테이너 트럭이 너비 1.6미터, 길이 20미터가량의 공중전화 박스처럼 생긴 특수 제작 용기를 싣고 갱도 입구에 도착하면서 현장에는 아연 긴장감이 흘렀다. 트럭이 노란 페인트로 금을 그어놓은 위치에 정확히 멈추자 기중기가 다가와 조심스럽게 용기를 들어 올려 뻥 뚫린 수직 갱도 위에 거대한 삼각 다리를 벌리고 있는 도르래 앞에 들이댔다.

동시에 숙련된 작업자들은 로프를 걸고 허공에 매달린 용기에 핵폭발 순간을 담을 카메라와 방사능 측정 장치 등 각종 기기를 부착한 후 관측소와 이어진 광케이블에 모든 기기를 연결시켰다.

"투입 개시!"

갖가지 장치가 제대로 연결되고 수평이 정확히 잡힌 걸 확인한 총지령관의 지시에 따라 네모난 박스는 로프에 매달려 콘크리트로 둘러쳐진 직경 3미터의 수직 갱도를 서서히 내려가기 시작했고, 거대한 타래에 감겨 있던 굵은 동아줄은 끝도 없이 풀려 나갔다. 얼마나 시간이 지났을까. 마침내 팽팽하던 로프가 장력을 잃자 총지령관의 감격에 젖은 목소리가 울려 퍼졌다.

"안착 확인!"

이어서 관측소로부터 핵폭탄 및 카메라 등 장비와 이어진 광케이블의 이상 없음 통보를 받은 총지령관의 목소리가 미세하게 떨려나왔다. 이제 수직 갱도를 메우기만 하면 짧지만 격렬했던 그간의 노고가 다 끝나는 것이었다. 사실 현장의 모든 작업자들을 고통스럽게 한 건 작업의 강도가 아니라 불안감이었다.

언제 미군 폭격기가 나타날지 몰랐고, 미군 폭격기의 출현은 저승길임을 잘 아는 작업자들은 하루하루 죽음의 공포 속에서 일을 해야 했다. 그런 탓에 마침내 수소폭탄 컨테이너를 실은 트럭이 나타난 건 현장의 작업자들에게 그 모든 공포로부터의 해방을 뜻했다.

"매립 개시!"

총지령관의 벅찬 목소리가 터져 나오자 굵은 파이프를 통해 콘크리트가 타설되고, 동시에 포클레인이 입을 쩍 벌린 수직 갱도의 구멍에 석고와 암석 덩어리들을 퍼붓기 시작했다. 한참 시간이 흐르고 나자 드디어 철제 격벽으로 둘러싸인 수직갱은 꽉 메워진 채 입구가 밀폐되었다. 총지령관은 작업 종료를 선언한 후 모든 작업자 및 관계자들과 함께 현장을 빠져나왔다.

관측소에서는 북한 핵개발 총책임자 리홍섭이 긴장된 표정으로 눈앞의 모니터에 시선을 모으고 있었다. 이윽고 모니터에 나타난 김정은을 향해 그는 깊숙이 허리를 구부렸다.

"리 동지, 준비 상황은 어떠하외까?"

"경애하는 지도자 동지, 모든 것이 차질 없이 진행되었고, 현재 수소폭탄을 수직갱 밑바닥에 안착시킨 채 갱도를 완전히 밀폐했습네다."

"다음 단계는 어떻게 되외까?"

"지도자 동지께서 명령을 내리시면 기폭장치를 누르는 일만 남았습네다."

"그런데 리 소장."

"네, 지도자 동지."

"정말 자신 있소?"

리홍섭은 심장이 격렬하게 요동치는 걸 느끼며 떨리는 목소리로 대답했다.

"지도자 동지, 걱정 마시라요. 이제 공화국의 핵기술은 세계 정상과 거의 차이가 없는 경지에 도달했습네다. 이 실험은 100퍼센트 성공합네다. 우리는 이제 미 제국주의자들과 남조선 반혁명 분자들을 지구상에서 싹 쓸어버릴 역량을 갖추었습네다. 만약 이번 실험이 실패하면 저는 그 자리서 죽고 말갔습네다."

모니터 안의 김정은은 이를 드러내고 웃었다.

"좋수다. 하지만 리 동무래 그런 말 말라요. 실패하면 다시 연구해서 하면 되지 죽긴 와 죽소? 미사일 개발도 숱한 실패 끝에 결국 100퍼센트 성공률을 얻지 않았소? 리 동무래 죽으면 나도 따라 죽갔소."

김정은은 가끔 이런 화법을 구사했는데 이것은 그의 아버지 김정일이 죽기 전 그에게 가르친, 부하를 조종하는 기술 중 하나였다. 과연 김정은의 이 말은 리홍섭을 크게 감동시켰다.

"지도자 동지, 이번 수소폭탄 실험 기필코 성공시키갔습네다."

"내 잘 지켜볼 테니 수고하시라요. 양키 놈들, 상상치도 못한 수소폭탄 앞에서 어떤 표정을 짓는지 보게 해주시라요."

"여부가 있습네까? 반드시, 반드시 성공시키갔습네다."

"그럼 시작하라우!"

최후의 지시를 내리는 김정은의 목소리는 평소와 다른 결기가 배어 있었다. 이 한 방만 성공하면 수십 년의 노력에 정점을 찍는다는 기대와 흥분이 노골적으로 드러나 있는 것이었다.

"지도자 동지래 아무리 저를 위로하셔도 실패하면 죽고 말갔습네다!"

비장한 목소리를 토해내며 전화를 끊고 난 리홍섭은 감개무량한 표정으로 카메라가 비추고 있는 낙화생처럼 생긴 폭탄을 한참이나 바라보았다. 중수소를 더 많이 넣었어야 하는 게 아니었나 하는 때늦은 후회가 뒤따랐으나 그는 이내 고개를 가로저었다. 일단 성공하는 게 무엇보다 중요했고, 그런 점에서는 적당량을 넣었다는 결론을 애써 내리며 그는 김정은이 사라진 모니터로 다시 눈길을 돌렸다.

이 폭탄의 성공과 실패가 바로 자신의 인생과 직결된다는 무거운 압박감이 오히려 그를 무심하게 만들었는지 그는 멍한 눈길로 꺼져버린 모니터를 한참 바라보다 이윽고 이를 악물고는 손가락을 스위치에 천천히 올렸다.

"동무, 카운트다운 하시오!"

"넷, 소장 동지."

그의 지시가 떨어지자 하얀 가운을 입은 채 옆에서 대기하고 있던 연구원들 중 하나가 떨리는 목소리를 간신히 밀어냈다.

"열!"

그의 목소리에 관측소 안에 있는 모든 사람들의 얼굴이 일제히 굳어졌다. 그들의 눈길이 대형 모니터에 떠 있는 허리가 잘록한 낙화생 모양의 폭탄을 향했다. 그 눈길은 다시 버튼을 덮고 있는 리홍섭의 미세하게 떨리는 손가락으로 옮겨갔다.

"아홉, 여덟! 일곱, 여섯, 다섯, 넷, 셋, 둘, 하나!"

삽시간에 깊은 정적만이 흐르는 침묵의 공간이 되어버린 관측소 안에서 울려 퍼지던 그의 목소리는 마지막 순간 잠시 멈칫하는 듯하더니 이윽고 새된 소리와 함께 끝이 갈라지며 마지막 한마디를 토해냈다.

"발사!"

순간 버튼을 덮고 있던 리홍섭의 손등에 시퍼렇게 돋아 있던 푸른 정맥 줄기가 꿈틀하더니 손가락에 힘이 가해졌다.

쿠우우웅!

지하 1,000미터 가까이 묻어둔 폭탄이지만 꽝 하며 터지던 기존의 핵폭탄하고는 달리 깊고 무거운 충격이 땅속 깊숙한 곳에서부터 묵직하게 밀고 올라왔다.

"우와!"

관측소 안에 있던 모든 사람의 입에서 동시에 함성이 터져 나왔다.

"김정은 지도자 만세!"

"공화국 만세!"

이와 동시에 사람들은 서로를 끌어안은 채 괴성을 질러대며 미치광이처럼 종잡을 수 없는 동작들을 허공에 흩뿌려댔다.

"모니터!"

연구원, 군관 할 것 없이 미쳐 날뛰던 사람들은 누군가 외치고 나서야 모니터에 신경이 돌아갔다. 모니터는 비록 수백만 분의 1초지만 정확하게 폭발 장면을 담아낸 채 정지해 있었다. 순간적으로 모든 것이 녹아버리는 상황에서 조금 전까지 거뭇하게 폭탄을 비추고 있던 카메라가 담아낸 폭발의 순간은 그저 색깔뿐이었다. 하얀 색깔.

"소장님, 이 산 좀 보기요!"

연구원의 놀란 목소리에 일동의 눈길이 쏜살같이 날아간 또하나의 모니터에서는 저 먼 곳의 거대한 산이 몇 번이나 크게 들렸다 내려앉았다.

"아아!"

놀라운 광경이었다. 지하 1,000미터 가까운 갱도 밑바닥에서 터진 폭탄은 아무도 짐작할 수 없었던 가공할 위력을 내뿜으며 천지를 뒤흔들어대고 있었던 것이다.

"이거 보시라요, 만탑산이 춤추지 않습네까!"

사람들은 서로의 얼굴을 마주 바라보았다. 뭐라 말할 수 없는 감동이 관측소 안 모든 사람의 가슴 깊숙한 곳으로부터 밀려올라와 전율에 몸을 떨게 했다.

"아아, 설마 이 정도일 줄이야!"

마치 잘려진 케이크 조각처럼 장중함을 잃은 채 들썩거리며 춤을 추는 만탑산의 거대한 산봉우리 앞에서 모두는 망연자실한 채 말을 잃고 어깨조차 축 늘어뜨리고 있었다.

쿠쿠쿠쿵!

바닥이 흔들리며 여진이 몇 차례나 이어지는 동안에도 누구 한 사람 한 조각 말도 꺼내지 못한 채 이 영원의 순간을 느끼고만 있을 때 날카로운 전화벨 소리가 허공을 갈랐다.

"소장님, 연길입네다. 전화 받아보시라요."

제정신이 돌아온 리홍섭은 급히 수화기를 받아 귀에 갖다 댔다.

"소장 동지, 연길에 나와 있는 탐지반입네다."

리홍섭은 풍계리를 중심으로 하여 사방 수백 킬로미터 지점에 탐지반원을 내보내 폭탄의 위력을 측정하게 했는데 연길에도 사람이 나가 있었다.

"무슨 일인가?"

"여기 연길은 큰일 났습네다. 사람들이 모두 건물 밖으로 뛰쳐나오고 난립네다. 모두들 백두산이 터진 줄 알고 있습네다."

"오오, 연길까지!"

리홍섭은 스스로도 전혀 예상하지 못했던 수소폭탄의 위력에 수화기를 귀에 붙인 채 망연자실한 표정을 지었다. 대단할 걸로 예상은 했지만 이 정도일 줄은 상상하지 못했던 터였다. 언제 미군 폭격기가 나타날지 몰라 파낸 흙을 숨겨가며 노심초사하던 일이며, 혹시 있을지도 모를 미국의 암살 기도를 피해 아예 자취를 감추었던 지도자 동지의 고난이 바로 이 순간의 폭발 한 방으로 보상을 받고 있다고 생각하니 더욱 큰 감동이 밀려왔다.

"미리 통지를 받은 중국 측 관계자들도 모두 놀라 뒤집어졌습네다. 기대치보다 백배, 아니 천배도 넘습네다. 조선민주주의 인민공화국 만세!"

전화기를 내려놓는 리홍섭의 두 눈에서는 자신도 모르게 눈물이 하염없이 흘러내렸다. 그는 연체동물처럼 말랑해진 팔을 뻗어 무의식적으로 전화기를 손에 들었다.

"지도자 동지 부탁드립네다."

곧 수화기 건너편에 나타난 김정은도 목소리가 잔뜩 쉬어 있었다.

"내 분명히 느꼈소. 강산이 미친 듯 울부짖는 걸. 혁명의 수소폭탄이 마치 신발 밑에서 터진 듯했소. 리 소장, 당신은 인민의 최고 영웅이오."

"과찬이십네다."

"오늘부로 우리는 미 제국주의자 놈들과 똑같은 힘을 가졌소.

원자폭탄도 아닌 수소폭탄을 워싱턴, 뉴욕, 시카고, 로스앤젤레스에 일제히 한 방씩 쏘면 미국 놈들이라고 별수 있나. 나라가 다 망하는 거 아니오?"

"그렇습네다."

"개자식들! 70여 년 만의 복수요. 그동안 공화국이래 얼마나 불안해하며 살았소. 이제 수틀리면 너 죽고 나 죽자 식으로 나가는 거요. 동시에 수소폭탄을 다섯 발이고 열 발이고 쏘는데 놈들이 견뎌나갔소? 이제 우리는 미국 놈들과 완전히 대등하게 나가는 거요. 놈들이 욕하면 같이 욕하고, 놈들이 겁주면 같이 겁주고, 놈들이 미사일 쏘면 같이 쏘는 거요. 우리 공화국에 이런 날이 올 줄 어떻게 알았겠소. 리 동무 고맙시다."

"모두 지도자 동지의 은혜 덕분입네다."

"이제 수소폭탄 핵탄두를 영광스러운 화성 15 로켓에 붙여 미국 본토까지 날아가는 완벽한 대륙간탄도 수소폭탄을 만드는 일만 남았소. 리 동무, 언제까지 가능하갔시오?"

리홍섭은 무의식적으로 손목에 찬 시계를 들여다보았다. 날짜판이 없는 시계였지만 시간을 추궁당하는 게 일상사가 되어버린 그로서는 잠시라도 시간을 벌기 위해 습관적으로 취해온 동작이었다. 곰곰이 생각하던 그는 이윽고 결심한 듯 결연한 목소리를 내뱉었다.

"2년이면 가능합네다, 지도자 동지!"

"머이? 2년이나 걸린다구?"

"완벽하게 만들려면 그 시간은 필요합네다."

"아니, 미사일도 핵실험도 모두 대성공인데 그 둘을 붙이는 데 시간이 그렇게나 걸린단 말이외까?"

"미사일도 대기권 재진입 실험을 더 해야 하고, 핵탄두도 완벽한 경량화가 필요합네다."

김정은은 광포한 고함을 내질렀다.

"아홉 달 안에 완수하라! 무슨 일이 있어도 그 기간 안에 워싱턴까지 날아가는 완벽한 대륙간탄도 수소폭탄을 보유하라."

"알갔습네다. 틀림없이 이행하갔습네다."

리홍섭의 다짐에 김정은은 다시 목소리를 낮추었다.

"속도전만이 유일한 방법이오. 놈들은 모두 3년 이상 걸릴 걸로 예상하고 거기에 맞춰 대응책을 짤 거요. 그러면 방법이 뭐갔소? 놈들이 안심하고 있을 때 미친 듯이 달리는 것밖에 더 있갔소? 내 있는 힘껏 지원할 테니 무조건 아홉 달 안에 완벽한 물건을 만들라. 온 세상의 허를 찌르는 것 외에는 우리 공화국이 대륙간탄도 수소폭탄을 보유할 방법이 없소."

"잘 알갔습네다. 지도자 동지래 천 번 만 번 옳습네다. 그 방법밖에는 없습네다. 지도자 동지래 참으로 영민하십네다."

돌연 김정은은 고개를 쳐들고 악을 썼다.

"내 반드시 미국 놈들을 조선반도에서 몰아내고 말리라. 완벽한 수소폭탄을 가지고 미국 놈들을 심판하면 놈들이 철군 안 하고 견딜 수 없으리라. 리 소장, 당신이 바로 그 일을 하는 거야.

조선반도의 100년 숙원을 푸는 거야. 무슨 일이 있어도 아홉 달 안에 완벽한 대륙간탄도 수소폭탄을 완성하라. 이것은 인민의 명령이다!"

전화를 끊었음에도 김정은의 목소리는 리 소장의 귓전에서 멀어질 줄 몰랐다. 날짜가 너무 촉박하다는 중압감이 벌써부터 가슴을 짓눌러왔지만 수소폭탄 성공에 놀란 미국은 북한 전역에 있는 핵시설을 날려버릴 수도 있고, 지도자 동지의 목숨을 노리고 들 수도 있다. 지도자 동지를 위해서나 자신을 위해서나, 놈들의 시간표보다 다섯 배 더 빨리 미국 본토까지 날려 보낼 수 있는 완벽한 수소폭탄을 보유해야만 한다.

리홍섭은 신념 어린 광기를 내보이며 부르짖었다.

"동지들, 오늘은 마음껏 축배를 듭시다. 그리고 내일부터 우리는 다시 천리마 강행군으로 들어갑시다. 이제 미 제국주의자들을 조선반도에서 몰아내고 북남통일을 이룰 날이 얼마 남지 않았소!"

리홍섭의 외침에 관측소 안의 모든 사람들은 일제히 만세를 불렀다.

"지도자 동지 만세!"

"수소폭탄 만세!"

"미군 철수 만세!"

6.
마지막 퍼즐

시간이 흐르면서 오스트리아의 주요 언론들이 하나둘씩 오스트리아 최고의 펀드매니저로 이름을 날렸던 요한슨의 자살 사건을 다루기 시작했다. 요한슨이 주도했다는 수십 건의 투자 종목이 근거도 없이 공개되는가 하면, 그의 투자는 돈세탁을 위한 위장 거래였고 돈세탁을 마친 검은 세력이 자살로 위장해 그를 살해했다는 보도가 잇따랐다. 혹은 그가 큰돈을 횡령했다는 보도도 있었지만 어느 것 하나 근거도 논리도 제시하지 못하는 그야말로 뜬소문이었다.

페터 요한슨의 죽음은 그렇게 종결되었다. 45년간 성공한 인생을 살다 간 한 사람의 흔적이 하루아침에 이렇게도 깨끗하게 지워질 수 있다는 것이 오히려 신기할 정도였다. 비엔나의 숱한 투자자와 펀드매니저들 그리고 금융인들은 이내 뜬소문마저도 흘려보냈지만 인철은 요한슨의 죽음을 둘러싼 의혹들을 떠나보내지 않았다.

그간 생각을 거듭해온 인철은 요한슨 사건을 다 풀었다 생각했다. 이해하기 어려운 사건이지만 요한슨이 유서를 쓰지도, 가족의 전화를 받지도 않았다는 특이한 단서에 기인해 인철은 놀라운 진실에 거의 다가섰지만 끝까지 포착되지 않는 건 바로 자살의 동기였다.

"도대체 무슨 이유로!"

실패도 횡령도 하지 않은 펀드매니저의 자살 이유. 그것도 전화 한 통에 의한 자살 이유를 오직 생각만으로 추리해내는 건 지난한 일이었다. 하지만 어느 날 아침 침대에서 잠을 깰 무렵 인철은 퍼뜩 뇌리를 지나치는 한 줄기 섬광에 감았던 눈을 번쩍 떴다.

"아!"

인철은 이른 아침 시간이었지만 즉각 요한슨 부인의 번호를 눌렀다.

"지금 만날 수 있습니까? 요한슨 씨의 자살 동기를 알 것 같습니다."

"네?"

"한 가지 사실만 확인하면 될 것 같습니다."

"정말이요?"

"그렇습니다."

"그럼 바로 만나요. 저는 마침 비엔나에 있어요."

요한슨 부인을 만난 인철이 자신의 신분을 그녀에게 밝힌 뒤, 요한슨과 그 전날 만났으며 자살의 순간 사무실에 갔었다는 얘기를 진지하게 들려주자 요한슨 부인은 처연한 표정으로 말문을 열었다.

"남편은 이 커피숍을 좋아했어요. 우리는 데이트하던 시절 거의 여기서 만나곤 했어요."

"많이 힘드셨겠군요. 장례는 잘 치르셨어요?"

"네. 저의 친정도 그이의 부모도 모두 비엔나에 있어서 그분들이 도와주신 덕분에 무사히 장례를 치를 수 있었어요."

요한슨 부인은 깊은 슬픔의 와중에도 어릴 적부터 감정을 드러내지 않도록 철저하게 교육받은 유럽 여성답게 침착하고 꿋꿋하게 이 상황을 견뎌내고 있었다.

"회사에서는 자살의 이유를 전혀 알 수 없다고 해요. 다들 사생활 때문이 아니겠냐는 눈치예요. 약간은 저를 동정하는 표정을 지으면서요. 하지만 남편은 여자를 좋아하지 않아요. 사실 스키 사고로 능력을 상실했거든요. 남편에게는 와인이 모든 것이에요."

"특히 가까웠던 동료라든지, 아니면 같은 부서의 직원들도 짐작하는 바가 없던가요?"

"그들은 모두가 개인적으로 업무를 분리해 맡고 있어서 남이 뭐하는지를 전혀 모르더군요. 같은 부서의 직원들도 최고의 펀드 매니저가 자살한 이유를 모르겠다며 고개를 가로저을 뿐이에요."

"남편의 자살에 대한 저의 추론을 말씀드릴게요."

요한슨 부인은 커피 잔을 밀어놓고선 급히 수첩을 꺼냈다.

"아니, 적으실 필요도 없어요. 아주 간단하니까요."

"그래도 기록해둘래요."

펜을 쥔 요한슨 부인은 눈길을 인철의 입가에 모았다.

"요한슨 씨는 상상조차 할 수 없는 거액을 맡았습니다. 그는 그 거대한 자금을 성공적으로 투자했고, 펀드매니저로서는 최고의 영광을 누리고 있었습니다."

요한슨 부인은 극도의 예민한 표정으로 말없이 인철의 목소리에 귀를 기울이며 한 마디도 놓치지 않으려는 듯 부지런히 손을 움직였다.

"그런데 자살했어요. 최고의 수익을 올렸지만 전혀 이해되지 않는 자살을 택한 겁니다."

"어차피 닥친 현실, 자살의 동기라도 알았으면 이렇게 답답하지 않겠어요."

인철은 고개를 돌려 잠시 창밖을 바라보았다. 아무도 이해하지 못하는 일을 요한슨 부인을 앞에 두고 이렇게 자신 있게 말해도 되는가 싶어 잠시 골똘히 생각하다가 더욱 강하게 목소리에 힘을 넣었다. 난해하지만 해결했다는 자신감이 있었다.

"펀드매니저의 고민은 투자자로부터 나옵니다. 아마 요한슨 씨는 투자자로부터 자살밖에는 해답이 없을 정도의 심각한 공포를 느끼면서 무척 고민했을 겁니다."

"투자자가 남편을 협박했다는 말인가요?"

"직접 협박했든 안 했든 상관없어요. 중요한 건 남편과 투자자 사이에 큰 문제가 생겼고, 그 결과 남편이 자살을 택했다는 겁니다."

"무슨 문제인지 밝히셨나요?"

"당사자들이 아닌 한 진상을 확실하게 알 수는 없습니다. 다만 근거 있는 유추는 할 수 있습니다."

"어떤 추측이 가능하죠?"

"논리적으로 추론하면 요한슨 씨는 큰돈을 벌어서 그동안 투자자들에게 큰 이익을 제공하는 공을 세웠겠지만 지금으로선 그보다 더한 잘못을 저질렀다고 생각할 수밖에 없습니다."

"잘못이라고요? 횡령도 그 무엇도 하지 않았는데요?"

"그래서 자살의 원인을 추측하기가 어렵다는 것입니다. 투자에 대성공을 거두었고 돈을 가로채지 않았음에도 펀드매니저가 자살하는 경우는 금융계에서 한 번도 없었으니까요. 그런데 어떤 특별한 투자자의 경우 돈을 버는 것보다 더 크게 신경이 거슬리는 경우가 딱 하나 있을 수 있다는 생각이 들었습니다."

"그게 뭐죠?"

"자신의 정체가 드러나는 경우입니다."

"남편이 비록 큰 수익을 얻게 해줬지만 정체를 숨기려는 자금의 주인을 알아버리는 실수를 저질렀다는 뜻인가요?"

"그렇습니다."

"그렇다고 사람을 죽여요?"

"엄밀하게는 요한슨 씨가 자살을 한 거죠."

"타살이나 마찬가지예요. 당신의 말대로라면 그 어떤 투자자가 남편에게 자살할 정도의 공포심을 던져준 거잖아요."

"아마 거기에는 거역할 수 없는 어떤 거대한 힘을 가진 상대를 맞닥뜨린 요한슨 씨의 어쩔 수 없는 전략적 선택도 있었을 겁니다."

"전략적 선택? 자살이 남편의 전략이었다는 건가요?"

"부인과 딸의 전화를 받지 않고 유서도 쓰지 않은 걸 보면 지금은 그렇게 추정할 수 있습니다."

"거기에 어떤 의미가 있나요?"

"어떤 비밀을 알았기 때문에 자신이 죽어야 한다고 생각한 요한슨 씨는 가족의 전화를 받거나 유서를 남기게 되면 그 상대방이 가족에게 해를 입힐 수 있다고 생각했을 겁니다. 다시 말해 가족에게 위험이 닥치는 걸 사전에 완전히 차단하고 싶었던 겁니다."

"……"

"제가 만난 요한슨 씨는 그렇게 소심한 분이 아니었지만, 그렇다고 비교도 되지 않는 상대를 향해 돌진하는 어리석은 사람도 아니었습니다. 그리하여 요한슨 씨는 자신이 죽음을 벗어날 수 없다는 생각이 들자 자살로써 반격을 선택했을 겁니다."

"반격이라니요?"

"요한슨 씨는 갑자기 자살을 결심한 게 아닐 겁니다. 틀림없이 평소에 이런 경우를 대비해 준비하고 있었을 거예요. 그만치 그는 위험한 자금을 만지고 있었으니까요. 그 자신도 자금의 진짜 주인을 알아서는 안 되고, 그 선을 넘었을 경우 전화 한 통에 당장 자살을 실행에 옮길 정도로 위험한 자금 말입니다."

"그렇게나 위험한 자금이 있을까요?"

"남편분은 그렇게 느낀 걸로 판단됩니다. 따라서 그는 평소 대비책을 마련해둔 겁니다. 그리고 그날 그의 대비책은 자살이었습니다."

"뭐가 뭔지 헷갈리는데요."

"물론 여기까지는 저의 추리입니다. 한마디로 거대한 가정이죠. 그러나 이런 추론이 성립하기 위해서는 하나의 조건이 필요합니다."

요한슨 부인은 인철의 논리적 추론을 어느 정도 수긍하면서도 워낙 비상식적이라 완전히 받아들이지는 못했다.

"부인에게는 틀림없이 남편분이 만들어준 비밀 계좌가 있을 겁니다."

요한슨 부인은 지체 없이 대답했다.

"네, 있긴 해요. 하지만 계좌 개설 이래로 남편으로부터 단 한 푼도 부정한 돈이 입금된 적이 없어요. 남편은 그런 사람이 아니에요. 통장은 텅 비어 있다고요."

"이제 그 퍼즐의 마지막 조각을 확인할 시간입니다. 분명 지금은 큰돈이 입금되어 있을 겁니다. 입금되어 있다면 저의 추론은 다 맞게 되지요. 아니면 다 틀린 거고요. 어디 한번 전화를 걸어 보시죠."

요한슨 부인은 전혀 믿지 않는 표정이었지만 인철의 자신감 넘치는 목소리에 전화를 걸다가 이내 기겁했다.

"네? 뭐라고요? 그게 정말이요? 2,000만 유로요? 언제요?"

전화를 끊고 난 부인의 얼굴은 놀라움과 두려움으로 가득 차 있었다.

"입금된 시각은 사고가 있던 그날 오후입니다. 요한슨 씨는 인 터넷을 통해 입금 사실을 확인한 후 자살을 결행한 겁니다."

요한슨 부인은 참을 수 없다는 듯 날카롭게 물었다.

"남편이 남의 돈을 훔친 건가요?"

"훔친 게 절대 아닙니다. 받은 거죠."

"누구로부터요?"

"돈의 주인으로부터죠. 대신 그는 자살하기로 한 약속을 지킨 겁니다."

"아!"

"어쩔 수 없는 상황에서 결행된 남편의 반격이자 부인과 딸을 위한 배려예요. 그는 2,000만 유로를 받고 기꺼이 자살을 택한 겁니다. 그가 생각해낸 최고의 타협점이었어요. 그러니 편하게 가지시면 됩니다."

"저는 아직도 뭐가 뭔지 정확히 이해가 안 돼요."

인철은 요한슨 부인을 남겨두고 자리에서 일어났다.

"잠깐만요."

요한슨 부인의 목소리는 이미 잠겨 있었다.

"돈 주인은 누구예요?"

"그건 모릅니다."

"당신은 왜 돈 주인에 대해서는 추리를 하지 않죠? 보통 사람으로서는 엄두도 낼 수 없는 이런 기막힌 발상을 해내는 분이라면 돈 주인에 대해서도 짐작하고 있을 텐데요."

"쉬운 일이 아닙니다."

요한슨 부인은 잠시 인철의 눈을 들여다보다 의심의 눈길을 거두고서는 가라앉은 목소리로 말했다.

"당신 아니었으면 이 돈을 버릴 수도 있었다는 생각이 들어요. 평생 비밀 계좌를 확인해볼 생각조차 못했을 테니까요."

"그랬을 수도 있겠지요."

"사례를 하고 싶어요. 이건 너무 큰돈이어서 얼마든지 드릴 수 있어요. 반이라도 드릴게요."

인철은 고개를 가로저었다.

"그건 가족에게 주는 요한슨 씨의 마지막 선물이에요. 그 위기의 순간에 그런 결심을 한 요한슨 씨는 제게도 큰 감동을 주었어요. 저는 이미 사례를 받은 거죠. 제게 주실 것은 통장에 찍힌 상대방의 인적 정보입니다. 나중에 확인하시면 문자로 보내주세요."

"그러면 이거라도 받아주세요."

요한슨 부인은 핸드백에서 무언가를 꺼냈다.

"남편의 유품이에요. 남편도 당신에게 드리는 걸 허락할 거예요. 부디 간직해주세요."

OMAS.

요한슨 부인이 건넨 건 만년필이었다. 몽블랑이나 파커를 최고로 알아온 인철로서는 지금까지 한 번도 들어본 적이 없는 브랜드였지만, 삼각형의 새까만 홀더에 금촉이 장착된 세련된 디자인이 한눈에도 매우 값나가는 고급 수제품이라는 것을 알 수 있었다.

인철은 고개를 숙여 감사를 표한 후 커피숍을 나섰다. 한동안 고심했던 난제라 마지막 퍼즐 한 조각까지 깨끗이 풀어냈다는 상쾌함이 기분 좋게 온몸을 휘감아왔고 그간의 피로감은 씻은 듯이 사라졌다. 하지만 도나우강을 따라 걷는 동안 차츰 더 본질적인 문제가 바람을 맞아 출렁이는 물결처럼 인철의 머리를 거슬러 올라오고 있었다.

2,000만 유로라는 거액을 주고도 신분이 노출되는 걸 막아야만 했던 그는 과연 누구인가.

인철은 생각했다. 이것을 밝히는 건 자신의 업무 영역에 속하는 일일까. 만약 그렇다 하더라도 자신이 엄청난 위험을 감수하고 뛰어드는 게 과연 옳은 일일까. 하지만 모른 척하고 피한다면 내 양심이 허락할까.

7.
제3인베스트먼트

　며칠간의 고심 끝에 인철은 소리 없이 돈 주인에 대한 조사를 하기로 마음먹었다. 자신이 어디까지 파고 들어가게 될지 모르지만 요한슨에게 조세피난처로 악명 높은 케이맨 제도에서 전화가 걸려왔고 그 결과로 요한슨이 자살한 이상, 자신의 업무 영역인 국제 자금세탁과 관련이 없다고는 볼 수 없었다.

　하지만 인철은 워싱턴의 본부에는 요한슨과 관련한 그 무엇도 보고하지 않은 채 자신이 공식적으로 맡은 일에만 열중하는 모습을 보였다.

　"내가 자네를 보았을 때는 말이야."

　슈나이더 총재는 같이 점심을 먹는 자리에서 의미심장한 얘기를 꺼냈다.

　"금융인으로 세계은행에 근무하는 건 아니야."

　인철은 가볍게 웃어넘기려 했지만 슈나이더는 자신이 꺼낸 화제에서 멀어지지 않았다.

"일에 접근하는 방식이 금융인들과는 많이 달라. 오히려 수사관 쪽이란 말이야."

"하하, 총재님. 본래 저는 변호사입니다."

"알아. 하지만 금융 전문 변호사가 아니라 형사 전문 변호사 같단 말이야. 후후, 어떤가? 나를 속일 수는 없잖은가."

"저는 본래 세계은행에 입사할 때도 법무팀의 특별조사요원으로……."

"어쨌든 요한슨의 자살이 있고 나서 자네는 진면목을 드러냈어. 지금은 발톱을 숨기고 있지만 언젠가는 뿌리째 내놓을 거야. 어때? 내 말이 틀렸나?"

"하하, 총재님."

"결국 자네는 돈 주인이 누구인지 밝히는 일에 열정을 쏟을 거야. 아니 본능처럼 그 골목으로 들어설 수밖에 없어."

"그건 제 업무 영역 밖이라……."

"비엔나라는 곳에서 개인플레이로 뭘 할 수 있다고는 생각지 말게. 여기서는 모든 게 팀워크야. 알겠나, 팀워크."

"알겠습니다. 사실 요한슨 사건은 대형 범죄의 냄새가 납니다."

"그게 자네의 본능을 자극했겠지. 나는 자네가 그 사건에 개입하는 걸 반대하지는 않아. 하지만 조심하게. 여기엔 자네에게 힘이 돼줄 수 있는 사람이 아무도 없어."

인철은 슈나이더의 말을 어떻게 받아들여야 할지 몰랐다. 어떻게 들으면 자신을 염려해주는 말이었지만, 어떻게 생각하면 쓸데없는 일에 간섭해서 다치지 말라는 일종의 경고이기도 했다. 그가 팀워크를 강조하는 것도 도와주겠다는 의미와 혼자 날뛰지 말라는 의미를 동시에 갖고 있는 중의적 표현으로 들렸다.

"어제 식사를 요트아베의 회장과 같이했어. 그가 심각한 고민을 토로하더군. 제3인베스트먼트에서 자금을 반 이상 뺐고 나머지도 해약을 하려 한다는 거야."

"제3인베스트먼트라면 요한슨이 굴리던 돈의 표면적 주인인가요?"

"맞아. 돈 주인이 비엔나에 만든 바지회사야. 대표는 이브라힘이라는 자인데 한 번도 나타난 적은 없어. 대신 마빈이라는 비엔나 사람이 관리해. 요트아베 회장이 마빈에게 요한슨 못지않은 능력자라고 몇몇 직원들을 소개했지만 그는 펀드매니저 문제가 아니고 요한슨이 있을 때부터 자금을 뺄 계획이 있었다고 얘기한다는 거야. 그래서 말인데, 요트아베에서는 혹 요한슨의 자살과 관련해 돈 주인 측에 뭔가 좀 문제가 있는 건 아닌지 궁금해하는 눈치야."

"저쪽이 자금을 다 빼지 못하도록 부드럽게 협박할 수 있는 정보 말이군요."

"이를테면 그렇지."

인철은 내심 웃었다. 슈나이더의 본심은 도움도 경고도 아닌 부탁이었다.

"그런데 요한슨이 움직이던 자금의 규모는 어느 정도입니까?"

"3억 유로로 시작해서 지금은 30억 유로가 되었다는군."

인철은 경악했다.

"저런! 그건 기적이군요. 요한슨은 도대체 어디에 그 큰돈을 투자해 막대한 이익을 남겼을까요? 혹시 석유?"

"어째서 그렇게 생각하지?"

"요한슨의 책상 위 모니터 세 대가 모두 석유를 가리키고 있더군요. 그중에서도 미국의 셰일 석유를요."

"셰일 석유?"

"지난 1년 동안 유가가 올라간 건 미국의 셰일 석유밖에 없어요. 그간 셰일 석유는 워낙 위험해서 누군가 그런 큰돈을 적기에 투입하기는 어려웠어요. 그걸로 보아서는 요한슨이 천재이거나……."

"천재이거나?"

"아니면 돈 주인이 석유에 아주 밝아 요한슨에게 지침을 주어왔거나 둘 중 하나예요. 제3인베스트먼트의 대표가 이브라힘이라는 아랍계 이름을 가진 걸로 보아서는 중동의 어느 석유 재벌이 돈 주인이 아닌가 하는 느낌도 들어요. 미국 정부는 아랍인이 셰일 석유회사의 주식을 대거 갖는 걸 극히 경계하니 돈 주인으로서는 정체를 숨겨야 할 극단적 필요성이 있어요."

슈나이더는 잠시 인철을 쳐다보고 있다가 황홀한 듯이 말했다.

"놀랍군. 어째서 워싱턴에서 자네 한 사람만 보냈는지 이제 알

것 같아. 여하튼 요트아베에서는 분명 자네가 돈 주인에 관해 뭔가 알고 있다고 생각해. 요한슨이 자살 직전 인터넷에 접속했을 거라고 자네가 말했잖나. 그리고 그게 확인되었고."

"인터넷은 누구나 접속하니까요."

인철은 본래 사건이 해결되면 슈나이더 총재에게 전모를 말해주려 했지만 요한슨 부인에게 2,000만 유로가 건네진지라 비밀을 지키기 위해 입을 다물고 있었다.

"후후, 얼버무리지 말게. 그렇게 숨기려고만 하지 말고 도와줄 수 있으면 한번 도와주게. 요트아베 회장은 나와 40년 지기일세. 공무원 시험도 같이 쳤고 재무부에도 같이 들어갔었지. 그리고 그들이 자금을 다 빼가면 결국 비엔나에 타격이잖나. 그런 점에서는 나의 일이기도 해."

"알겠습니다. 그들에게 무슨 문제가 있는지는 한번 찾아보겠습니다. 대신 요트아베가 가지고 있는 요한슨의 거래 정보를 제게 넘겨줘야만 합니다."

"알겠네. 자네는 세계은행의 특별조사요원이니 자네에게 자료를 보여주는 게 불법은 아니야."

다음 날 인철은 요트아베로부터 넘어온 거래 기록을 통해 요한슨이 제3인베스트먼트의 시드머니인 3억 유로를 전적으로 러시아 석유에 투자해오다 최근 1년 동안은 미국의 셰일 석유로 큰 재미를 보았다는 걸 알 수 있었다. 그리고 그 수익금은 지속적으로 케이맨 제도에 있는 계좌들로 흘러가고 있었다.

"제3인베스트먼트라……."

인철은 제3인베스트먼트의 실제 주인이 요한슨 자살의 배후라는 사실에 대해서는 확고한 심증을 가지고 있었지만, 요한슨이 마지막 순간에 자살을 빌미로 돈을 뜯어내었기 때문에 제3인베스트먼트의 주인을 찾아 형사든 민사든 책임을 묻는 걸 목표로 할 수는 없었다.

하지만 거액의 수익금을 조세피난처인 케이맨 제도의 계좌로 흘려보내는 건 조세법으로 처벌할 수 있는 여지가 있어 관리들이 꼼짝 못 할 확고부동한 증거를 확보하는 건 의미가 있는 일이었다.

그러나 워싱턴의 본부에서 그걸 허용할 리는 없었다. 그럼에도 불구하고 인철은 거대한 자금이 조세피난처로 흘러들어가는 걸 확인하고서도 그냥 눈을 감고 묵인할 수만은 없다고 생각했다. 인철은 앞으로의 일이 어떻게 되든 일단 제3인베스트먼트의 자금 흐름 전모를 파악해야 한다고 생각했다. 특히 요한슨에게 2,000만 유로를 보낸 자금주의 정체는 업무를 떠나 개인적으로도 못 견디게 궁금했다.

인철은 제3인베스트먼트에 어떻게 접근할지 생각하다가 요한슨을 처음 만났을 때 그가 미국에서 온 외환중개업자와의 저녁 약속을 펑크 냈다고 했던 것을 떠올렸다. 요한슨이 하는 일은 모두 제3인베스트먼트의 일이고 보면 외환중개업자를 만나는 것 또한 제3인베스트먼트와 연관이 있을 것이었다.

이미 수익금이 문제없이 케이맨으로 흘러들어가고 있었던 점을 감안하면 요한슨이 외환중개업자를 만나려 했던 건 요트아베에서 원금을 빼 케이맨으로 보내기 위한 목적일 가능성이 있었다. 수익금이야 투자라는 과정을 거치니 돈세탁이 비교적 용이하지만 30억 유로나 되는 원금을 유럽에서 아메리카로 흔적 없이 옮기려면 외환이라는 장벽을 뛰어넘어야만 할 터였다.

인철은 그럴듯한 외환 브로커의 명함과 휴대폰을 마련한 다음 제3인베스트먼트의 번호를 눌렀다.

"요트아베의 요한슨 씨를 담당하시는 분 바꿔주세요."

"누구시라고 할까요?"

"골든힐 인트라의 김인철이라 합니다."

"잠시 기다리세요."

전화는 이내 누군가에게 연결되었고 젊은 남자의 목소리가 흘러나왔다.

"누구시라고요?"

"골든힐 인트라의 김인철인데 사망한 요한슨 씨가 문의한 달러 매입이 여전히 유효한지 확인하려고요."

"요한슨 씨가 달러 매입을 문의했나요?"

"모르고 있었어요? 요한슨 씨는 자금주가 제3인베스트먼트라 했어요. 달러를 가능한 한 많이 매입하겠다고 했고요."

"잠시 기다려주세요."

곧 전화기 건너편에서 관록이 붙은 묵직한 목소리가 들렸다.

"달러 매입이라니, 무슨 말인지 설명해주시오."

"먼저 누군지 밝혀주시죠."

직감적으로 상당한 지위를 가진 자라는 걸 느낀 인철은 고압적으로 물었다. 물론 상대를 엮어들이는 수법이었다. 약간 지체하는 듯 상대편은 마지못해 신분을 밝혔다.

"임원이오."

"이름은요?"

"마빈."

수화기 건너편의 상대방은 슈나이더 총재가 말하던 바로 그 마빈이었다.

"요한슨 씨가 유로를 달러로 바꾸고 싶다고 했어요. 금액이 상당히 된다고 해 중계를 하려던 참이었어요."

"당신은 환중개인이오?"

"편하게 부르자면 환치기 브로커죠."

"요한슨이 얼마를 바꾸겠다고 했소?"

"전화로는 구체적인 얘기를 할 수 없어요. 여전히 의향이 있다면 만나서 얘기합시다."

"당신은 얼마까지 처리할 수 있소?"

"작은 돈은 안 합니다. 최소 2,000만 유로 이상의 대륙 간 거래만 취급해요."

"당신 회사는 어디에 있소?"

"미국에 있지만 더 이상 묻지 말아요. 일단 내게 연결이 된 이상 내가 전담하고 회사는 빠지니까요."

"어떻게 당신을 믿을 수 있소?"

"나를 믿을 필요는 없어요. 돈을 믿는 거지."

"글쎄, 돈을 맞바꿀 상대가 사기꾼은 아닌지 어떻게 알 수 있소?"

"자신의 눈을 믿으면 되는 겁니다."

"자신의 눈을 믿어라. 흐흐. 당신은 사기꾼 아니면 프로군. 회사로 오시오."

인철의 예상은 정확히 맞아떨어졌다. 몰래 잠입이라도 해야 할 제3인베스트먼트에 귀빈으로 초대받아 가는 기분은 썩 괜찮았다.

제3인베스트먼트는 비엔나의 제4구역인 비덴에 있었다. 2차 세계대전 직후부터 1955년까지 소련군 점령 구역이던 이 지역은 지금도 가히 비엔나의 러시아 게토라고 할 만했다.

100년도 더 된 제국주의 시대의 고풍스런 건물들이 줄지어 선 거리를 따라 차창에 스치는 명패를 꼼꼼히 살펴보던 인철은 일반 회사의 숫자보다 로펌과 회계법인, 조세 컨설팅 회사들이 더 많은 것을 발견할 수 있었다. 간판 같은 건 아예 없고, 건물 현관에 붙은 작은 명패에 이름만 달랑 쓰여 있을 뿐이어서 사전에 주소를 알고 일부러 찾아오지 않는 한 쉽게 찾을 수도 없는 구조의 사무실들이었다. 외관 또한 너무나 수수하고 평범해서, 마치 서로 남의 눈에 띄지 않기 경쟁을 하는 것 같았다.

"이럴 수가!"

제3인베스트먼트는 외관만으로는 이 거리의 다른 건물들과 아무런 차이가 없었다. 가능한 한 남의 시선을 피해 숨고 싶어 하는 수수하고 평범한 모습. 무려 30억 유로를 굴리는 제3인베스트먼트가 이렇게 낡은 거리의 초라한 건물들 사이에 자리 잡고 있다는 사실에 인철은 신음을 내지르지 않을 수 없었다.

인철이 제3인베스트먼트라는 명패가 붙은 2층 건물을 한참이나 바라보고 섰다가 무겁게 닫힌 대문 옆의 초인종을 누르자 스피커폰에서 게으르고 탁한 음성이 흘러나왔다.

"누구시오?"

"마빈 씨를 찾아왔어요. 약속이 돼 있습니다."

'쩽' 소리와 함께 철문이 열리자 인철은 대문 안으로 발걸음을 옮겼다. 전체적으로 우중충하고 을씨년스러운 분위기가 물씬 느껴지는 가운데 낡고 지저분한 안내실 안에서 한 노인이 손으로 2층을 가리키고 있었다.

"마빈이오."

마빈은 낡아빠진 건물과는 전혀 어울리지 않는 말끔한 정장 차림으로 나타났다. 하지만 게르만의 이름을 갖고 있음에도 두툼한 입술에 잿빛 눈초리, 짙은 갈색 피부는 그가 아랍 혈통임을 나타내고 있었다. 아래위로 자신을 훑는 걸 느끼며 인철은 이 사람이 자신의 정체에 몹시 신경을 곤두세우고 있다는 걸 알 수 있었다.

"김인철입니다."

마빈은 달랑 이름과 휴대폰 번호만 있는 인철의 명함을 한참이나 들여다보았다. 그는 이 명함을 노골적으로 이상하게 생각하는 눈치는 아니었지만, 그렇다고 안심한 표정도 아니었다.

"젊은 친구로군."

"이런 건물 안에 30억 유로를 굴리는 회사가 있는 거나 마찬가지죠. 하긴 버진 아일랜드의 회사들은 계좌에 수억 달러의 예금을 갖고 있으면서도 이런 건물조차 없이 그냥 종이에만 존재하기도 하니까요. 그것도 종이 한 면에. 뒷면에는 또 다른 수억 달러짜리 회사가 있지요."

마빈은 흰자위가 유난히 넓은 눈동자를 번득거렸다.

"손에 꼽을 만한 실적은 있소?"

"내가 거래했던 고객들의 이름을 꼽으며 실적을 내세우는 건 누구에게도 바람직하지 않을 겁니다."

인철의 얼굴을 빤히 쳐다보던 마빈은 건조한 음성으로 물었다.

"유로를 케이맨으로 옮기려고 하는데 돈을 바꿀 상대가 있소?"

"유로를 달러로 바꾸겠다는 거죠?"

"그렇소."

"언제 할 건데요?"

"수시로."

"버진 아일랜드는 안 되나요? 마침 좋은 페이퍼 컴퍼니가 있는데."

"케이맨이라 했소."

"하긴, 케이맨에도 여기 유럽으로 돈을 갖고 오려는 회사가 여럿 있지요."

"거래는 어떤 방식으로 하는 거요?"

"주식에 락을 걸어 거래 담보로 설정하기도 하고 여러 방법이 있지만 고객들은 보통 동시 입금을 선호하죠."

마빈은 잠시 생각하다 물었다.

"동시 입금이라 해도 시간차가 날 것 아니오."

"시간차가 나든 기타 어떤 문제가 생기든 상관없어요. 의심의 크기만큼 거래를 쪼개고, 기본 단위에 대해서는 우리가 책임을 지니까요."

"예를 들자면?"

"1억 유로를 바꿀 경우 100만 유로씩 100번 거래하는 겁니다. 매번 그 100만 달러에 대해서는 우리가 책임을 지니 사실은 1억 유로 전체에 대해 책임지는 것과 같아요."

"100만 유로를 동시 교환한 후 다시 100만 유로를 거래하니 안전하다. 만약 그 100만 유로에 문제가 생기면 당신네가 책임진다?"

"그렇지요."

"어떻게 책임지지?"

"현금 100만 유로를 들고 옆에 서 있으면 안심이 되겠어요?"

마빈은 인철이 설명한 방식이 마음에 드는지 미세하게 고개를 끄덕였다.

"거래 당사자끼리는 상대가 누군지 알 수도, 알 필요도 없는 방식이군. 환율은?"

"대륙 간 거래에서는 보통 도이체방크와 뱅크오브아메리카의 환율 중 하나를 쓰는데 그런 건 당사자끼리 협의하면 돼요."

"당신네 수수료는 얼마요?"

"3퍼센트."

"척 듣기로는 이해가 가는 거래 방식인데…… 내가 모르는 웃기는 수법들이 있지 않겠소? 당신이 한마디로 날 안심시켜보시오."

"마음에 안 들면 안 하면 돼요."

인철의 퉁명스런 대답에 한참이나 얼굴을 빤히 응시하고 있던 마빈은 결국 고개를 끄덕였고 목소리 또한 풀어졌다.

"그런데 요한슨은 왜 내게 당신 얘기를 하지 않았을까? 일을 제대로 하는 사람 분위긴데."

"요한슨 씨와는 사고가 나기 하루 전날 만났어요. 밝힐 수 없는 사람의 소개로."

"어디서?"

"슈타이어렉. 그는 와인광이더군요."

인철이 요한슨과 식사를 했던 슈타이어렉이라는 식당 이름을 대자 의심을 완전히 푼 마빈은 속마음을 털어냈다.

"사실 우리는 이 문제로 좀 어려움을 겪고 있던 참이오. 여기 비엔나에서는 당신 같은 대형 브로커를 찾을 수 없었소. 요한슨이 죽기 전날 당신을 만난다고 하긴 했었소. 미국에서 왔다면서 기대가 컸는데 본인이 세상을 떠버렸으니. 하여튼 잘만 해주시오. 당신에게 따로 사례를 할 테니."

"나는 따로 사례를 받을 수 없어요. 그건 우리 회사의 규칙이에요."

"그러나 누가 알겠소? 내가 개인적으로 주는데. 당신만 입 다물면 아무도 모르는 일 아니오?"

"일이란 99퍼센트 성공했다가도 마지막 1퍼센트가 어긋나 틀어지게 마련이지요. 우리 회사에서는 개인적으로 사례를 받다 발각되면 목숨을 잃어요."

인철이 손을 목에 갖다 대고 옆으로 긋는 시늉을 하자 마빈은 입가에 미소를 흘렸다.

"호호, 돈 다루는 법은 전 세계 어디나 다 똑같군."

"그런데 케이맨에 사람이 있습니까? 미국 법 때문에 케이맨에서 상담을 해야 하니 거기 누군가 책임 있는 사람이 있어야 할 텐데요."

"미국 법? 어떤 법 말이오."

"개떡 같은 미국 법은 비록 행위가 이루어지지 않더라도 미국의 영토 안에서 범죄를 기획하거나 모의하는 것을 처벌할 수 있게 되어 있어요. 가령 우리가 미국에서 이런 대화를 한다면 그것도 범죄가 된다는 거죠."

마빈은 쓰라린 기억이라도 있는지 미국 법이란 말이 나오자 적개심을 내보였다.

"양키 놈들."

"나도 워싱턴에 살긴 하지만 미국이란 좌우간 까다로운 나라예요."

"좀 있으면 미국에선 생각만으로도 범죄자가 될 거요. 당신도 여기 비엔나에 와서 살아요. 세상에서 가장 편하고 가장 아름다운 도시오. 나는 미국 가서 살라면 하루도 못 살 거요. 거기 경찰 놈들 보시오. 개백정이지."

"여하튼 거기 케이맨에 사람이 있어야 합니다."

"염려 마시오. 모든 걸 결정할 수 있는 사람이 거기 있으니까."

"모든 걸 결정할 수 있는 사람? 그가 누구죠?"

"나중에 알게 될 거요. 그건 그렇고, 우리 식사나 합시다. 와인을 같이 마셔야 서로 신뢰할 수 있지 않겠소?"

"당신도 와인광인가 보군요, 요한슨 씨처럼."

인철은 자리에서 일어났다.

"그럼 금요일에 슈타이어렉에서 봅시다. 저녁 여섯 시."

"좋습니다."

"그런데 말이오."

마빈은 야릇한 미소를 흘리며 말했다.

"그때 10억 달러짜리 진본 잔고증명을 갖고 오시오. 저쪽 대륙 걸로. 물론 작은 거래라면 당신이 얘기한 대로 하면 되겠지만 우리는 보낼 돈이 좀 많잖소. 100만 달러씩 자르긴 싫소. 상대가 이리로 보낼 돈이 있다는 걸 잔고증명으로 증명하면 쉬운 일 아니오."

인철은 아차 했다. 막힘없이 술술 잘 풀리던 대화의 마지막에 마빈이 이런 교수대를 준비하고 있을 줄은 생각지 못했던 터였다. 하지만 인철은 당황하지 않고 싱긋 웃었다. 이런 상황에서 상대가 자신을 교수대에 올리는 한 자신은 반드시 올라가야만 하는 것이다. 나중에 어떻게 되더라도 일단은 여유만만하게 올라가 거기서 요술을 부려야 하는 것이다. 상대를 제대로 속이려면.

"당신도 가져온다면 그렇게 할 수 있지요."

"물론, 그럴 거요."

8.
최이지

슈타이어렉에서 만난 마빈은 아예 사람이 달라 보였다. 우중 충한 건물에서는 비록 정장을 했어도 어딘지 시대와 어긋난 사람 같은 인상이었으나 비엔나 최고의 식당에서 그는 단연 빛나 보였다. 하긴 고급 식당이야말로 30억 유로라는 거금을 다루는 사람이 가장 빛나 보이는 장소일 터였다.

"여기 10억 달러짜리 웰스파고 샌프란시스코 본점의 잔고증명입니다."

인철이 잔고증명을 내밀자 한참이나 꼼꼼히 살펴보던 마빈은 아래위로 고개를 끄덕였다.

"내 건 여기 있소."

인철은 반대로 대충 휙 본 후 마빈이 내놓은 잔고증명을 양복 안주머니에 집어넣었다.

"당신을 의심해서 그런 게 아니오. 더욱 신뢰하기 위해 그런 거요."

"당연히 거쳐야 하는 절차예요. 다만 당사자끼리 요구하는 걸 내게 요구해서 좀 바빴을 뿐이지요. 진본이라 DHL로 받았으니."

"여하튼 이제 나는 당신을 완전히 믿겠소. 자, 건배합시다."

"어, 이건? 흐, 뻬뜨뤼스 1985. 아, 요제프, 당신은 내게 감동을 주는군요."

인철은 르네상스 시대의 어느 하루를 담은 듯한 뻬뜨뤼스의 고전적 풍미를 음미하며 교수대에서 목에 걸린 동아줄을 풀고 내려온 자신을 위로했다. 10억 달러짜리 잔고증명을 얻기 위한 김용 총재와의 씨름이란. 불가능할 수밖에 없었던 잔고증명서를 받아낸 건 전적으로 이브라힘이라는 이름을 가진 사람이 제3인베스트먼트의 대표이고, 이 회사가 미국의 셰일 석유에 집중적으로 투자하고 있다는 사실에 기인한 것이었다. 인철은 이 자금의 주인이 분명 아랍계이고 어쩌면 IS일지도 모른다는 논리를 내세웠다. 그럴 경우 미국의 새로운 전략 자산인 셰일 석유가 어떤 음모의 대상이 될지도 모르니 그 정체를 확실히 파악해야 한다는 점을 주장함으로써 김용 총재로 하여금 석유업계 어느 회사의 잔고증명을 받아내도록 한 것이었다.

"그런데 케이맨에 산다는 그 사람이 30억 유로의 진짜 주인인가요?"

세 번째 뻬뜨뤼스의 코르크 마개가 뽑히고 기분이 좋을 대로 좋아진 마빈이 경계의 빗장을 완전히 풀었을 즈음, 무르익은 '우정'을 바탕으로 인철은 스스럼없이 물었다.

"케이맨? 케이맨은 종이잖아. 거기에 어떻게 사람이 살아?"

"요제프, 당신이 지난번에 그랬잖아요. 결정권을 가진 사람이 케이맨에 산다고."

"케이맨뿐만이 아니야. 뉴욕에도 살지. 두바이에도 살고, 여기 비엔나에도 살아. 문자 그대로 코스모폴리탄이야. 종이 회사가 있는 케이맨에는 은행 일로만 간단 말이야. 그리고 그가 30억 유로의 주인도 아니야. 진짜 주인은 누군지 아무도 몰라."

"하긴 그렇겠지요. 그 정도 금액을 달러로 바꾸려는 사람이라면 세상에 자신을 드러내지는 않겠지요."

"당신은 큰 거래를 많이 해서 그런지 젊은 사람치고는 두뇌 회전이 빠르군. 하지만 앞으로는 돈의 주인에 대해서는 관심을 갖지 않는 게 좋을 거야."

"흐훗, 그래야 하는데 큰돈의 세계를 알게 되면 저절로 돈 주인이 누군가에 관심이 쏠린단 말이지요. 요한슨 씨 말로는 석유와 관련이 있는 사람일 거라던데."

"맞아. 나도 그렇게 추측은 하고 있지. 제3인베스트먼트는 오로지 석유만 사고파니까. 주식이든 현물이든."

"요즘은 주로 미국의 셰일 석유를 하는 것 같던데요?"

"맞아. 셰일 석유로 큰 재미를 보았지. 그들은 오랫동안 석유를 만져온 것 같아. 그래서 그런지 유가와 국제정치의 상관관계를 훤히 꿰고 있어. 기름을 사고파는 타이밍이 기가 막히단 말이야."

"그럼 요한슨 씨가 투자를 결정하는 게 아니란 말인가요?"

"나나 요한슨이나 비엔나 현지에서 그들의 돈을 관리한다 뿐이지 석유에 대해 무얼 알겠나? 요한슨이 나름 잔재주는 피우지만 근본적으로는 투자 오더가 위에서 내려와."

"돈 주인 쪽에서?"

"그렇지. 유가를 조종할 정도의 역량이 있으니 3억 유로 갖고 시작해 열 배나 튀기지."

인철은 놀랍다는 듯 긴 휘파람을 불었다.

"유가를 조작한다면 돈 주인은 분명 이름난 사람일 수밖에 없는데요."

"내 생각도 그래. 그는 분명 석유업자야. 아마 엑슨모빌이나 아람코의 대주주이거나 사우디 왕세자이거나 뭐 그런 사람일 거야. 물론 나의 짐작이지만. 그는 철저히 신분을 숨기고 다녀. 여기 비엔나에도 온다는데 본 적이 있어야 마주치더라도 알아보지. 혹시 킴, 당신이 돈 주인 아냐?"

"어! 어떻게 알았을까?"

"흐흐, 눈앞에 있어도 몰라. 어쩌면 내가 만난 적 있을지도 몰라. 그는 아마 비엔나에 와서 한두 달씩 살기도 할 거야. 내 생각이지만."

"어째서 그렇게 생각하지요?"

"비엔나를 좋아한다는 얘기를 들었거든. 흐흐, 누구라도 이런 아름다운 도시에 오면 떠나기 싫어지지 않겠어? 더군다나 사막에서 시키면 원유만 보고 살던 사람이라면. 어쩌면 이브라힘이 돈 주인일 수도 있고."

인철은 취중에도 귀를 세웠다. 드디어 마빈의 입에서 사람의 이름이 나오는 것이었다. 그리고 그 이름은 정체가 궁금했던 제3인 베스트먼트의 대표 이브라힘이었다.

"이브라힘은 누구죠?"

"당신이 아까 케이맨에 사느냐고 물었던 사람. 돈 주인과 가장 가깝지. 그가 비엔나로 오면서 역사가 시작되었어. 제3인베스트먼트의 역사가 말이야."

"그가 비엔나로 돈을 가지고 왔나요?"

이제 취할 대로 취한 마빈은 무의식적으로 고개를 끄덕이다가 길게 한 번 숨을 내쉬고는 테이블 위에 고개를 묻었다. 잠시 후 마빈은 고개도 들지 못한 채 혼잣말처럼 내뱉었다.

"어쩌면 이브라힘이 돈 주인일지 몰라. 아무리 큰일도 즉석에서 결정하거든."

비록 취중에 내뱉는 말이지만 거기에는 마빈의 본능적 판단이 들어가 있을 것이었다. 무엇보다도 이브라힘이라는 이름이 등장한 것은 대단한 수확이었다. 명목상 대표자에 불과한 줄 알았던 이브라힘이 돈 주인의 최측근이거나 심지어는 돈 주인일 수도 있었고, 케이맨에 살기도 한다는 사실은 그가 요한슨의 죽음과 직접적 관계가 있는 인물이란 얘기였다.

요한슨은 케이맨에서 걸려온 전화를 받고는 자살했고, 자살 직전 2,000만 유로를 받아냈는데, 이 두 가지를 다 결정할 수 있는 사람이 바로 이브라힘이었다. 이브라힘이 돈 주인이든 아니든 그가 요한슨과 자살 딜을 한 사람임은 틀림이 없는 것이었다.

"요제프, 정신 차려요. 요제프!"

마빈은 간신히 고개를 들고는 백치 같은 웃음을 지어 보였다가 다시 고개를 푹 떨어뜨렸다.

"사프란. 이브라힘은 사프란에 잘 가지. 돈 주인을 알고 싶으면 이브라힘에게 물으면 되고, 어…… 취했나? 내가, 이 천하의 와인광 마빈이…… 돈 주인을 알고 싶으면 이브라힘에게 물으면 되고, 어…… 이브라힘을 만나고 싶으면 사프란에 가면 되고…… 크."

"사프란? 사프란이 어디예요?"

"어디긴? 아랍 바지."

"아랍 바?"

"그래, 술 마시는 바. 아라비아 나그네들이…… 빈 스트라세……."

그가 고개를 숙인 채 중얼거리다 고개를 테이블에 파묻자 진작부터 얼음물 잔을 든 채 곁에 와 있던 매니저가 인철을 향해 웃어 보였다.

"집에 어떻게 보내죠? 너무 취했는데."

"염려 마세요. 저희가 알아서 하겠습니다."

"집을 알아요?"

"차를 타고 가다 보면 깨지요. 단골이라서 저희가 잘 압니다."

인철은 팁을 후하게 놓은 후 다시 한 번 매니저에게 마빈을 부탁하고는 대기하고 있던 택시를 타고 숙소로 돌아왔다. 돌아오는 차 안에서 인철은 안도의 한숨을 내쉬었다. 역시 제3인베스트먼트의 자금은 아랍계의 것이었고, 따라서 자신은 김용 총재에게, 김용 총재는 미국 석유업계에 체면을 구기지 않을 수 있었다. 또한 앞으로 자신이 이 자금의 주인을 쫓을 수 있는 동력도 확보한 셈이었다.

아랍 바 사프란.

의식불명이 될 정도로 취한 마빈은 돈 주인에 관심을 갖지 말라 하면서도 돈 주인과 가장 가까운 이브라힘에 관한 멋진 정보를 준 것이었다.

다음 날 저녁, 인철은 바 사프란의 문을 열고 들어섰다. 사프란은 메디나라는 고급 아랍 레스토랑과 같은 출입구를 쓰고 있었다.

이 레스토랑은 점심시간에는 가벼운 아랍 음식과 커피와 비엔나식 사과 파이인 스트루델을 먹는 비즈니스맨들로 가득하지만, 저녁이 되면 비엔나에서 가장 값비싼 레스토랑 중 하나가 되는 곳이었다.

이미 낮에 호무스와 타블리 등 가벼운 아랍 음식을 먹으면서 바의 구조를 눈에 익힌 인철은 이 레스토랑의 깊숙한 안쪽 구석에 자리한 사프란에 대낮부터 범상하지 않은 사람들이 꽤 드나든다는 걸 느끼게 되었다. 대부분의 일반인들에게는 비엔나의 상류층이 가족이나 연인과 식사하기에 적당한 레스토랑으로만 보이겠지만, 이처럼 오픈된 듯하면서도 남의 눈에 잘 띄지 않는 바야말로 비밀에 싸인 블랙 비즈니스를 논하기에 더없이 어울리는 곳으로 보였다.

인철이 레스토랑을 지나쳐 바의 문을 열고 들어서자 띄엄띄엄 놓인 깊숙한 소파에 비즈니스맨 차림새의 사내들이 무심한 듯 앉아 있었다. 하나같이 고급 슈트를 걸친 이들이 팔을 올릴 때마다 금색 커프스가 반짝이는 흰 와이셔츠 소매 아래로 럭셔리 브랜드의 스위스 시계가 묵직하게 드러났다. 소파 테이블 위에는 말보로 담뱃갑과 던힐 금장 라이터가 던져져 있는 것으로 보아 이 영역에서는 아직도 강한 남성에게는 말보로가 어울린다는 클리셰가 통하는 것 같았다.

바라는 이름이 무색할 정도로 술을 마시는 사람은 거의 없었다. 흔한 보드카나 위스키는 바텐더 뒤쪽 벽면에 진열되어 있을 뿐 대부분이 무알코올 음료를 앞에 두고 있었다. 인철이 들어서자 바 안에는 무거운 정적이 감돌 뿐 어떠한 말소리도 들리지 않았다.

"프렌치 키스 한 잔!"

인철은 자신을 향한 눈초리들에 대답이라도 하듯, 혹은 어딘지 모르게 무거운 분위기를 깨려는 듯 경쾌한 음성으로 칵테일 한 잔을 주문하며 바에 앉았다. 바텐더가 건네준 칵테일을 천천히 음미하던 인철은 이 무거움이 미국과는 다른 아랍식 바 분위기인 걸 느끼고는 피식 웃었다.

하지만 오래 앉아 있다 보니 그 무거움 속에서도 사람들 간에 흐르는 친밀함과 공감의 공기를 느낄 수 있었다. 비록 침묵이 대세였지만 사람들은 서로 안면이 있는 듯 새로 들어오는 손님과 가볍게 고개를 끄덕이는 모습도 보였고, 무심한 듯하면서도 모두가 서로에 대해 신경을 곤두세우고 있음이 느껴졌다.

인철을 보자 하던 말을 멈추었던 구석의 두 사람은 다시 서류 위로 고개를 숙이며 조용하게 대화를 나누기 시작했지만 인철로서는 알아들을 수 없는 언어였다.

인철은 여기 있는 사람 중 누군가가 이브라힘이거나 심지어는 돈 주인일 수도 있다는 기대감에 한 사람 한 사람을 관찰했다. 누군가가 말을 걸어오면 좋겠건만 아랍 바는 끊임없이 묵직한 침묵의 분위기가 지배하고 있었다.

이런 식으로 며칠을 저녁마다 바에서 칵테일 잔을 기울이며 범상치 않은 인물이 눈에 들어오기만을 기다리던 인철은 전혀 기대하지 않았던 한 사람이 나타나자 아연 눈을 반짝였다. 한마디로 이 등장인물은 눈에 확 띌 수밖에 없는 인물이었다.

동양인 여성.

이 묵직한 아랍 바에 여성이 들어온 것도 뜻밖인데, 게다가 동양인이었기 때문이다. 인철이 지난 며칠 동안 관찰한 바에 따르면, 이 바에는 단 한 명의 여성도 출입하지 않았다. 마치 여성은 출입 금지라는 불문율이라도 있는 것처럼 종업원조차도 모두 남자들뿐이었다.

젊은 동양인 여성이 등장하자, 인철이 처음 이 바에 들어섰을 때보다 더 날카로운 눈초리들이 허공을 갈랐다. 인철은 여자로부터 고개를 돌리면서도 더욱 신경을 곤두세웠다.

사실 인철의 예민한 반응은 본질적으로 끌림이었다. 인철은 이 여성을 보자마자 전기 충격을 받은 것처럼 몸을 움직일 수 없었다.

인철이 놀란 이유는 그 여성이 한눈에 자신의 이상형임을 알아보았기 때문이다. 지난날 단 한 번도 여성이라는 존재에 관심을 가져본 적 없었고, 자신의 관심을 끈 여성도 만나지 못했던 인철은 뒤통수를 얻어맞은 듯 혼미하고 심장이 멎는 것처럼 숨을 쉴 수가 없었다. 인철에게는 그녀가 바 안으로 걸어 들어와 비어 있던 소파 중 하나에 앉을 때까지 채 1분도 안 되는 시간이 마치 슬로비디오처럼 느릿느릿 눈앞에 펼쳐졌던 것이다.

"진저에일, 비테."

그녀는 독일어로 진저에일을 주문하고는 핸드백에서 신문을 꺼내 읽기 시작했다. 누구를 기다리는 것 같지도 않았고, 누군가를 만나려고 하는 것 같지도 않았다. 처음에는 기민한 관심을 보이던 남성들도 한참의 시간이 지나자 평소와 다름없이 다시 무겁게 가라앉았다. 그날 인철은 자신이 왜 여기에 왔는지도 잊은 채, 밤 열두 시에 바의 문이 닫히고 모두가 돌아갈 때까지 그녀만을 바라보고 있는 자신을 발견했다.

기이하게도 그런 날이 계속됐다. 그 여성도 매일 저녁마다 바에 와서 진저에일 한 잔을 시킨 후 열두 시에 바의 문이 닫히면 조용히 나갔다. 매일 핸드백에서 신문을 꺼내 읽는 행동도 같았다. 다만 정장 슈트의 색이 검정색일 때도, 베이지색이나 분홍색일 때도 있었다. 가냘프지만 작지 않은 키에, 희고 작은 얼굴, 까만 눈동자가 지적인 여성. 귀여운 소녀처럼 보이다가 한순간 강한 카리스마가 스쳐 지나가기도 했다.

인철은 도대체 어떤 불법적 음모나 행동에 개입되었을지 알수 없는 그다지 밝지 않은 남성들이 득실대는 이런 으슥한 바에 저렇게 청순한 동양 여성이 매일 오는 까닭이 궁금했다. 또한 그녀를 처음 본 순간부터 그녀가 당연히 한국 여성일 것이라고 상상하는 자신에게 놀랐다.

처음 그녀는 마치 길을 잃어서 이곳이 어디인지 모르고 들어온 사람처럼 보였다. 누구에게도 눈길 한번 주지 않고 관심조차 없었다. 하지만 그다음부터는 마치 신문을 읽기에 세상에서 가장 적합한 곳을 발견했다는 듯, 같은 자리에 앉아서 같은 진저에일을 마시며 오로지 신문 읽기에 골몰하는 듯했다.

매일 저녁 인철은 그녀에게 말을 걸고 싶은 충동이 일었지만 그녀가 인철이라는 존재 자체를 인지하지도 못한 것처럼 한 번도 눈길을 주지 않는 데다 자신은 이브라힘을 찾기 위해 이곳에 왔다는 목적을 상기하며 애써 참곤 했다.

바에 출입한 지 일주일이 넘었지만 누구에게 말을 걸 분위기도 아니고, 그렇다고 말을 걸어오는 사람도 없는 데다 미국으로 돌아갈 날이 다가오자 인철은 이대로 아무 일 없이 돌아가는 것보다는 부딪쳐보아야겠다고 마음먹고는 어느 날 밤 무턱대고 웨이터에게 미스터 이브라힘을 만나고 싶다는 메모를 전했다. 처음 바에 올 생각을 했을 때만 해도 누구든 범상치 않은 사람을 보면 첫눈에 그가 이브라힘이든 돈 주인이든 알아볼 것으로 생각했지만 아랍 바는 어두운 데다 그리 쉽게 사람을 알아볼 수 있는 분위기가 아니었다.

그날 바의 문이 닫힐 무렵, 늘 인철에게 서빙하던 웨이터가 조용히 다가왔다.

"이브라힘 씨가 당신을 만나겠다고 합니다. 바가 문을 닫으면 이브라힘 씨가 이곳으로 올 것입니다."

인철은 약간 긴장되었다. 오늘은 좀 으슥한 자리에 앉다 보니 이상형의 여성이 자기 바로 옆 소파에 앉아 있어 운수 좋은 날이라는 기대감으로 자리를 지켰지만 다른 한편으로는 가벼운 불안감도 없지 않았다.

인철은 이브라힘이 어떤 사람이든 마빈과 교환했던 잔고증명이 있어 안전에는 문제가 없다고 자신했지만, 어쩌면 누군가는 자신을 미행해 세계은행에서 출퇴근하는 걸 알지도 모른다는 불안감에 갑자기 신경이 예민해졌다. 그 불안감에 더해 혹 돈 주인이라도 만나게 되면 요한슨과 같은 일을 당할 수도 있을 거라는 생각에 인철은 아직 남아 있는 대여섯 명의 손님들에게로 눈길을 돌렸다.

순간 동양 여성의 옆모습이 눈에 들어왔고, 갸름한 옆얼굴과 가느다란 목선을 바라보자 신기하게도 불안감은 가라앉았다. 인철은 이 여성이 자신을 지켜주는 수호신이라 생각하며 오늘 이 브라힘과 일이 잘되면 내일은 반드시 이 여성에게 다가가 데이트 신청을 하리라 생각하며 푸근한 마음으로 눈길에 들어오는 여성의 옆모습을 바라보았다.

"으음!"

오늘따라 하얀 블라우스 위로 흘러내린 단정하게 묶은 여성의 까만 머리가 유난히 아름답게 느껴졌다. 불빛에 드러난 작은 귀와 분홍색 귓바퀴를 보자 인철은 바로 이 순간 무조건 그 귀여운 귓불에 대고 '당신을 사랑합니다'라고 귓속말을 하고 싶은 충동을 느꼈다.

드디어 바의 문이 닫히고 모든 손님들이 떠났다. 문득 어둠 속으로 사라지는 그녀를 따라가고 싶다는 생각이 드는 순간, 인철 앞에 두 명의 건장한 남성이 나타났다. 그들은 인철이 알아들을 수 없는 말로 뭐라고 외치면서 인철에게 주먹을 날리기 시작했다.

육사 시절부터 태권도와 합기도로 무장해 웬만한 패거리쯤이야 자신만만한 인철이었지만 워낙 갑작스런 공격인 데다 두 덩치가 동시에 달려드니 일방적으로 얻어맞을 수밖에 없었다. 반격을 노리며 머리를 숙이는 순간 인철은 돌연 머리 위 조명 아래서 번쩍하는 섬광을 보았다. 그것이 날카로운 칼에 반사된 광선이라는 걸 직감하자마자 인철은 오른팔 밑으로 길고 뜨거운 채찍이 내리쳐지는 느낌과 동시에 두 다리가 허공에 뜬 것처럼 몸이 가벼워지는 것을 느꼈다.

"아악!"

이 순간 밖에서 문을 두들기는 천둥 같은 소리와 함께 "폴리짜이, 폴리짜이, 문 열어!"라는 외침이 들려왔다.

인철이 다시 정신을 차린 것은 비엔나 중앙병원으로 달려가는 앰뷸런스에서였다. 거리를 질주하는 구급차의 사이렌 소리가 마치 먼 곳에서처럼 들려왔다. 인철의 곁에는 바에서 본 그 동양 여성이 앉아 있었다. 그녀는 바에서 나간 후 집으로 바로 가지 않고 지켜보다 경찰을 불러 인철을 구해준 것이었다.

인철은 자신이 죽음의 문턱까지 갔었다는 것도 잊은 채, 그녀가 자신의 옆에 앉아 함께 병원으로 간다는 사실에 오히려 행복하기만 했다. 구급차 침대에 누운 채 가느다랗게 눈을 뜬 인철을 향해 그녀가 분명한 한국어로 말했다.

"죽을 뻔했다는 건 아시지요? 갖가지 음모의 소굴인 그 아랍 바에서 혼자 그놈들을 상대하는 게 얼마나 무모한 짓인지 알기나 해요! 나는 또 총이라도 하나 차고 있는 줄 알았지요. 맨주먹으로…… 이건 뭐 바보가 아니면 설명이 되지 않는 일이에요."

처음으로 듣는 그녀의 목소리는 놀라움 탓에 한 옥타브 높기는 했지만 유혈이 낭자한 상황에서도 지극히 침착했다.

"생명의 은인이시네요."

인철은 신파조의 호소를 덧붙였다.

"연락처와 이름을 알려주세요. 이 은혜는 평생 두고 갚겠습니다."

자신을 가장 스마트하게 나타내보이고 싶었던 여인에게 한 말치고 이렇게 촌스런 말이 또 있을까 후회하는 순간 그녀가 대답했다.

"저는 최이지예요. 이제 안심하고 눈을 감고 계세요. 병원에서 경찰 보호하에 치료받을 수 있도록 도와드릴 거예요."

오른팔 아래쪽으로 꽤 깊은 자상을 입은 인철은 며칠간 병원에 입원해야만 했다. 최이지는 매일 병원을 찾아왔고, 두 사람은 급속도로 가까워졌다. 이미 그녀를 사랑하고 있던 인철은 부상을 오히려 행운으로 받아들였다.

최이지 박사는 비엔나의 국제원자력기구IAEA에서 핵물질 감독관으로 근무하고 있었다. 한국에서 독일로 유학 온 부모 밑에서 태어나 독일에서 경제학을 공부했으나 엉뚱하게도 미국의 MIT로 유학을 가서 핵물리학 박사 학위를 취득했다.

"제가 공부를 해보니 경제학이든 물리학이든 노벨상을 타기는 틀린 것 같고 국제정치에 관심이 많아서 IAEA에 취직했어요. 독일 뮌헨에 계시는 부모님과 불가근불가원의 거리를 유지하기에도 이곳 비엔나가 적당하니까요."

"불가근불가원이요?"

"호호. 그렇다고 부모님과 사이가 나쁜 건 아니에요. 다만 남자친구 하나 없이 밤거리를 누비는 걸 알면 기겁을 하실 테니 자주 오시기 힘든 이 비엔나가 적당해요."

"그런데 물리학과 정치는 좀 거리가 있는 것 같은데요? 물론 경제학이 바로 정치이기는 하지만."

"핵물리학을 공부하고 보니 자연히 핵 보유를 둘러싼 국가 간 힘의 상관관계에 몰두하게 돼요."

인철은 이지가 뮌헨에서 태어나고 자란 것도 의미심장한 인연으로 받아들였다. 뮌헨은 인철이 독일 육사에서 교육을 받던 시절 룸메이트의 초대로 유일하게 가본 도시였다. 어쩌면 그때 뮌헨의 어느 길목에서 고등학생인 그녀와 옷깃을 스쳤을지도 모른다는 엉뚱한 상상을 하기도 했다. 어쨌거나 함부르크에 비해 독일 특유의 낭만적 정서가 흠뻑 배어 있는 뮌헨은 인철의 추억 속에 가장 아름다운 청춘의 장면으로 남아 있는 도시였고, 따라서 이지가 뮌헨 출신이라는 점이 더욱 친근하게 다가왔다.

"대단한 독일어네요. 저와는 아예 비교도 되지 않는."

"독일어가 모국어예요."

"한국어도 한국인보다 더 잘하시는데요."

"당연히 한국어도 모국어죠."

"하지만 독일 사람인 거죠?"

"독일에서 태어나긴 했지만…… 늘 한국을 생각하고 살아요. 때로 한국의 신문이나 잡지에 기고도 하고요. 최근 청와대에 제언을 하기도 했어요."

"제언? 무슨 내용인데요?"

"중국과의 관계에 대해서요. IAEA에서 일하다 보면 국가 간 충돌에 대해 느끼는 바가 많아요."

인철은 이지가 경제학이라는 사회과학과 물리학이라는 자연과학을 다 같이 전공했다는 사실이 기뻤다. 사실 자신으로서도 둘 다 무척 해보고 싶은 공부였지만 기회가 오지 않아 마음속에 늘 아쉬움으로 남아 있던 터였다. 그러나 무엇보다도 그녀가 자신에게 관심을 가져주었다는 사실이 가슴속 깊은 곳으로부터 묵직한 기쁨으로 다가왔다.

그녀가 그날 밤 바의 문 밖에 남아서 지켜본 것도 바의 웨이터와 정장 차림의 낯선 남자가 목소리를 낮춘 채 나누는 대화 내용이 심상치 않아 직감적으로 인철을 떠올렸기 때문이었다. 그들이 나눈 대화는 인철에게 경고를 해야 한다는 내용이었다고 했다. 최이지는 그 말대로라면 그들이 인철에게 겁만 주려 했지 죽일 생각은 없었기 때문에 자신에게 생명의 은인이라고 할 필요도, 평생 은혜를 갚을 필요도 없다고 농담처럼 주장했다.

"하지만 그들은 날카롭기 짝이 없는 칼을 썼는데요."

"어쨌든 그들의 대화는 경고를 하자는 내용이었어요."

"경고가 이 정도면 다음번에는 죽이겠네요."

이지는 인철에게 그나마 비엔나여서 목숨을 건졌으며, 아무리 지독한 악당이라고 해도 웬만해서는 이 비엔나에서 살인 같은 극단적 범죄를 저지르지 않으며 눈에 띄는 행동은 자제한다고 말했다.

최이지는 세계적인 경제 제재로 현금이 궁할 대로 궁한 북한이 비엔나의 어느 바에서 이란과 접촉하려 한다는 정보를 입수하고 의심이 가는 장소 중 하나인 사프란에서 잠복근무를 하던 중이었으며, 인철에 대해서는 첫날 바에서 마주친 후 혹시 북한 사람인가 싶어 신원 조사를 의뢰해 어느 정도 알게 되었다고 했다.

9.
미국으로

인철이 칼부림을 당한 사건은 슈나이더 총재를 경악케 했다. 그는 인철에게 요한슨을 소개한 장본인이었고, 무엇보다도 요트아베 회장의 부탁을 전하며 은근히 인철을 압박했기 때문에 몸서리까지 칠 정도였다. 그는 직접 병원으로 인철을 찾아왔다.

"이번에 해코지한 그놈들은 자네를 계속 지켜보고 있을 거야. 당장 워싱턴으로 돌아가는 게 좋겠어."

"제가 피습당한 사실은 누구에게도 비밀로 해주십시오. 워싱턴의 김용 총재를 포함해서 그 누구도 저의 피습을 알아서는 안 됩니다."

슈나이더는 고개를 끄덕였다. 그건 오히려 자신이 부탁하고 싶던 참이었다.

"경찰은 바에서 자네를 습격한 자들을 잡지 못하고 있어."

"잡힐 놈들이 아닐 거예요. 제3인베스트먼트가 요트아베에서 돈을 빼지는 않았습니까?"

"두 번에 걸쳐 돈을 전광석화처럼 뺐다는군. 회사는 껍데기만 남고 마빈은 나타나지도 않는다더군."

"그는 비엔나 사람이라 사라질 리 없을 텐데요. 그의 안위가 걱정되는군요."

"그도 같은 패 아닌가?"

"그렇긴 하지만 제가 마빈을 취하게 만들어 있는 대로 다 털어놓도록 한 게 혹시 그를 위험에 처하게 했을지 모릅니다."

마빈이 자신에게 이브라힘의 존재를 알렸고 자신이 이브라힘에게 습격을 당했다면 마빈 또한 무사할 리 없었다. 인철은 요한 슨이나 자신이나 마빈이나 일직선상에 놓여 있다고 생각했다. 돈의 주인을 알게 되었거나 알려고 했던 사람, 또는 약간이라도 정보를 제공하는 사람은 예외 없이 죽거나 위험에 빠지는 것이었다.

"그런데 돈의 주인은 누구인가? 전에 얘기했던 엑슨모빌도, 아람코도, 칼텍스도, 사우디 왕세자도 아니야. 그들은 이런 식으로 회사를 없애진 않아."

"그들은 아닐 겁니다. 돈의 주인은 네 가지 조건을 만족시키는 자입니다."

슈나이더 총재는 인철의 능력을 크게 신뢰하는지라 눈에 초점을 잡고 인철의 목소리에 귀를 기울였다.

"네 가지 조건이라면?"

"첫째는 아랍인입니다. 아랍인 이브라힘이 비엔나에 와서 제3인베스트먼트를 출범시켰고, 모든 걸 다 결정한다고 했습니다. 그가 주인이거나 이인자입니다."

"이인자가 아랍인이라면 일인자도 아랍인이야. 그들은 결코 이족과 최고의 비밀을 나누지 않으니까."

"둘째는 이 돈의 주인이 석유를 장악하고 있다는 사실입니다. 투자 오더는 항상 위에서 내려왔고 자그마치 열 배로 돈을 키웠습니다. 뜻대로 유가를 결정할 수 있는 위치에 있는 사람만이 내릴 수 있는 오더입니다."

"동의하네."

"셋째는 이 돈의 주인은 자신이 드러나는 걸 극도로 꺼리고, 약간이라도 노출의 위험이 있을 경우 살인을 포함한 어떠한 폭력도 구사할 태세가 되어 있다는 점입니다."

슈나이더는 이제 어느 정도 제3인베스트먼트의 정체에 눈을 뜬지라 고개를 끄덕이며 인철에게 동조했다.

"넷째는?"

"아랍의 공개된 부호들 중에는 의심 가는 사람이 없는 걸 보면 어쩌면 IS일 수도 있습니다."

슈나이더는 흠칫 놀랐다가 이내 고개를 크게 가로저었다.

"이제 미국으로 돌아가면 여기 일은 다 잊어버리게. 놈들이 자네에게 이런 상처를 입히긴 했으나 복수를 하려 들 일은 아니네. 일개 깡패들 짓이니. 돈 주인이 뒤에 있는지도 확실하지 않고."

인철은 엷은 미소를 입가에 떠올렸다.

"당장 복수는 생각지 않지만 그들과 완전히 결별하게 될 것 같지는 않아 보입니다."

"무슨 말인가?"

"그들은 앞으로도 계속 미국의 셰일 석유에 투자할 것입니다."

"미국? 그걸 어떻게 알지?"

"그들은 석유에만 투자해왔는데 지금 지구상 가장 뜨거운 곳이 미국입니다. 셰일 석유의 경쟁력이 하루가 다르게 치솟으니까요. 그래서 환치기를 하려는 겁니다. 다른 곳에 투자한다면 유로를 그냥 쓰면 되지만, 미국에 투자하려면 보안 문제가 상당히 까다롭습니다. 특히 아랍계 자금은 만약 조금이라도 드러난다면 집중 감시의 대상이 됩니다. 그래서 그들은 환치기를 통해 유로를 아예 달러로 바꿔 케이맨으로 보내려는 겁니다."

"그러면 자네는 이제 미국에서 그 돈의 주인을 찾겠다는 건가?"

"그들이 비엔나에서 케이맨으로 옮겨가는 게 명백한 이상 저도 그들과 미국에서 부딪치게 될 것 같습니다. 제가 미국으로 돌아가고 나서도 총재님의 도움이 절실히 필요합니다."

"당연히 돕겠네."

"보안을 철저히 지켜주셔야 하고요."

"염려 말게. 이 일이야말로 보안이 생명이야."

"그동안 감사했습니다."

슈나이더 총재는 붕대를 잔뜩 감은 인철이 팔을 내밀자 만감이 교차하는 듯 가늘게 눈꺼풀을 떨며 손을 맞잡았다.

"면목이 없네."

많지도 않은 짐들을 정리하면서 인철은 이별의 슬픔을 진하게 맛보고 있었다. 물론 이지 때문이었다. 이미 자신의 모든 것이 되어버린 이지를 이곳에 남겨두고 떠나야 한다는 사실 앞에 인철은 영혼이 모두 빠져나가는 슬픔을 느꼈다. 자신이 이곳에 남아 있게 되면 이지도 위험에 빠질 수 있다는 생각이 없었더라면 그는 결코 이지가 있는 비엔나를 떠나지 않을지도 몰랐다.

"이지 씨, 저는 미국 본사로 가야만 합니다. 슈나이더 총재가 저를 절대 여기 둘 수 없다고 선언했거든요."

인철은 워싱턴으로 돌아가게 되었다는 소식을 이렇게 전했다. 그날은 이런 사실을 전혀 알지 못하고 있던 이지와 함께 훈데르트바서 기념관에서 작품을 감상하고 비엔나의 한 유명 커피숍에서 오리지널 비엔나 커피를 마시던 중이었다.

이지는 순간적으로 망연자실한 표정이었지만 곧바로 쾌활한 목소리와 함께 미소를 지으며 말했다.

"잘하셨어요. 저도 인철 씨가 이곳에 계속 남아 있는 게 위험하다고 생각했어요. 그나마 오늘 자허 토르테도 맛보고 비엔나 커피도 마시고 가시게 돼서 정말 다행이에요. 그러고 보니 아직 도나우 유람선은커녕 오페라도 한번 보지 못하셨다니…… 이건 정말 비엔나에 대한 예의가 아니네요. 언젠가 비엔나에 꼭 다시 오셔야겠어요."

평소보다 유난히 말이 많은 그녀를 보면서 인철은 아무런 생각도 대답도 할 수 없었다.

"저는 내일 뮌헨에 있는 부모님 집에 가기로 해서 공항에 모셔 다드릴 수는 없겠어요."

"이지 씨도 그 바에 다시 가서는 절대 안 돼요. 정말 조심해야 해요. 워싱턴에 도착하는 대로 연락할 테니 꼭 답을 주셔야 해요."

이지의 맑은 눈망울이 유난히 반짝이는 게 물기가 어린 탓이라 생각돼 뭐라 위로하려는 순간, 이지가 더욱 씩씩하게 말했다.

"제 걱정은 마세요. IAEA는 안전한 곳이에요."

인철이 떠나는 날 이지는 공항에도, 뮌헨의 부모님 집에도 가지 않았다. 그녀는 처음으로 비엔나에 갇혀 산다는 것이 참 답답하다고 생각하며 미국행 비행기가 날아가는 방향을 눈으로 어림잡아 보았다.

10.
워룸

헬리콥터를 타고 백악관에 내린 제임스 매티스 국방장관은 미리 대기하고 있던 긴장된 표정의 각군 참모총장과 함께 워룸으로 들어섰다. 평소 같으면 누구 한 사람 할 것 없이 굳어 있는 분위기를 바꾸기 위해 농담 한마디쯤 던졌을 텐데, 주로 그 역할을 맡았던 매티스도 오늘만큼은 아무 말이 없었다. 아니 어쩌면 그 자신이 더 굳어 있는지도 몰랐다.

잠시 후 트럼프가 들어오자 군인들이 모두 기립했다. 트럼프가 모든 군사 옵션을 보고하라는 지시를 한 후 이루어진 군 수뇌부와 대통령의 미팅이라 평소와 달리 삼엄한 데다 누구나 전쟁을 생각하고 있으니 백악관 워룸의 분위기는 자연스레 사람들의 어깨를 무겁게 짓눌렀다. 어쩌면 바로 이 순간 이 자리에서 대통령은 북한에 대한 공격 개시 명령을 내릴 수도 있는 일이었다. 이미 북한을 완전히 파괴할 수 있다고 한 트럼프의 유엔 연설은 일부 인사들에 의해 북한에 대한 선전포고로 받아들여지고 있는 터였다.

트럼프는 익숙한 손짓으로 사람들을 앉힌 다음 매티스에게 단도직입적으로 말했다.

"이런저런 소소한 옵션은 나도 알고 있어. 그러니 아주 결정판만 말하게."

매티스는 고개를 한 번 끄덕이고는 무거운 표정으로 입을 뗐다.

"북한에 대한 공격에서 가장 장애가 되는 건……."

매티스는 턱에 손을 갖다 대며 트럼프와 그의 백악관 참모들, 특히 틸러슨 국무장관에게 눈의 초점을 맞추며 약간 뜸을 들였다. 뭔가 난감한 일이 있을 때 그가 늘상 보이곤 하는 몸짓이었다.

"한국의 문재인 대통령입니다."

매티스의 입에서 튀어나온 이 뜻밖의 말에 백악관 참모들 몇몇이 얼굴을 찌푸렸고 일부는 고개를 끄덕였다. 문재인이 틈만 나면 내뱉는 '전쟁 불가'는 이미 오래전부터 백악관과 국무부, 국방부 관리들을 짜증나게 하고 있었다.

"문제는 개전 초기의 혼란입니다. 특히 방사포와 장사정포를 무력화하려면 공격 초기에 한국 공군을 비롯한 한미연합사의 병력이 절대적으로 필요한데, 그 시간대에 한국 대통령이 전쟁 반대를 고집하면 난감하기 짝이 없습니다."

틸러슨 국무장관이 물었다.

"공격 초기의 그 시간대라면 뭘 말하는 거지요? 구체적으로 설명해주시오."

매티스가 눈짓을 하자 통합사령부 전략본부장이 일어나 작전 계획을 설명하기 시작했다.

"구체적 공격 작전에 대해서는 하나하나 설명하겠지만, 일단 북한의 목표물에 대한 공격이 시작되면 북한은 유일한 보복 수단인 방사포와 장사정포로 휴전선 이남을 때릴 것입니다. 이것을 어떻게 막느냐가 모든 군사 옵션의 선택 이전에 가장 고심해야 할 부분입니다. 우리 군은 김정은이 방사포와 장사정포 공격 명령을 내리지 못하도록 만반의 조치를 취하지만, 그럼에도 불구하고 명령이 하달되어 포 공격이 일제히 시작되면 무엇보다도 한미연합사의 화력이 결정적입니다."

"흠, 한미연합사는 한국 대통령의 동의가 없으면 활동과 공격을 개시할 수 없으니 그게 문제라는 거군요."

"그렇습니다."

트럼프가 발끈해서 고함쳤다.

"정신 나간 거 아닌가? 자기네 국민을 지키려고 방사포를 때려잡는데 대통령이 반대해? 그리고 우리가 북한과 전쟁을 하는데 주한미군을 꼼짝 못 하도록 잡아둔다는 거야? 김정은을 돕고 싶어 환장한 건가? 하지만 분노는 숨기고 웃는 얼굴로 최대한 그들을 달래야 해. 우리도, 문재인 정권도 서로 친한 척하는 게 좋아."

"문재인 대통령도 결국 따라오지 않을 수 없을 것입니다. 다만, 공격 초기에 엇박자가 날 가능성이 크다는 겁니다. 북한 목표물에 대한 우리의 공격은 극비리에 진행되고 그 공격 순간은 누구도 모릅니다. 물론 심야에 이루어질 수도 있습니다. 문재인 대통령이 밤낮 외치는 걸 보나, 한국 청와대의 멤버 구성으로 보나 공격 소식을 듣자마자 맨 처음 나올 반응은 공격 반대와 전쟁 불가입니다. 이렇게 되면 한미연합사가 발이 묶이는데 그 몇 시간이 북한의 장사정포를 막을 골든타임이란 얘깁니다."

"장사정포는 어느 정도 날아가는 거요?"

"60킬로미터 사거리라 휴전선 부근에서 쏠 경우 서울 전역이 사정권에 듭니다. 북한은 휴전선 부근에 이런 장사정포를 약 350문 배치해놓고 있는 걸로 추정됩니다."

"그럼 우리가 북한의 목표물들을 타격할 때 이 장사정포단도 휩쓸어버리면 되지 않소?"

"이것들은 다 벙커 안에 들어가 있습니다. 차량에 실린 상태이거나 레일에 놓인 상태인데 평소에는 철저히 은폐돼 있어서 밖으로 나올 때만 타격할 수 있습니다."

"이 장사정포는 벙커에서 나오자마자 발사할 수 있는 거요?"

"벙커에서 나와 발사할 때까지 방열 등 준비를 해야 하는데 이 시간이 10분 가까이 걸립니다. 따라서 그 안에 한미연합사의 공군기들이 신속하게 그 포들을 격파해야 합니다."

"하지만 그때 문재인 대통령이 공격 불가를 외치고 있을 테고, 따라서 한미연합사는 움직일 수 없다는 얘기군."

"그렇습니다. 사실은 이것이 가장 심각한 문제입니다. 왜냐하면 최근 북한이 개발한 걸로 보이는 300밀리 방사포는 장사정포보다 훨씬 무섭기 때문입니다. 이것은 170킬로미터까지도 날아가는 로켓형 포인데, 차 한 대에 12개나 되는 각각의 포신이 있어서 1분 안에 20발 이상의 포탄을 날려 보낼 수 있습니다."

"그런 포차가 몇 대나 있다는 얘긴가?"

"아직 정확한 정보는 없지만 한국의 일부 전문가에 따르면 이런 포차가 무려 4천 대 이상 있다고 합니다. 다만 좀 과장되거나 부정확한 정보로 보이기는 합니다."

트럼프는 혀를 끌끌 차며 틸러슨을 바라보았다.

"한국에 주둔하고 있는 우리 군이 움직이기 위해선 그 한미연합사라는 웃기는 걸 없애버려야 하는 거 아니오?"

"필요하다면 그렇게라도 해야겠지만 한미연합사를 없애면 주한미군이 결국은 철수하게 되고, 그것은 북한에 의한 한반도의 적화통일을 부르게 됩니다."

"그러나 그게 한국인들의 선택이라면 우리가 어떻게 할 수 없는 것 아니오? 그러잖아도 한국에는 반미주의자가 넘친다고 하던데. 얼마 전에도 뉴욕에서 대통령 안보특보인가 하는 자가 전쟁보다는 한미동맹 해체가 낫다고 주장하더구먼. 그 얘기는 우리가 북한을 공격하면 한미동맹을 해체하겠다는 얘기와 다름없지 않소?"

"청와대에서는 그 사람 개인의 발언이라며 선을 긋긴 했습니다."

"무슨 소리요? 대통령 안보특보라면 대통령의 말을 하게 되어 있는 거 아니오? 여하튼 그렇다 치고, 그럼 한국 대통령은 북한 핵을 어떻게 처리하겠다는 거요? 영원히 그 협박을 받으면서 살겠다는 거요?"

"말로는 북한 핵은 절대 안 된다면서도 실제로는 시간만 보내고 있습니다. 지금 이 순간에도 북한은 무서운 속도로 수소폭탄을 늘려가고 있을 텐데요."

"한국 정부가 일부러 북한에 시간을 벌어준다는 얘기요?"

"일부러 그러는 것 같지는 않습니다만 자꾸 대화만이 해법이라 외치고 있으니 북한으로서는 우군 중의 우군을 만난 셈입니다."

"허허, 참. 우스운 자로군. 나 같으면 전 세계를 다니면서 북한 핵 없애달라고 세일즈를 하고 다닐 텐데 거꾸로 없애준다는데도 안 된다니. 그러나 그 친구도 결국 따라올 수밖에 없지 않나? 장사정포와 방사포로 서울이 불바다가 되고 자기네 국민들이 대량 살육을 당하는데 끝까지 군대를 묶어놓을 수는 없을 테니까."

"문제는 골든타임을 놓친다는 데 있습니다."

"흐, 답답한 자로군. 대포는 그렇다 치고 북한이 핵무기로 남한을 공격하는 건 어떻게 막지?"

"불가능합니다."

"미사일 실험도 성공하고 얼마 전 수소폭탄까지 개발을 완료했다면서. 아직 핵탄두를 미사일에 붙이지 못하는 건가?"

"아직 경량화가 안 돼 실전에 쓸 정도는 아닌 걸로 판단하고 있습니다."

"만약 우리가 모르는 새 실전에 쓸 정도가 되었다면? 늘 최악을 가정해야 하는 거 아닌가?"

"그들은 핵미사일로 반격할 시간을 확보할 수 없습니다. 노동이든 무수단이든 화성이든 미사일에 액체 연료를 쓰기 때문입니다."

"액체 연료를 쓰면 왜?"

"액체 연료는 등유에 다량의 액화산소를 섞는 건데, 이 액화산소는 섭씨 영하 183도 이하에서만 운반과 보관이 가능하므로 평소 미사일에 넣어두면 기화해 날아가버립니다. 그렇기 때문에 영화에서 보듯 버튼만 누르면 핵미사일이 날아가는 게 아니라 발사 직전 미사일의 크기에 따라 약 한 시간에서 네 시간가량 연료 주입 시간이 필요합니다. 따라서 우리가 먼저 철저히 때리면 완전히 무력화할 수 있습니다."

"우리의 타격에서 벗어나 있으면?"

"타격과 동시에 동원 가능한 감시 위성을 전부 북한에 집중시키고 에이왁스를 비롯한 공중 감시기와 레이더함, 기타 육해상 감시 레이더를 총집중시키면 우리가 모르는 새 미사일 연료를 주입할 수 없습니다. 일단 타격이 시작되면 모든 미사일 기지와 차량을 사전에 다 때리지만 이를 벗어나 꿈틀거리는 게 있더라도 3분에서 5분이면 우리 전폭기가 날아가기 때문에 북한군은 시간을 확보할 수 없습니다."

"그럼 뭐가 문제되는 거지? 100만이 넘는 정규군의 남침?"

"정규군은 움직이지 못합니다."

"왜?"

"북한군의 일거수일투족은 1호 지시를 받아야만 움직일 수 있습니다. 즉 김정은의 지시 없이는 꼼짝도 할 수 없다는 얘깁니다. 하지만 김정은은 우리의 선제공격에 따라 이미 사망하거나, 벙커에 숨는다고 해도 우리가 공중 폭격으로 벙커 입구를 완전히 봉쇄해버리기 때문에 살아 있어도 죽은 거나 다름없습니다. 통신시설 또한 완전히 망가져버려서 어떤 지시도 내릴 수 없습니다."

"그래도 지시를 내린다면?"

"정규군이 한 발짝이라도 떼는 순간 B-2 스텔스, B-1B 랜서, B-52의 집중 폭격을 받기 때문에 궤멸됩니다. 그래도 이들이 휴전선을 넘으려 하면 B61-12로 지구상에서 완전히 없애버립니다."

"B61-12는 뭔가?"

"최근에 개발 완료한 디지털 핵폭탄입니다. 80계열의 핵폭탄들은 피폭 범위가 워낙 넓은 데다 방사능 낙진도 많이 발생해 아군이나 우방도 피해를 입을 가능성이 있는 반면, 이 61계열의 350킬로그램짜리 소형 폭탄들은 족집게처럼 목표물만 정밀 타격하며 낙진도 거의 발생하지 않습니다. 위력도 0.5킬로톤에서 150킬로톤까지 임의로 조정할 수 있습니다."

"150킬로톤이라고? 내 기억이 틀리지 않는다면 히로시마에 투하된 핵폭탄이 아, 그게 뭐였지 이름이? 팻 맨이던가?"

"팻 맨은 나가사키에 투하된 것으로 20킬로톤, 히로시마에 투하된 건 15킬로톤으로 리틀 보이란 별칭으로 불렸습니다."

"리틀 보이는 이름이 그렇다는 거지, 무게가 수십 톤이나 나가지 않았나?"

"그렇습니다. 40톤이 조금 넘었습니다."

"허, 그런데 350킬로그램짜리 소형 폭탄들이 40톤짜리보다 음, 보자. 무려 일곱 배가 넘는 위력을 낸다고?"

"그렇습니다. 이런 걸 북한군 군단마다 하나씩 안기면 끝장입니다."

"그럼 북한의 반격을 그리 무서워할 필요는 없는 거 아닌가?"

"공격 초기 한국 대통령이 방사포와 장사정포 궤멸 작전을 막지만 않는다면 겁낼 일이 없습니다."

"그건 우리 항모에 있는 함재기로는 못 하나?"

"할 수는 있지만 100퍼센트 위력을 발휘할 수는 없습니다. 아무래도 휴전선 부근에 밝은 주한미군이나 한국군 전투기들이 월등합니다."

"그것 참. 일단 그 문제는 버려두고 우리의 작전 계획 전체에 대한 설명을 듣고 싶네. 놈들의 핵과 미사일 개발을 완전히 초토화할 대형 블록버스터 얘기를 들려주게."

11.
트럼프

"두 가지로 생각할 수 있습니다. 먼저 한국군의 도움을 받는
경우입니다."

"개떡 같은!"

트럼프의 입에서 욕지거리가 터져 나왔다. 그는 북핵 제거의
최고 수혜자는 한국인데 한국이 찬성하지 않는다는 사실에 핏대
가 오를 대로 올라 있는 중이었다.

"항공모함 로널드 레이건과 존 스테니스, 그리고 칼 빈슨을 출
동시킬 예정입니다."

"왜 그것밖에 출동하지 않는가? 니미츠도, 엔터프라이즈도 있
잖아."

"이 세 척으로도 충분합니다. 물론 각 항공모함마다 함재기
약 100대 이외에도 서너 척의 이지스 구축함, 순양함, 오하이오
급 핵잠수함 등 숱한 전단이 따릅니다. 항모에는 B61-11 수십

발이 탑재되어 있고, 핵잠수함에는 크루즈 미사일이 무려 154기나 탑재되어 있습니다. 각 함재기들 또한 토마호크 순항미사일로 무장하고 있고 이외에도 공대지 미사일, 공대공 미사일 등 막강한 화력이 장착되어 있습니다."

"순항미사일이란 저절로 알아서 간다는 뜻인가?"

"그렇습니다. 마치 무인 비행기같이 좌표와 시간만 입력하면 공중을 마음대로 떠돌아다니다 입력된 정확한 시각에 입력된 정확한 목표물을 타격하는 것입니다."

"그러면 각각 다른 시각에 미사일을 발사해도 같은 시각에 목표물을 때린다는 얘기야?"

"그렇습니다."

"햐아, 그거 멋진데! 그럼 500발을 쏘면 500발 모두 일시에 타깃을 때리나? 각각의 타깃이 한참 떨어져 있어도?"

"바로 그렇습니다."

"하나는 평양에, 하나는 풍계리에?"

"그렇습니다."

"놈들은 쥐도 새도 모르게 일시에 맞을 수밖에 없나? 먼저 맞는 놈이 없으니 어디서 연락도 받지 못하고?"

"게다가 초기에 북한으로 들어가는 작전기들은 B-2와 F-22 랩터입니다. 모두 스텔스기라 눈에 보이지도, 레이더에 잡히지도 않으니 적은 멍청하게 있다 순간적으로 풍비박산 날 수밖에 없습니다."

"그거 멋진데."

"더군다나 스텔스기가 먼저 북한 상공에 EMP탄을 터뜨립니다. 모든 전자기기와 통신이 먹통이 되기 때문에 서로 간 피해 상황도 알릴 수 없고, 김정은이 죽었는지 살았는지도 모릅니다."

"그 첫 공격으로 김정은을 죽일 수도 있나?"

"핵기지, 미사일 기지, 무기제조 공장, 공군기지, 해군기지, 육군의 모든 군단 외에 평양의 김정은 집무실, 초대소, 기타 의심 지역과 벙커까지 한 번에 다 때리기 때문에 첫 공격에 사망할 가능성도 상당히 있습니다."

"자식이! 뭐, 날 보고 늙다리 미치광이라고! 이봐 본부장, 공격이 시작되면 첫 발로 그 철없는 로켓보이 녀석을 골로 보내버려!"

"명심하겠습니다."

"그 작전을 내가 여기 워룸에서 지휘하게 된단 말이지?"

"그렇습니다."

"오바마가 빈 라덴 작전 지휘하듯."

"이 워룸이 오바마 대통령께서 지휘하셨던 바로 그 방입니다."

트럼프는 주변을 한 번 휘둘러보고는 만족한 웃음을 띠며 계속하라는 손짓을 했다.

"이때 핵 관련 시설은 다 박살나지만 확인 사살을 위해 B-1B와 B-52가 김정은의 은신처와 핵시설 등 주요 목표물을 다시 융단 폭격합니다. 이때 단 한 발이라도 북한의 미사일이 날아오면 즉각 좌표가 입력되기 때문에 공대지 재즘 미사일과 GPS가 장착된 토마호크 미사일이 바로 날아가 그 지점을 잿더미로 만들 것입니다. 또한 F-22가 항시 대기하고 있어 적은 꼼짝달싹할 수 없습니다."

"적의 미그기는?"

"모든 공군기지와 활주로, 레이더가 900개 공격 목표 안에 잡혀 있어 첫 공격과 동시에 다 초토화됩니다. 즉 미그기는 아예 뜰 수도 없습니다. 뜬다 하더라도 상대를 보지도 못한 채 어디서 날아왔는지도 모를 미사일에 바로 격추됩니다."

"미사일과 폭격기 공격만으로도 모든 작전이 다 끝난다는 말인가?"

"주요 핵시설엔 우리 특수부대가 들어가 완전히 확인 파괴합니다. 그리고 무엇보다도 김정은과 수뇌부의 소재를 파악해 B-61 벙커버스터로 명을 끊어버립니다. 그리하여 다시는 핵개발은커녕 선군이니 뭐니 하는 우스운 짓을 못 하게 합니다."

"그런데 한국군이 참여하지 않으면 작전이 바뀌나?"

"선제타격 시 한국 공군기 300대의 도움을 받지 못하고 한국제 현무나 독일제 타우루스 미사일이 공격에 가담하지 않게 됩니다. 하지만 이것은 별 문제가 아닙니다. 항공모함 외에도 괌, 오키나와, 요코스카 그리고 우리 본토에서 증원하면 되니까요. 하지만 아까도 얘기했듯이 서울을 비롯한 수도권의 2,500만 시민이 개전 초반에 방사포와 장사정포에 노출되는 게 가장 큰 문제입니다."

"그 방사포가 숨어 있는 벙커인지 갱도인지 터널인지를 선제
타격으로 먼저 쓸어버릴 수는 없단 말이지?"

"현재 땅굴을 비롯해 그런 지하시설을 집중적으로 체크하고
있지만 워낙 은폐가 잘 되어 있어 사전에 처리하기가 쉽지 않습
니다. 놈들의 포가 진지에서 나오고부터 발사까지 걸리는 시간
이 10분 이내인데 이때 연합사 공군기들이 때려잡는 게 최선입
니다. 그랬을 경우 인명 피해를 최소한으로 줄일 수 있지만, 만
약 한국의 문재인 대통령이 협조를 하지 않아 골든타임을 놓치
게 되면 수십만까지 인명 피해가 날 수도 있습니다. 이것은 서울
에 핵폭탄이 떨어지는 것 못지않은 피해입니다."

트럼프는 문재인이라는 이름만 나오면 인상을 찌푸릴 대로 찌
푸렸다. 이걸 보고 있던 틸러슨이 의아하다는 듯 고개를 한 번
가로젓고는 물었다.

"각하, 지난번 문재인이 워싱턴에 왔을 때는 메르켈이나 아베
포함해 그 누구보다도 환대하지 않았습니까? 그 후 독일이나 뉴
욕에서 만났을 때도 마찬가지였고요. 서울에 갔을 때는 아베보
다도 뜨겁게 포옹했고요. 그래서 항간에서는 두 분이 아주 친하
고 서로를 잘 이해하며 지지하는 줄 알고 있습니다."

"내가 뭐 시진핑하고는 안 끌어안았나?"

틸러슨은 어깨를 약간 추켜 보였다.

매티스 국방장관이 결론을 내리듯 잘라 말했다.

"한국군이 협조하든 않든 군사적 측면에서만 봤을 때는 최고 수준의 작전으로 김정은과 핵무기를 완벽하게 제거할 수 있습니다. 설사 김정은이 살아남는다 하더라도 이미 모든 걸 잃은 패배자일 뿐입니다. 이외에 좀 더 제한적인 옵션들에 대해 말씀드리겠습니다."

매티스가 전략본부장에게 눈짓을 했으나 트럼프가 손을 들어 제지했다.

"됐어, 됐어."

그는 자리에서 일어나며 대단히 흡족한 얼굴로 국방장관과 국무장관 그리고 여러 참모들과 전략본부장에게 일일이 악수를 청했다.

"시시한 공격은 오히려 말썽을 부를 뿐이야. 조지려면 확실히 조져야지, 아니면 오바마 짝이 나. 나는 최고 수준의 전면공격을 선택하겠어. 자네들은 언제든 바로 공격할 수 있도록 만반의 준비 태세를 갖추게. 내가 이 워룸에 다시 들어오는 바로 그 순간부터 한 시간 안에 북한의 모든 걸 완전히 파괴해버리는 거야. 저항하면 B-61을 있는 대로 써도 좋고, 한 방에 날려버릴 수 있는 대형 핵탄두를 써도 좋아. 개 같은 자식, 어린 새끼가 날 보고 늙다리 미치광이라고. 하지만 내가 나의 분노 때문에 이러는 게 아냐. 지금 미국은 세계의 조롱거리가 되고 있어. 감히 미국 본토를 불바다로 만든다는 놈에게 미국이 어떤 나라인지 보여주어야만 해. 알겠나, 여러분."

워룸에 모인 지휘관들은 일시에 일어나 우렁찬 목소리를 토해 냈다.

"명령만 내리십시오, 대통령 각하!"

국방부 관리들과 각군 참모총장들이 돌아가고 나자 틸러슨은 집무실로 트럼프를 찾았다.

"어서 와, 렉스."

"도널드, 그런데 한국 대통령 문제를 해결하지 않고 공격한다는 건 어딘지 내키지 않아요. 공격이 그런 모양새가 되면 우리의 명분도 약해지고, 또한 한국 국민의 희생이 너무 많아지면 비록 북한 핵을 제거하고 김정은을 사지로 몰더라도 성공적인 공격으로 평가받을 수 없어요."

"나도 알아."

"제가 서울로 날아가서 문재인 대통령을 설득할까요?"

"그가 듣겠나?"

"다만 몇 시간이라도 장사정포와 방사포에 무고한 국민들이 노출된다는 점을 주지시키면 당연히 돌아서지 않을까요?"

"그러면 그가 이제까지의 미국 공격 반대에서 갑자기 공격 찬성으로 돌아서야 하는데 그럴 경우 그의 정치적 입지가 엉망이 되지 않겠나? 돌아서는 즉시 안보 무능력자로 낙인찍혀 설 곳이 없는데 그가 그걸 할 수 있겠어?"

"그러면 할 수도 있을 겁니다. 착한 대통령이라는 별칭은 진실을 향해서만 달려온 그의 역정에서 나온 것일 테니까요. 국민이 북한의 방사포에 무방비로 노출된다면 모든 걸 내려놓고 돌아설 사람입니다."

"사람 자체는 믿음이 가. 아베와는 됨됨이가 다르지. 하하하하! 일전에 베를린에서 말이야. 하하하하!"

트럼프는 한참 웃고 나서 말을 이었다.

"아베가 세련되고 당당하며 뚜렷한 소신이 있는 데 반해 문재인은 어딘지 무뚝뚝하고 답답해 보였는데, 심리학자들이 매긴 점수에서 아베는 신뢰도가 겨우 36점 나왔다더군. 그런데 이 친구 문은 83점이야. 아마 거기 모인 정상들 중에서 메르켈과 같이 제일 높았을걸."

"우리가 북한 핵을 공격할 경우 한국인들에게는 두 가지 선택지가 있습니다. 모든 걸 미국 탓으로 돌리면서 동맹을 깨거나, 아니면 우리와 같이 북한의 핵과 김정은을 끝장내거나."

"그런데 동맹을 깨는 게 낫다는 놈들 생각은 도대체 이해할 수가 없어. 우리가 물러나면 남한은 경제부터 안보까지 왕창 무너지고, 북한의 침공에 벌벌 떨며 하루하루 불안하게 살게 될 텐데 그게 눈에 안 보이나?"

"그들은 남북이 통일하고 중국을 섬기며 사는 게 낫다고 생각하는 겁니다."

"괘씸한 놈들이야. 우리가 생명과 재산을 바쳐 안보 지켰지, 돈 벌게 해줬지, 그런데도 하나 고마워하는 거 봤어? 오히려 우리가 통일에 장애가 되니 어쩌니 하는 소리나 해대고. 도대체 왜 중국 놈들이 장애가 된다는 얘긴 한마디도 안 나오는 거야. 그래, 어차피 이제 한국은 내다버린 나라야. 문재인이 협조하고 안하고는 상관하지도 마. 우린 우리 힘으로 치면 되니까. 그리고 주한미군 싹 빼버려. 우리가 전쟁하는데 우리 군대를 못 쓰게 하는 놈들을 어떻게 우리 편이라고 할 수 있겠어? 이제 중국 놈들 한번 섬겨보고 중국 놈들이 얼마나 지독한지 맛 좀 보게 해. 시진핑이는 나한테 한국이 자기네 속국이라 그러던걸."

"각하, 그렇게 감정으로 대할 일이 아닙니다. 한국은 그래도 우리가 세계에서 공산주의와의 대결에서 건져낸 나라들 중 유일하게 성공한 나라입니다. 70년간 아시아 최고의 우방이기도 하고요. 게다가 중국을 견제할 교두보입니다."

"자네는 한국이 그리도 좋은지 모르겠지만 여하튼 나는 한국이 미워."

"각하도 지난번 아시아 순방 후 한국이 가장 따뜻하게 대해줬다 하지 않았습니까? 한국인들은 대개 우리 미국을 좋아하고 고마워합니다. 문재인 대통령도 집권 초기와는 입장이 많이 달라져 차츰 우리 쪽으로 다가오고 있습니다. 처음에는 제재보다 대화를 주장했지만 요즘은 대화할 때가 아니라며 강력한 압박에 동참하고 있지 않습니까?"

"요즘 와서 자기 참모들과는 좀 달라지긴 했지. 그래서 더 고민이야. 저 방사포 같은 것들이 말이야."

12.
그랜드 케이맨 뱅크

위싱턴으로 돌아온 인철은 몸을 추스르고 붕대를 완전히 제거한 후에야 본부로 복귀했다.

인철은 본래의 출장 목적인 세계은행의 지원금 유용에 관한 상세한 실태보고서를 내밀었으나 김용 총재의 관심은 이미 다른 곳에 꽂혀 있었다. 번갯불에 콩 볶듯 10억 달러라는 잔고증명을 만들어 보낸 사건에 총재의 모든 관심이 쏠리는 건 당연한 일이었다.

"그래, 돈 주인이 누구인지 알아냈나?"

"약간의 단서를 잡은 상태였지만 그쪽에서 눈치를 챈 것 같습니다."

"자네는 별일 없었고?"

"네. 위험은 없었습니다."

인철이 제3인베스트먼트의 자금이 셰일 석유에 투자된다고 하자 총재는 얼굴을 찌푸렸다.

"셰일 석유가 미국 경제의 새로운 희망이 되고 있는 마당에 그걸 조사할 수는 없어."

"그러나 총재님. 누구의 것인지 알 수 없는 거대한 자금이 환치기를 거쳐 케이맨으로 들어가는 걸 못 본 채 눈감고 있을 수만은 없습니다."

"세계은행은 범죄를 조사하는 곳이 아니야. 우리는 우리 일만 하면 돼."

"세계의 돈이란 돌고 돕니다. 결국 우리 일입니다."

"케이맨 얘기는 하지 말게. 이미 미국 사회는 파나마 페이퍼 파동을 겪었잖아. 다시 한 번 그 격랑 속으로 말려 들어가면 어떤 일이 생길지 몰라. 수백 명이 다치는 건 물론이고 나나 자네나 끝장이야."

"그래도 의미 있는 일 아닙니까?"

"그건 정치야. 더 이상 금융이 아니란 말이야."

김용 총재가 기겁을 하는 걸 보며 인철은 파나마 페이퍼 사건의 기억을 떠올렸다.

'파나마 페이퍼스 사건'은 2016년 4월 3일 처음 공개된 희대의 폭로 사건이었다. 세계 각국의 전·현직 정치인, 유명 인사들의 조세 회피 관련 정보들이 포함돼 있어 국제적으로 엄청난 충격과 반발을 불러왔다.

일의 시초는 파나마에 있는 모색 폰세카라는 로펌의 서류들이

유출되면서부터였다. 특별한 산업 기반도 전혀 없는, 세상에서 가장 외진 곳 중 하나인 파나마에 있는 한 로펌의 자료는 온 세상을 한 손에 쥐고 흔들었다.

유출된 서류에 이름이 나온 당시 아이슬란드 현직 총리가 사임해야만 했고, 영국의 캐머런 총리는 취임 4개월 전에 역외펀드 주식을 소유한 사실을 자백했기 때문에 위기를 넘겼다. 중국 배우 성룡, 축구 스타 메시, 할리우드 여배우 엠마 왓슨의 이름도 들어 있었다.

파나마 페이퍼에는 한국 사람의 이름도 200여 명이 들어 있다는 것이 한국 언론에 보도되었고, 전직 대통령과 이건희 회장을 비롯한 재벌들이 연루되었다는 추측이 난무했지만, 결국 하나도 밝혀지지 않은 채 흐지부지되었다.

하지만 전 세계 유명인들이 등장한 파나마 페이퍼에 미국인은 단 한 명도 없었다. 물론 이것은 CIA를 비롯한 미국의 기관들이 혼신의 힘을 다한 결과였지만 미국 사회 내부에서의 보이지 않는 충돌은 엄청났다.

"잡초 한 포기 뽑자고 온 정원의 잔디를 다 파헤칠 수는 없어. 만약 케이맨이나 버진 아일랜드의 비자금이 모두 공개되면 세계는 다시 공산주의로 돌아갈 거야. 그러니 페이퍼 공개 운운하는 얘기는 앞으로 뇌리에서 싹 지워버려!"

"그러나 그것이 우리의 할 일인데요. 더군다나 아랍의 자금입니다. IS의 사라진 돈일 수도 있다는 판단입니다."

인철이 아랍과 IS를 거론하자 김용 총재는 크게 위축됐다. 국가 안보라는 측면에서 도저히 간과할 수 없는 일이라 그는 한동안 생각하다 결론을 내렸다.

"자네에게 전담 요원들을 주겠네. 몇 사람이나 필요한가? 그리고 예산도 원하는 만큼 주겠네."

인철은 잠시 생각하고는 대답했다.

"사람은 없을수록 좋습니다. 혼자 하겠습니다."

"가능할까?"

"이 일은 보안이 생명인데 상대는 큰돈을 가진 사람이고 큰돈은 사람을 현혹시킵니다. 혼자 하는 게 가장 안전합니다."

"알았네. 시간도 돈도 마음대로 쓰게. 굳이 출근할 필요도, 보고할 필요도 없어. 하지만 절대로 우리 둘만 이 일을 알아야 하네. 그렇지 않으면 자네는 해고야."

"알겠습니다."

다시 돌아온 워싱턴 하늘에는 벌써 짙은 가을의 빛깔이 스며들어 있었다. 워싱턴 모뉴먼트 건너편으로 드러난 맑고 높은 하늘을 올려다보는 인철의 뇌리에 비엔나의 풍경이 파노라마처럼 스쳐 지나갔다. 도나우강, 훈데르트바서 기념관, 자허 호텔의 초코 케이크, 아랍 바 사프란. 모두 최이지 박사와 함께한 곳이었다.

이지.

마치 꿈속에서 만났다 헤어진 듯한 여자. 인철은 무엇보다 최이지 박사에게 제대로 마음을 표현하지 못하고 온 것이 못내 아쉬웠다. 처음 본 순간부터 마음을 빼앗겼고 말로 표현할 수 없을 만큼 사랑하면서도 정작 쓸데없는 말만 하고 온 것이 그저 후회스럽기만 했다. 경제학 전공에 MIT의 핵물리학 박사 학위까지 갖고 있다는 게 믿어지지 않을 만큼 순수하고 청초하기만 한 이지는 자신을 어떻게 생각하고 있을까?

비엔나에 오면 무조건 자허 토르테를 먹어봐야 한다며 이지가 데려갔던 자허 호텔 커피숍. 하필이면 거기서 미국으로 돌아간다는 말을 했어야만 했을까. 흔들리던 이지의 표정. 이내 표정을 바꾸고 토해내던 씩씩한 음성. 그 씩씩했던 음성이 이제 와서는 오히려 가슴을 더 아프게 할퀴고 드는 것이었다. 케이크도 먹는 둥 마는 둥 서둘러 일어서며 공항에 나가지 못한다던 어색함. 이지와의 마지막 만남은 엉망으로 끝났고, 그것은 모두 자신의 잘못이었다.

인철은 1분 1초도 머릿속을 떠나지 않는 이지에 대한 안타까움에 비엔나가 있는 하늘 저편을 향해 뼛속으로부터 우러나는 절규를 나직이 토해냈다.

"이지, 내가 잘못했어요. 죽이 되든 밥이 되든 비엔나를 떠나지 않는 건데…… 보고 싶기만 해요."

인철은 이지가 그리울수록 이브라힘의 자금 조사를 빨리 마쳐야 한다고 마음을 다잡았다.

인철은 충분한 시간을 가지고 요트아베에서 넘겨받은 요한슨의 거래 내역을 치밀하게 분석했다. 마빈이 몰랐던 자금의 주인을 요한슨이 알았다면 그것은 주식이나 현물 거래, 또는 수익금과 원금의 흐름을 통해서였을 것이다.

'씨씨'라는 폴더에는 제3인베스트먼트와 요트아베의 계약서, 그리고 투자와 주식 거래 내역이 담긴 문서들이 잔뜩 들어 있었다. 자료의 양이 많아 복잡하긴 했지만 거래 내역은 놀랄 정도로 자세하고 정확해 자금의 흐름을 한눈에 파악할 수 있었다.

"이건 참!"

충분한 시간을 갖고 제3인베스트먼트의 자금을 세세히 들여다보던 인철은 시드머니 총책이 눈에 들어오자 다시 한 번 탄식을 내뱉지 않을 수 없었다. 3억 유로에 불과했던 시드머니를 전적으로 러시아 국영가스공사에 투자해 열 배인 30억 유로로 불린 걸 어떻게 받아들여야 할지 몰랐다. 상상으로도 불가능한 일이 현실에서 일어났고, 잔뜩 배를 불린 이 돈은 근래 들어 미국의 셰일 석유회사들로 당당하게 이동한 것이었다.

제3인베스트먼트는 케이맨 제도의 그랜드 케이맨 은행에 계좌를 갖고 있어 투자 수익금을 모두 그 계좌에 착착 쌓아두고 있었다. 인철은 이브라힘이라는 이름이 제3인베스트먼트는 물론 케이맨 은행의 거래 개설자로 등장하는 것을 보고는 그가 자금의 실소유주는 절대 아니라는 결론을 내릴 수 있었다.

자신의 정체를 숨기고 싶어 하는 돈 주인이 눈에 띄게 자신을 드러낼 리는 만무했다. 그러나 파일을 아무리 뒤져봐도 돈의 실제 주인이 누구인지 짐작할 수 있는 단서는 아무것도 없었다.

자금은 제3인베스트먼트와 요트아베에서 설립한 수많은 페이퍼 컴퍼니들 사이를 복잡하게 돌아다녔다. 모두 페이퍼 상의 거래로 이루어졌고, 돈 소유주의 꼬리를 자르기 위해 최대한 여러 단계로 복잡하게 꾸며져 있었다.

수많은 허위 거래 후에 실제 돈은 오스트리아나 독일, 또는 제3국 어딘가를 통해 실제로 투자가 이루어지는 마지막 단계에서 움직였고, 이 거래 후에는 어떠한 검은 자금도 이미 하얗게 세탁이 되어 있었다.

자금 추적에 일가견이 있는 인철로서도 이 복잡한 메커니즘 앞에서는 혀를 내두르지 않을 수 없었다. 그러나 모래사장에서 바늘을 찾아낸다는 집념으로 모든 거래를 빠짐없이 체크하던 인철은 통상의 거래와는 다른 두 종류의 거래 내역을 집어냈다.

하나는 요트아베에서 300만 유로가 현금으로 인출될 때 따로 두 사람의 여행경비로 5만 유로가 계상되어 있는 것이었다. 거래 내역으로 유추해볼 때 두 사람이 현금 300만 유로와 여행경비 5만 유로를 가지고 러시아 소치로 여행했다는 그림인데 굳이 돈의 용도를 써놓았다는 것이 통상의 거래와 달랐다. 잠시 생각하던 인철은 이것은 돈을 맡긴 자금주 측이 아니라 관리하던 요트아베의 누군가가 돈을 썼기 때문에 발생한 현상이라고 판단했다.

또 하나는 그랜드 케이맨 은행에서 이따금씩 인출된 거액의 현금이었다. 200만 달러씩 열세 번, 2,000만 달러씩 두 번, 합계 6,600만 달러가 인출되었는데 200만 달러는 매달 한 번씩 정기적으로 인출되고 있는 것으로 보아 이브라힘이 용돈이나 경비 등으로 쓰는 것으로 추측해볼 수 있었다. 2,000만 달러씩 두 번 인출된 뭉칫돈은 어딘가 비밀스런 곳에 쓰인 걸로 보였다.

인철은 먼저 비엔나의 슈나이더 총재에게 전화를 걸었다.

"총재님, 6개월 전 요트아베에서 300만 유로를 현금으로 들고 러시아 소치로 여행한 두 사람이 있습니다. 이 내용을 좀 알아봐 주시기 바랍니다."

슈나이더 총재는 곧바로 전화를 걸어왔다.

"요트아베 회장과 요한슨이 300만 유로를 들고 소치에서 열린 1520포럼에 다녀왔다는군."

"넷?"

의외의 소득이었다. 남의 돈을 관리하는 요트아베 사람들이 300만 유로를 들고 소치로 갔다면 이것은 자의적으로 할 수 있는 일이 아니었다. 분명 이브라힘이든 마빈이든 돈 주인의 지시를 받아서 한 일일 테고, 이것은 처음으로 드러나는 돈 주인의 흔적이었다.

"왜 갔다고 합니까?"

"그 포럼을 후원한 것이라고 해."

"후원했다고요? 누가 주최한 포럼이죠?"

"알렉산드르 주코프. 러시아 철도회사 사장이야."

"300만 유로라는 큰 스폰 금액으로 보아서는 돈 주인과 주코프 사이에 만만치 않은 관계가 있다고 봐야 할 것 같아요."

"요트아베 회장은 거기 가서 주코프의 대리인에게 돈을 전달한 후 신나게 먹고 마시고 놀고 왔다는군."

"300만 유로라는 거금을 가지고 갔는데도 그걸 주코프 본인이 아닌 대리인에게 줬다면 주코프란 사람이 보통은 아닌 모양이군요. 그런데 그 1520포럼이라는 건 어떤 모임이랍니까?"

"1520은 러시아의 철로 간격이야. 소위 광궤라고 한다는군. 다른 나라들이 그보다 좁은 표준궤를 쓰는 데 반해 러시아와 그 영향을 받는 나라들만 광궤를 쓴다는 거야."

"한마디로 러시아 철도인들의 모임이군요."

"그런데 중국을 제외한 러시아 이남의 거의 모든 나라들이 광궤를 쓰기 때문에 러시아 철도인이 아니라 국제 철도인 모임이야. 무려 16개국의 철도 마피아들이 왔다더군."

"여하튼 돈 주인이 무슨 의도로 1520포럼에 그런 거액을 희사했는지는 몰라도 러시아 철도회사 사장인 주코프와 결코 무시할 수 없는 관계인 건 확실해 보입니다. 감사합니다. 다시 연락드릴게요."

"그래, 몸조심하게."

인철은 일단 이 사실을 기억 속에 넣어두기로 하고 그랜드 케이맨 은행의 거래와 관련해 어떻게 돈의 흐름을 밝힐 것인지 고심했지만 계좌 추적 등의 방법으로는 도저히 알아낼 수 없다고 판단했다.

　물론 아무리 그랜드 케이맨 은행이라 하더라도 범죄 의심이 가는 증거를 미국 법정에 들이대고 고객 명단의 인도를 요청할 수는 있어도, 미국의 판사들은 테러와 같은 특별하고 확고부동한 증거가 없는 한 조세피난처의 은행들을 상대로 함부로 방망이를 두드리려 하지 않는다.

　인철은 상대를 포착할 수 있는 유일한 방법은 그랜드 케이맨 은행 문을 지키고 있다가 현금 뭉치를 들고 나가는 사람들을 추적해 그 돈뭉치가 제3인베스트먼트의 돈 주인과 연관되어 있음을 밝히는 방법밖에 없다는 사실에 실소를 머금었다.

　인철은 이브라힘의 계좌에서 주기적으로 현금이 인출되는 날짜에 맞춰 그랜드 케이맨 섬으로 가는 비행기 표를 끊었다. 현장을 목격한다 해도 해볼 수 있는 일은 아무것도 없을 테고, 그들이 돈을 갖고 나와 대기하고 있는 자동차를 탄다면 불과 10초 정도 그걸 멍하니 바라보는 게 전부겠지만 그렇게라도 해보고 싶었던 것이다.

13.
아이린

케이맨 제도.

고등학교 시절 세계 지리를 공부할 때 언뜻 스친 기억이 있을
뿐, 생면부지나 다름없는 나라라 인철은 악명 높은 이 나라가 과
연 어떤 나라인지 세계은행의 국가 자료들을 검색해보았다. 쿠
바의 남쪽에 자리 잡은 영국령 섬나라로 3개의 섬으로 구성되어
있으며, 가장 면적이 크고 인구가 많은 그랜드 케이맨 섬도 길이
가 35킬로미터, 최대 너비가 13킬로미터밖에 안 되는, 한국의
강화도보다도 작은 섬이었다.

전체 5만여 명의 인구 중 절반이 그랜드 케이맨 섬에 있는 수
도 조지타운에 모여 살며, 인구의 25퍼센트가 영국계이고 영어
가 공용어였다. 구글 같은 데서 나오는 자료라면 카리브 해의 아
름다운 풍광 덕분에 관광으로 먹고사는 나라라고 소개돼 있을
것이다. 천국처럼 아름다운 풍경 사진들과 함께.

그러나 세계은행은 관광으로 먹고산다는 이 나라의 숨겨진 얼굴을 너무나 잘 알고 있었다. 케이맨 제도는 비밀 계좌를 보장하는 은행법과 조세 도피의 길을 열어놓은 조세법 때문에 검은 순환을 원하는 세계 각국의 자금들이 몰려들어 금융업이 융성한 나라이다.

이 나라에는 수입품에 대한 관세를 제외하고는 어떠한 세금도 없다. 세계 각국의 슈퍼 리치들이나 기업들이 케이맨 제도에 서류상 회사를 만들어놓고, 이 회사가 실제로 영업을 하거나 투자를 한 것처럼 회계 처리를 해 본국에서 내야 할 세금을 회피하려는 것이다.

이런 사실을 방증하듯 케이맨 제도에는 인구보다 기업의 숫자가 더 많다. 세계 각국의 280여 개 은행, 800여 개나 되는 보험회사, 560여 개 자산운용사와 함께 8만여 개의 기업이 등록되어 있다. 작은 건물 하나에 서류상 입주 기업이 1만 개가 넘는 곳도 있으니, 말만 기업이지 직원 한 명도 없는 페이퍼 컴퍼니들인 게 뻔할 수밖에 없다.

로펌, 회계법인, 조세 컨설팅 회사에는 언제라도 이런 일들을 합법적으로 처리하기 위해 세계 최고의 도사급 변호사나 회계사들이 대기하고 있다.

인철은 세계은행에 특별조사요원으로 입사 후 조세피난처에 관한 교육을 받을 때만 해도, 자신이 이런 일에 이렇게 깊숙이 개입하게 될지는 상상하지 못했다. OECD가 케이맨 제도처럼 세금이 없거나 아주 적고, 자금 흐름이 불투명한 30여 개국을 조세피난처로 지정했지만 여전히 이들 조세피난처에 들어간 돈이 32조 달러에 달하며, 이로 인해 세계 각국이 입는 세수 손실이 한 해 2,800억 달러가 넘는다는 추정도 있었다.

그러나 인철은 꼭 이들 조세피난처로 지정된 국가들만을 나무랄 수 없다고 생각했다. 자신이 비엔나에서 경험한 것처럼, 소위 선진국으로 불리는 서유럽 국가들도 이런 문제들로부터 자유로울 수가 없는 것이다.

은행의 엄격한 비밀주의, 법인 실소유주의 익명성 보장에 유리한 회사법과 부자들을 위해 모든 것을 할 준비가 되어 있는 뛰어난 변호사와 회계사들, 게다가 이런 상황을 적당히 눈감아주는 우호적인 정치인들은 유럽에도 널려 있었다. 오히려 자유로운 법치국가라는 국제적 위상을 갖추고 동유럽을 겨냥한 교두보로서 많은 글로벌 기업들이 활동하고 있는 유럽 국가들이 등잔 밑이 어둡다는 말처럼 검은 돈의 세탁에 더 적합한 장소가 되기도 했다.

오스트리아, 스위스, 리히텐슈타인은 이미 오래전부터 비밀계좌로 유명세를 탔지만 독일도 다를 바 없었다. 러시아 신흥 재벌들은 독일에 수많은 부동산을 소유하고 있고, 러시아의 국영 가스회사인 가즈프롬은 겔젠키르헨의 축구 구단인 샬케 04를 인수했다. 아라비아의 부호들도 독일을 선호해왔다는 것을 알 만한 사람은 다 알고 있는 터였다.

서유럽 국가들에서도 각종 사단법인들의 소유 구조는 익명성이 보장되어 있고, 실제 소유주를 추적하는 것은 불가능에 가깝다는 것을 인철은 이브라힘의 사건에서 직접 경험하고 있는 바였다. 특히 케이맨 같은 곳은 처음부터 국책으로 의도되어 부를 창출하는 유력한 수단이 되었기 때문에 현지 정부의 도움을 받는다는 것은 기대조차 할 수 없었다.

인철은 그랜드 케이맨 섬의 오언 로버츠 공항으로 향하는 비행기에 올랐다. 뉴욕의 존 F. 케네디 공항에서 직항으로 네 시간이면 가는 거리지만 백인들이 주를 이루는 관광객 틈에서 사람들의 눈에 덜 띄기 위해 인철은 비즈니스석을 끊었다. 맨 앞줄 창가 쪽 좌석에 앉자마자 눈을 지그시 감고 비엔나에서부터 지금까지의 일들을 머릿속에 곰곰이 되새겨보았다.

"하이, 멋진 분의 옆자리에 앉는 행운을 쥐게 되었네요! 우리 두 사람 모두 즐거운 여행 되길 바라요."

지나치다 싶을 만큼 명랑한 여성의 세련된 뉴욕식 영어였다. 눈을 뜨지 않을 수 없었던 인철은 금발의 젊은 여자가 자리에 채 앉기도 전에 내민 손을 잡을 수밖에 없었다.

"아이린이에요."

"저는 킴이에요."

비록 약간의 웃음을 보이며 옆자리의 여성과 인사를 나누기는 했으나 생각에 빠져 있던 인철은 생면부지의 여성과 대화를 나누는 것이 귀찮기만 했다. 처음에 확실히 거절해야 앞으로 네 시간 동안 조용히 갈 수 있겠다는 생각에 인철은 다시 눈을 감고 자는 척도 해보고, 대꾸도 하지 않고 퉁명스런 표정을 지었지만 아이린은 아랑곳하지 않았다. 어느 나라 사람이냐, 그랜드 케이맨은 처음이냐, 무슨 일로 가느냐, 혼자 가느냐 등등 재잘거리는 질문이 꼬리를 물었다.

철부지 같은 이 아가씨를 마냥 피할 수는 없겠다는 자포자기의 심정으로 어정쩡하게 몸을 튼 인철은 비로소 아이린이라고 자신을 소개한 여인의 얼굴을 제대로 보았다. 긴 금발 머리에 너무나 투명해서 어디를 보고 있는지 초점을 맞출 수 없는 하늘색 눈이 전형적인 서구 미인의 얼굴이었다. 게다가 세련된 뉴욕 억양의 영어가 누군가를 연상시켰다. 이방카 트럼프, 바로 그녀의 말투였다. 아직도 서양 사람들의 나이를 알아맞히기 힘든 인철이었지만 아이린은 삼십대 초반 정도로 보였고, 늘씬하면서도 스포츠로 다져진 듯 건강미가 넘치는 체격은 나이와 상관없이 십대 소녀의 풋풋함마저 머금고 있었다.

억지춘향 식으로 끌려들어간 대화에서 아이린은 미국 뉴욕에 살고 있고, 그랜드 케이맨에는 관광을 가는 길이며, 같이 가기로 했던 남자친구가 갑자기 일이 생겨 자기가 먼저 가지만, 며칠 후면 그 친구가 합류하기로 했다는 등의 이야기를 늘어놓았다.

아이린이 인철의 좌석 위로 몸을 굽히며 탄성을 지르는 통에 창밖을 내다보니 비행기는 어느새 오언 로버츠 공항의 상공에 다다른 모양이었다. 비행기 아래로 그랜드 케이맨 섬의 아름다운 풍광과 함께 유럽이나 미국의 중소 도시처럼 깨끗하게 정돈된 도시의 모습이 펼쳐졌다. 사파이어 빛 하늘 아래로 수많은 고층 건물들이 모여 마천루를 이룬 곳이 조지타운 중심부의 금융가인 것 같았고, 세계 5위의 금융 중심지라는 말이 실감이 났다. 해안선을 따라 작은 원시림에 둘러싸인 정갈한 고급 저택들이 점점이 놓여 있는 이 도시는 겉으로는 마치 파라다이스 같기만 했다.

비행기가 바다 가까이로 난 활주로에 접근하며 고도를 낮추기 시작하자, 여전히 인철 쪽으로 목을 늘이고 창밖을 내려다보던 아이린이 손가락질까지 하며 말했다.

"미스터 킴, 저 바다 색깔 좀 보세요! 완전히 에메랄드 빛이잖아욧!"

과연 케이맨의 해안은 투명한 옥색 물결 위로 카리브해의 눈부신 햇빛이 쏟아져 수천, 수만 마리의 은빛 물고기들이 팔딱이며 비행하는 것처럼 반짝이고 있었다.

"저기, 저기 시커먼 바위 같은 게 보이세요? 저게 바위가 아니고 가오리래요! 가오리! 여행사에서 알려주었어요. 케이맨 제도가 가오리의 천국이라고. 어때요? 제 덕에 좋은 정보 얻으셨죠? 호호호."

인철은 이제 비행기를 내리면 더 볼 일도 없을 텐데 싶어 어린애처럼 즐거워하는 아이린에게 미소를 지어 보였다.

'아. 이지와 여름휴가를 오는 길이라면 얼마나 좋을까.'

잠시 상념에 빠지려던 인철은 고개를 흔들며 마음의 각오를 다졌다. 남들에게는 지상 낙원이지만 자신은 이 기묘한 섬나라에서 어떠한 위험에 빠질지 모른다. 이곳은 비엔나와는 완전히 다르다. 비엔나에서는 그림자로만 드리워져 있던 이브라힘이라는 자를 이곳의 막다른 골목에서 마주칠 수도 있다. 아니 마주치기를 진심으로 원하고 있다. 마주치려고 온 것이다. 그리고 최악의 경우 죽을 수도 있다. 이 옆 좌석 젊은 여자의 흥청거리는 분위기에 휩쓸려 마음의 경계를 늦추면 안 된다.

"굿바이!"

인철은 금발 여성과 비교적 냉랭한 인사를 하고 등을 돌렸다. 택시를 타고 공항에서 멀지 않은 조지타운 시내에 도착한 인철은 우선 금융가에 위치한 그랜드 케이맨 은행을 감시할 만한 장소를 물색했다. 그랜드 케이맨 은행은 수많은 마천루 사이에서 조금 벗어난 한적한 도로변의 하얀색 5층짜리 건물 전체를 쓰고 있어 드나드는 출입구 하나만 감시하면 되었다. 마침 길 건너편에 유리창이 큰 스타벅스 카페가 눈에 띄었다. 그랜드 케이맨 은행의 출입문이 고스란히 시야에 들어와 이보다 더 좋은 장소는 없을 것 같았다.

다음 날 아침 인철이 이른 시각이라 손님도 거의 없이 텅 빈 스타벅스 안으로 들어서자 귀에 익은 목소리가 큰 소리로 그를 반겼다.

"하이, 킴!"

킴은 인철이 끈질기게 이름을 묻는 아이린에게 이름 석 자를 다 알려주기 싫어서 말해준 이름이었다. 성이었지만 아이린은 그걸 이름으로 받아들이는 것 같았다.

"이처럼 이른 시각에 여긴 웬일인가요?"

"당신이야말로! 순간적으로 혹시 나를 미행했나 생각했어요?"

순간 인철은 피식 웃지 않을 수 없었다. 아이린이 먼저 와 있었다는 사실도 떠올랐지만, 아이린이 하늘색 눈에 장난기를 가득 담고 똑같이 묻고 있었기 때문이다.

"이렇게 다시 만난 것도 인연이니 우리 모닝커피나 함께합시다."

"커피는 내가 살게요. 블랙 진하게?"

"좋아요. 그런데 그걸 어떻게……."

"기내에서 스튜어디스에게 계속 그렇게 말했잖아요. 아메리카노 블랙 진하게."

"아, 그랬나요."

"커피 가져올 테니 창밖이나 잘 지키세요!"

던지듯 말하며 커피를 주문하러 카운터로 향하는 아이린의 뒷모습을 바라보던 인철은 온몸에 갑자기 소름이 쫙 끼쳤다. 창밖을 지키라는 말도 그렇지만 장교 출신인 인철은 그녀의 재킷 허리춤에 불룩 튀어나온 실루엣이 무엇인지를 감지했던 것이다.

권총.

그것은 분명 권총이었다.

저 금발 여성의 정체는 무엇인가! 그랜드 케이맨으로 오는 비행기에서 옆자리에 찰싹 달라붙어 앉았던 것부터 인철의 노골적인 거부의 몸짓에도 계속 말을 걸어온 일, 지나치게 명랑한 목소리와 태도, 돌이켜보니 무엇 하나 이상하지 않은 것이 없었다. 청바지와 흰 티셔츠 위에 베이지색 리넨 재킷을 걸친 오늘의 옷차림만 보아도 금발에 하늘색 눈의 팔등신 미인이 세상에서 가장 아름답다는 카리브의 해변을 관광하는 차림새는 아니었다. 게다가 권총까지…….

갑자기 그녀의 모든 것이 다 의심스러웠다. 아이린이라는 이름조차도 진짜이기는 할까? 여기서 당장 뛰쳐나가야 하는 것인가. 인철은 금발을 살피며 망설였다. 저 여자가 이브라힘의 히트맨이라면. 인철은 그러나 자신의 눈을 믿었다. 이상하기는 해도 선량했고 악에 물들 얼굴은 아니었다는 기억을 신뢰하며 버티다 아이린이 커피를 들고 자리에 앉자 인철은 얼굴을 굳힌 채 그녀를 노려보며 말했다.

"당신은 누구요? 왜 나를 미행하는지, 나에게 용건이 무엇인지 얘기하지 않는다면 나는 당장 일어날 거요."

그녀는 여전히 웃음 띤 얼굴로 자신의 ID 카드를 꺼내 보이며 대답했다.

"월드뱅크 특별조사요원 김인철 씨. 다시 만나면 눈치 채실 줄 알았어요. 우리 시간도 없는데 힘겨루기 하지 말고 서로 협력하기로 해요. 정식으로 인사할게요. 저는 FBI의 아이린 B예요. 호호, 이름을 다 알려드리고 싶지만 FBI는 풀 네임을 밝히지 않는 게 관행이라서. 김인철 씨도 마찬가지였잖아요."

"내 이름을 어떻게 알았어요? FBI가 나를 미행하는 이유는 뭐죠? 그리고 서로 협력하자니, 무엇을 협력하자는 말이오? 나는 월드뱅크 업무 관계로 이곳에 출장 왔을 뿐, FBI가 관심 가질 만한 일을 하는 것이 없어요."

아이린은 손가락으로 도로 건너편의 그랜드 케이맨 은행을 가리키며 말했다.

"우리는 저 은행을 드나드는 수많은 사람들 중에 이브라힘이나 이브라힘의 끄나풀이 있는지를 알아내야 하잖아요."

인철은 순간 뒤통수를 세게 얻어맞은 듯 멍해졌다. 어느 누구에게도 말하지 않고 자신만의 생각으로 이곳 케이맨까지 왔는데 도대체 이 여자가 어떻게 내 생각을 고스란히 다 읽어냈단 말인가. 마치 머릿속에 들어와 보기라도 한 것처럼.

태연을 가장한 채 버티고 앉아 있는 인철에게 아이린은 다정하게 커피를 권했다. 인철은 그녀가 이브라힘의 히트맨이 아니란 사실만으로도 다행이라 생각하며 진한 커피를 크게 한 모금 들이키려다 이내 조그맣게 입술을 오므려 찬찬히 커피 잔에 입을 댔다. 뜨거워 혼비백산하는 모습이라도 보인다면 그야말로 우스운 꼴이 될 터였다.

"FBI를 우습게 보지 마세요. 설명해드릴 테니 일단 커피부터 마셔요."

아이린은 커피를 반쯤 마시고 나서는 눈길을 창밖으로 두면서 빠른 말투로 이야기를 시작했다. 자신은 워싱턴 지부의 FBI 요원이며 트럼프의 대선 캠프와 얽힌 모종의 사건을 조사 중이다. 그 과정에서 그랜드 케이맨 은행에서 인출된 거액의 현금이 캠프로 흘러들어 갔다는 사실을 알게 되었고, 이브라힘이라는 사람의 케이맨 은행 계좌가 떠올랐다.

케이맨 은행은 계좌 추적이 불가능한 데다 현장에 여러 번 와서 은행 측의 협조를 요청하였으나 모두 거부당해 난감하던 터에 김인철 당신이 케이맨행 비행기를 예약하기에 급히 따라왔다. 당신에 대해서는 김용 총재가 10억 달러 잔고증명이 필요하다고 석유업계에 요청할 때 아랍계 자금이 셰일 석유에 잠입할 우려가 있고 이브라힘이라는 자를 추적해야 한다는 이유를 대 주목하게 됐다.

"우리는 목표가 같아요. 그러니 서로 도와야 해요. 당신이 은행 문이 보이는 스타벅스 창가에 자리 잡는 걸 보고 내 도움이 필요하겠구나 생각했어요. FBI가 실패한 계좌 추적을 당신이 성공했을 리는 없고, 일단 현장에 가보자는 심사로 왔을 텐데, 그렇다면 누군가 나타나도 민간인인 당신은 그냥 쳐다보는 것밖에는 할 수 있는 일이 없지 않겠어요? 당신은 내가 모르는 걸 알고 있고 나는 당신이 할 수 없는 걸 할 수 있으니 우리가 협력하는 것이 최선이에요."

아이린이라는 여자가 정확하게 자신의 상황을 파악하고 있다는 걸 알게 된 인철은 일단 아이린의 말을 믿고 협력하기로 했다. 비엔나에서의 자신의 행적과 이브라힘이라는 이름까지 공개해버린 김용 총재에게 화가 났지만 자신의 요구가 워낙 비상식적이다 보니 그도 그렇게 하지 않고는 잔고증명을 얻어줄 수가 없었을 것이다.

"이브라힘은 매우 위험한 자예요. 동양인이 몇 명 되지도 않는 이곳에서 지금처럼 당신 혼자 얼쩡거리다가는 언제 흔적도 없이 사라질지 몰라요. 나 역시 혼자 이런 곳에 관광 왔다고 하면 누가 믿겠어요! 그러니 여기선 우리가 연인 행세를 하는 것이 서로에게 도움이 될 거예요. 호호……. 이 자리에 같이 앉아 있는 우리를 보는 사람들은 당연히 그렇게 생각할 게 틀림없으니 가장 자연스러운 잠복근무예요."

그녀는 깊이를 헤아리기 힘든 하늘색 눈을 찡긋하며 말을 맺었다.

"인철 씨가 대한민국 육군 장교 출신이라는 게 몹시 든든한데요."

"내 뒤를 팔 만큼은 다 팠군요. 좋아요. 그랜드 케이맨에서는 우리 동지로 지내지요. 그러나 앞으로 나를 속이거나 중요한 정보를 숨겨서는 안 될 거예요."

"물론이에요. 진정한 커플은 무조건 상대를 믿어야만 해요. 그게 오랜 세월을 거쳐 인류가 도달한 지혜예요."

"……."

"그런데 이브라힘이 굴리는 돈이 IS의 자금일 가능성이 있다고 했던데 증거가 있어요?"

"중동의 부호들 중에는 조건에 맞는 사람들이 없다 보니 IS에 주목한 것일 뿐이에요. 증거가 있다는 게 아니라."

"아랍계 자금이라는 걸 확신하던 본부 분석팀에 당신이 기름을 부었어요. 그러잖아도 IS 자금이 간데없이 사라져 CIA 쪽에 비상이 걸려 있던 중이었거든요. 졸지에 당신이 폭풍을 몰고 온 인물이 되었어요. FBI와 CIA에서."

"사실은 잔고증명을 얻어내려 여러 가능성 중 민감한 쪽을 건드렸을 뿐이에요."

아이린은 잠시 인철을 쳐다보다 크게 웃음을 터뜨렸다.

"정말 그런 거예요?"

"네. 하지만 내가 했던 생각의 한 갈래이기는 했어요."

"호호호호!"

"하하!"

두 사람은 종일 스타벅스의 의자에 나란히 앉아서 다정한 모습을 연출하면서도 건너편 그랜드 케이맨 은행의 출입문을 향하고 있는 매서운 눈길은 떼지 않았다.

14.

FBI

특별히 눈에 띄는 사람은커녕 애당초 드나드는 인적마저 드문 시간들이 지나고 늦은 오후, 은행 문을 닫기 직전 무렵이었다. 스타벅스의 문이 열리며 남자 한 명이 들어왔다. 몸에 잘 맞는 회색 신사복을 입고 넥타이까지 단정히 맨 모습이 예사로운 관광객의 차림은 아니었다. 사내는 은행이 보이는 인철의 앞자리에 앉아 들고 온 가방에서 서류를 꺼내 뭔가를 적어넣기 시작했다. 서류에 글자인지 숫자인지를 적어넣던 사내는 휴대폰 진동음에 짤막하게 통화하고는 자리에서 일어나며 사용하던 만년필의 뚜껑을 닫아 양복 주머니에 꽂았다. 순간 인철의 눈이 반짝 빛났다.

마빈.

아랍 계통의 두툼한 입술과 검은 피부가 눈에 익었다. 인철은 곧 이 사람이 제3인베스트먼트의 관리자 마빈이라는 걸 확신했다. 인철은 직감적으로 자신과 슈타이어렉에서 술에 취해 상당한 정보를 노출하고 본인의 의도였든 이브라힘의 지시였든 자신을 피해 사라져버렸단 걸 깨달았다. 인철은 하늘이 돕는다고 생각했다.

사실 이브라힘에 관한 어떠한 단서도 없는 마당에 그자가 눈앞에 나타난다고 해도 어떻게 알아볼 수 있을지 막연한 상황이었다. 누군가 돈뭉치 같은 걸 들고 나오는 게 보이면 무조건 쫓아가고 본다는 게 두 사람의 생각이었지만 사실 어설플 수밖에 없는 방법이었는데 뜻밖에도 마빈이 도와주는 것이었다.

인철은 자리에서 일어난 마빈이 자신을 볼 수 없도록 몸을 돌려 아이린을 깊이 포옹했다. 이상을 직감한 아이린은 마찬가지로 인철을 포옹하며 귓가에 속삭였다.

"사랑해요."

이와 동시에 아이린은 인철의 가슴에 얼굴을 파묻었다. 마빈은 빠른 걸음으로 문을 열고 도로를 건너 그랜드 케이맨 은행의 문으로 빨려 들어갔다.

"왜 그러죠? 아는 사람이에요?"

"네, 이브라힘의 하수인이에요."

"어떻게 알아요?"

"비엔나에서 만났던 사람이에요."

"오케이, 이제부턴 FBI가 움직입니다. 인철 씨는 제 옆에만 있으면 돼요."

아이린은 전광석화처럼 빠르게 움직였다. 그녀는 휴대폰을 꺼내 시내에서 대기하고 있는 현지 지원팀에게 상황을 알린 후 뒷문 주차장에 세워둔 자동차에 시동을 걸어놓고 다시금 창가 자리로 돌아와 은행 문에 시선을 고정시켰다.

얼마 후 마빈이 나오자 바로 붉은색 자동차 한 대가 미끄러지듯 달려와 멈추었다. 이내 마빈의 지시를 받는 걸로 보이는 두 남자가 가방을 하나씩 들고 은행에서 나와 자동차를 타자 아이린은 인철을 눈짓으로 불러 자동차에 타고는 멀찍이서 쫓으며 전화로 계속 상황을 통보했다. 그리고 사내들이 탄 자동차가 교차로에서 정지하자 그냥 지나쳐 갔다.

"어! 저런! 저들은 그냥 서 있어요."

"네. 임무 교대했어요. 다른 차들이 붙었어요."

"그렇군요."

아이린이 첫인상과는 달리 상황을 매우 침착하게 처리하는 걸 보면서 인철은 갑자기 호기심이 생겨나는 걸 느꼈다.

"이제 우리는 뭘 하죠? 다시 임무 교대하면서 추격하나요?"

"여기 시내가 작기 때문에 곧 무슨 연락이 올 거예요."

과연 잠시 후 휴대폰이 울리자 아이린은 간단히 몇 마디를 주고받은 후 밝은 표정으로 전화기에 자신 있는 목소리를 밀어 넣었다.

"I Go!"

아이린은 전화를 끊고는 차를 돌리며 인철에게 물었다.

"뱃멀미해요?"

"아니요."

"그럼 미국 가는 배 탈래요?"

"미국으로 간다고요?"

"그자들이 마리나로 갔으니 아마 배를 타고 미국으로 갈 거예요. 요트를 탈지 보트를 탈지는 모르지만."

"당연히 타야죠."

때 아닌 서부 활극에 인철은 대기하고 있던 FBI의 무장 선박을 탔다.

"우리는 거리를 두고 쫓을 거예요."

"배가 제법 큰데 저들이 보트를 타면 놓치지 않겠어요?"

"이 배도 빨라요. 그리고 저들도 그리 빨리 달리진 않아요. 해안경비대의 초계기에 안 걸리려고 낚싯배처럼 한들거리며 갈 거예요."

아이린의 판단은 탁월했다. 인철이 아이린이 건네준 쌍안경으로 제법 거리가 떨어진 채 과히 빠르달 수도 느리달 수도 없는 세 사내를 실은 보트를 보자 난간에 낚싯대가 걸리는 모습이 들어왔다.

"아이린은 현장 경험이 많은 모양이죠?"

"글쎄요."

"훈련을 제대로 받은 건가요?"

"미친 듯이 일에 열중했을 때가 있었어요. FBI에 처음 들어왔을 때."

"지금은요?"

"맹목적으로 열심히 하던 때는 지나갔지만 지금 제가 맡은 일이 워낙 중요한 만큼 최선을 다하고 있어요."

"아무튼 놀랍군요."

아이린은 해맑게 웃었다.

"그런데 우리가 맡은 일이 너무 다른데 어떻게 이브라힘으로 합쳐졌죠? 저는 이브라힘이 한 사람을 자살하도록 협박 내지는 강요한 사건을 쫓았고, 그 결과 국제 돈세탁이라는 범죄와 미국 셰일 석유 투자라는 안보상 위험 요소를 단정 내지는 가정하고 쫓았어요. 아이린, 당신의 사건 얘기도 해주면 각자가 하는 일을 좀 더 폭넓게 이해할 수 있지 않을까요?"

아이린은 고개를 끄덕였다.

"인철 씨 얘기를 듣고 보니 제가 맡고 있는 사건이 더 잘 이해가 되네요. 정말 진심으로 협조가 중요하다는 걸 알겠어요."

아이린은 친근한 표정으로 미소를 지어 보인 다음 자신의 얘기를 시작했다.

"미국 대통령 선거에는 온갖 지원금이 다 몰려들어요. 불법도 적잖이 있어 우리로서는 신경을 곤두세우고 있는데, 트럼프 캠프의 회계원으로 일했던 세레나라는 젊은 여성이 뺑소니 교통사고로 사망하는 사건이 발생했어요. 경찰에서는 사고사로 처리되었지만 캠프의 일원이라 우리 팀에서 정밀조사를 했는데 이 여성이 캠프의 회계 책임자 데이비드 커프만을 협박하던 중이었다는 사실을 알게 되었죠."

"영화 같은 현실이군요."

"사건을 다루다 보면 현실이 오히려 가장 드라마틱하다는 걸 알 수 있어요. 여하튼 이 여자는 돈을 묶은 띠를 가지고 상대를 위협했어요. 그걸로 봐서 불법적인 현금 뭉치가 캠프로 들어갔을 가능성이 있어요. 우리는 세레나의 냉장고에서 돈띠를 찾아냈는데 그게 바로 그랜드 케이맨 은행의 이브라힘 계좌에서 나온 거였어요. 그 여자는 처음부터 협박할 생각을 하고 몰래 돈띠를 빼돌린 거죠."

"케이맨 은행이라면 은행명을 찍은 돈띠로 현금을 싸서 내보낼 것 같지는 않은데요."

"물론이죠. 하지만 출납원 시그널이 들어간 작은 도장은 찍어요. 우리는 꽤 애써서 그 돈띠의 도장이 케이맨 은행의 출납원 것임을 알아냈어요."

"그런데 왜 캠프에서는 후원금 신고를 하지 않았을까요? 신고만 하면 아무 문제도 없었을 텐데요."

"돈을 내는 사람의 요구사항이었을 거예요. 그런 경우는 의외로 많아요. 자신이 반대 진영에 있지만 개인적으로 후보를 좋아하거나 부정한 돈이거나 기타 여러 가지 이유로 자신의 신원이 밝혀지기를 바라지 않을 경우 캠프에 요청을 하지요."

"그래도 캠프에서는 신고를 해야 하지 않나요? 정치자금법이 있으니."

"한창 피 말리는 선거를 치를 때는 한 푼이라도 더 확보하는 게 그 무엇보다 중요하다 보니 일단 받는 거죠. 그럴 경우 현금으로 주고받기 때문에 문제가 되는 일은 없어요. 물론 이브라힘의 돈도 전부 현금으로 들어갔을 거예요. 얼마나 되는지는 모르지만."

인철은 자신이 거래 내역에서 발견했던 4,000만 달러가 캠프에 들어갔을 거란 생각이 들었지만 말은 하지 않았다.

"그럼 이브라힘은 현재 부정 선거자금 제공의 혐의가 있는 피의자 신분이군요."

"그뿐만 아니라 세레나의 뺑소니 사건이 살인이라면 그가 지시했을 가능성이 있어요."

"캠프의 회계 책임자 커프만인가 하는 사람을 조사하진 않아요?"

"엄두도 못 내요. 아주 확고부동한 증거가 나오기 전까지는 아예 없는 일로 할 수밖에 없어요. 절대적 증거가 있어도 조사하기까지는 거쳐야 할 게 많아요. 특히 선거 범죄는 후보나 캠프 책임자를 팔지만 실제로는 밑에서 횡령하거나 아예 처음부터 사기인 경우가 너무 많기 때문에 극히 조심해야 해요. 잘못해서 언론에라도 흘러들어 가면 모든 조사는 끝나요."

"지금 단계에서는 어림도 없다는 얘기군요."

"네. 섣불리 물으면 관련자들은 당연히 시치미를 떼죠. 정신병자 같은 사람이다, 증거가 있으면 내놔라. 이미 세레나는 사망했고, 증거든 증인이든 다 묻혀버린 마당에 어떻게 주워 담지도 못 해요."

"그럼에도 불구하고 수사를 포기하지 않는군요."

"지금은 현장을 잡는 게 유일한 방법이에요. 미국 사회에서는 거액을 현금으로 찾으면 무조건 범죄와 연관되어 있다는 인식이 확고해요. 그 돈다발을 싸고 있는 띠가 트럼프 캠프로 들어갔다 면 누구나 유죄의 심증을 가지죠. 저는 현장을 잡기 위해 여기에 이미 여러 번 왔어요. 상주하면 의심받을까 봐 계속 왔다 갔다 한 거죠."

"세레나는 캠프에서 이 케이맨 은행의 돈띠를 빼돌려 회계 책 임자를 협박하다 죽었을 거라는 심증은 가지만 돈띠만으로 몰아 붙일 수는 없잖아요. 다소 막연하네요."

"수사란 게 다 막연해요. 처음에는 어디서 뭘 해야 할지도 모 르고, 공연히 착한 사람 괴롭히는 건 아닌가 하는 망설임이 들 때도 많아요. 다 해결하고 나면 당연히 했어야 할 필수적 조치였 는데도 말이에요."

"저들이 미국에 도착하면 체포하나요?"

"물론이죠."

"그러나 중범으로 기소하기는 쉽지 않을 것 같은데요."

"일단 기록을 만들어두는 거예요. 거액을 미국으로 밀반입했 고, 그 돈이 케이맨의 은행에서 나왔다는 사실을 기록하는 거예 요. 그리고 누가 저들을 보석으로 꺼내주는지도 살피고. 이렇게 하면 저쪽에서 리액션이 나올 거예요. 그걸 관찰하면서 하나하나 범죄의 증거들을 잡아나가는 거예요."

"그러면 당장 살인 사건의 수사와 연관되는 게 아니군요."

아이린은 웃었다.

"FBI 수사는 오래 걸려요. 경찰처럼 당장 일사천리로 사건을 처리하기가 쉽지 않아요. 더군다나 이것은 거대한 돈과 거대한 권력이 얽힌 사건이에요. 어쩌면 정치 문제로 비화할 수도 있고요. 이런 사건의 경우 시간이 해답이에요. 우리는 이제 오랜 시간을 두고 거대한 퍼즐을 풀어나가야 해요. 이브라힘은 어떤 자인지, 무슨 이유로 트럼프 캠프에 거액을 내났는지. 세레나의 죽음은 어차피 미궁에 빠질 수밖에 없어요."

"왜요? FBI라면 그걸 수사하는 게 본연의 업무 아닌가요?"

"뺑소니 범인은 잡히지 않아요. 잡혀도 그 배후를 밝힐 수는 없어요. 거대한 돈이 저지른 범죄이니까요. 세레나를 탓할 수밖에 없어요. 상대를 잘못 건드렸다고."

"그럼 아이린은 이 일을 왜 하죠? 저들을 체포해도 그냥 풀어줄 수밖에 없고 살인 사건도 밝히지 못한다면?"

"기록을 쌓아두면 누군가 어디에선가 활용하죠. 결국은 그게 미국 사회에 도움이 되고요."

긴 시간이 흘렀지만 인철과 아이린이 그다지 지루함을 느끼지 않은 것은 물론 서로의 일에 대한 관심 때문이기도 했지만 은은히 생겨나는 상대에 대한 호감 또한 무시할 수 없었다. 특히 아이린은 처음으로 깊은 얘기를 나누는 동양인에 대한 호기심이 대단했다. 그것이 어쩌면 동양인이 아닌 인철에 대한 호감인지도 모를 일이었지만.

"인철 씨가 군인이었단 사실이 너무 재미있어요."

오랜 시간이 지난 끝에 뉴욕항의 불빛이 보이기 시작하자 내내 어딘가와 교신하고 있던 선장의 무전기가 바빠지기 시작했다. 언제 붙여놓았는지 모를 상대방 보트의 전파발신기가 끊임없이 신호를 보내와 배의 모니터에는 상대방의 좌표가 정확히 설정되어 있었고, 선장은 이것을 계속 육지로 전송했다.

부웅!

해안선이 보이기 시작하자 선장은 경적을 울리며 배의 속도를 높여 상대방 보트로 다가갔고, 이에 놀란 상대방 보트는 맹속력으로 달렸다. 어디서 나타났는지 모를 쾌속 보트 한 대가 합세해 상대를 이리저리 몰자 상대는 이들을 재주껏 피해 해안선에 보트를 댔다.

"고기몰이에요. 어항 속으로 쏙 들어가죠."

아이린의 말대로 이들이 신속한 동작으로 가방을 짊어지고 땅에 발을 딛자 새벽녘 어둠 사이로 검은 그림자처럼 모습을 드러낸 FBI 지상요원들이 팍 소리와 함께 눈이 멀어버릴 것만 같은 강렬한 서치라이트를 켰다.

"아악!"

세 사내는 손으로 눈을 가렸지만 이후 체포되어 수갑이 채워질 때까지 전혀 눈을 뜨지 못했다.

마빈은 전광석화 같은 동작으로 주머니에서 휴대폰을 꺼내 콘크리트 바닥에 힘껏 내팽개쳤으나 아이린의 손에 들어온 삼성 휴대폰은 액정만 조금 깨졌을 뿐 정보를 복원하는 데 전혀 문제가 없어 보였다. 휴대폰과 돈띠를 확보한 아이린은 지극히 만족한 미소를 지었다.

"처음엔 대단할 것 같았는데 막상 보니 너무 수월한데요. 작전이랄 것도 없는. 게다가 사람들도 곧 풀어준다니까 전혀 실감이 안 나요."

"이건 역사에 기록될 순간이에요. 세레나의 돈띠로부터 시작해 현금 다발을 압수하게 되었으니 일련의 연속된 범죄의 실체를 찾은 거잖아요. 트럼프 캠프가 상당히 곤란해할 거예요."

"뭔가 기대했던 장면과는 좀 다르군요."

"호호, 인철 씨는 영화를 너무 보셨군요."

"아이린 당신은 성공을 거두었지만 나는 괜히 당신의 작전에 들러리만 선 것 같은데요. 내 일은 달러 밀반입 수사도 아니고 살인 사건 수사도 아니며, 트럼프 캠프의 부정 회계 조사는 더더욱 아녜요."

"호호, 그 점은 미안해요. 하지만 오늘은 제게 은혜를 베풀었다고 생각하세요. 아마 앞으로 제 도움이 필요할 때가 있을 거예요. 그때 아낌없이 도와드리죠. 그런데 인철 씨가 알고 싶은 건 뭐죠?"

"나는 돈 주인이 누구인지, 돈이 얼마나 세탁되어 케이맨의 비밀 계좌에 들어와 있는지 조사해 해당국 정부가 세금을 징수하게 하는 거예요."

"그러면 정확히 우리가 하는 일과 일치해요. 우리도 이브라힘이라는 돈의 관리자와 그 뒤의 진짜 돈 주인을 밝히는 데 초점을 두고 있으니까요. 그게 나와야 트럼프든 캠프든 제대로 수사할 수 있으니까요."

"저 세 사람을 신문하면 돈 주인의 정체가 밝혀질까요?"

"저 둘은 단순한 하수인 같아 보이고 문제는 저 마빈이라는 사람인데 상당한 지위가 있어 보이긴 해요. 하지만 뭔가 안다 하더라도 절대 불지는 않을 거예요. 너무 작은 사건으로 잡았으니까요."

"그럼 의미 있는 정보를 하나도 못 얻나요?"

아이린은 휴대폰을 들어 보이며 자신 있게 말했다.

"요즘은 휴대폰이 수사의 모든 것이에요. 휴대폰만 확보하면 알고 싶은 모든 걸 한꺼번에 다 아는 거죠. 10년 공들인 수사보다 휴대폰 하나 압수하는 게 훨씬 나아요."

"저 서치라이트 대단한데요."

"신무기예요. 밤에는 저것만 들이대면 끝나요. 테이저건보다 낫죠. 우리가 정확한 좌표를 알려주어 정확한 지점에서 대기할 수 있었어요."

"어떻든 아이린의 사건은 시간이 많이 걸리겠군요."

"캠프가 관련되면 원래 시간이 걸려요. 게다가 트럼프가 당선 됐으니."

"그러다 흐지부지되기도 하나요?"

"미국 정치는 대타협인 데다 FBI 국장도 대통령이 임명하니 그렇게 되기도 하지만…… 오늘 현금 뭉치가 이브라힘의 계좌 에서 인출되어 미국으로 밀반입되는 현장을 잡은 이상 트럼프는 대가를 치러야만 해요. 그 형식이 어떻게 될지는 몰라도."

아이린은 애매한 말을 남기고 인철에게 손을 내밀었고, 인철 이 손을 맞잡자 가볍게 얼굴을 맞댄 후 명함 한 장을 남긴 채 어 둠 속으로 사라졌다. 인철은 스파이처럼 나타나 연기처럼 사라 져버린 아이린을 잠시 생각하다 따뜻한 커피 한 잔이 그리워 새 벽에 문을 연 부둣가 햄버거 가게를 찾아 들어갔다.

15.
재회

워싱턴으로 돌아온 인철은 돈을 운반하던 세 사내를 신문하는 아이린의 연락을 기다리며 제3인베스트먼트의 자료들을 이런저런 각도로 분석하며 시간을 보내고 있었다.

우나 푸르티바 라그리마 ―.

전화기에서 노래가 흘러나오는 순간 인철은 소스라치게 놀랐다. 루치아노 파바로티의 목소리를 타고 흘러나오는 노래는 분명 '남몰래 흐르는 눈물'. 비엔나에서 최이지 박사가 자신의 휴대폰에 입력한 벨소리였다.

"이 노래가 나오면 제 전화니 즉각 받으셔야 해요."

"무슨 노랜데요?"

"도니체티의 오페라 '사랑의 묘약'에 나오는 로만차예요. 둘이 마음고생을 하지만 결국 사랑에 골인하는 정점에서 남자가 부르는 노래예요."

인철은 얼른 전화기의 버튼을 눌렀다. 이런 노래까지 입력해 주었음에도 이지는 그간 자신이 걸었던 모든 전화에 한 번도 응대하지 않았고, 인철은 평생 이 노래를 다시 들을 수 있을지 걱정하고 있던 참이었다.

"이지 씨!"

"지금 워싱턴이에요."

"워싱턴이라고요? 어떻게 이곳에 있어요?"

"지금 만날 시간이 있으세요?"

"당장 뛰어 나갈게요. 거기 어디예요?"

"저녁 같이 먹어요. 식당은 정하세요."

깃을 세운 코트를 입긴 했으나 만만치 않은 워싱턴의 늦가을 추위에 약간 움츠린 이지는 인철을 보자 다소 겸연쩍은 웃음을 보였다.

"왜 전화를 통 안 받았어요? 연락도 한번 안 하고요?"

"갑자기 돌아가시기에 제가 싫은가 보다 생각했어요."

인철은 어이가 없었다. 거칠기 짝이 없는 독일에서 경제학을, 미국에서는 물리학까지 공부한 최이지 박사에게 이렇게 연약한 면이 있다는 게 놀라워서 한참이나 멍하니 있던 인철은 연거푸 물었다.

"그럼 지금은 왜 갑자기 연락하셨어요?"

"제가 오해했을 수도 있다는 생각이 들었어요."

인철은 웃었다. 감정으로 시작했지만 논리로 마무리하는 독일인다운 대답이었다.

"무얼 드실래요?"

"김치찌개 먹고 싶어요."

이지의 전화를 받고 인철이 생각 끝에 고른 음식은 한식이었다. 한국 음식은 사람을 격의 없이 얽히게 하는 힘이 있기 때문이었다.

"저 IAEA에 1년간 휴직원을 냈어요."

"네? 왜요?"

"당분간 한국에서 일하게 됐어요."

"그래요? 어디서요?"

"청와대에서요."

"네? 어떻게 그런 일이?"

"예전에 제가 청와대에 제언했다고 그랬죠?"

"네."

"벌써 오래전 일인데 최근에 연락이 와서 면접을 봤어요."

"아니, 어떻게 독일에 있으면서 한국의 최고 전문가들이 포진한 청와대에서 인정할 정도의 제언을 할 수 있어요? 무슨 내용이었나요?"

"가볍게 롯데 얘기를 좀 했고요."

"롯데?"

지금 이지가 롯데라고 하는 건 롯데가 중국에서 박해받고 천문학적 손해를 감당하지 못해 철수한 걸 두고 자신의 의견을 올린 일일 것이다. 인철은 당시 이지가 청와대에 제언한 내용이 궁금해졌다.

"요지가 뭐였죠?"

"한국 공무원들이 그렇게 발언하도록 그냥 두어선 안 된다는 거였어요."

"어떤 발언을 했는데요? 나라의 요청으로 땅을 내놓은 롯데를 정부가 전혀 보호하지 않는 건 저도 답답하다 생각하고 있었거든요."

"그 무렵 한국의 고위 공무원들이 앞다퉈 롯데가 중국에서 판단 미스와 경영 미스 등 사업상 잘못을 했다고 말하고 다녔어요. 독일이든 프랑스든 영국이든, 제대로 된 나라는 그런 경우 공무원들이 목숨 걸고 나서서 자국의 기업을 옹호하거든요. 아무리 큰 잘못이 있어도 나라와 나라가 대치할 때는 무조건 자신들 편을 싸고돌아요. 어떤 정치적 이유가 있는진 몰라도 중국의 사드 보복 앞에서 롯데의 경영 미스라고 말하는 정치인들이나 공무원들의 행태를 보고 한국인이 아니란 생각이 들었어요."

인철은 독일에서 태어나 한 번도 한국에서 살아본 적 없는 이지가 한국 사정을 그토록 정확히 꿰뚫고 있는 게 신통했다.

"저는 당파싸움이란 게 조선시대에만 있는 걸로 생각했어요. 어쩌면 일본인들이 조선에 대한 식민통치를 정당화하기 위해 당파싸움의 역사를 만들어냈다 생각한 적도 있고요. 그러니 우리 한국인들이 그런 짓을 할 리는 없다고 믿었지요. 하지만 요즘 한국을 보면 모든 면에서 다 찢어져 있어요. 친미와 친중으로, 보수와 진보로, 영남과 호남으로, 노인과 청년으로. 그리고 무엇보다도 안타까운 것은 사회에 가치관이 없다는 거예요. 그러다 보니 모든 사람이 다 돈에 얽매여 있어요. 돈이 제일이다, 돈 없으면 죽는다. 대통령도 결국 돈 때문에 탄핵됐잖아요. 그래서 한국은 돈을 많이 벌수록 더 황폐하고 위험해지기만 해요."

"으음."

사실 인철 또한 오로지 남을 깎아내리는 데만 혈안이 되어 있는 한국 사회가 싫어 세계은행에 도피처를 마련한 면도 있었기에 이지의 말이 더욱 절실하게 들려왔다.

"그 당시 제가 청와대에 제언한 건 두 가지예요."

"얘기해주세요."

"하나는 사드예요. 한국 정부는 사드 배치를 빨리 결정해야 해요. 이쪽이든 저쪽이든. 그래야 중국이 보복을 못 하거든요."

"결정을 빨리 하면 중국이 보복을 하지 않나요?"

"네. 북한이 저렇게 나오는 상황에서 한국 정부는 좋든 싫든 미국과 같이 갈 수밖에 없어요. 그런데 자꾸 미적대면 중국이 자기들 쪽으로 올 수도 있겠다 싶어 미련을 가지죠."

"그래서 보복도 하고 압박도 하니 확실히 결정을 해라, 바로 이거예요."

"네. 이미 남의 부인이 되어버린 여자를 보고 내게 시집오라고

하진 못하잖아요. 이리 갈까 저리 갈까 망설이는 사람에게는 저리 가지 말고 이리 오라 온갖 성화를 다 부려도."

"시집을 빨리 가버려라, 그러면 포기한다."

"말하자면 그런 거예요."

인철은 웃었다. 지극히 간단하지만 깔끔한 논리였다.

"자, 이지 씨 시집가는 데 건배!"

이지는 하얀 이를 가지런히 내보인 채 웃고는 소주잔을 들어 입속으로 조금씩 흘려넣었다.

"또 하나의 제언은요?"

"그건 경제 문제예요."

"경제요? 참, 이지 씨가 원래 경제학을 전공했었죠. 뭐죠?"

"얘기 안 할래요."

"왜요?"

"오랜만에 만났는데 분위기만 딱딱해져요."

"그런가요. 그나저나 이지 씨는 언제 한국으로 가나요?"

"지난번에는 비엔나에서 서울행 직항을 탔어요."

"저를 만나려고 이번에는 워싱턴까지 오셨군요."

"그래요."

인철은 지난번 자신이 아무 망설임 없이 비엔나에서 워싱턴으로 돌아와버린 것에 비하면 이지가 자신을 대하는 마음은 근본부터 다르다는 것을 절실히 느꼈다.

"이지 씨, 맥주 한잔하실래요?"

인철이 몇 군데 전화를 걸어 전망 좋은 라운지에 자리를 잡았지만 이지는 바깥 풍경에는 전혀 관심을 보이지 않았다.

"지금 이런 말을 하면 더 가증스럽게 들릴지 모르지만 미국에 와서 얼마나 후회했는지 몰라요. 그때는 몸을 다쳐 위축되기도 했지만, 무엇보다도 저 때문에 이지 씨까지 위험해질 수 있다는 생각에 어서 미국으로 돌아오는 것이 낫다고 판단했거든요."

"제가 독일 속담 하나 가르쳐드릴까요?"

"네."

"말을 같이 훔쳐야 친구다."

"그런 게 있나요?"

"옛날에는 말을 훔치다 걸리면 죽었거든요. 그러니 진정한 친구는 죽음을 같이해야 한다는 뜻이에요."

인철은 순간 온몸이 허공으로 붕 떠오르는 느낌이었다. 이지가 이런 얘기를 하고 있다는 게 도저히 실감나지 않았지만 이것은 엄연한 현실이었다. 최고의 지성을 가진 이지의 입에서 나온 이 엉뚱한 말은 결국 자신을 향한 게 아닌가.

그것이 안전을 핑계로 내세우는 자신에 대한 조롱이든 무엇이든 상관없었다. 이지가 이런 말을 하고 있다는 사실이 자신에게 너무도 신기하게 다가오는 것이었다.

"우리……."

"……."

"그렇게 되고 싶어요. 말을 같이 훔치는 관계 말이에요."

"생텍쥐페리의 《어린 왕자》 읽어보셨어요?"

"네. 읽은 기억은 있어요."

"우정 200만 원어치 사실래요? 아니면 사랑 300만 원어치 사실래요?"

"네?"

"그런 것들은 돈으로 살 수 없어요."

"……."

"시간이 필요한 거예요. 서로가 서로에게 길들여지는 시간."

"……."

"마찬가지로 우리가 지금부터 목숨 바치는 친구가 되자고 맹세를 해도 헛맹세예요."

"아, 그런 건 아닌데……."

"내일 오후 두 시 비행기예요."

"오늘 와서 내일 간다고요?"

"딱 한 번만 만나고 싶었어요. 어떤 분인지 더 알고 싶어서."

"비엔나에서 많이 만났고, 제가 어떤 사람인지는 이미 잘 알고 있잖아요."

"제가 실망했던 게 맞는지 확인하고 싶어지더군요."

"어떠세요?"

이지는 아무 말 없이 웃으며 자리에서 일어났다. 인철이 엉겁결에 따라 일어났지만 이지는 계속 아무 말이 없었고, 호텔까지 데려다주려 했으나 혼자 택시를 타고 가버렸다.

16.
속도를 조절하는 여자

집으로 돌아온 인철은 마음이 편치 않아 평소 잘 마시지 않는 독한 럼을 꺼내 단숨에 들이켰다. 독한 알코올이 목젖을 타고 속을 훑으며 내려가는 느낌이 쓰라리면서도 오히려 조여들던 가슴의 응어리를 풀어내는 시원함이 있어 다시 한 잔을 연거푸 들이켠 인철은 목소리를 비틀어 자신에게 내뱉었다.

"이 바보 같은 놈아!"

어디서부터 잘못됐는지 모르지만 분명 자신이 그리도 좋아하고 그리워하던 이지가 찾아왔으나 극단적으로 잘못된 결과를 맞이하고 말았다. 이지가 느꼈던 섭섭함, 아니 거의 배신감을 달래기 위해 무조건 고개를 숙이고 잘못했다 사과해야 했던 것은 아닐까. 아니면 구구절절 좀 더 절실하게 사정을 얘기한 뒤 매일 보고 싶었다고, 이제부터는 단 한순간도 떨어지지 않겠다고 TV 드라마에서처럼 맹세해야 옳았던 것은 아닐까. 그러나 이지는 그 어느 쪽도 반기지 않았을 것 같은 느낌이 자꾸 들었다.

혹시 너무 쉽게 친해져 자신이 그녀를 함부로 여기진 않았을까 돌이켜봐도 그런 적은 없었던 것 같았다. 이지가 이제 완전히 떠나갔다는 절망감에 인철은 다시 럼 한 잔을 입속에 들이붓다가 의지로 자제했다. 비록 떠나갔을망정 이지는 이런 식으로 헤어져서는 안 될 사람이었다. 진심으로 이지를 사랑한다면 이런 감상이나 자포자기가 아니라 좀 더 의지를 갖고 행동하는 게 자신의 일이었다.

관계도 사랑도 현재뿐만이 아니라 과거의 기억도 그 못지않게 중요하다는 생각에 인철은 술병을 치우고 책상 앞에 다시 고쳐 앉았다. 일기든 비망록이든 남겨놓고 싶어 펜을 들었지만 사실 글을 써나갈 정도로 정신이 정돈되어 있지는 못했다. 인철은 문득 이지가 한국의 신문에 기고했다는 말을 떠올리고는 컴퓨터를 켜고 인터넷에 들어가 이지의 이름을 찾아보았다.

한국의 어느 경제 전문 잡지에서 최이지라는 이름이 검색되었는데, 뜻밖에도 이지는 새로 출범하는 문재인 대통령과 정부에 색다른 경제 정책을 제안하고 있었다. 이지가 청와대에 제언했다는 경제 문제가 바로 이것이었다. 처음에는 이지의 체취라도 느껴볼 심산으로 그녀의 글 쓰는 모습을 상상하며 가볍게 몇 줄 읽어 내려가다 인철은 곧 자세를 바로잡았다.

"세상에!"

인철은 이지가 만만치 않은 수준을 가진 여성이라는 건 이미 알고 있었으나 이렇게 마음으로부터 동조하게 만드는 글을 쓰리라고는 생각하지 못했던 터라 글을 다 읽고는 밀려오는 감동을 주체하지 못하고 고개를 들어 창밖의 하늘을 바라보았다. 그간 미국에 있으면서 절실히 느꼈던 걸 이지는 아주 논리적으로 풀어내고 있었다. 갑자기 감당할 수 없는 그리움이 밀려와 인철은 이지의 기고문을 마치 연애편지처럼 꼼꼼하게 한 자 한 자 가슴에 담아나갔다.

"정권 초에만 하실 수 있는 일이라 판단되어 보내드리니 깊이 검토하시기 바랍니다."란 서두로 시작되는 이지의 글은 다시 읽어도 인철의 가슴을 밑바닥에서부터 휘저어왔다.

대통령님, 중소기업 인구가 1,400만이라 중소기업이 살면 국민 모두가 안정된 중산층이 되고, 실업이 해결되고, 나라가 삽니다.

중소기업을 살리려 지난 수십 년간 정부는 법과 제도를 지원하고 자금을 지원하고 할 수 있는 건 모두 다 해왔습니다. 그래서 대기업이 회사를 쪼개 중소기업으로 위장하기도 합니다. 그랬음에도 불구하고 중소기업은 여전히 열악하기만 합니다.

그 근본적 이유는 뭘까요? 바로 사람입니다.

세상의 성공과 실패를 좌우하는 건 그 무엇도 아닌 바로 사람입니다. 마이크로소프트는 빌 게이츠 한 사람이, 애플도 스티브 잡스 한 사람이 대기업의 유혹을 물리치고 창업해 이룬 것입니다. 이토록 사람이 중요함에도 한국에서는 중소기업에 들어갔다는 사실 그 자체로 바로 루저(패배자)가 되기 때문에 아무도 중소기업에 가려고 하지 않습니다. 미국은 성적 우수자순으로 벤처기업에 가는 데 반해 한국은 대기업으로 갑니다.

한국의 벤처기업 정책은 아무나에게 얇은 현금 몇 푼 쥐어주는 게 전부라 돈은 막대하게 써도 제대로 된 인재 한 사람 못 건집니다. 그러므로 한국의 중소기업을 살리려면 무엇보다 인재의 흐름을 확 바꾸어야 합니다. 군인이 엉망일 때 사관학교를 만들었고, 경찰이 엉망일 때 경찰대학을 만들어 수준을 획기적으로 개선했던 걸 생각하면 쉽습니다.

이 나라의 중소기업을 살리려면 '창업대학교'를 만들고 서울대학교 상위 학과에 갈 수 있는 인재를 그리 들어가게 해야 합니다. 누가 그리 가겠느냐고요? 학자금 및 용돈 전액 지원에 전원 해외 연수, 학교의 승인을 받은 창업에는 자금 전액 지원, 그리고 재학 중 1년에 1억씩 부모의 생활비를 지원하는데 최고 인재가 안 가고 배길까요?

뿐만 아니라 전 세계 인재를 다 끌어모으는 겁니다. 그리하여 '창업대학교'가 세계 중소기업의 메카가 되도록 해야 합니다. 그리고 모든 중소기업의 현업과 현 기술이 이 대학에 와서 해법을 찾도록 하면 중소기업의 대대적 활성화에 따라 천만 일자리 마련, 전 국민의 중산층화를 달성하게 됩니다.

중소기업 제품은 매출에 한계가 있다고요? 그렇습니다. 중소기업은 우산 1만 개를 만들지요. 하지만 이 우산에 휴대폰 기술의 수백분의 1만 집어넣어도 50억 개를 팔 수 있습니다. 대통령님, 일의 성공과 실패를 결정하는 제1 요소는 무엇입니까.

바로 사람입니다.

정부는 중소기업에 R&D 자금을 조 단위로 지원하니 할 일 다 했다는 입장이지만 실제 중소기업에서는 거의 전액 운영자금으로 쓰고 있습니다. 연구 개발할 인력이 없기 때문이죠. 이 사회의 인재가 아무도 안 가는 현실에서 벤처니 창업이니 중소기업이니 부르짖어봐야 공염불일 뿐입니다.

'창업대학교'를 가는 게 서울대학교를 가는 것보다 훨씬 자랑스럽고, 중소기업에서 뭔가를 도모하는 게 대기업에서 편안한 삶을 도모하는 것보다 훨씬 젊은이답다는 가치관의 역전을 이루는 게 이 사회의 시급한 과제입니다. 그래야 일자리가 해결됩니다.

이 나라 인재의 물꼬를 서울대학교가 아닌 '창업대학교'로, 대기업이 아닌 벤처, 창업, 중소기업으로 돌리는 일은 시급하기만 합니다.

기고문을 읽고 난 인철은 크게 부끄러워졌다. 한국을 떠난 지 불과 3년밖에 안 된 자신은 미국 생활에, 하루하루 일상에 매몰되어 오로지 자신만을 위한 삶을 사는 데 반해서 이지는 독일에서 나고 자랐음에도 오히려 자신보다 더 정확하게 한국 사회의 진정한 문제점을 파악하고 자신의 의견을 대통령에게 제안하고 있었던 것이다. 물론 내용도 어디서 흔히 볼 수 없는 획기적인 것이지만 더욱 놀라운 것은 나라를 생각하는 이지의 마음이었다.

애국을 논하면 바로 우스운 인물이 되고 마는 한국의 풍토에서 이지의 기고문은 신선하고 감동적이었다. 인철은 북한 핵개발과 이에 따른 미국의 반응으로 한반도가 전쟁 위기에 내몰리고 있음에도 강 건너 불구경하듯 해온 자신이 한심하고도 초라하게만 느껴졌다.

그럴수록 이지는 강렬하게 다가왔고, 인철은 거역할 수 없는 감정에 전화기 버튼을 눌렀다.

뜻밖에도 이지는 바로 전화를 받았다.

"대통령께 기고하신 글을 읽었어요."

"그래요?"

"이지 씨에게는 강물이 흐르듯 지혜가 넘쳐나는군요."

"지혜라기보다 관심이 있으면 누구나 생각하는 거예요."

인철은 이 끝도 없는 매력을 가진 이지를 이대로 그냥 보내느니 차라리 평생 여성을 만나지 않는 게 나을 거라는 생각이 드는 순간 의자에서 벌떡 일어났다.

"어느 호텔에 계세요? 제가 그리로 갈게요."

"호호호."

이지는 소리 내어 웃었다.

"왜 그렇게 서두르세요?"

"이지 씨를 지금 안 보면 영원히 못 만날 것 같은 기분이 들어서요."

"혹시 제 얘기를 오해하신 건 아녜요?"

"오해라고요?"

"아마 제가 실망할 가치가 있는 사람인지 확인하고 싶었다는 말을 좀 부정적으로 받아들이신 것 같은데, 그 정확한 함의는 미국으로 돌아가신 것에 대해 제가 실망할 만한 내면적 가치가 있는 분인지 확인하고 싶었단 뜻이고, 오늘 뵈니 워싱턴에 오기 잘했다는 판단이 들었어요."

"정말요?"

"네."

"그러면 왜 딱 한 번만 만나고 싶다 하셨어요?"

"이번 워싱턴 여행에서는요."

"그동안 왜 저의 모든 전화와 문자를 거절하셨어요?"

"문자로 예쁜 말만 골라 하게 될까 봐 조심스러웠어요. 겨우 참았는걸요."

"네?"

인철은 환호성을 지를 뻔했다. 이지는 예상할 수도 없는 곳에서 끝없는 반전을 던지는 알 수 없는 매력으로 가득한 여성이었다.

"혹시 저를 놀리셨어요?"

"보고 싶었어요. 그러나 확신하지 못했어요. 그때 갑자기 가신 게 저도 모르게 트라우마가 되었을 거예요. 그래서 사실 두려웠어요."

"아! 그때 이지 씨가 위험할 것 같기도 했고 몸을 다친 후 모든 게 신산해서……."

"아무 말도 하지 마세요. 저는 제 눈을 믿어요. 제 눈이 잘못되었을 때는 어떤 결과에 대해서도 책임질 각오가 되어 있어요. 오늘 고마웠고, 말할 수 없이 기뻤어요."

"그런데 왜 그렇게 화난 듯 가셨어요?"

"거기까지가 제가 그려보았던 만남이에요. 요다음 만날 때는 어떤 준비도 계획도 하지 않을래요."

"그러면 내일 공항에 나갈게요."

"이번에는 끝까지 제 계획을 받아들여 주셨으면 고맙겠어요."

인철은 마음을 억지로 가라앉히고 대답했다.

"알겠습니다. 이번만 그럴게요."

"그 대신 전화와 문자를 자주 해주세요. 매일이 기쁠 거예요. 호텔에서 그동안 보내신 문자는 다 읽어보았어요. 기뻤고, 고마워요."

이지가 감정의 속도를 조절한다는 생각에 인철은 싹싹하게 마지막을 끝냈다.

"내일 여행 편안하게 하셔요."

"감사해요."

늦은 밤이었지만 이지의 목소리는 영롱한 이슬을 비추는 싱싱한 아침 햇살처럼 밝고 따사롭게 다가왔다.

17.
위기의 FBI

다음 날 오후 이지가 비행기를 타는 모습을 그려보던 인철은 기분 좋은 진동음에 얼른 휴대폰을 집어 들었다. 이륙 직전 걸어온 이지의 전화일 거라는 짐작과 기대를 깨고 화면을 채운 이름은 아이린이었다.

"오늘 저녁 같이 먹는 건 어때요? 약속이 없으시다면?"

인철은 약간 섭섭한 느낌이 들었지만 이 또한 기다리던 연락이라 쾌히 승낙했다.

"기다리고 있었어요."

"그런데 다른 분과 같이 나가도 돼요?"

"어떤 사람이죠?"

"같이 일하는 분이에요."

"아주 좋습니다."

잠시나마 아이린의 매력을 느꼈던 인철은 이지에 대한 순수함을 지키고 싶던 터라 동행이 있다는 말에 더욱 반가이 대답했다.

"호호, 둘이서만 만나는 건 겁났던 모양이죠? 그렇게 잘됐단 듯이 씩씩하게 대답하시니."

"같이 일하는 다른 분이 나온다면 성과가 더 클 것 같아서요. 아마 그 세 사람을 신문했던 요원이겠죠?"

"아니에요. 수석부국장님이에요."

"네? FBI의 수석부국장이라고요?"

"호호, 그분이 인철 씨에게 식사를 대접하고 싶대요. 이따 여섯 시에 만나요. 장소는 다시 알려드릴게요."

전화를 끊고 난 인철은 생각지도 못했던 인사가 출현한 이유가 무엇인지 곰곰이 생각했지만 당장 떠오르는 게 없었다. 수석부국장이 자신을 만나려 한다면 자신이 그만한 가치가 있다는 얘긴데 자신의 가치란 비엔나에서의 경험일 것이고, 그 경험의 대부분은 돈 주인을 추적한 것이었다.

그 결과 이브라힘이라는 이름을 찾아 여기까지 왔고 그것은 아이린이 이미 다 아는 사실이었다. 인철은 부국장이 관심을 가질 만한 자신의 가치가 뭘까 생각하다 그것은 자신이 김용 총재에게 돈 주인이 IS일 수도 있다고 했던 발언이라 여겨졌다.

아이린은 FBI뿐 아니라 CIA까지도 자신의 그 발언에 비상한 관심을 쏟고 있다고 했으니 오늘 저녁 부국장이 꺼낼 얘기는 그것 외에 다른 게 있을 수 없다. 그렇다면 오늘 저녁의 대화는 다소 멋쩍을 수밖에 없다. 그 발언에 대해 자신은 어떤 증거도, 근거 있는 논리도 내세우지 못한다. 아랍계 자금이다 보니 그럴 가능성이 티끌만큼이라도 있는 것이고, 무엇보다 자신이 그걸 입밖에 낸 건 순전히 잔고증명을 얻어내기 위한 방책이었다. 아이린을 만났을 때는 이미 농담 수준으로 전락해 같이 웃음을 터뜨리기도 한 일이었다.

인철은 머릿속으로 제3인베스트먼트의 돈이 IS로부터 나왔다고 유추할 수 있는 논리나 증거, 최소한의 느낌까지 찬찬히 더듬어보았다. 자신이 김용 총재에게 그렇게 얘기했을 때는 분명히 생각의 한 갈래로 IS가 떠올랐고, 거기에는 이유가 없는 것도 아니었다.

IS는 사우디를 비롯한 아랍권의 지지층으로부터 막대한 자금지원을 받고 있는 데다 유전을 장악해 상당 기간 석유를 팔았기 때문에 30억 유로를 빼돌릴 여력이 없지는 않았다. 따라서 비록 증거는 없지만 그럴 수 있는 가능성을 언급한 게 잘못되었다고 할 수는 없다고 생각했다. 논리를 정연하게 가다듬으려고 비엔나에서의 기억을 하나하나 더듬어가던 인철은 순간적으로 외마디 소리를 질렀다.

"아, 이런!"

모순이었다.

돈 주인은 분명 자신의 정체를 숨기기 위해 2,000만 유로를 지불하면서 자신의 정체를 알아내버린 요한슨을 자살시켰다. 그렇다면 이 세상 누구도 그의 정체를 알아서는 안 된다. 그러나 자신은 너무도 수월하게 그 돈이 아랍계 석유 부호의 돈이라 생각하고, IS도 가능한 후보 중 하나라고 추정하고 있지 않은가.

인철은 자신이 그 돈을 아랍계 자금이라 추정한 과정을 더듬어보다 입술을 깨물었다. 후회스러운 결정을 했을 때 인철이 늘 보이는 버릇이었다. 찬찬히 생각해보니 놀랍게도 그런 생각은 처음 자신의 선입견에서부터 시작되었다. 마빈을 처음 만났을 때 그가 두툼한 입술에 잿빛 눈초리, 짙은 갈색 피부를 가져 그에게 물어보지도 않은 채 아랍계일 것으로 생각했던 기억이 떠올랐다. 그리고 그것은 아마도 돈 주인을 대신한 이브라힘이란 이름 때문에 굳어졌을 터였다. 누가 들어도 아랍계 자금과 연계해 생각할 수 있는 이름인 이브라힘은 속임수일 가능성이 있었다. 인철은 슈나이더 총재의 단정적 발언을 떠올렸다.

"이인자가 아랍인이라면 일인자도 아랍인이야. 그들은 결코 이족과 최고의 비밀을 나누지 않으니까."

그리고 그 자금이 전적으로 석유에 투자되었고, 돈 주인이 유가를 좌지우지할 수 있는 실력자라는 점도 아랍계 자금으로 유추하게 된 요인이었다.

인철은 자신이 큰 잘못을 저질렀다는 걸 깨달았다. 논리적으로는 이런 유추가 크게 잘못되었다 생각할 수는 없었지만 가장 큰 문제는 엄청난 대가를 지불하고도 정체를 숨기고자 하는 돈 주인이 너무도 쉽게 자금의 성격을 드러내고 있다는 사실이었고, 자신은 너무도 간단하게 그런 생각을 품게 되었다는 사실이었다.

이것이 만약 돈 주인이 설계한 장치라면 자신은 한 치의 망설임도 없이 그 장치 안으로 홀라당 들어가버린 것이었다.

"으음!"

자신이 거꾸로 두 개의 더욱 객관적인 인자를 등한시했다는 걸 깨닫고 난 인철의 입에서 가벼운 신음이 새어나왔다. 제3인베스트먼트의 애초 거래가 전적으로 러시아의 국영가스회사 가즈프롬과 이루어졌다는 사실을 담고 있는 대차대조표나 거래 기록을 자신이 무심히 넘겨버렸다는 사실, 그리고 요트아베 회장과 요한슨이 300만 유로를 들고 러시아의 소치로 갔었다는 사실을 돈 주인의 정체와 연관해서 그리 깊이 생각지 않았던 것은 아주 큰 잘못이었다.

돈 주인이 러시아의 잔치인 1520포럼을 후원했다면 당연히 러시아와의 연관성도 고려했어야 할 일이었다. 인철은 지금에 와서는 오히려 아랍계 자금보다는 러시아 자금일 가능성에 손을 들어주고 싶은 기분이었다.

인철은 요트아베의 거래 파일을 다시 찬찬히 살폈다. 5년간의 석유 및 가스 거래 중 4년 동안의 거래가 모두 가즈프롬하고만 이루어졌고, 1년 전부터는 러시아와 손을 딱 끊고 미국의 셰일석유에 집중 투자되고 있다는 확고부동한 사실이 새로운 의미로 다가왔다.

"러시아!"

인철은 나지막이 입속으로 되뇌었다. 그러자 최근 갑자기 미국 사회에 급속히 드리워지고 있는 러시아의 그림자가 한꺼번에 몰려왔다. 제3인베스트먼트의 자금이 셰일 석유에 집중 투자되고 있는 걸 파일에서 보았을 때는 돈 되는 투자처를 기막히게 찾아낸다는 느낌뿐이었는데, 지금 이 순간은 평소 잠재적으로 느끼고 있던 러시아의 급부상과 더불어 한 사람의 이름이 떠올랐다.

도널드 트럼프.

손님끼리 서로 마주치지 않도록 설계된 깊숙하고 격조 있는 프렌치 레스토랑에서 아이린과 함께 인철 앞에 마주 앉은 사람은 깊은 관록과 품위가 엿보여 첫눈에도 고위직 인사라는 걸 알아볼 수 있었다.

"이분은 존 스파이베이, FBI의 수석부국장님이세요."

인철은 이 사람이 꺼낼 이야기가 무엇일지 생각하며 악수와 명함을 교환했다.

"보통은 사무실에서 만나기 마련인데 부국장님이 특별히 인철 씨를 식당에서 만나자 하셨어요. 물론 저는 진즉에 그러고 싶었고요."

"일단 식사를 하는 게 어떻겠소?"

"좋습니다."

아이린과 부국장은 와인을 곁들인 식사 내내 세상 돌아가는 얘기부터 스포츠와 영화 등의 화제만 입에 올렸고, 분위기는 마치 오랜 친구들끼리 만난 것처럼 편안하고 즐거웠다. 인철은 부국장의 관록이 이런 데서 묻어난다는 생각에 같이 웃고 농담을 하면서도 좀 있으면 부국장이 꺼낼 화제가 뭘까 생각하는 걸 게을리하지 않았다.

이윽고 마지막 디저트로 커피가 나오자 부국장은 이제까지와는 달리 얼굴을 굳히고 목소리를 낮춘 채 다짐을 받았다.

"오늘 이 자리에서 나누는 얘기에 대해서는 죽음과도 같은 보안을 부탁하고 싶소. 그렇게 해줄 수 있겠소?"

인철은 부국장이 쓰는 어휘가 묘하다고 생각했다. 엄중한 보안을 말하는 것이겠지만 듣기에 따라서는 보안을 지키지 않으면 죽을 수도 있다는 얘기로도 들렸다.

"알겠습니다."

"먼저 아이린 요원이 그들을 검거하는 데 큰 도움을 주어서 고맙소."

"저 아니었어도 얼마든지 검거할 실력이 있는 유능한 요원입니다."

"모두 입을 다물고 신문에 불응하고 있지만 휴대폰에서 중요한 정보들이 나왔소. 둘은 단순한 하수인이지만 그중 하나는 상당한 위치에 있는 자로 판단되었소."

"그럴 걸로 생각했습니다."

"그의 휴대폰에서 캠프의 회계 책임자 데이비드 커프만과 통화한 기록이 나왔소."

"중요한 증거를 획득하셨군요."

"덕분이오."

부국장은 말과는 달리 그리 달가운 표정이 아니었다.

"그래서 말인데……."

"네."

"아이린 요원과 같이 이브라힘의 자금을 추적했던 것과 그동안 두 사람이 나눴던 얘기들을 모두 없던 일로 해주길 바라오."

뜻밖의 얘기였다. 순간적으로 인철의 뇌리에 부국장이 자신을 극히 불신하고 있다는 판단이 생겨났다. 어쩌면 자신이 증거도 논리도 없이 IS를 지목한 게 정치적 문제를 일으켰을 수도 있었다. 부국장이 직접 나와 이 근사한 저녁을 사는 것도 더 이상 허튼소리 하지 말라는 당부에 다름 아닐 수 있었다.

또 하나 생각해볼 수 있는 건 위험을 느낀 트럼프 캠프 쪽에서 FBI에 압력을 가했을 가능성이었다. 인철은 잠시 생각하다 고개를 끄덕이며 동의했다.

"알겠습니다."

FBI가 부국장까지 나서서 관계를 끊어달라고 하는데 자신이 찬성하고 반대하고 할 일도 아니었다. 다만 같은 목표를 가졌던 FBI가 손을 드는 걸 보면 앞으로 자신의 조사 또한 험로가 예상되었다. 아니, 사실은 거의 불가능하다는 판단을 내릴 수밖에 없었다.

"오늘 식사 즐거웠소."

"만나서 즐거웠습니다."

부국장이 일어서기 직전 인철은 심중에 품고 있던 한마디를 던졌다.

"속단할 수는 없지만 어쩌면 그것이 러시아의 자금일 수 있습니다."

인철의 이 말에 부국장은 아이린에게 눈길을 돌렸다. 아이린 역시 인철의 말에 놀라는 표정인 걸 보고 부국장은 웨이터를 불러 커피를 더 시켰다.

"한 잔 더 하겠소?"

"괜찮습니다."

"아이린 요원은?"

"저는 마시겠습니다."

"증거가 있소?"

"제가 아는 바를 말하기 전에 어째서 이브라힘의 자금 추적을 중단하는지 설명해주시기 바랍니다."

"미스터 킴은 그 자금이 IS로부터 나왔다고 하지 않았소?"

"여러 가능성 중 하나를 얘기했을 뿐입니다. 최근 모든 요소를 집중적으로 검토한 결과에 의하면, 이브라힘의 돈은 러시아의 자금일 가능성이 가장 유력합니다."

부국장은 인철의 말에 잠시 침묵을 지키다 아이린을 돌아보고 말했다.

"아이린 요원이 사실 그대로 얘기해주겠나?"

아이린 역시 이제까지의 쾌활한 표정을 뒤로한 채 얘기를 시작했다.

"얼마 전 FBI의 코미 국장이 트럼프 대통령에 의해 해임된 건 아시죠?"

"네."

"트럼프의 러시아 스캔들을 수사하다 해임됐어요. 거기까지만 말할게요."

인철은 웃었다.

"이크! 나는 트럼프에게 두 배로 미움을 받겠는데요. 선거 캠프에 흘러들어 간 현금 뭉치를 추적하는 FBI를 도운 데다 이제 그 자금이 러시아에서 나왔다고 주장하니."

인철의 이 말에 아이린이 약간 머쓱한 미소를 지으며 침묵하자 부국장의 삼엄한 목소리가 들려왔다.

"러시아 자금임을 증명할 수 있는 결정적 증거가 있소?"

"증거는 없습니다. 그러나 여러 상황을 유추해볼 때……."

부국장은 팔을 들어 인철의 말을 끊었다.

"그만하시오. 나는 듣지 않겠소."

인철은 말없이 고개를 끄덕였다. 그가 듣지 않으려 하는 게 이해가 갔다. 세계은행의 소식통에 따르면, 해임된 코미 국장 대신 새로 임명된 국장은 트럼프의 충복 중 충복이라서 러시아 관련 모든 수사를 중지함은 물론, 코미가 트럼프에게 불리한 언행을 하지 못하도록 그의 약점을 찾고 있다고 했다. 이런 상황에서 부국장이 선택할 수 있는 길은 달리 없을 것이다.

"알겠습니다."

부국장은 일어나며 인철의 두 눈을 똑바로 응시하고 말했다.

"개인적 충고인데 극히 위험한 주장이오. 게다가 증거가 없다면."

부국장은 같이 일어나는 아이린을 손짓으로 만류하며 지갑에서 카드를 꺼내 아이린에게 내밀었다.

"분위기가 괜찮은 멤버십 클럽 카드야. 미스터 킴에 대한 나의 미안함을 아이린 요원이 대신 사과해주겠나? 비싼 와인을 아무리 비워도 좋으니."

"네, 그럴게요."

부국장은 자리에서 일어나며 손을 내밀었다.

"도움이 필요하면 언제든 전화하시오."

"그럴 일은 없을 것 같습니다만, 감사합니다."

18.

트럼프와 러시아

포토맥강이 한눈에 내려다보이는 클럽하우스의 은은한 핑크빛 조명 아래에서 보는 아이린의 하늘색 눈동자는 더없이 고혹적이었다. 인철은 이지를 떠올리며 그녀의 눈빛을 견디려 했으나 고개를 돌리지 않는 한 빨아들이듯 강렬한 그녀의 눈길을 피하기는 어려웠다.

"지적인 애인이 있나 봐요."

"어떻게 알죠?"

"저는 보면 알아요. 당신의 마음이 안정돼 있으니까요."

인철은 웃으며 잔을 내밀었다.

"아이린, 당신은 진짜 미인이에요. 그리고……."

"그리고 뭐요?"

"나보다 더 안정돼 있어요."

"그럴까요? 오늘 밤 우리 사이에 무슨 일이 벌어질지 모르는데."

인철은 웃었다.

"그렇긴 해요."

"워싱턴의 밤에 건배!"

아이린은 테이블에 잔을 내려놓으며 망고를 집어 인철에게 건넸다.

"당신은 멋져요, 그 머리가."

"헤어스타일이 괜찮은 편이죠. 남에게 거부감을 안 주는."

아이린은 소리 내 웃었다.

"후후, 그 노땅 유머도 거부감을 안 주네요."

"하나 물어도 돼요?"

"뭐죠?"

"당신은 매력적이고 누구에게나 친절하지만 주변의 누구도 남자로 생각하지 않는 것 같아요. 옷도 편하게만 입고, 화장도 안 하는 것 같고. 한마디로 남자에게 관심이 없는 것 같은데 내 느낌이 맞을까요?"

아이린은 미소를 지으며 고개를 끄덕였다.

"좋지 않은 기억이라도 있나요?"

"그렇진 않은데 알고 보면 사연이 좀 있는 간단치 않은 미녀예요."

인철이 와인을 비우자 아이린은 병을 들어 잔을 채우면서 농담처럼 물었다.

"그런데 이브라힘의 돈이 러시아 자금이라는 근거는 뭐죠? 또 잔고증명이 필요해졌나요?"

"하하, 그건 아니고."

"당신의 머릿속에서 일하는 작은 사람들의 추리를 들려줘요."

"작은 사람들이요?"

"네, 당신의 머릿속에는 작은 사람들이 언제나 가득히 들어가 있어서 항상 뭔가를 생각하고 연구하는 것 같아요. 당신이 쉬거나 잠들었을 때도. 그렇지 않으면 그 다양하고 엉뚱한 생각들이 다 어디서 나오겠어요?"

"후후, 이 좋은 자리에서 풀어놓기에는 좀 딱딱한 얘긴데요."

"잘됐네요. 마침 좀 딱딱한 안주가 필요하던 참이에요."

"저의 추리는 먼저 이브라힘이라는 이름에서 시작됐어요. 그토록 정체를 숨기려는 돈 주인과 어울리지 않게 아랍계 자금이란 걸 바로 드러내는 이름이잖아요."

"네. 그래서 IS도 떠올려봤던 거고요."

"그게 함정일 수 있다고 생각하니 두 가지가 보였어요. 하나는 이 자금이 초기에 전적으로 러시아 석유를 거래해 상상할 수도 없는 큰돈을 벌었다는 사실, 또 하나는 돈 주인이 러시아 소치에서 열린 1520포럼이라는 철도 모임에 300만 유로를 스폰서로서 지원했다는 거였어요."

"소치? 흑해 연안의 소치요?"

"네. 해마다 거기서 러시아와 같은 1520 규격의 광궤 선로를 쓰는 약 20개국의 철도 거물들이 모이거든요. 그런데 러시아 철

192

도회사 사장이 상당한 유력자라 거기에 돈을 댄 건 돈 주인과 철도회사 사장 사이의 친분 때문일 수 있어요."

"러시아 철도회사 사장이 대단한 사람이라는 건 FBI도 알고 있어요. 권력과 돈을 다 가졌다죠."

"이 자금은 석유 거래에 관한 한 세계의 그 어떠한 펀드도 올릴 수 없는 실적을 거뒀는데, 이것은 유가를 좌지우지할 수 있는 거대한 힘과 연관되어 있지 않고는 불가능해요. 통상의 투자가 아니에요. 그리고 유가를 그렇게 조종할 수 있는 힘은 오로지 산유국만이 가지고 있어요. 그래서 저는 일단 이 돈이 산유국인 러시아 자금이라 가정하고 생각해보았어요."

아이린은 인철의 잔에 와인을 조금 더 채웠다.

"그런데 이 자금은 1년 전부터는 가즈프롬과의 거래를 하루아침에 중단하고 미국의 셰일 석유로 옮겨갔어요. 셰일 석유가 이렇게 폭등하리라고는 아무도 예상하지 못했던 일이라 겉으로만 보면 기가 막힌 투자지만, 아무리 많이 남겨도 가즈프롬과의 이익에 견주면 새발의 피예요."

"무슨 사정이 생겼단 뜻인가요?"

"조사를 해보니 이 자금이 가즈프롬과 거래를 끊고 난 직후 가즈프롬 사장이 해임됐어요. 부정한 거래가 러시아 정부에 적발되었다고 볼 수 있는 대목이지요."

"돈 주인은 가즈프롬 사장과 연관된 사람이군요."

"그때 기사를 보면 푸틴 대통령이 진노해서 가즈프롬 사장을 체포해 조사하도록 지시했고, 가즈프롬과의 거래를 통해 거둔 부당 이익을 전부 찾아 회수하도록 했어요. 그걸로만 보아도 이 돈은 분명 러시아 자금이지요."

"인철 씨가 돈 주인을 밝히면 푸틴으로부터 포상금을 받겠어요."

"이 자금으로 이제껏 엄청난 돈을 벌었지만 앞으로도 계속 벌게만 돼요."

"앞으로도요? 그게 인철 씨 눈에 보이나요?"

"네."

"어떻게 그걸 내다볼 수 있어요?"

"누군가 아주 유력한 인물이 돈 주인을 위해 헌신적으로 뛰고 있으니까요."

"당신은 그 유력한 인물이 누군지 이미 마음속에 꼽아두고 있다는 느낌이 드는데요?"

"매우 특이한 인물 한 사람을 꼽고 있죠."

"누구죠, 그게?"

"도널드 트럼프."

"뭐라고요? 트럼프 대통령이요?"

"네."

"그게 무슨 말이에요? 미국 대통령이 러시아인 돈 주인을 위해 뛰고 있다고요?"

"불행히도 그런 것 같아요."

아이린은 잠시 멍하니 있다 날카로운 목소리로 물었다.

"인철 씨, 속 시원하게 얘기해요. 당신이 떠올리고 있는 인물이 있죠? 그가 누군지, 왜 그를 돈 주인으로 지목하는지 제대로 얘기해요. 그리고 트럼프가 왜 그를 위해 뛰는지도."

"트럼프가 돈 주인이 누군지 알고 그를 위해 뛴다는 얘기는 아니에요. 트럼프가 러시아를 위해 뛰는 건 확실하지만 그 얘긴 좀 이따 하고, 현재로서는 체포된 전 가즈프롬 사장 샤토프와 러시아 철도회사 사장 주코프가 돈 주인으로 떠올랐어요."

"왜 그렇게 생각하죠?"

"체포된 샤토프가 이브라힘을 내세웠다고 볼 수 있죠. 3억 유로로 시작해서 순전히 가즈프롬만 거래해 그걸 30억 유로로 키웠으니."

"주코프는요?"

"요트아베 회장과 요한슨이 300만 유로를 가지고 소치의 1520포럼에 갔는데 주코프는 이들을 만나주지도 않았어요. 이들이 스폰서라면 있을 수 없는 일이에요. 30만 유로를 가지고 가도 칙사 대접을 해주기 마련이죠. 그렇다면 그 돈은 스폰서가 아니라 돈 주인이 자신의 돈을 가져오도록 지시했을 가능성이 매우 높아요. 주코프가 말이에요."

아이린은 갑자기 잔을 들어 인철의 눈높이로 들었다. 인철도 따라서 잔을 들자 아이린은 쨍 소리가 나게 잔을 부딪치며 소리 높이 외쳤다.

"위대한 미국 대통령 트럼프와 세계 최고의 수사기관 FBI를 위해 건배!"

분명 자조적이었지만 인철은 같이 건배를 하는 도리밖에 없었다.

아이린은 한 모금 쭉 들이켜고는 웨이터를 불러 까다롭게 와인 한 병을 더 시킨 다음 의미를 짐작하기 어려운 미소를 지으며 물었다.

"우리 같이 케이맨에 갔었죠?"

"네."

"결과가 너무 좋지 않았어요?"

"나는 별로였지만 아이린 당신은 히트를 쳤죠."

"다음엔 제가 당신을 돕기로 약속했었죠?"

"네, 그러긴 했지만 이제 당신은 수사를 못 하니 그 약속은 날아간 거나 다름없어요."

"우리가 소치에 같이 가는 건 어때요? 당신 얘기를 듣고 알아보니 얼마 후 소치에서 그 1520포럼이 또 열리던데요."

"그게 가능해요? 당신은 이제 완전히 트럼프의 눈 밖에 나 FBI에서 쫓겨날 텐데."

"그 반대예요. 우리가 거기서 증거를 찾아 거꾸로 트럼프를 잡아요."

잔을 들어 한 모금 크게 들이켠 인철이 웃으며 말했다.

"하하하하! 아이린, 당신 참 재미있군요."

"믿거나 말거나예요. 당신과 같이하면 뭐든 성과가 나올 것 같아요. 빌어먹을 FBI보다요. 호호호호!"

아이린은 고개를 들고 천장을 향한 채 깔깔거리고 웃었다. 한참이나 웃던 아이린은 웨이터가 새 와인을 가져오자 잔을 입에 대며 간신히 진정했지만 인철의 얼굴을 보자 또다시 웃음을 터뜨렸다.

"미안, 미안해요. 하지만 당신 정말 좋아요. 마음에 쏙 들어요. 우리 꼭 가요. 인철 씨는 어떤 머리라도 쓸 것 같아요. 가서 미국 대통령이 샤토프든 주코프든 이브라힘이든, 러시아 돈 주인을 위해 뛰는 증거를 찾아오자고요. 그리고 당신이 FBI 국장을 하는 거예요. 우리 같이 트럼프를 잡아요. 그가 러시아 돈 주인을 위해 뛰고 있다는 결정적 증거를 잡아 하원의장에게 가자고요. 폴 라이언. 라이언에게로 가요."

"하하, 아이린. 당신 취했어요. 나도 그렇고요."

"FBI가 죽었는데 안 취하고 배길 순 없죠. 그런데 김인철, 당신은 생각의 스케일이 커서 너무 좋아요. 이제 보니 김인철 당신 진짜 사나이예요."

인철은 아이린이 진정하자 잔잔한 목소리로 말을 시작했다.

"트럼프가 쓰는 방법은 매우 교묘해서 뭐가 뭔지 알아보기가 쉽지 않아요. 특히 그는 공공의 정책에 자신의 사리사욕을 섞어 넣는 데 아주 능해서, 한편에서 아무리 큰 비난을 받더라도 그 반대편에선 언제나 그만큼의 지지가 일어나게 하죠."

"트럼프가 그렇게나 머리가 좋아요?"

"하지만 진정성이 없어요. 그는 미국 노동자들의 분노를 불러일으켜 대통령이 됐지만 그의 경제 정책인 트럼프노믹스는 오히려 서민들을 더 어렵게 만들고 있어요."

아이린은 와인 잔을 내려놓으며 진지한 표정으로 인철의 말에 귀를 기울였다.

"그건 왜 그렇죠?"

"그의 보호무역이란 외국의 값싼 물건을 미국에서 제조되는 값비싼 물건으로 대치하자는 건데, 그러면 결국 노동자들이 물건을 살 수 있는 능력이 떨어져요. 그렇다고 임금을 기하급수적으로 올릴 수 있는 것도 아니고."

"트럼프의 경제 정책이 결국 실패한다는 뜻인가요?"

"그렇게 봐야 해요."

"그럼 그의 선택이 잘못된 건가요?"

"이미 미국은 중국을 비롯한 세계 거의 모든 나라에 대해 상품 경쟁력을 상실했어요. 그러나 미국은 하이테크에 강하기 때문에 그 방향으로 집중해야 하는데 트럼프는 거꾸로 선택한 거예요."

"일부러 그랬다는 거네요. 러스트 벨트에 있는 수많은 표를 건져서 선거에 이기기 위해."

"거기에 더해 보수의 심리를 자극했죠. 'Make America great again!' 같은 구호만 보면 무조건 찍는 층이 있잖아요."

"여하튼 선거에 이기기 위해 보호무역을 내세웠다는 거죠?"

"네. 게다가 그의 마음속에는 중국에 대한 근본적인 분노가 있어요. 중국이 모두 수탈해간다는 생각이 그의 머릿속에 꽉 차 있으니까요."

"그래서 보호무역을 주장하지만 보호무역은 결국 미국 서민층을 더욱 힘들게 만든다? 미국의 비극이군요."

"미국은 중국에 추월당하는 걸 극도로 경계하면서도 오히려 중국을 키워주는 일등공신 역할을 하고 있어요. 미국의 슬픈 운명이죠."

"지금의 미국은 이쑤시개부터 컴퓨터까지 전부 중국제를 쓰니까요."

"트럼프 식대로 가면 미국이 중국에게 뒤지는 건 시간문제예요. 중국이 제일 유리한 지형에서 싸우자는 거니까요. 중국은 세계무역을 제패하는 데다 자국의 수요자만 14억이나 돼요. 미국이 도저히 이길 수 없어요."

"그러면 미국이 슈퍼 파워 자리를 중국에 내줘야 하나요?"

"글쎄요."

"슬픈 얘기는 나중에 하기로 하고 지금은 아까 했던 그 얘기, 트럼프가 러시아인들을 위해 뛴다는 웃기는 얘기를 더 해줘요."

"트럼프는 기업의 경쟁력을 키우기 위해 법인세를 대폭 감면하고 국제 수지를 위해 약달러 정책을 썼어요. 달러와 유가는 정확히 반비례하죠. 그래프를 보면 달러와 유가는 완전한 데칼코마니 형상이에요. 달러가 약해지면 반대로 유가는 오르기 마련이에요. 그러니 유가는 앞으로 상당 기간 강한 자리를 지킬 거예요. 결국 세계 최대 산유국인 러시아와 돈 주인이 큰 이득을 보게 되죠."

"트럼프노믹스 자체가 러시아에 득이 될 수밖에 없단 얘기군요. 아니 트럼프 정권의 출범 자체가. 그래서 러시아가 민주당을 해킹해 힐러리에게 패배를 안긴 건가요? 그 해킹의 배후에는 이브라힘이든 돈 주인이든 러시아인이 있고."

"FBI가 밝혀야 할 일인데 안 하겠다니……."

"안 하는 게 아니라 못 하는 거예요. 미국이 왜 이렇게 가는지 모르겠어요."

"게다가 트럼프는 내각에서 가장 중요한 국무장관에 틸러슨을 앉혔어요. 그는 엑슨모빌의 러시아 법인을 맡았을 때 러시아 국영가스공사와 아주 긴밀한 관계를 맺은 사람으로 친러파 중의 친러파예요. 트럼프와 러시아 간의 가교 역할을 하기에 충분한 사람이죠."

아이린은 경멸하는 표정을 보이며 한마디 내뱉었다.

"그래 봤자 꼭두각시들인걸!"

"네? 꼭두각시요?"

"아니, 잠시 딴생각을 했어요. 그리고 트럼프가 또 러시아를 위해 무얼 했어요?"

"결정적으로 그는 미국을 파리기후협약에서 탈퇴시켰어요. 세계가 화석연료 후유증으로 이 큰 재난을 겪고 있는데도 말이에요."

"이 사람이 미쳤나 싶었는데 그것도 러시아를 위해 그런 거예요?"

"석유를 위해 한 거라 봐야죠. 미국도 세계 3위의 산유국이니까. 하지만 가장 큰 수혜자는 어찌 되었든 러시아예요. 그가 무얼 하든 결국 러시아가 이익을 보게 돼요. 의도했든 안 했든 간에."

아이린의 표정이 어느새 상당히 무거워져 있었다. 비록 취한 상태였지만 인철의 마지막 한마디가 수사관으로서 그녀의 본능을 건드린 것 같았다. 과연 그녀는 장난기와 취기가 싹 걷힌 심각한 얼굴로 물어왔다.

"인철 씨는 트럼프가 왜 그렇게나 러시아에 우호적인지 생각해봤어요?"

"오늘은 일단 현상만 얘기하기로 해요. 그 이유에 대해서는 다음에 같이 얘기 나누기로 하고."

"물론 저도 조사를 해볼 거예요."

"아마 그 부분은 나보다 아이린이 더 잘 알 수도 있을 거예요."

"좋아요. 그러면 다음 주 화요일 여섯 시에 베니니에서 저녁 같이 먹어요. 그때는 좀 더 심도 있는 얘기를 나눌 수 있을 거예요."

아이린은 병을 들어 남은 와인을 각자의 잔에 나눠 따랐다.

"오늘 취해서 미안해요. 하지만 FBI가 그렇게 비겁한 조직은 아니에요. 잠시 물러난다 뿐이지 잊어버리지는 않아요."

"이해해요. FBI뿐만 아니라 전 세계가 모두 트럼프 때문에 몸살을 앓고 있으니까요."

두 사람은 서로의 눈을 응시하며 마지막 잔을 조용히 비웠다. 두 번째 만남이지만 전보다 상당히 가까워진 느낌이 들어 지난 번보다는 좀 더 오래 얼굴을 맞댄 후 헤어졌다.

19.
시진핑의 독백

중국 공산당 제19차 전국대표회의.

"공산당은 중국 인민을 단합시켜 투쟁함으로써 아편전쟁 이후 능욕당했던 처지를 완전히 바꿔놓았고, 오랜 가난에 시달렸던 중화민족의 비참한 처지를 완전히 바꾸었습니다. 중국 인민은 두려움을 모르는 자세로 중화민족의 위대한 부흥이라는 목표를 향해 계속 힘차게 나아가야 합니다!"

"우와!"

쏟아지는 박수갈채 속에서 시진핑의 자신감은 최고조에 이르렀다. 전국 각지에서 모여든 당대표들이 모두 일어나 시진핑을 연호하는 가운데, 시진핑은 두 손을 들어 한참이나 화답하고 난 다음 퇴임하는 다섯 명의 상무위원과 악수를 나누었다.

실로 엄청난 힘의 과시였다. 모두 일곱 명의 상무위원 중 자신과 리커창을 빼고 다섯 명을 물갈이함으로써 시진핑은 거센 도

전에 직면할 것이라는 모든 언론의 예상을 깨고 완전무결한 일인 천하를 구가한 것이었다. 상하이방도, 공산당 청년 조직도 모두 한 손으로 물리친 격이었고, 물러나는 다섯 명의 상무위원에게 그는 200석이 넘는 중앙위원 가운데 한 자리도 내주지 않았다.

그럴 정도로 천하의 모든 권력이 그에게 집중된 셈이지만 이 것조차 약과에 불과했다. 3,000명의 당대표들은 '시진핑 사상' 을 당장 당헌에 삽입하기로 결의했고, 이로써 시진핑은 마오쩌 둥과 덩샤오핑에 맞먹는 자리에까지 올라섰다.

덩샤오핑은 비록 당헌에 이름이 기재되기는 했지만 '사상'보 다 낮은 의미의 '이론'이라는 어휘가 쓰인 걸 감안하면 시진핑은 덩샤오핑을 넘어 마오쩌둥과 어깨를 나란히 하는 중국의 교조적 지도자로 우뚝 올라선 것이었다.

이제 그는 마음만 먹으면 20년 집권도 할 수 있는 위치로 올라 섰고, 14억 중국인이 모두 한마음으로 그의 위업을 칭송했으나 당대회를 마치고 인민대회당을 나오는 그의 심기는 그리 편한 것만은 아니었다.

최고의 자리에 오르는 바로 그 순간 아이러니컬하게도 그의 뇌 리에는 가장 굴욕적인 기억이 떠올랐던 것이다. 집무실을 향하는 자동차 안에서 그는 입을 씰룩거리며 한마디를 내뱉었다.

"도널드 트럼프."

베를린에서 개최된 G20 미팅을 마치고 베이징으로 돌아오는 전용기에서 느꼈던 모욕감은 문제도 아니었다. 트럼프라는 웃기는 이름의 늙은이가 혼자 잘난 체하는 건 다른 정상들과 같이 겪었던 일이라 참을 만했고, 한국의 문재인 대통령과 악수하면서 마치 약 올리듯 뒷줄에 선 자신을 돌아보며 조롱이 가득 담긴 기분 나쁜 웃음을 지었던 것도 못 본 체했으니 그런 대로 잊어버릴 만했다.

그전에 대만의 차이잉원이 총통으로 당선되자마자 축하 전화를 해 분노를 불러일으켰던 일도 상대의 전략이라 생각하고 냉정하게 대처하면 될 일이었다. 물론 그동안 역대 미중 지도자들이 쌓아올린 무언의 약속인 하나의 중국, '원 차이나' 정책을 완전히 조롱하기는 했지만, 남에게 건 전화 한 통을 가지고 분을 터뜨릴 필요는 없었다.

"도광양회韜光養晦!"

시진핑은 이를 악문 채 자신을 타이르듯 이 한마디를 나직이 되뇌었다.

도광양회는 '자신을 드러내지 않고 때를 기다리며 실력을 기른다.'는 의미로 덩샤오핑의 외교 방침을 지칭하는 용어로 쓰인다. 중국을 개혁개방의 길로 이끈 덩샤오핑이 중국의 외교 방향을 제시한 명언으로 시진핑 자신도 이 말을 가장 좋아했다.

자신이 힘을 모을 때까지 참고 견디는 것. 그것이 이 말이 주는 진정한 교훈이라고 생각하며 시진핑은 자신을 추슬렀지만 어제의 일만은 도저히 참기 힘들었다.

"시 주석, 당신이 북한과 거래하는 중국 은행을 제대로 관리하지 못한다면 내가 직접 당신네 은행들을 처벌하겠소. 곧 베이징에 우리 조사단을 보낼 테니 적극 협조하시오. 자료를 감추거나 적극적으로 협조하지 않는 일이 발생하지 않도록 각별히 유의하시오. 지난번에 당신이 내게 사정해 내가 북한에 대한 무력 조치를 유보했던 걸 잊지 마시오."

트럼프는 며칠 전 전화 통화에서 '처벌'이라는 안하무인의 단어를 썼고, 자신은 이에 제대로 대꾸하지 못했던 게 두고두고 가슴에 맺히는 것이었다.

"도광양회!"

시진핑은 거듭 이 한마디를 내뱉으며 머릿속에서 트럼프의 심술로 가득 찬 얼굴을 지우고 덩샤오핑의 웃음 띤 얼굴을 떠올렸다. 덩샤오핑은 '검은 고양이면 어떻고 흰 고양이면 어떠냐, 쥐만 잡으면 되지'라는 절묘한 말로 공산당을 부정하지 않으면서 중국을 고리타분하고 파괴적인 노선 투쟁으로부터 자본주의의 길로 이끌어내 이제 곧 세계 1위 자리에 오를 수 있는 터전을 마련한 위대한 지도자였다.

인생 역정도 자신과 비슷한 점이 많았다. 덩샤오핑은 문화대혁명 당시 숙청의 위기가 닥치자 마오쩌둥에게 수십 차례 자아비판문을 써 보내고 끝없이 굴신해서 가까스로 목숨을 부지했다. 자신도 비슷한 역정을 겪었다. 아버지는 혁명 원로에 부총리였고 자신은 귀공자로 태어났으나 죽음의 문턱을 드나들 만큼 힘든 하방 생활을 견뎌냈다. 열다섯 살 때부터 거의 7년 가까이 토굴에서 지내며 힘든 노동을 견뎌내야만 했다. 공산당 입당을 열 번이나 거부당하고 서열 다툼에서 밑바닥을 헤맬 때만 해도 그 누구도 자신이 최후의 승자가 되리라고는 상상하지 못하지 않았던가.

"도광양회!"

시진핑은 다시 한 번 절규처럼 이 한마디를 내뱉었다. 이상한 일이었다. 아무리 화가 나는 일도 '도광양회' 한 번이면 다 극복이 되었는데 도널드 트럼프 이자만은 도저히 극복이 안 되는 것이었다. 심호흡을 하며 차분히 열기를 가라앉히려던 시진핑은 얼마 후 자신이 느끼는 이 강렬한 감정이 트럼프에 대한 분노가 아니란 걸 깨달았다. 그것은 두려움이었다.

미국에 대한 두려움. 이제껏 미국의 어떤 대통령도 깨닫지 못하고 있던 감추어진 진실을 오히려 말도 안 되는 저질 대통령 트럼프가 짚어오고 있는 것이었다.

아버지 부시, 클린턴, 아들 부시, 오바마에 이르기까지 미국의 대통령들은 모두 국제화와 자유무역과 세계평화를 주창했고 그 시기 중국은 눈부신 성장을 해왔다. 그런데 트럼프는 이들과 확연히 달랐다. 그는 집권하기 전부터 중국을 약탈자에 비유하며 강력한 보호무역을 천명하더니 지금에 이르러서는 지난 수십 년간 한 번도 겪어본 적 없는 굴욕을 중국에 강요하고 있었다.

중국의 기업과 은행이 북한과 거래해선 안 된다. 중국 정부가 더욱 적극적으로 북한에 대한 경제 제재에 나서라. 대북 원유 공급을 끊으라는 등 미국의 요구에 시진핑은 머리가 터질 지경이었다. 따르자니 중국의 자존심은 바닥을 모를 정도로 추락할 수밖에 없고, 따르지 않자니 미국의 어떤 복수가 뒤따를지 모른다.

시진핑은 크게 한숨을 내쉬었다. 중국 역사에서 지금은 정말 중요한 순간이고 자신은 절벽 위에 서 있다는 생각에 시진핑은 눈을 감고 오늘에 이르게 된 중국의 근현대사를 한 장면 한 장면 떠올렸다. 어려움에 처할 때마다 역사를 반추하며 마음을 가라앉히는 건 시진핑의 습관이었다.

1842년 아편전쟁에서 참패해 아시아의 종이호랑이란 굴욕과 수모를 당했던 내 나라 중국. 천자의 나라라는 자존심은 여지없이 무너지고 허접한 삼류 국민으로 추락한 인민들은 회생의 기대와 희망마저 접었다.

그러나 훗날 대륙의 주인으로 등장한 국부 마오쩌둥과 우리 동지들은 아편전쟁의 치욕을 한순간도 잊지 않았다. 1949년 공산정권 수립으로부터 100년 후인 2049년까지 미국을 무너뜨려 세계 패권을 거머쥐겠다는 원대한 야심을 품고 우리는 와신상담했다. 《손자병법》의 인忍·세勢·패覇에 따라 우리가 약할 때는 굴신하며 때를 기다리고, 남의 힘을 빌려 적을 제압하며, 강자가 약세를 보일 때는 가차 없이 눌러버린다. 우리는 1969년 중소분쟁에서 승리했고, 미국과 수교 이래 미국도 그런 전략에 놀아나게 만들어 결국 조국을 G2의 반열에 올려놓았다.

슈퍼 차이나.

나는 14억 중국 인민들에게 중국몽을 약속했다. 위대한 중화의 시대를 만들자는 꿈. 일대일로 ~~帶 路~~는 중국몽을 실현하기 위한 비전이다. 단순한 건설 공사가 아니다. 일대일로를 통해서 내가 내보내고자 하는 것은 군사력·경제력·문화적 파워에 이르기까지 말 그대로 중국의 힘 그 자체이다. 그리하여 조국이 꿈꾸는 새로운 국제 질서, 중국을 태양으로 하는 새로운 우주를 만드는 것이다. 그날이 오기까지 미국과의 전쟁은 어떻게든 피해야 한다. 중국몽이 실현되기까지는 미국의 터무니없는 시비도 묵묵히 인내하며 견뎌내야 한다.

북한 문제만 해도 그렇다. 대북 제재를 강요하는 미국이 정말 죽도록 밉지만 언제 미국이 북한에 대해 무력을 동원할지 모르니 일단은 대북 제재에 동참하는 모양새를 취해야 한다.

남중국해에서 끊임없이 도발하려는 미국과 댜오위다오를 둘러싼 일본과의 갈등도 신경을 날카롭게 긁지만 당장은 참는 것밖에는 도리가 없다. 일대일로 포럼에 북한을 초청한 것도 그간 소원했던 북한에 결코 버리지 않을 테니 참고 견디라는 메시지였지만 결국 미국이 서구 국가들의 보이콧을 운운하며 시비를 걸어오는 빌미가 되고 말았다. 부글부글 끓지만 꾹 참고 군비 확장에 더욱 가속을 붙이도록 독려해야 한다.

미국에게 새로운 항공모함의 위용을 보여주고, 무엇보다 우리의 신형 잠수함으로 수틀리면 대륙간탄도탄을 발사할 수 있다는 것도 보여주어야 한다. 이제 이대로 5년에서 10년만 더 가면 미국도 겁먹을 수밖에 없는 군사 시스템을 보유하게 된다. 그때까지는 무슨 일이 있어도 참아야 하고, 설사 미국이 북한을 때리더라도 허용해야 한다.

미국의 미사일 방어망MD에 점점 가까이 가고 있는 한국이 문제지만 새 대통령에게 기대를 걸어볼 수밖에 없다. 그나마 푸틴과 말이 통하는 것이 다행이다. 트럼프가 북핵 때문에 길길이 뛰면서 유엔 안보리 제재를 요구했을 때만 해도 푸틴에게 부탁해 러시아가 대신 나서주지 않았던가.

블라디미르 블라디미로비치! 정말 괜찮은 친구다. 물론 완전히 믿을 수는 없다. 국익 앞에서는 영원한 친구도, 영원한 적도 없는 것 아닌가! 미국의 도발을 막기 위해 푸틴과 브로맨스 관계를 유도한 건 지금 생각해도 최고의 전략이었다.

우리의 동반은 단순한 로맨스가 아니다. 생존을 걸고 하는 거다. 지금 우리가 힘을 합하지 않으면 중국도 러시아도 국가 해체 위험에 직면할 수 있다. 트럼프 이놈이 집권하자마자 대만을 휘저어 1979년 이후 지켜져온 '원 차이나' 정책마저 뒤흔들고 있는 것만 보아도 알 수 있는 것 아닌가!

그나저나 아무리 좋게 생각하려 해도 트럼프 이놈은 너무나 뻔뻔하다. 교과서에 나오는 경제 원칙과는 모조리 반대로 가면서 저 혼자 다 가지려 한다. 미국 놈들이 먹고사는 문제에 왜 우리 중국 인민들이 희생해야 하나.

미국 놈들은 항상 제멋대로 살면서 무조건 세계 1위가 되어야 한다며 누구든 자기 밑에 납작 엎드리라고 호통치는 웃기는 놈들이다. 지탱할 수 없는 기형적인 경제 구조에 무역 적자는 매년 20퍼센트씩 증가하고 정부 재정 역시 불량하기로 세계 제일이 아닌가. 정부 부채가 9조 6,000억 달러가 넘고 가구당 부채가 100만 달러에 이르는 놈들이 근검절약은커녕 흥청망청 써댄다.

무분별한 국채 발행은 멈출 줄 모르고 급할 때마다 영국, 일본, 캐나다 등으로부터 달러를 공급받는 데다 심심하면 양적 완화니 뭐니 하면서 달러를 마구 찍어내면서 군사비는 물 붓듯 쏟아 붓는다. 현재 동아시아 국가들이 보유하고 있는 미국 재무성 발행의 국채 증서 규모가 얼마나 되는지 미국 놈들이 한사코 밝히지 않는 건 심각한 위기 수준이란 얘기 아닌가.

하지만 아직 조국은 미국의 적수가 되지 못한다. 모든 부문에서 미국에게 뒤떨어진다. 우리 군사력이 많이 신장되었다고 해도, 특히 해군과 공군의 군사력 차이는 비교할 수조차 없다. 세계의 바다를 지배하는 놈들의 항모전단은 열 개이지만, 우리는 이제 겨우 두 개를 배치할 정도로 군사력에서 열세다. 게다가 옆에 있는 인도가 미국에 착 달라붙어 있는 것도 미칠 지경이다.

우리는 해외 주둔 기지도 없는 상황인 반면, 놈들은 주변에 위협국이 없고 동맹국들에 기지를 건설해놓았기 때문에 원한다면 바로 우리 영토에 군대를 투입할 수 있다. 설사 한국이나 태국 등 육지에 붙어 있는 미국의 동맹국들을 파괴한다 해도 바다에 떠 있는 괌과 필리핀, 일본 등은 우리 해군력으로 처치하기가 결코 쉽지 않다. 아니 거의 불가능하다.

공군도 비교가 안 되는 게 당장 전투기만 봐도 미국은 5세대 전투기 F-22를 수백 대나 실전 배치한 상황인 반면, 우리가 대항 기종으로 개발하고 있는 J-20은 이제 겨우 실전 배치된 상황이다. 더군다나 우리 J-20은 F-22에게는 밀린다는 평이 기정사실이고, F-35와 겨우 비교되는 수준이기 때문에 우리가 우위에 설 가능성은 거의 없다. 게다가 저 망할 놈의 한국과 일본이 확고부동한 미국의 동맹이기 때문에 미국 정부에서 F-22를 수십 대 이상 한국이나 일본에 전진 배치해버리면 레이더로 잡지도 못하기 때문에 개전 초기에 대학살을 당하고 만다.

핵무기 전력에서도 우리는 미국에게 상대가 안 된다. 오로지 미국과 러시아만 상호확증파괴를 이룰 수 있을 뿐이다. 우리의 핵전력은 미국에 비하면 10퍼센트도 안 되는 상황으로, 물론 우리가 ICBM을 발사해 미국 본토에 큰 출혈을 일으킬 수야 있겠지만 그 대가로 우리는 국가 자체가 사라지고 만다.

무슨 일이 있어도, 아무리 많은 국민이 죽어도 핵무기만은 써선 안 된다. 이건 내가 머릿속에 반드시 넣어두고 있어야만 한다. 자칫 분노에 휩쓸려 핵단추를 누르면 4,000년 역사의 내 조국과 모든 중화 인민은 지구상에서 사라진다는 걸 명심해야 한다.

러시아가 도와줄 리도 없다. 아무리 푸틴이라지만 자칫하면 나라가 날아갈 판에 그걸 무릅쓰고 핵전쟁에 뛰어들 정도로 무모하지도 가깝지도 않다.

　문제의 근원은 북한인데 죽일 놈들이 쓸데없이 핵무기를 고집해 이 모든 위기를 불러온 것 아닌가. 아니 북한을 탓할 일은 아니다. 그러지 않아도 트럼프란 놈은 무슨 구실을 붙여서라도 시비를 걸어올 것이다. 그놈은 북한이 우리 말을 안 듣는다는 걸 잘 알면서도 입만 벌리면 중국만이 북핵을 제지할 수 있다고 거품을 문다. 북한 핵이 문제라면서 우리에게 슈퍼 301조를 들이미는 건 결국 우리가 타깃이라는 얘기 아닌가.

　무슨 일이 터지더라도 미국과 군사적 충돌을 일으키지 않는 게 최선이다. 돈도 잘 벌고 있고 전방위로 나라가 발전하고 있는데, 그걸 깰 수 있는 유일한 가능성이 미국과의 군사적 충돌이다. 하지만 아무리 미국과의 충돌이 겁난다 해도 북한에 대한 원유 공급을 완전히 끊을 수는 없다. 북한이 중국에 원한을 가진 채 붕괴하면 한국과 미국에 넘어가고 만다. 무슨 일이 있어도 이것만은 막아야 한다.

　조선반도가 통일되면 그 무엇보다 무서운 결과가 터지고 만다. 베이징엔 제2의 천안문 사태가 터지고 결국 공산당은 붕괴한다. 1919년의 5·4운동은 한국의 3·1운동을 그대로 본뜬 게 아니던가.

　북한, 몽골, 러시아, 베트남, 아프가니스탄, 우즈벡, 타지크 등 중국을 둘러싸고 있는 다른 모든 나라들과 달리 한국은 민주주의에 미친 나라다. 중국이 통일한국과 국경을 마주하면 곧바로 민주주의가 수출되어 자유니 평등이니 직선제가 대학마다 메아리칠 것이다. 민주주의에 미친 자들은 총칼도 무서워하지 않는다.

무슨 일이 있어도 북한에 원유를 끊으면 안 되고, 도저히 견딜수 없을 때는 러시아가 대리 공급하도록 비밀리에 자금을 대신지불해야 한다. 얼마 전 러시아 국영석유공사에 투자 명목으로 100억 달러를 보냈지만 사태가 진전되는 걸 보아서는 더 보내푸틴과 좀 더 잘 지내야 한다.

그나저나 그전에 북한 놈들이 이 상태에서라도 핵개발을 멈추어주면 좋은데 앞으로 어떻게 될지 알 수 없는 게 문제다. 이 정도만 해도 미국이 마음먹을 때는 언제든지 때릴 수 있는 구실을이미 제공하지 않았나. 그러나 사실 미국이 북한을 때리면 우린좋지 않은가. 그때는 설사 북한 정권이 붕괴하더라도 북한 주민들의 원망이 온통 미국과 남한에 쏠릴 테니 우리에게 기회가 있다. 오히려 북한의 인민대표들이 중국을 찾아오게 되어 있으니우리가 원유 공급을 차단했을 때와는 사뭇 다를 것이다.

트럼프 놈아, 때려라. 네놈이 그렇게 원한다면 바로 때려라. 네가 전 세계에 내뱉었던 약속을 이행하란 말이다!

독백을 끝낸 시진핑은 차창 밖으로 펼쳐진 베이징 거리의 풍요로움을 온 가슴으로 느끼며 가면을 쓰듯 부드러운 미소가 어린 얼굴을 만들었다. 사랑하는 아내 펑리위안은 이 얼굴을 가장 좋아하지. 오늘이 있기까지 이 얼굴이 큰 힘이 되지 않았던가. 부드럽고 겸손하며 수수한 모습. 인민들은 이 얼굴을 보고 나를 '시씨 아저씨'라는 뜻의 '시다다習大大'라는 애칭으로 부르며 따르지 않나.

시진핑은 차창을 열고 바깥의 시민들을 향해 점잖게 손을 흔들었다.

20.
청와대의 이지

"최 박사는 운이 좋습니다. 대통령님께 직접 인사드리는 건 그리 흔치 않거든요."

"감사해요."

"아니, 저에게 고마워하실 필요 없습니다. 대통령님께서 직접 말씀하셨어요. 최 박사 오면 만나고 싶으시다고."

경제보좌관은 직접 이지를 대통령 집무실까지 안내했고, 책상에 앉아 있던 대통령은 일어나 반갑게 손을 내밀었다.

"자, 이리 앉읍시다."

"감사합니다."

과연 문재인 대통령은 듣던 대로 무게를 잡거나 권위를 내세우는 사람이 아니었다. 그는 이지에게 이것저것 집무실 안의 그림과 사진들에 대해 설명하고는 차를 권했다.

"내가 최이지 박사에게 놀란 것은 IAEA에서 일하면서도 어쩌면 그렇게 우리나라의 경제 문제들에 정통하고 놀라운 해법을 제시할 수 있느냐 하는 거였어요. 여기 김 보좌관도 탄복했어요."

"과찬이십니다."

"사실 벤처 및 창업자금을 살포하다시피 나눠주지만 그 효과에 대해서는 모두 회의적이었어요. 결국 사람이 하는 일이라 인재를 그리 가게 해야 한다는 데 동의합니다."

"감사합니다."

"그런데 실망한 부분도 있어요. 인재 학생 한 사람당 부모님 갖다 드리라고 1년에 1억씩 주면 안 오고 배기겠냐 해서 우람하고 강한 모습일 줄 알았더니 이렇게나 여성스럽고 고운 분일 줄 몰랐어요."

이지는 말없이 고개를 숙여 보였다.

"만난 김에 요즘 골치 아픈 문제들 좀 물어볼까요?"

이지는 아연 긴장했다. 가벼운 인사 정도 하는 줄 알았는데 이건 면접보다 더 엄중하고 무서운 자리였다. 당황스러웠지만 이지는 잠잠히 고개를 숙였다.

"네에."

"우리나라 자식 가진 집에서는 다 고통을 느끼는 문제인데 지나친 사교육에 집집마다 허리가 휘고 있어요. 아무리 공교육을 살리려 해도, 또 전인교육을 목표로 해도 일류대학을 향한 집념이 꺾이지 않는 한 백약이 무효거든요. 어떻게 하면 사교육의 폐해로부터 가정을 보호해 좀 편안하게 살고 행복도 더 누리게 할 수 있을까요?"

대통령의 걱정스러운 표정으로 보아 이것은 이지를 테스트하는 정도가 아니었다. 어쩌면 '창업대학교'를 제언한 이지에게 진짜 해결책을 기대하고 묻는 진지함이 어린 것 같기도 했고, 또 한편으로는 이제껏 어떤 해결책도 못 찾았는데 부담 없이 얘기해보라는 격려도 어린 것 같은 표정이었다.

신기하게도 이지는 아무런 망설임 없이 바로 대답하기 시작했다.

"사교육은 결국 소득과 맞물려 있습니다. 즉 돈을 많이 들여 좋은 대학을 보내면 그에 따른 대가가 돌아온다는 확고한 믿음이 있기 때문에 허리가 휘면서도 집착하는 겁니다."

"실제 이 사회가 학벌사회라 그 의식을 바꾸기는 참 힘들어요."

"아주 쉽게 그걸 깰 수 있습니다."

"어떻게요?"

대통령은 놀랍고도 반가운 표정이었다. 물론 거기에는 이 사람이 그토록 어려운 문제를 너무 간단하게 보는 것 아닌가 하는 우려감도 배어 있었다.

"고등학교만 졸업하고 바로 취업 전선에 뛰어드는 청년들을 집중적으로 도와주면 될 것 같습니다. 가령 고등학교를 졸업하고 그 해에 바로 취직해 3년이든 5년이든 지속적으로 일을 하면 국가에서 재산 형성을 도와주는 겁니다. 5,000만 원이든 1억 원이든."

"대학에 안 가는 위로금으로요?"

"위로금이라기보다는 청년과 저소득층을 돕는 자금입니다. 고등학교 졸업하고 1년 후 취직하면 그보다는 좀 적게 도와주고, 2년 후 취직하면 그보다 좀 적습니다. 반면 대학을 졸업하면 안 도와주는 거죠."

"오, 그러면 미래가 불확실한 대학에 돈과 시간을 잔뜩 써가며 들어가는 것보다 일찍 직장에 들어가 안정하게 된다는 얘기군요."

"네. 각 가정에서는 따져볼 겁니다. 진정 공부가 하고 싶고 공부를 잘할 자신이 있는 사람들은 자기 돈을 들여 공부하는 길을 택할 겁니다. 그러나 공부가 싫은 학생들은 끌려가다시피 대학에 갈 필요가 없어 교육 낭비를 줄이고 대학에 가는 학생보다 경제적으로 더 안정될 확률이 높습니다."

대통령은 잠시 생각하다 사막에서 오아시스를 발견한 것 같은 기쁜 표정으로 외치듯 말했다.

"그건 사교육을 없앨 뿐 아니라 청년 실업도 해결하고 취약한 청년층을 돕는 유력한 방법이기도 하네요. 물론 저소득층 지원도 되고."

이지의 옆에서 경제보좌관도 놀랍다는 표정으로 고개를 끄덕였다.

"말씀하신 것만 해도 일석사조지만 생각해보면 좋은 점이 더 많을 것 같습니다."

"허허, 최이지 박사는 어떻게 이런 생각들을 할 수 있어요? 한국에 살지도 않으면서."

"저는 한 번도 제가 한국 사람이 아니라고 생각해본 적이 없습니다. 오히려 한국 생각을 더 많이 하고, 그러다 보니 자꾸 이런 생각들을 하게 됐습니다."

"생각은 누구나 할 수 있겠지만 솔루션을 찾아내는 그 두뇌가 정말 놀랍군요. 지금 내 기분이 어떤지 아세요?"

"……."

"천군만마를 얻은 것 같아요. 하나 더 물어도 될까요?"

"네에."

"우리나라가 경제지표는 좋아도 바닥경기가 엉망이기 때문에 국민 대다수가 고통받고 있어요. 돈은 일부 계층에게만 계속 쏠리고 서민들은 힘들어 죽을 지경입니다. 기업들이 돈을 아무리 벌어도 사회에 풀지를 않아요. 고용도 하고 투자도 해야 하는데 기업들이 쥐고만 있으니 사회에 돈이 안 돌고 경기는 계속 죽을 쑨단 말이에요. 이 문제를 어떻게 해결해야 합니까?"

놀랍게도 이지는 한 치의 망설임도 없이 바로 대답했다.

"30대 그룹의 유보금이 이미 600조가 넘으니 바닥경기가 살 수 없습니다. 대기업 위주 경제가 점차 심화되기도 하고요. 그래서 사내 유보금을 처벌하는 법을 만든다느니 하지만 법적 근거도 약하고, 세금을 낸 이상 기업들은 오히려 돈을 더 숨기게 됩니다."

"이전 정부에서 기업들을 독려도 하고 협박도 했지만 백약이 무효였어요."

"그건 법으로 하거나 처벌한다고 해서 해결되지 않습니다. 기업이 왜 돈을 자꾸 쌓아놓느냐에 대한 이해를 먼저 하고 순리에 따라 길을 터는 게 맞습니다."

"왜 기업들은 정의롭지 못하게 돈을 쌓아만 두는 거죠?"

"오늘날에는 아무리 좋은 기업도 늘상 위기에 맞닥뜨리고 있습니다. 삼성전자 같은 초일류 기업도 아차 해서 신제품 개발에 늦으면 애플이나 샤오미 같은 경쟁 기업에 당합니다. 그래서 기업은 그럴 때 믿을 건 돈밖에 없다 생각하고 위기 대비용으로 쌓아두는 겁니다."

"음, 국민의 바람과는 다르지만 그걸 잘못됐다고 하기는 어려운 부분이 있어요."

"잘못은 아니지만 국가가 나서서 해결해야 할 문제입니다."

대통령은 기다렸다는 듯 물었다.

"어떻게요?"

"기업이 잘될 때는 국가가 세금을 착착 걷어가지만 위기에 빠졌을 때는 도와주는 장치가 전혀 없습니다. 이럴 때 금융기관은 도와주기는커녕 오히려 대출금을 회수해 기업을 도산시키기도 합니다. 그러니 기업을 비난할 수 없습니다. 이 지점에서 국가의 역할이 필요한데, 평소 돈을 많이 풀어 고용 많이 하고 투자 많이 하는 기업에는 포인트를 줍니다. 그리하여 국가와 사회에 대한 기여도가 높은 기업이 위기에 빠졌을 때는 그 쌓인 포인트를 가지고 은행에 가면 즉각 도움을 받을 수 있도록 하는 겁니다.

그러면 기업이 돈을 쌓아놓을 필요 없이 맘껏 풀어 바닥경기가 확 살아나게 될 겁니다."

"호오, 고용과 투자뿐만 아니라 갑질 없을 때도 포인트, 비정규직 줄일 때도 포인트, 종업원 복지 확충 때도 포인트, 기타 착하고 좋은 모든 행위에 포인트를 줌으로써 기업이 자발적으로 개선하고 공익에 이바지하게 한다는 말이군요."

"그렇습니다. 무디스 같은 기관이 오로지 돈의 관점에서만 평가하는 것과 달리 가치의 관점에서 보고 포인트를 주면 경영자들은 좋은 기업으로 거듭나려는 노력을 필사적으로 하게 됩니다. 물론 이익 창출이나 국제수지 개선에 기여하는 등 기업 본연의 영역에 대한 평가가 근본이지만요."

"포인트가 바로 돈이니까 불경기 때도 몸을 사리지 않고 적극적으로 고용과 투자를 늘리는 기업이 나올 수 있군요."

"그렇습니다. 기업이 가장 두려워하는 건 유동성 위기입니다. 즉 위기에 빠졌을 때 현금 도움을 못 받는 겁니다. 하지만 나라와 국민과 은행이 등 뒤에 있다는 든든한 자신감이 뒷받침되면 기업도 어떻게든 평소 돈을 풀고 투자, 고용 등으로 사회에 기여하려 할 겁니다. 그와 반대로 잘되는 장사만 골라 하고 정의롭지 못한 방법으로 약삭빠르게 돈만 버는 기업은 포인트가 없기 때문에 위기가 오면 굉장히 취약합니다. 포인트를 쌓아두지 않으면 신용평가에서 불리하므로 어떤 기업도 그런 식으로 하려 들지 않을 거예요."

"멋지군요. 공정거래위원회가 할 일이 없어지겠어요. 그런데 평가는 정부에서 하나요? 아니면 전문 평가기관에서?"

"정부도 좋고 평가기관도 좋지만 거기에 더해 국민들도 참여토록 하는 게 좋습니다. 우리 국민의 집단지성 수준이 매우 높은데다 그렇게 하면 기업도 국민을 단순히 소비나 하는 봉으로 생각하지 못하고 국민 눈높이에 맞춰 경영을 하게 됩니다. 따라서 기업과 국민 사이도 급속히 좋아지게 되어 있습니다."

대통령은 국민 평가라는 말에 더욱 반기는 표정이었다.

"투자도 고용도 안 하면서 잘되는 사업만 골라 하고 본업보다는 부동산으로 배불리고 중소기업의 기술을 악독하게 빼앗고 갑질을 일삼는 기업들을 자연히 국민이 심판하게 된다는 얘기군요. 아주 좋아요."

이지는 순식간에 대통령의 마음을 휘어잡았다.

"그렇군요. 지난번 사드를 빨리 결정해야 중국도 받아들일 수 있다는 논리가 맞았어요."

"사드는 앞으로도 계속 시빗거리가 될 텐데 동병상련이라는 사자성어를 쓰면서 중국과 우리가 같은 처지라는 심리적 공감대를 형성하는 게 중요합니다."

"심리적 공감대라면?"

"중국도 싫지만 어쩔 수 없이 미국의 힘에 눌려 북한과 거래하는 자국 기업과 은행을 조사하고 제재합니다. 자국에 필요한 광물 수입도 대폭 줄이는 등 주권을 가진 나라로서, 특히

G2 국가로서 자존심도 말이 아니고 속으로는 부글부글 끓습니다. 하지만 미국의 힘에 눌려 싫어도 할 수 없이 합니다."

"우리도 마찬가지라는 점을 부각시키라는 거군요."

"그렇습니다. 중국 너희가 미국의 힘에 밀려서 자국 기업과 은행을 조사하고 있듯이 우리도 미국의 힘에 눌려 할 수 없이 사드를 배치한 거다. 우리가 우리 의지에 따라 한다면 왜 가장 중요한 서울 방어용으로 못 쓰고 미군이 있는 평택 방어용으로 쓰겠느냐? 이걸 가지고 우리에게 계속 시비를 걸어오는 게 부끄러운 줄 알아라. 우리를 원망하며 복수하려면 먼저 너희가 당당하게 미국의 요구를 거부해야 하는 것 아니냐. 우리와 같이 머리를 맞대고 어떻게 하면 미국으로 하여금 군사 행동을 못하게 하느냐를 함께 고민해야지, 사드를 자꾸 문제 삼으면 결국 미국만 좋을 뿐이다. 이렇게 한국의 입장에서 강력하게 경고해야 합니다."

"중국에 혐오감을 가지는 한국 국민이 많아지면 결국 미국, 일본과 딱 붙을 수밖에 없고 그건 당신들 손해라는 얘기지요?"

"네. 무엇보다 미국은 보호무역으로 중국을 잡으려 드는데 지금 중국이 한국을 상대로 보호무역을 휘두르는 바보짓을 하는 게 아닌가. 중국이 앞장서 자유무역만이 정도라는 걸 부르짖어야 하는데 오히려 사드 배치를 빌미로 한국 기업을 박해하고 있으니 빨리 완전 정상화를 하지 않으면 한미일 군사동맹으로 가는 게 사필귀정 아니냐는 논리를 관철시켜야 합니다."

"깊이 생각해볼게요."

"감사합니다."

이지가 대통령에게 깊이 고개를 숙이자 대통령도 고개를 숙여 맞절을 했다. 이지는 평소 대통령의 생각이 독일의 풍토에서 살아오고 생각해온 자신과 맞는다고 생각하지는 않았지만 자신을 대하는 대통령의 진지하고 성실한 모습을 보며 짧은 시간에 깊은 신뢰가 생기는 느낌이 들었다.

21.
죽음의 백조

괌, 앤더슨 기지.

"블랙 몬스터 1, 정렬선 대기."

"로저."

"블랙 몬스터 2, 정렬선 대기."

"로저."

밤 열 시의 활주로 정렬선에 거대한 동체를 정지시킨 채 지령실의 이륙 명령을 기다리는 두 대의 B-1 폭격기는 어둠 속에서 붉은 식별등을 깜박거리며 조용히 숨결을 가다듬고 있었다.

"작전 목표를 하달한다."

평상시의 출격이라면 사전에 작전 명령을 하달받기 마련이지만 비상 출격 시에는 일단 전투기에 탑승한 후 작전 명령을 받기로 돼 있는 B-1 폭격기의 조종사들은 숨을 죽인 채 헤드셋을 타고 흘러나오는 작전 명령에 귀를 기울였다.

"목적지 좌표를 알려주겠다. 동경 17도. 북위 41도."

능숙한 솜씨로 좌표를 입력하던 조종사들은 어딘지 이상한 기분에 서로 얼굴을 마주 보았다. 늘 비행하는 구역이 아님은 물론, 매우 낯선 구역이라는 느낌이 들자 얼른 모니터상의 지도에서 좌표를 확인했다.

"이건!"

목표 지점은 한반도의 북방한계선을 한참이나 올라간 곳이었다. 비록 공역이긴 하나 북한 영공과의 경계선을 바로 곁에 두고 있어 적의 요격이 충분히 예상되는 곳이었다.

"타격 목표를 알려주겠다. A1, A2, A3……."

"로저."

조종사들의 목에서 꼴깍 침 넘어가는 소리가 났다. 평양의 김정은 집무실을 비롯해 모두 김정은이 거주하거나 체류하거나 집무하는 곳들 외에도 묘향특각 등 북한 각지의 초대소가 있는 곳이었다. 평소 훈련하던 영변, 동창리, 풍계리 등 핵시설 있는 곳이 모두 빠져 있어 이번 출격이 오로지 김정은의 목숨을 목표로 한다는 걸 알 수 있었다.

"발사 지점은 H6!"

"로저."

다시 지도상에서 좌표를 확인한 조종사들은 이 지점이 북한 전역을 단 한 곳도 빠뜨리지 않고 타격할 수 있는 지점인 걸 알 수 있었다.

"한국 공군의 에스코트는 없다."

"로저."

지령실의 이 말은 조종사들을 더욱 긴장시켰다. 한국 공군의 에스코트가 없다면 이것은 훈련이 아닐 가능성이 매우 높다.

"블랙 몬스터 1, 2에는 각각 열여섯 발씩의 재즘이 실려 있다. A1에서 A4까지는 각 네 발씩, 나머지 타깃은 각 두 발씩 발사한다."

"로저."

조종사들은 핵무기와 맞먹는 위력을 가진 공대지 미사일 재즘이 실려 있다는 지령실의 통보에 온몸이 긴장으로 뻣뻣해지는 걸 느꼈다. 한국 공군을 불참시키는 데다 재즘까지 실었다면 이것은 분명 실전이다.

"블랙 몬스터 1 테이크 오프!"

지령실의 이륙 명령이 떨어지자 거대한 B-1 랜서는 굉음을 일으키며 어둠을 뚫고 활주로를 한참 달려가서는 둥실 떠올랐다. 이어 한 대의 B-1이 뒤를 따르고, 잠시 후 가공할 위력을 지닌 두 대의 폭격기가 사람들의 시야를 벗어난 후 앤더슨 기지의 관제탑에 커다란 점으로만 남았다.

몬스터 1의 기장 케이건 소령은 옆자리의 조수 마이클 중위를 향해 진한 농담 한마디를 내뱉었다.

"미키, 오늘은 자네가 미끼야."

마이클 중위의 목에서 꼴깍 침 넘기는 소리가 났다.

"저는 각오가 되어 있습니다."

"각오야 자네보다 미사일이 돼 있어야지."

적기는 관제탑의 지시에 따라 뜨기는 하겠지만 B-1이 어디 있는지조차 모르고 미사일에 맞아 격추당하고 말 것이다.

케이건 소령은 모니터 버튼을 눌러 공대공 미사일 장착 상황을 살폈다. 모두 열두 발. 그는 머릿속으로 벌어질 수 있는 그림을 그려보았다. 적의 요격기는 청진 공군기지에서 발진할 테지만 그것은 하등 걱정할 것이 없다. 적의 미그 21기나 25기는 뜨는 순간 밥이다. 적당히 끌어내 공대공 미사일의 최고봉 사이드와인더를 발사하면 뜨는 족족 격추시킬 수 있다.

2차 세계대전 때와 같은 공중전은 완전히 역사의 뒤안길로 사라져버렸고, 이제 비행기 간의 싸움은 어느 쪽 비행기의 레이더와 미사일이 더 우수한가를 가르는 과학과 기술의 싸움이지 더 이상 인간이 할 수 있는 건 없다.

특히 유도 미사일들은 혼자 무인기처럼 공중에서 빙빙 돌다 적기가 뜨거나 다가오면 바로 GPS 달린 탄두가 단 한 치의 오차도 없이 날아가 격추시켜 버리기 때문에 적기는 어디에 있는 무엇에 격추되는지, 아니 심지어는 격추되거나 생명이 달아나는 바로 그 순간까지도 아무것도 모르고 있다 그냥 사라져버리기 마련이다.

또한 폭탄의 위력도 상상할 수 없을 정도로 강력해져 수만 명의 보병도 적외선 센서와 GPS 달린 단지 몇 발의 폭탄만으로도 한꺼번에 살육할 수 있어 사실 북한의 군사력은 선제타격을 당하는 순간 거의 90퍼센트 넘게 궤멸될 것이다.

더욱 가공할 만한 건 초소형으로 만들어져 불과 300여 킬로그램밖에 나가지 않는 핵탄두로, 이것이 발사되면 지하 100미터 이상의 땅굴에 숨어 있어도 직접 타격으로 불타 죽거나, 요행히 살아남는다 하더라도 입구가 막혀버려 살았으되 죽은 것과 다름없는 꼴이 될 뿐이다.

문제는 적의 지대공 미사일인데 이것만은 조심해야 한다. 물론 B-1에는 미사일을 유도하는 각종 장치가 있지만 항상 최고로 작동한다는 보장은 없었다.

"이놈도 완전 스텔스로 만들었으면 좋았을 뻔했어요."

"흐흐. 그건 너무 비싸."

케이건은 예전에 B-2를 몰고 평양 상공으로 진입하던 기억을 떠올렸다. B-2는 완전 스텔스라 그야말로 무적이었다. 느릿한 속도로 서해안에 진입한 후 평양 상공에서 갑자기 마하 2 정도로 속도를 높이면 돌연 발생하는 귀청을 찢는 듯한 파열음에 김정일을 비롯한 북한의 수뇌부는 혼비백산해 숨기 바빴다. 그야말로 눈에 전혀 띄지도 않고 레이더로 잡을 수도 없는 이 B-2의 평양 상공 출현이 어쩌면 김정일의 수명을 단축시켰을지도 모를 일이었다.

"B-2의 평양 상공 출현은 아무도 얘기하지 않았지만 누구나 아는 사실이었어. 우리도 북한도 그걸 언급해서 좋을 일은 없었거든."

"B-2는 핵폭탄을 탑재하나요?"

"항상."

블랙 몬스터라는 별칭으로 불리는 괴물 같은 폭격기 B-1B 랜서는 평상시 핵무기를 싣고 다니지 않는 데 반해, 완벽한 스텔스 기능을 갖춘 B-2는 항상 핵무기가 기본적으로 실려 있었다.

"그럼 북한 놈들이 B-2만 무서워하고 우리는 우습게 보지 않을까요?"

"그 반대야. B-2의 공격은 알 수가 없으니 두려워할 시간도 없어. 하지만 이건 어렴풋하게나마 알 수는 있지. 그러니 더 공포심이 차오르게 되는 거야."

"소령님, 그런데 왜 한국 공군은 훈련에만 동참하고 실전에서는 빠지나요?"

"두 가지 이유야. 하나는 한국 대통령이 북한에 대한 어떠한 선제타격도 반대하기 때문이야. 그리고 또 하나는, 우리 지휘부에서는 한국 측에 알리면 그게 어떤 경로를 거치는지는 몰라도 반드시 북한 측으로 들어간다고 생각하고 있어. 경험과 직감으로 말이야."

"설마 북한 측에 알려줘서 우리가 미사일에 격추되도록 하지는 않겠죠?"

"물론 그 정도는 아니야. 하지만 그게 어떻게 치명적으로 작용할지는 모를 일이지."

두 사람의 대화는 갑자기 끼어든 지령에 멈추었다.

"블랙 몬스터. 오키나와의 가데나와 본토의 이와쿠니에서 발진한 전투기들이 합류할 예정이다. 주파수를 맞추고 서로 통신하라."

"로저."

"흐. 이거 아쉬운데요. 대구나 군산에서만 합류하면 모양새가 그럴듯할 텐데요."

조수는 전투기들이 합류하자 한결 안심이 되는 모양이었다. 케이건 소령은 말없이 현재 좌표들을 살피고는 전투기들과 교신을 시작했다.

"케이건 소령님, 이거 정말 실전인가요?"

전투기 조종사들도 실전을 예감했는지 이구동성으로 케이건에게 물었지만 케이건은 대답하지 않았다. 지휘부가 실전인지 훈련인지 모르게 하는 걸 보면 어떤 의도가 있을 것이고, 어쩌면 이것이 진짜 실전인지도 모를 일이었다. 언젠가 선제타격의 작전 개념을 설정하는 지휘부 회의에 참석한 적이 있었던 그는 미군의 선제타격이 김정은만을 노리고 이루어지지는 않는다는 걸 알고 있었다.

북한의 모든 핵시설, 미사일 부대들, 군단들, 벙커들, 김정은 관련 시설들을 합해 수백여 타깃에 순항 미사일을 1,000발 이상 동시에 쏟아붓는 것이 선제타격의 작전 개념이었다.

"저기 전투기들이 보입니다."

조수는 여덟 대의 F-35 전투기를 보자 반가우면서도 긴장되는 표정을 지었다. 오키나와에서 합류하는 전투기들은 보통 F-18이었지만 오늘은 처음으로 F-35가 뜬 것이다.

"정말 무슨 일이 있어도 있을 모양인데요."

그리고 잠시 후 이와쿠니에서 발진한 전투기들을 보는 순간, 그의 입에서는 거의 고함 소리 같은 탄성이 터져 나왔다.

"소령님, 저거 랩터예요."

어둠 속이지만 과연 F-22 특유의 민첩하고 날카로운 보디라인이 케이건 소령의 눈에도 확연히 들어왔다. 놀랍게도 랩터 역시 모두 여덟 대였다. 케이건 소령은 잠시 헷갈렸다. 자신이 알고 있는 선제타격은 먼저 1,000발 정도의 순항 미사일을 동시에 쏟아부은 후 B-2와 랩터가 북한으로 들어가 아직 숨이 붙어 있는 해·공군 기지와 육군의 군단들, 미사일 기지들을 초토화하는 것이었다. 그다음 B-1과 B-52가 완전히 청소하는 것이라 오늘은 실전 같은 흉내는 내지만 결국은 훈련이라고 생각했는데 등장하는 전투기들의 기종이나 숫자가 마냥 훈련이라고만 판단하기는 어려웠다. 순간 날카로운 음성이 무전기를 타고 귓전에 울렸다.

"나는 사이먼 중령이다. 이 지점부터 내가 지휘를 맡는다. 앤더슨, 가데나, 이와쿠니 순으로 한 대씩 대답하라."

"로저."

두 대의 B-1을 포함해 무려 열여덟 대의 최신예 전폭기는 울산 상공에서 만나 동해의 해안선을 타고 북을 향해 직선으로 날았다.

"이것은 실전이다. 모두 정신 차리고 지휘기에 항상 주목하라!"

"로저."

항공전단이 삼척을 지날 무렵 잔뜩 긴장한 사이먼 중령의 목소리가 역시 최대한 긴장하고 있는 조종사들의 고막을 때렸다.

"작전 명령을 하달한다. 랜서는 목표 좌표에 도달하는 순간 즉각 장착하고 있는 서른두 발의 재즘을 목표물을 향해 전량 발사하라! 현장에서 다시 지시하겠다."

"로저!"

대답하는 케이건 소령의 음성은 약간 당황스러운 듯했다. 다른 하급 조종사들과는 달리 선제타격 개념을 확실히 알고 있는 그로서는 지휘관 사이먼 중령의 작전 지시가 너무나 뜻밖이었다. 하지만 군사 작전이란 분초 단위로 바뀌는 거라 그는 잡념을 머릿속에서 지워버렸다. 이제부터 실전인 이상, 적의 반격에도 최대한 주의를 기울여야 하는 것이다.

"랩터는 현장에서 작전 지시가 있을 경우 평양으로 날아간다. 다른 지역이 될 수도 있으니 긴장하고 지시를 기다려라."

"로저!"

케이건은 그제야 이것은 실전이라는 확신이 들면서 의문이 풀리는 것 같았다. 재즘은 김정은의 동정을 파악하기 위한 용도였다. 먼저 재즘을 발사한 후 북한의 상황을 인공위성과 에이왁스,

오산의 감청기지 등을 통해 파악할 것이다. 그런 다음 랩터가 날아가 확고부동한 지점에 B-61을 발사해 김정은을 확실히 죽이자는 작전이다.

"F-35는 현장에서 대기한다. 이상!"

"로저."

참수 작전.

케이건은 이것이 최종적으로 지휘부가 선택한 방법이라고 생각했다. 그간 빈 라덴을 살해한 미군 특수부대 네이비실의 정예 요원들이 한국에서 훈련을 하고 있었고, 이들이 김정은이 평양 이외의 모처를 방문할 경우 스텔스 폭격기 B-2를 타고 날아가 전광석화 같은 작전을 펼친 후 동해상의 핵잠수함으로 귀환하는 작전을 선호하는 것처럼 보였지만, 그것은 연막에 불과했다.

전투기 못지않은 속도로 나는 랜서 덕분에 특수 임무를 띤 항공전단은 이제 목적지를 불과 100킬로미터 남겨두고 있었다. 그간의 대화와는 달리 조종사들 중 단 한 사람도 입을 여는 사람이 없었다. 누구 하나 이 삼엄하고 긴장되는 분위기를 느끼지 않는 사람이 없었고, 모두 지휘관 사이먼 중령의 명령만을 기다리고 있었다.

지휘관 사이먼 중령은 벌렁거리는 가슴을 억지로 진정시키며 낮에 요코스카의 7함대 사령부에서 열린 비상회의를 떠올렸다. 급작스럽게 호출되어 간 그 자리에는 즐비한 별들이 몹시 심각한 얼굴로 앉아 있었고, 무엇보다 하와이에 있는 태평양 사령부의 해리스 사령관이 와 있었던 것이다.

막 결론을 낸 것 같은 분위기의 회의장에서 많은 장군들이 주시하고 있는 가운데 자신에게 떨어진 명령은 놀랍게도 김정은 참수 작전이었다. 일체의 질문은 허용되지 않았기 때문에 지시를 받은 즉시 이와쿠니로 돌아온 후 지금 이 순간에 이르렀지만 오늘의 참수 작전은 전혀 예상하지 못했던 갑작스럽고 특별한 것이었다.

다만 그는, 이것은 그간 태평양 사령부에서 준비해온 작전이 아니고 트럼프 대통령의 긴급 지시로 시작된 작전이라는 말만을 들었을 뿐이었다. 그러나 어떤 정치적 계산이 들어가 있는지는 몰라도 이것은 불완전하기 짝이 없는 작전이었고, 회의실의 7함대 장군들은 여기에 대해 모두 불만을 토했다는 걸 느낄 수 있었다. 왜냐하면 북한군의 중심 화력에 대한 집중적 선제타격 없이 김정은만 암살하거나 혹 암살 작전이 실패한다면 그다음 사태는 남한에 대한 북한의 전면적 보복 공격으로 이어져 셀 수도 없는 한국인들이 희생당할 수 있기 때문이었다.

"사이먼, 현장 도착 3분 전입니다!"

부편대장의 목소리에 사이먼 중령은 모든 이성적 판단을 보류하고 감정을 억누른 채 조종사들에게 최후의 한마디 지시를 내렸다.

"몬스터 1, 정확히 180초 후 발사하라! 더 이상 별도 지시는 없다!"

"로저!"

"몬스터 2, 180초 후 발사하라! 별도 지시 없다!"

"로저!"

작전 시 공격 명령은 버튼을 누르는 시점 이전에 내려진다. 지휘기가 미사일에 맞거나 어떤 이유로든 지휘관에게 유고 사태가 발생할 경우 지시를 내리지 못하는 경우를 대비한 것이다. 일단 지시를 받으면 조종사는 지휘관의 재지시가 있기 전에는 본인의 판단으로 작전을 중단하거나 지시를 어겨서는 안 되는 것이다.

"으음!"

B-1B의 조종사들은 마른침을 삼키며 조종간을 당겼고 폭격수들은 일제히 미사일 발사 버튼에 손가락을 갖다 댔다.

"카운트다운!"

케이건 소령의 지시에 따라 랜서의 조종사들과 폭격수들은 일제히 소리를 내며 카운트다운을 시작했다.

"원 식스티!"

"원 피프티!"

"원 포티!"

10초 단위로 들려오는 랜서 폭격수들의 복창 소리를 듣던 사이먼 중령은 긴장을 잔뜩 머금은 눈으로 레이더를 살폈다. 어떠한 적기의 발진도, 미사일 발사 기미도 보이지 않았다. 현재 비행 지점이나 140초 후의 공격 지점이나 적 미사일의 사정거리에서 벗어나 있지만 등에 식은땀이 흐르는 건 어쩔 수 없었다. 이제 불과 2분 후면 한반도 전쟁의 막이 오르는 것이다. 사이먼은 공격 종료와 더불어 편대를 이끌고 선회할 방향으로 눈길을 돌렸다.

시야에 들어오는 몇 개의 별을 마주 보고 5마일 정도 날다 서서히 선회하면 몹시 부드러운 비행이 될 것이다.

"원 트웬티!"

"원 텐!"

"원 헌드레드!"

나지막하나 긴장이 잔뜩 밴 폭격수들의 카운트다운을 입속으로 따라 하던 사이먼 중령은 다음 순간 돌연 복창 소리와 뒤섞여 헬멧을 울려오는 지령에 기겁을 하며 무전기에 대고 7함대 지령실에서 다급히 때려대는 지령을 절규하듯 내뱉었다.

"공격 중지! 공격 중지!"

이와 동시에 이미 발사 버튼에 손가락을 대고 있던 B-1B 랜서의 폭격수들은 황급히 손가락을 뗐고, 케이건 소령과 또 한 사람의 기장은 복창하며 긴장을 토해냈다.

"공격 중지! 몬스터 1 로저!"

"공격 중지! 몬스터 2 로저!"

잠시 후 동해를 크게 선회해 기지로 기수를 돌린 사이먼 중령은 밀려오는 허탈감 속에서 몇 번이나 고개를 좌우로 가로저었다.

이것이 훈련이었는지 아니면 실제 작전이 워싱턴의 상황 변화로 갑자기 취소되었는지 몰라도 훈련이라면 진짜 눈앞이 아찔한 실전보다 더한 훈련이었고, 이제 선제타격이 눈앞에 다가왔다는 조짐이었다.

그러나 이것이 정말 워싱턴의 지시였고 공격 100초 전 취소된 실전이었다면, 미국 대통령 트럼프는 장난치다 3차 대전도 벌일 수 있는 극히 위험한 인물이었다.

사이먼 중령의 심사는 아랑곳없이 무심한 B-1B 랜서 두 대와 F-22 랩터 여덟 대와 또 다른 F-35 여덟 대는 어떤 한국인도 인지하지 못한 심야 작전을 마친 후 깊은 어둠을 뚫고 기지로 귀환하고 있었다.

2부 백악관 워룸

"미국은 어떤 일이 있어도 군사적 힘을 포기할 수 없어요.

경제가 다 망해도 군사비를 폭포수처럼

쏟아부어야 하는 나라예요.

그게 미국의 슬픈 운명입니다. "

22.
악마 해결사

"프랑스 놈들은 다 도둑이오."

백악관 올드 패밀리 다이닝룸의 기다란 식탁에서 키신저와 마주 앉은 트럼프는 캘리포니아산 온다 도로를 노₴정객의 잔에 따르며 입술을 씰룩거렸다.

"프랑스 사람들이 어때서요?"

"5대 명품 와인 어쩌고 하면서 전 세계를 우려먹고 있지만 이 캘리포니아 와인들보다 훨씬 못하단 말이오. 박사님, 어떤 일이 있었는지 알아요?"

"들어봅시다."

"한 7, 8년 전인가, 서울에서 열린 블라인드 테이스팅에서 모든 와인을 제치고 칠레 와인 돈 막시미아노가 일등을 했어요. 그 몇천 달러짜리 명품이란 것들을 제치고 50달러짜리가 우승했단 말이오. 그래서 좀 찾아보니까, 세상에 그게 그 전년도 베를린에서도 일등을 한 거요. 당장 뉴욕 와인 숍마다 모두 전화질을 해서 내가 몽땅 다 사버렸지. 뉴욕에서는 아예 돈 막시미아노의 씨를 말려버렸단 말이오. 그리고 매일 그걸 마실 때마다 한 병에 몇천 달러씩 번다 생각하니 얼마나 흐뭇하던지. 프랑스 도둑놈들 욕도 하면서. 그런데 말이오."

이미 90이 넘은 키신저는 와인을 홀짝거리며 마치 무슨 말이 나올지 알겠다는 듯 야릇한 웃음기가 담긴 눈길을 트럼프의 입가에 꽂아두고 있었다.

"신나게 한 일주일 동안 퍼마셨는데 그다음에 보니까 이 웃기는 놈의 아가리가 도로 라투르를 마시고 있더라니까. 그 썩을 놈의 명품 와인을."

"푸하하하!"

키신저는 나이를 잊은 듯 폭소를 터뜨렸고 트럼프도 낄낄거렸다.

"돈 맛사진지 뭔지 하는 놈들은 도로 다 팔아버렸소. 50퍼센트 밑지고, 제기랄. 우리 입맛이 모두 그 프랑스 사기꾼들한테 길들여져 있다니까요."

"하하하하!"

"크크크크!"

키신저는 트럼프와 같이 한참이나 식사와 와인을 즐기며 웃고 떠들고 하다 어느 순간 대화 분위기를 바꾸고 낯빛을 엄숙히 했다. 그러자 트럼프는 일어나 키신저를 손님이나 가족으로부터 방해받지 않는 자신만의 전용 공간인 트리티 룸으로 안내했다.

"북한 핵 문제는."

트럼프는 외교의 귀재인 키신저를 절대적으로 믿었고, 매사 그의 조언을 그대로 이행해온지라 최근 북한과의 대치 국면에 관한 그의 의견을 물을 겸, 지난번 트리티 룸에서의 대화에 이어 다시 식사 초대를 한 것이었다.

"이제까지와는 전연 다른 각도로 보아야 합니다."

"얼마 전 로켓보이에게 겁도 줄 겸 문재인에게 경고도 할 겸 쥐도 새도 모르게 랜서 두 대와 전폭기 열여섯 대를 올려보냈는데 둘 다 가타부타 반응이 없어요."

"김정은은 그렇다 치고 문재인에게는 왜 경고를 보냈지요?"

"그 친구 얼마나 내 분을 돋우는지 몰라요. 죽어라 전쟁 반대, 선제타격 반대를 외치고 나오는데 꼭 우리가 한반도에 전쟁을 일으키지 못해 환장한 놈같이 보이잖아요."

"대통령 각하도 생각을 바꾸시는 게 좋을 겁니다."

"어떻게요?"

"한국이 무조건 우리 편이라는 생각에 문제가 없는지 점검해 봐야 한다는 말입니다."

"정말 요즘 와서는 뭐가 뭔지 어리벙벙해요. 도대체 한국이 우리 편인지, 저쪽 편인지. 북한의 핵 보유를 진짜 원치 않는지, 아니면 그 반대로 핵을 가져라, 가져라 응원하고 있는 건지."

"내 얘기를 잘 들으세요."

"물론이죠."

"우선 한국의 외무부를 잘 보세요. 전통적으로 우리 미국과 통하던 외교관들은 모조리 잘려나갔어요. 외무부 북미국을 중심으로 미국 정부와 제대로 된 영어로 소통이 되고 깊은 비밀을 공유하던 친미 인사들은 지금 외교안보 라인에서는 아예 찾아볼 수조차 없어요. 외무부 장관도 마찬가지예요. 한국을 10년이나 떠나 있던 사람을 국제 소통에 능하니 어쩌니 하면서 이 중차대한 시국에 외무장관으로 기용했단 말입니다."

"허수아비를 장관으로 세워 외교부의 세력화를 방지하고 뒤에서 좌지우지하겠다는 거군요."

"게다가 전시작전권도 그 어느 때보다 강력하게 요구하고 있어요."

"미군 대장이 한국군 대장의 지시를 받아야 한다는 건데, 결국 주한미군 규모를 줄이거나 나가라는 것과 뭐가 달라요. 게다가 전술핵이라도 갖다 놓으면 한국군이 핵무기 사용을 결정한다는 건가?"

"어쨌든 문재인 정권은 미국 없이 자주적으로 하겠다는 거예요. 좀 더 리얼하게 말하면 미군이 방해가 된다는 겁니다."

"설마?"

"벌써 외교 라인에 친미 외교관을 싹 배제한 게 그 뜻이 아니면 뭐겠어요? 문 정권의 참모들은 미군이 없으면 오히려 좋다고 생각해요. 북한과 대화해 평화도 통일도 얼마든지 이끌어낼 수 있다고 보는 거지요. 미국이나 미군은 방해가 된다고 믿고 있는 겁니다."

"그럼 북한 핵은?"

"핵은 문 정권의 제1 관심사가 아닙니다. 문재인은 핵 해결보다 중요한 게 있다고 생각해요."

"뭔데요?"

"북한과의 대화."

"그게 말이 되냐고요?"

"말이 되든 안 되든 현재 한국의 집권자들은 그렇게 생각하고 있는 거예요. 그게 현실이니 받아들여야 해요. 그러니 그 바탕 위에서 우리의 전략을 새로 짜야 한다는 얘깁니다."

트럼프는 얼마 전 워룸 회의에서 북한을 공격하는 데 가장 문제가 되는 건 바로 문재인이라던 합참 본부장의 보고에 따라 주한미군과 한국군은 상수에 넣지 못했던 기억을 떠올렸다.

"한국이 크게 달라진 건 사실이에요."

"그러니 우리가 강제로 북한 핵을 제거하는 걸 한국 정부가 원하지 않는다는 바탕 위에서 전략을 다시 짜야 한다는 말입니다."

"어떻게요?"

"그 바탕 위에서 우리가 북한 핵에 대해 할 수 있는 건 세 가지예요. 첫째는 여전히 북한 핵을 무력으로 제거하는 겁니다."

"한국 정부나 한국군과는 상관없이?"

"그렇지요."

"쳇!"

트럼프는 푸념했지만 이내 좋은 생각이 났는지 키신저의 눈을 보며 밝은 얼굴로 말했다.

"한국이 그렇게 생각한다면 더 편하긴 해요. 지금 저 로켓보이를 내 성질대로 못 하고 쩔쩔매는 건 한국이 인질로 잡혀 있다는 이유 하난데, 한국이 저런 식으로 나오면 그런 걱정 안 해도 되겠네요."

키신저는 수긍하는 표정으로 고개를 끄덕이고 말을 이었다.

"또 하나는 북한 핵에 대해 아예 무심하게 지나쳐버리는 겁니다."

"그냥 둔다는 말인가요?"

키신저는 고개를 끄덕였다.

"각하, 생각해보세요. 북한이 핵을 가지면 러시아도, 중국도, 일본도, 한국도 다 문제가 생겨요. 그런데 현실을 보면 모두 무관심하거나 심지어는 은밀히 부추기고 있는데 우리 미국만 땀을 뻘뻘 흘리고 있어요. 게다가 일본을 제외한 다른 나라들은 모두 우리를 전쟁광으로 보고 있어요. 이게 무슨 바보짓입니까?"

"그러나 북한이 핵을 가지는 걸 우리가 수수방관하면 일본이 100퍼센트 거대 핵무장을 할 텐데요."

"오히려 더 좋은 거 아닙니까?"

"네?"

"중국은 북한이 핵을 가지는 걸 좋아한다는 분석도 있어요. 그럼 미군이 한반도에서 나간다는 말이지요."

"중국이야 그렇게 생각할 수도 있겠지."

"그럼 우리도 똑같이 생각하는 겁니다. 일본을 핵무장시키는 거지요. 일본이 핵무장하면 중국이 죽어납니다. 중국은 오랜 세월 북한을 비호하며 사실상 핵무장을 시켜왔는데 우리만 우리 편을 꽁꽁 묶어놓을 필요 없는 거 아닙니까?"

"그럼 한국도 핵무장을 할 텐데요?"

"한국은 하라 그래도 안 해요."

"네? 북한, 일본, 중국, 러시아가 다 핵무기로 무장하는데 한국인들은 안 한다고요?"

"잘나가는 원자력 발전소도 핵 반대라고 해서 없애는 정권이 핵무장을 하려고 들겠어요?"

"그러다 북한이 침공하면?"

"그들은 미군이 한반도에서 나가기만 하면 북한과 잘 살게 돼 있지 남침이란 없다고 생각하는 거예요. 한국인 중에는 한국전쟁도 미국 때문에 일어났다고 생각하는 사람이 아직도 많아요."

"일본이 침공하면? 우리가 나가면 일본이 바로 독도를 탈환하려 들 텐데요."

"대통령 각하, 우리는 그런 것까지 신경 쓰지 않는 게 좋겠어요. 그건 한국인들 문제니까. 여하튼 우리가 북한 핵에 눈을 감는 방법이 있는 겁니다."

"마지막 하나는요?"

"중국과 판을 다시 짜는 겁니다."

"어떻게요?"

"중국으로 하여금 북한의 핵무기를 제거하게 하고 우리는 아예 한반도에서 철수하는 거지요."

"뭐라고요?"

"중국은 마음만 먹으면 얼마든지 북한의 핵을 제거할 수 있어요. 그것도 아주 수월하게 말입니다."

"그거야 그렇지요. 하지만 그렇게 되면 한반도가 중국의 영향력으로 꽉 찰 텐데요. 아니, 영향력 정도가 아니라 아예 중국령 한반도가 될 텐데요."

"차라리 그게 미국에 낫다는 얘깁니다. 미국은 일본과 나토라는 경쾌한 두 날개로 날아도 충분합니다. 가벼운 게 강한 거예요. 경제도 점점 어려운데 언제까지 우리 군대를 그렇게 외국에 많이 보낼 수 있겠어요? 괜히 한반도라는 수렁에 발이 빠져 허우적거릴 필요가 없어요. 그리고 무엇보다 중국을 인정하고 중국과 더불어 세계를 경영해나가는 겁니다. 상대의 실체를 인정하는 것, 그게 진정한 세계 평화가 아니겠어요?"

"박사님은 셋 중 어느 쪽을 선택할 거요? 만약 내 자리에 있다면."

"나는 세 번쨉니다."

"핵 문제 해결을 중국에 맡기고 한반도에서 빠져나온다? 그리고 일본을 교두보로 한다? 사실 그게 요즘 우리 경제 형편에 맞긴 한데."

"그게 경제 형편에 맞을 뿐만 아니라 대통령 각하의 감세 정책에도 맞아요. 2017년 재정 적자가 6,600억 달러인 데다 각하의 1조 5,000억 달러 감세 정책이 통과되면 재정을 운영할 돈이 태부족입니다. 앞으로 한반도 문제는 중국에 맡기는 게 백 번 나아요."

트럼프는 미세하게 고개를 끄덕였다. 역시 외교의 귀재이자 70년간 미국의 정책을 담당해온 키신저의 견해는 날카로웠고, 무엇보다 자신의 선거 공약과 잘 맞아떨어지는 것이었다.

그는 자리에서 일어나 커피 잔을 들고는 마치 술잔처럼 눈높이로 들었다.

"이 커피는 프랑스제가 아니니까 안심하고 건배하자구요."

작달막한 키의 키신저는 팔을 뻗어 자신의 잔을 트럼프의 잔에 세게 부딪쳤다.

"키신저 박사님, 잘 알겠소. 그 날카로운 조언 깊이 고려하겠소."

키신저를 현관까지 배웅해 차문까지 직접 열어준 트럼프는 집무실로 가면서 사위 쿠슈너를 불렀다. 최근에 와서 트럼프는 그 누구보다도 딸 이방카와 사위 쿠슈너를 신뢰했다. 쿠슈너는 예리하고 미래를 보는 눈이 탁월한 데다 무엇보다도 가감 없이 있는 그대로를 트럼프에게 직언하는 심복 중의 심복이었다.

대통령 선거 때 주미 러시아 대사를 비롯해 러시아 측 인사를 만난 게 문제가 되어 백악관 참모들은 그와 어느 정도 거리를 둘 것을 조언하기도 했으나 트럼프는 그 누구의 조언도 받아들이는 사람이 아니었다.

오히려 요즘 와서 쿠슈너는 은밀히 중동 각국을 다니며 공식 라인이 풀지 못하는 외교적 난제들을 매우 효율적으로 풀어내고 있어 트럼프의 신뢰는 더욱 높기만 했다.

23.
한국과 일본

"이봐, 제리. 키신저를 어떻게 생각해?"

쿠슈너는 의외의 질문에 어리둥절했다. 장인이 자신을 불러 스스로 우상처럼 우러러보는 키신저의 평가를 구하는 건 이상한 일이었다.

"키신저 박사야 70년 이상 정부 일도 하고 전 세계에 영향력을 끼쳐온 사람인데 제가 어찌 그분을 평가하겠어요?"

"그래도 한번 말해봐."

"그 사람은 무엇보다 비밀외교의 아이콘이죠."

"성향은?"

"철저한 현실주의자에다 앞날을 예측하는 힘이 거의 신기에 가까운 사람이에요. 그가 말하면 늘 그대로 되어왔으니까요."

"장점 말고 단점을 얘기해봐."

"그의 별명이 악마 해결사예요. 언제나 강대국에 약소국을 희생시키는 게 그가 펼치는 비밀외교의 결과라는 데서 생긴 별칭이에요."

"키신저가 한국을 잘 아나?"

"아마 미국인들 중에서는 누구보다 잘 안다고 할 수 있을 거예요."

"그가 오늘 내게 한반도 핵 문제를 중국에 맡기고 우리는 빠져나오라고 하던데 자네는 어떻게 생각해?"

"그건 안 됩니다. 중국에게 한반도를 헌상하는 바보짓이에요."

"키신저는 강력히 그걸 하라는데, 그렇다면 거기에는 우리가 모르는 이득이 있을 거 아닌가?"

"한국 정부가 외교부의 친미 라인을 다 끊어버려서 화가 난 걸까요?"

"그는 자네처럼 화를 내거나 싸우는 타입이 아니야. 속으로 죽일 궁리하며 겉으로는 따뜻하게 웃는 스타일이지."

"여하튼 우리가 나오면 한국은 추풍에 낙엽입니다. 북한이나 중국이나 한국이 감당하기엔 너무 버거워요."

"어느 길로 가든 중국 품 안에 들어가는 건 피할 수 없는 숙명이잖아?"

"그렇습니다."

"키신저는 비할 데 없이 커진 중국의 실체를 인정하라고 하는데. 그 얘기는 우리가 북한을 때리면 중국이 가만있지 않는다는 뜻이 아닌가."

"그는 과거에도 평양과 원산 사이에 금을 그어 그 이북에는 중국군이 주둔하는 게 옳다고 주장했어요."

"그가 중국과 친한가?"

"물론이죠. 닉슨의 핑퐁 외교를 만들어내 미중 간 냉전을 끝낸 장본인 아닙니까! 중국의 왕이 외교부장은 아무리 바빠도 미국에 올 때는 꼭 뉴욕에 들러 그에게 인사를 하고 갑니다. 게다가 그가 쓴 책들은 전부 중국에 관한 내용이고 중국 찬양 일색입니다."

"그럼에도 불구하고 한국을 중국에 내주고 한반도에서 철수하라는 그의 주장을 좀 긍정적으로 평가할 부분이 있나? 객관적으로 말이야."

쿠슈너는 신중한 성격이었다.

"의견을 좀 들어보고 말씀드릴 테니 잠깐 기다리시죠."

쿠슈너는 전화기를 꺼내 번호를 눌렀다. 트럼프가 지루하게 기다리는 것도 아랑곳하지 않고 한참이나 대화를 하고 난 뒤 의외라는 표정으로 입을 열었다.

"하버드 대학교의 스티븐 월트 교수예요. 동맹이론의 최고봉이며 오랫동안 한반도를 연구해온 석학이죠. 조지프 나이의 소프트 파워를 일찍부터 잠꼬대 같은 소리라고 비판해왔는데 지금 상황은 그가 옳았다는 걸 보여주고 있어요."

"복잡한 소리 하지 말고 간단히 말해. 뭐라 그래?"

"한국이 미국이냐 중국이냐를 선택해야 할 경우, 미국을 선택할 확률이 50퍼센트가 안 될 거래요."

트럼프는 놀라움과 분노가 뒤섞인 음성으로 거칠게 물었다.

"뭐라고? 그게 말이 되는 얘기야? 한국전쟁 때 우리는 그들을 돕기 위해 생명과 재산을 바쳤고 중국은 적이었잖아. 그들이 개입해 북한을 살렸고 통일도 막은 거 아냐? 그 후 우리가 한국을 원조하고 북한, 소련, 중공의 세 악마 같은 나라로부터 안보를 지켜주어 지금의 번영을 이루지 않았나? 그런데 어째서 미국이 중국보다 못하다는 거야? 그게 도대체 말이나 되는 소리야? 월트란 놈 정신이 좀 이상한 거 아냐?"

"그는 한국에 두 개의 뚜렷한 정치적·사상적 갈래가 있다고 해요. 하나는 친미, 보수, 영남, 노년의 축이고 또 하나는 친중, 진보, 호남, 청년의 축인데 지금의 문재인 대통령은 후자인 데다 신뢰도가 높아 국민들은 그의 노선을 따를 거라는군요."

"문재인은 반미주의자인가?"

"그는 가변적이지만 그의 젊은 참모들은 한결같이 반미 기질이 있어요. 게다가 그가 정치 스승으로 모시다시피 하는 사람이 바로 '반미면 어떠냐'던 노무현 전 대통령이에요."

"한국인들이 공산당 독재에다 인터넷도 마음대로 못 쓰게 하는 중국을 따른다? 그러니 괜히 그런 데 속 썩이지 말고 아예 철수하고 일본을 경계선으로 하라? 음, 이제야 키신저가 제대로 이해되는군."

"우리가 한국에서 철수하면 대단한 장점 하나가 있긴 해요."

"뭐지?"

"어차피 한국은 중국을 상대로 싸울 수 없는 나라예요. 그들은 중국을 상전으로 모시는 데 아주 익숙하죠. 우리는 한국을 대할 때 반드시 격을 맞추지만 중국은 아예 아랫것 대하듯 합니다. 한국의 장관을 대할 때는 우리도 장관이, 국장을 대할 때는 우리도 국장이 나서지만, 한국과 중국이 이전에 협상하는 걸 보니 중국 외교부의 부장조리가 한국의 청와대 안보실 차장을 상대하더군요. 두세 계단 차이가 나요. 이처럼 중국은 예전부터 한국을 밑으로 대하는 게 습관이 돼 있고, 한국은 중국을 받드는 게 관습인 것 같아요."

"한국인들은 중국을 모르나? 천안문에서 자유를 부르짖는 사람들을 탱크로 깔아뭉개는 걸 보고도 중국으로 간다고?"

"중국보다 미국을 더 싫어하는 사람도 많아요. 여하튼 일본은 한국과 달리 중국을 상대할 힘이 있고 무엇보다 기질이 강해요. 키신저 박사는 미국이 편하게 나가는 것이 맞다고 생각하는 거예요."

트럼프는 평소와 다르게 눈을 감고 깊은 생각에 잠기는 모습이었다.

"음, 일본이라."

"일본은 중국을 상대할 만한 충분한 힘이 있어요. 우리가 한반도를 빠져나오면 일본이 엄청난 무장을 합니다. 핵은 말할 것도 없고요."

"일본이 핵무장을 하고 독도를 먹으려고 들면 우린 어떻게 해야 하지?"

"독도요? 왜 갑자기 그런 생각을 하시죠?"

"지난번 한국에 갔을 때 청와대 만찬에 특별히 독도새우를 내놓더군. 명백히 한국 땅인데 일본이 영유권 주장을 한다 그랬어."

"우리가 한반도에서 철수한 후에는 한국을 도울 수 없습니다. 당장 지금 일본이 독도 탈환에 나서도 우리가 군사적으로는 못 나서요."

"중국이 나서나?"

"하하, 장인. 자기네 섬도 일본에 뺏기고 쩔쩔매는 중국이 독도를 지켜준다고요?"

"지금 생각해보니 일본을 경계선으로 한다는 건 상당히 매력적인데. 일본을 경계로 하면 골치 아픈 건 다 없어지지. 생동감 있는 한국 경제를 중국에 넘겨주는 게 아깝기는 하지만. 그런데 중국이 수출대국인 한국 경제를 흡수하면 더 강해질 거 아닌가."

"그렇지 않습니다. 한국 경제는 우리가 빠져나오면 순식간에 붕괴합니다."

"어째서?"

"미국과의 동맹이 끊어지게 되면 한국은 앞으로 북한의 한마디 한마디에 따라 출렁거릴 수밖에 없어요. 북한과 합치니 마니 하면서 사회가 출렁거리는데 경제가 되겠어요? 어떤 기업도 한국에 투자를 안 하겠지만 무엇보다 한국 기업들이 빠져나오려고 난리 칠 거예요."

"무엇보다도 일단 유사시에 한국은 군사적으로 절대 도움이 안 된다는 게 문제야. 예전에 주일대사를 지낸 누군가가 내게, 일본이 한국을 침략한 횟수가 모두 770번인데 한국이 일본을 침략한 적은 역사상 단 한 번도 없다더군. 이웃한 두 나라가 770 대 0이라면 그건 강하고 약하고의 문제가 아니라 국민 DNA의 문제라고 했어."

"일본은 오히려 중국을 거의 지배할 뻔했고, 요즘도 중국으로부터 센카쿠를 거의 빼앗다시피 했잖아요. 아까 그 청와대 안보실 차장이 상대했던 중국 외교부 조리를 일본은 외무성 국장이 상대했어요. 일본은 한국하고는 정신부터가 달라요."

"어차피 반미다 뭐다 말썽 많은 한국을 중국에 맡기고 빠져나온다. 그게 한국인들도 바라는 바라고? 그런데 문재인은 왜 미국을 그리도 미워하나? 말로는 자신이 미국 덕분에 태어났다 그러면서?"

"그가 미워하는 게 아니고 그의 참모들이 그렇다는 거죠. 그들은 북한과의 대화가 미국 때문에 안 된다고 생각하는 거 같아요."

"언제 미국이 남북대화 말린 적 있나? 자기들끼리 잘하다 항상 북한이 보이콧하지 않았나? 이산가족 상봉도 잘하다가 북한이 비틀었고, 금강산 관광도 잘하다가 북한이 총 쏴서 그만두었고."

"키신저 얘기는 분명 깊이 생각할 부분도 있지만, 제 생각에는 한반도에서 경솔하게 나오는 건 안 됩니다."

"왜? 미국을 위해? 아니면 한국을 위해?"

"두 나라 모두를 위해서요."

"두 나라 모두를 위한 거라면 미군 주둔을 한국이 좋아해야 하는데 지금 한국의 태도는 미국을 원치 않는다는 거 아닌가?"

"문 대통령 자신은 조금씩 참모들을 떠나서 동맹과 주한미군에 우호적으로 변신하는 것 같습니다. 종일 참모들의 보고를 받고, 참모들이 짜준 일정을 따르고, 참모들의 생각만 접하고 있는 게 문제이긴 하지만."

"제기랄, 키신저를 만나고 나니 더 찜찜하군. 그건 그렇고, FBI 수사도 중단시켰으니 서서히 시작해."

"안 그래도 주코프를 만날 생각이었어요."

"극비리에 하되 최고로 해야만 해. 그 비즈니스는 최소 10조 달러 이득이야. 거기에 나와 미국의 앞날이 달렸어."

24.
신비한 아이린

화요일 저녁, 인철은 아이린과 약속한 이태리 식당 베니니에 도착했다.

죄송, 차가 막혀 약간 늦겠어요.

아이린의 문자를 받고 페리에 한 병을 시켜 잔에 따르던 인철은 방울방울 일어나는 거품을 보며 지난번 아이린과 나누었던 말들을 떠올렸다. 와인 두 병을 거의 비웠을 무렵 소치에 같이 가자고 했던 그녀. 트럼프의 지시로 수사를 중단하게 되었을 때 그녀가 보였던 애처로운 표정이 또렷이 떠오르자 인철은 정말 소치에 같이 갈까 하는 생각마저 들었다.

그러나 인철은 이내 고개를 가로저었다. 아이린과 단둘이 여행을 하면 무슨 일이 생길지도 모르는데 그런 마음을 갖는 것 자체가 이지에 대한 배신이라는 생각이 들었다.

이지는 다행히도 청와대에 잘 적응해 매일 문자를 보내오고 있었고, 그걸 읽고 답신을 보내는 게 요즈음 인철의 가장 큰 기쁨이었다. 인철은 아이린과의 모든 대화와 만남은 일의 범위 안으로 한정 지어야 한다고 생각했다. 자칫하면 선을 넘을 위험이 극도로 높은 여자였다.

"무슨 생각을 그리 골똘히 하고 계실까요?"

아이린은 화사한 차림으로 나타났다. 순간 인철은 매우 낯선 기분이 들었다. FBI 수사관에게는 도저히 기대할 수 없는 우아하고 고급스러우며 큰 사치를 해본 여성만이 내뿜을 수 있는 화려함이 아이린에게는 본능적으로 배어 있었다.

인철은 정색을 하고 말했다.

"아이린, 당신은 분명 직업을 잘못 택했어요. 지금 이대로 촬영장으로 뛰어가도 세상에서 가장 사치스러운 영화의 여주인공이에요."

"호호호호! 사치스러운 영화요? 놀리는 거죠?"

"당신만은 사치를 해도 된다는, 아니 해야 한다는 생각이 들어요. 갑자기 당신의 내력이 궁금해지는데요. 당신은 FBI가 아니에요. FBI일 수 없는 사람이에요."

이것은 인철의 진심이었다. 지금 아이린이 보이는 자태는 그저 돈이 있다고만 되는 게 아니었다. 아주 어려서부터 일상 속에서 자연히 형성된 습관이자 본능처럼 보였다. 이런 사람이 FBI

에서 일한다는 게 도저히 믿어지지 않았다.

"FBI에 들어오는 여성들의 내력은 다 비슷해요. 대학에서 공부 잘하고 자원봉사 열심히 하는 평범한 타입과, 운동 열심히 하고 남의 일에 관심 갖기를 좋아하는 또 하나의 평범한 타입이에요."

"그런데 당신은 그 둘 중 어디에도 속하지 않는데요?"

"호호, 날라리지만 운이 좋은 아이들도 드물게 있어요. 나처럼. 이 식당은 제가 오자고 했으니 제가 낼게요. 그리고 메뉴 추천도 제가 하고 싶어요."

"네, 그래주면 고맙죠."

사람이란 의심하기 시작하면 한이 없는 법인지 인철에게는 웅장한 분위기의 인테리어와 프레스코화로 장식된 이 베니니라는 이태리 식당도 보통 사람이 올 수 없는 곳으로 여겨졌고, 달팽이와 푸아그라 같은 고급 메뉴를 아주 익숙하게 시키는 아이린의 세련된 모습도 보통의 샐러리맨으로서는 흉내 낼 수 없는 걸로 생각됐다.

"원하는 와인 있으셔요?"

인철은 고개를 가로저으며 아이린의 동작 하나하나와 웨이터에게 상냥하기 짝이 없는 미소를 지으며 와인을 고르는 세련미까지 세심히 지켜보았다. 식사 내내 가벼운 이야기로 즐거운 시간을 보내고 난 후 디저트가 나오면서부터 본론을 꺼내는 솜씨까지, 아이린은 관찰할수록 정제된 매너를 본능처럼 갖고 있었다. 물론 누구든 그럴 수 있지만 보통 사람들이 신경을 기울여

교육받고 연습한 것이라면 아이린은 그걸 아예 가지고 태어난 듯했다.

"망할 놈의 트럼프!"

아이린은 진한 커피를 주문해서 한 모금 마시고 나자 이제까지의 화사한 얼굴을 일순 핵 바꾸고 불쾌한 표정으로 대통령의 이름을 뱉어냈다.

"왜요?"

"지난 선거 때 트럼프 측근이 러시아 정보기관원을 만난 사실이 확인되었고, 러시아 놈들이 민주당 서버와 힐러리 클린턴의 이메일을 해킹했던 사실도 완전히 확인되었어요. 그런데도 트럼프에 관한 모든 FBI 수사가 통째로 중단되어버렸으니 미국이 왜 이런 꼴이 됐나 한심해요."

"그래도 특검이 성과를 많이 냈던데요."

"FBI의 폭넓은 수사가 뒷받침되지 않는 한 특검은 트럼프와 러시아 간의 내통을 속속들이 밝히기는 어려워요."

트럼프의 러시아 스캔들을 수사 중인 로버트 뮬러 특검은 이미 트럼프 캠프의 선거대책본부장을 조사해 가택연금했고, 주요 캠프 간부들 및 플린 전 안보보좌관과 코미 전 FBI 국장도 조사 중이지만 트럼프는 자신의 변호인을 통해 '같이 일했던 사람들이 우리 모두에게 불리한 얘기를 하지는 않을 것으로 생각한다.'며 끊임없이 신호를 보내고 있었다.

"그런데 이상한 건 트럼프는 왜 적국이라면 적국이랄 수도 있는 러시아를 위해 뛰는 거죠? 지난번 인철 씨가 얘기하셨듯, 트럼프의 정책은 어찌 되었건 결국 러시아가 큰 혜택을 보는 쪽으로만 가잖아요."

"제가 생각을 좀 해보았는데 두 가지 시각으로 볼 수 있을 것 같아요."

"두 가지 시각? 당신은 이미 준비되어 있네요. 역시 인철 씨 당신은 비상한 두뇌를 가진 것 같아요. 당신은 사람으로 하여금 넋 놓고 귀를 열게 하는 특별한 힘을 갖고 있어요."

"듣고 보면 아무것도 아녜요. 일단 트럼프가 러시아 측에 약점을 잡혔고, 그 약점을 시발점으로 동행하는 관계가 성립되었을 가능성이 있어요. 금융범죄에서 그런 경우가 많아요."

"지난 한 주 저도 그 약점을 끈질기게 조사했어요."

"성과가 있었어요?"

"두 가지 약점이 떠올랐어요. 하나는 트럼프가 러시아와 사업상 거래를 할 때 그쪽과 짜고 계획적으로 거액의 탈세를 했는데 러시아가 그 증거를 가지고 트럼프를 협박한다는 거죠. 또 하나는 트럼프가 모스크바에서 여자 다섯 명을 방으로 불러 온갖 추잡한 짓을 한 섹스 테이프를 러시아가 가지고 있다는 건데, 둘 다 소문만 있을 뿐 그 실체를 확인할 수는 없었어요."

"그렇겠죠. 러시아가 내놓지 않는 한 일주일간의 조사로 알 수 있는 일은 아니겠죠."

"러시아 측에서 여자 다섯을 보내겠다는 제의를 한 건 확인이 되었어요."

"그렇다면 가능성이 있지 않을까요? 트럼프의 각종 성추문으로 미루어볼 때?"

"같이 모스크바에 있었던 트럼프의 측근은 자신이 그 제의를 거부했다고 하는데 믿기는 어려워요."

"정식 수사를 해도 진실을 캐내기는 쉽지 않겠어요."

"자칫하면 저 빌어먹을 트럼프 임기 내내 러시아가 미국 대통령을 차지한 거나 다름없겠어요."

"지난번 만난 부국장의 얼굴에서는 굴욕은 말할 것도 없고 비애조차 느껴지더군요."

"우리 팀도 마찬가지예요. 하지만 언젠가 FBI는 돌아와요. 그런데 약점 말고 또 하나의 시각은 어떤 거죠?"

"트럼프의 의도된 계획이에요. 트럼프가 아무도 생각하지 못하는 이유를 가지고 러시아에 우호적으로 다가가는 거죠."

"그 결과 러시아가 민주당 해킹도 해주고 이브라힘의 돈이 선거 캠프로 넘어가고 했다는 거예요?"

"닭이 먼저인지 달걀이 먼저인지는 모르지만 아무튼 트럼프가 약점이 잡혀 친러 내각을 만들고 러시아를 위해 뛸 수도 있겠고, 또 하나는 그와 반대로 트럼프가 어떤 확실한 목적을 가지고 러시아에 접근했을 수 있다는 거죠."

"호호, 정말 듣고 보니 아무것도 아니네요. 결국 하나 마나 한 말이에요. 잔뜩 칭찬해드렸는데 이거 너무하신 거 아녜요?"

"제가 볼 때 트럼프는 지극히 솔직하지 않은 사람이에요. 그런 사람이 막강한 영향력을 가진 미국 대통령 자리에 앉으면 일거수일투족이 알아차릴 수 없는 것투성이가 되는 법이죠. 게다가 그는 언론을 겁내지도 않고 그 무엇에도 아랑곳하지 않아요. 매우 자유롭게 자기가 원하는 대로 틀을 짤 수도 있어요. 사실 그렇게 보면 러시아가 그의 약점들을 쥐고 있다 하더라도 트럼프가 거기 붙들려 꼼짝 못 할 사람은 아니에요."

"도대체 그는 러시아와 무얼 하려는 걸까요?"

"현재로서는 떠오르는 게 없지만 러시아 스캔들은 좀 더 지켜볼 일입니다."

"그가 러시아와 배신의 춤을 춘다면 자기 돈이나 더 불리겠다는 탐욕 외에는 아무 가치도 없는 것일 거예요. 그러니 FBI 수사를 중단시키죠. 그런다고 수사를 중단하는 국장도 개떡 같은 놈이지만요."

인철은 아이린의 지금 이 욕설과 아까 식사할 때의 본능적 품위 사이에는 메울 수 없는 간극이 있다 생각하며 의심증이 도졌다. 그러고 보니 아이린의 날렵하면서도 단단한 근육질 몸매도 일반인이 헬스장을 다니며 만들 수 있는 것과는 분명 차이가 나보였다.

또한 서양 사람들 중에도 정말 보기 드문 투명한 하늘색 눈동자와 도자기 같은 하얀 피부, 그리고 나이답지 않게 지나치게 세련되고 절제된 매너, 뉴욕식 영어이면서도 뭔가 딱딱한 악센트

가 짙게 밴 말투는 그녀를 평범한 미국인으로 받아들이기를 주
저하게 만들었다.

인철은 혹 자신이 아이린에게 어떤 환상을 갖고 있는 게 아닌
지 돌이켜보았다. 어쩌면 자신이 이 여성을 선망하고 있을 수 있
다는 생각이 들자 얼른 이지를 떠올리며 이제까지의 생각을 일
시에 다 지워버렸다.

"참, 그런데 소치에는 가실 거예요?"

인철은 잘됐다 싶어 딱 잘라 대답했다.

"좀 생각해봤는데 역부족이에요. 엄밀히 얘기하면 흥미롭긴
한데 모티브가 부족해요. 세계은행에서는 그 자금이 IS라든지 지
극히 위험한 자금일 가능성이 있어 제게 조사하도록 허용했는데
러시아 자금임이 분명시되는 지금, 저는 거기 갈 동력을 찾기 어
려워요. 또 간다고 하더라도 말도 안 통하고 아는 사람 하나 없
는 그곳에서 봉변이나 당하기 일쑤지 목적을 이룰 수도 없을 것
같아요. 지난번엔 같이 가자 했는데 우리 둘 다 술김이었으니 그
런 생각일랑 접어요."

"저는 FBI 요원이라 갈 수도 없어요. 하지만 인철 씨가 거기
가면 성과가 있을 거란 건 알아요."

"어떻게 알죠?"

"직감이에요."

"하하, 직감이요?"

"러시아 철도는 매우 역사가 깊어요. 단순한 철도사업자가 아

니라 늘 권력의 핵심과 연결되어왔어요. 러시아 혁명 때는 미국 자본가의 조달 창구였고요."

아이린의 말은 너무도 낯설었다.

25.
실종

　"네? 미국 자본가가 자본을 타도하자는 공산주의 혁명에 돈을 대요? 그게 말이 되나요?"

　"러시아 혁명 때만이 아녜요. 그런 일은 비일비재해요. 사람들이 몰라서 그렇지, 신념이다 이데올로기다 해도 뒤에서 모든 걸 조종하는 건 결국 돈이에요."

　"도대체 누구죠? 러시아 혁명을 도운 미국의 자본가란?"

　"로스차일드가 당시로서는 천문학적 액수인 2,000만 달러를 댔어요. 볼셰비키 혁명에."

　인철은 세계은행에 있으면서 배후에서 세상을 움직인다는 로스차일드라는 이름은 익히 듣고 있었지만 자본의 화신인 그가 자본을 악으로 규정한 1917년 혁명을 도왔다는 사실은 자신의 상식으로는 도저히 받아들일 수 없는 얘기라 다소 격하게 물었다.

　"도대체 왜 그런 일을 한 거죠, 로스차일드는?"

"그는 러시아의 그리스 정교를 몹시 싫어했어요. 그러던 중 러시아 혁명이 일어나자 그리스 정교를 없앨 절호의 기회라고 판단했던 거죠. 그래서 혁명세력과 밀약을 맺고 돈을 댄 거예요."

참으로 믿기 어려운 얘기였다.

"또 있나요? 혁명을 도운 미국의 자본가가?"

"록펠러요."

이 이름이야말로 경악스러웠다. 로스차일드는 기반이 유럽이지만 록펠러는 순미국산 재벌이었다. 아이린의 입에서 나오는 얘기들은 하나같이 세상에 대한 인식 기반을 송두리째 뒤흔들어 놓는 것이었다.

"록펠러는 왜요?"

"호호, 러시아는 기름이 많잖아요."

"기름? 그럼 록펠러가 러시아의 석유를 이용해 돈을 벌려고 혁명을 도왔다는 얘긴가요?"

"바로 그래요. 볼셰비키 혁명 후에 러시아 석유를 통째로 유럽에 내다 팔아 천문학적인 돈을 번 게 록펠러의 스탠더드오일이니 서로 주고받고 한 거죠. 큰돈은 사람들이 생각도 못 한 곳에서 벌려요. 심지어는 큰돈을 벌기 위해 사람들이 상상도 할 수 없는 일들을 벌이기도 해요."

"예를 들면요?"

"전쟁이죠."

"전쟁이요? 돈을 벌기 위해 전쟁을 벌인다고요?"

"네, 심지어는 대통령도 죽여요. 케네디 암살이 바로 그것 아니었나요?"

"케네디 암살이야 워낙 설이 많다 보니 오히려 사람들이 뭐가 뭔지 몰라요."

"그렇게 설이 많을 때는 한 가지 시각으로 단순화해서 볼 필요가 있어요. 케네디 암살 전과 후, 뭐가 달라졌나."

잠시 생각하던 인철이 답했다.

"월남전?"

"맞아요. 케네디는 월남전을 극구 반대했고 그가 죽자마자 월남전이 시작됐어요. 그러면 월남전으로 득을 본 사람들이 배후에 있는 거죠."

"어떤 사람들이죠?"

"군수산업 부호들이죠. 그리고 이들을 대변하는 정치인들, 이들의 영향력 아래 있는 수사기관들. 케네디만 억울하죠."

"전쟁으로 돈을 번다니…… 도저히 믿기지 않는군요."

"로스차일드 가문도 사실 전쟁으로 일어난 거예요. 그 집은 나폴레옹의 워털루 전쟁 덕을 크게 봤어요."

"어떻게요?"

인철은 이런 부분에 관한 아이린의 풍부한 지식에 놀라고 있었다. 그녀는 세상 모든 부호들의 이력을 조사하는 데 이골이 났는지 로스차일드 가문을 '그 집'이라 칭했다.

"그 집은 정보망을 가동해 영국이 워털루 전쟁에서 이기자마자 바로 알았어요. 전서구도 몇 마리 띄웠다 그래요. 그러고는 교활하게도 가지고 있던 영국 채권을 투매했어요. 마치 영국이 전쟁에 진 것처럼 말이에요. 그러자 영국 국채를 가진 사람들이 그를 따라 전부 투매해버렸어요. 그걸 종잇값 쳐주고 긁어모아서는 2억 3,000만 파운드를 번 거예요. 지금 돈으로는 2,000억 달러쯤 돼요."

"음."

예전 같으면 한마디 내뱉었을 법했지만 인철은 비난이나 욕설 대신 외마디 신음을 내고 말았다.

"FBI에서는 그런 것도 조사하나요?"

"뭐 꼭 FBI 업무만은 아니에요."

"그런데 러시아 혁명에 들어간 돈이 철도를 통했나요?"

"당시의 철도는 바로 돈이에요. 지금도 러시아에서는 마찬가지죠. 그런 측면에서는 돈을 가진 사람도 부호지만 돈을 다루는 사람도 부호예요. 미국 자본가가 러시아 혁명세력과 접촉하려 할 때 아무래도 얘기가 되는 건 돈을 가졌거나 다루는 사람이었겠죠."

"그러면 아이린은 러시아 철도공사 사장 주코프가 돈 주인일 가능성이 있다고 보는 거군요."

"그건 인철 씨 추측이었잖아요. 가즈프롬의 샤토프와 러시아 철도의 주코프가 유력한 돈 주인 후보라고 그랬어요."

"네, 요한슨의 거래 기록으로 보면 그 두 사람이 떠오르죠."

"둘 중 샤토프는 대규모 부정이 드러나 해임되고 체포되었으니 남는 사람이 주코프예요. 제가 FBI만 아니라면 거기 갈 텐데요. 어떤 사람들이 모이는지, 외국에서는 누가 오는지, 또 어떤 사람들이 스폰을 하는지, 한마디로 정보의 보고잖아요."

"그런데 아이린은 보통 사람으로서는 도저히 알 수 없는 이런 희귀한 정보들을 어디서 얻었어요?"

"호호, 그냥 취미예요."

"오늘 얘기는 너무 놀라웠지만 일면으로는 큰 도움이 되었어요."

"소치에는 갈 거예요?"

"아이린 얘기를 듣고 보니 가고 싶기는 하지만 가서 할 수 있는 일이 떠오르지 않아요. 무엇보다 한 번도 가본 적 없고 기댈 데도 없으니 선뜻 결심하기가 어려워요."

"주코프는 안 가진 게 없는 사람인 데다 중국과 대립각을 세우고 있는 사람이에요. 가보면 지금 한국이 겪고 있는 핵 문제 판단에도 도움이 될지 몰라요."

"주코프가 한국과 연결이 돼요? 어떻게요?"

"그 사람이 나진-하산 개발의 러시아 측 주인공이에요. 하여튼 나라면 소치에 가볼 것 같아요. 주코프는 정말 보통 사람이 아니거든요."

아이린의 말을 다 믿자면 얼마든지 믿을 수도 있었지만 인철은 진작부터 아이린이 지난 두 번 만났을 때와는 사뭇 다르다는 느낌을 갖고 있었던 터라 그녀의 말도, 그녀라는 사람도 어딘지 모르게 낯설게 느껴졌다. 인철은 다시 한 번 자신이 아이린을 선망한 결과 그녀를 신비하게 받아들이고 있는 건 아닌지 생각하며 커피를 한 입 가득 머금고는 몸을 약간 뒤로 젖혀 거리를 두고 아이린을 바라보았다.

"이 집 커피 맛 괜찮죠?"

그녀가 한 손으로 커피 잔을 들어 올리는 순간 흰 티셔츠가 한쪽으로 미끄러지며 오른쪽 쇄골 바로 아래에 짙은 사파이어 색의 문신이 드러나는 것을 인철은 놓치지 않았다. 언뜻 보기에는 왕관 문양인가 싶었지만 클로버 모양이었다. 그것도 네 잎이 아니라 세 잎 클로버. 거의 눈에 띄지 않을 정도로 작은 문신이었지만 그것은 아이린의 고상한 이미지와는 어울리지 않는다는 느낌이 들었다.

"보통 사람들은 네 잎 클로버를 더 선호할 텐데 세 잎 클로버네요."

인철이 쇄골 쪽을 눈짓으로 가리키며 짚어내자 아이린은 의자 팔걸이에 걸쳐두었던 재킷을 집어 들어 문신을 가리며 말했다.

"아, 이거요. 제 어머니가 선택하신 거예요. 제가 아기였을 때…… 그러니 저는 선택의 여지가 없었다고 해야겠지요. 이게 지워버릴 수도 없고…… 호호. 저도 어머니께 이왕이면 행운의 네 잎 클로버를 해주실 것이지 웬 세 잎 클로버인가 따지기도 했어요. 그런데 눈도 참 밝으시네요. 이 작은 문신을 캐치하다니요. 대한민국 장교 짱입니다."

아이린은 눈을 찡긋하며 엄지손가락을 들어올렸다.

"아이린은 독일계인가요? 완벽한 뉴욕식 영어인데 어딘지 독일 악센트가 있는 것 같기도 해요."

아이린은 다소 놀라는 표정을 지었다.

"참, 인철 씨 독일어 잘하시죠?"

"약간이요."

"맞아요. 부모님은 두 분 모두 독일계시죠. 특히 엄마가 완전 독일인이세요. 얼마나 철저한지 저도 어릴 적에 영어보다 독일어를 먼저 배워야만 했다니까요. 그것도 뉴욕에서. 아직도 우리 식구끼리는 영어 사용 금지예요."

두 사람은 잠시 서로를 응시했다. 역시 아이린에게는 어딘지 모르게 신비로운 분위기가 있었다. 다만 FBI라는 선입견이 그녀에 대한 상상이 무한 확장되는 걸 막고 있을 뿐이었다.

"아이린, 오늘 재미있었어요."

"우리 데이트한 거 맞죠?"

"그런 것 같기도 하고……."

식당 밖으로 나온 인철은 아이린과 작별 인사를 한 후에도 한동안 아이린의 뒷모습을 멍하니 바라보았다.

새벽녘 어둠 속에서 침대가 흔들릴 정도로 거센 휴대폰 진동 소리에 인철은 왠지 모를 불길한 예감을 느끼며 눈을 떴다.

"김인철 씨 맞습니까?"

전화기 너머로 차가우면서도 권위적인 남자의 목소리가 전해졌다.

"누구시죠?"

"어제 저녁 아이린 B.와 함께 있었지요?"

"그렇긴 하지만, 무슨 일 있어요?"

한순간에 정신이 번쩍 든 인철은 휴대폰을 끌어 잡으며 되물었다.

"경찰서로 나와주셔야겠습니다."

전화는 경찰서로부터 걸려온 것이었다. 불길한 생각을 애써 떨쳐버리려 노력하면서 인철은 옷을 입는 둥 마는 둥 정신없이 경찰서로 달려갔다.

"김인철 씨, 집에는 혼자 있었나요?"

"네. 혼자 살아요."

"직업은요?"

"변호사, 세계은행의 변호사예요."

인철이 세계은행 변호사라는 신분을 밝히자 담당 형사는 표정을 풀고 상황 설명을 시작했다.

"어젯밤 아이린 씨가 여러 명의 괴한에게 납치되었다는 목격자 신고가 들어왔습니다. 순찰 경관들이 급히 현장에 출동했지만 아무것도 발견하지 못했어요. 주변의 CCTV를 확인했으나 잡힌 장면은 없었고, 오늘 새벽 현장 주변을 수색하던 중 이 휴대폰을 발견했습니다."

"몸싸움이 있었나요?"

"그건 모릅니다. 휴대폰을 보니 두 분이 함께 있었던 걸로 판단돼 오시라고 한 겁니다. 그런데 이 여성분은 뭐하시는 분이죠?"

"왜요?"

"휴대폰에 어마어마한 사람들의 전화번호를 잔뜩 가지고 있어서요."

"수사기관에 있는 분이니 의심할 건 없어요."

당직 형사는 아이린과 헤어진 정확한 시각, 함께 있을 때 특이한 점이 있었는지, 헤어진 후 아이린의 행적에 대해 들은 것이 있는지 등을 꼬치꼬치 캐물었다. 어제 저녁뿐 아니라 그랜드 케이맨에서의 일들까지 되짚어보던 인철은 내심으로는 아이린의 납치가 러시아 세력들과 관련되었을 가능성이 있다고 생각했다. 하지만 다음 순간 인철은 고개를 갸웃했다.

"뭐 생각나는 거라도 있어요?"

인철은 형사의 재촉에도 대답하지 않고 생각을 이어나갔다. 만약 돈 주인으로 의심되는 러시아 세력이 아이린을 납치했다면 자신도 납치 대상이 되었어야 한다. 이브라힘은 이미 비엔나에서 인철을 공격했고, 경고까지 한 바 있지 않은가. 의혹은 꼬리에 꼬리를 물었다.

혹은 거리의 부랑자들이거나 평소 아이린의 미모를 동경하던

자의 소행일 수도 있다. 아무리 FBI 요원이라 해도 아이린은 결국 여자다. 그것도 어떤 남자라도 빠져들 수밖에 없는 미인이다. 워싱턴의 밤거리에는 설사 내일 사형을 당하는 한이 있더라도 아이린 같은 여자를 한번 안을 수만 있다면 무슨 짓이든 할 사람이 헤아릴 수 없이 많다.

아이린의 미소를 담은 하늘색 눈동자가 눈앞에 어른거리자 인철은 지금 이 순간에도 그녀가 무슨 험한 꼴을 당하고 있는 것은 아닌지, 심지어는 이미 목숨을 잃은 것은 아닌지 이루 말할 수 없는 걱정에 마음이 한없이 졸아들었다. 불길한 상상이 지뢰 폭발 사고로 자신의 부하들이 갈가리 찢겨나가던 끔찍했던 광경으로 이어지자 인철은 경찰서를 그냥 나오고 말았다.

26.
만물이론

    문재인 대통령은 취임 직후부터 어디로 튈지 모르는 트럼프 대통령과의 인간적 소통에 최고의 비중을 두었고, 동시에 비뚤어질 대로 비뚤어진 중국과의 관계를 바로잡는 데도 진력했다. 집권하자마자 반미 성향의 정권이라는 우려를 불식시키기 위해 최고의 미국통 홍석현에게 특사를 부탁해 미국을 안심시켰고, 미국 방문을 앞두고는 트럼프가 다니는 교회의 목사를 청와대로 초청하는 등 최선을 다했다.

    또한 베를린에서 시진핑을 만났을 때는 특유의 신뢰감을 있는 그대로 보여줘 관계 정상화 약속을 이끌어낸 바 있었다. 그 후 사드 문제를 봉합했고, 트럼프 대통령의 방한 또한 매우 성공적으로 마쳤으며, 그 직후 중국을 방문해 시진핑 주석과도 깊은 우애를 과시했으니 목표한 성과는 다 거두어낸 셈이었다.

    그럼에도 불구하고 미중 양국과의 관계 모두에서 불안감은 전혀 가시지 않았다. 중국은 완전 봉합된 줄 알았던 사드 문제를 집요하게 들이밀며 당장 1단계 조치를 취하라 압박해왔고, 미국은 정반대로 중국에 사드 추가 배치 안 하고, MD망에 안 들어가고, 한미일 삼각 군사동맹에 안 들어간다는 '3불不'의 약속을 해준 데 대해 상당한 배신감을 토로해오고 있었다.

문재인 대통령은 그간 뭔가를 많이 한 것 같지만 사실은 아무것도 한 게 없다는 걸 깨달았다. 중국과 가까워지면 미국과 멀어지고, 반대로 미국과 가까워지면 중국과 멀어질 수밖에 없는 이율배반적 구도 위에 한국이 얹혀 있다 생각하니 자꾸 외교에 자신감이 없어지는 것이었다.

뭔가를 해서 성취감이 생기면 그 성과만큼의 상실감이 반드시 찾아오니 아무것도 안 하는 것과 전혀 다름이 없었다.

오늘도 중국은 사드 조치를 보아가며 완전한 보복 철회를 고려하겠다며 계속 스트레스를 주었고, 미국은 미국대로 언제 북한을 상대로 군사행동에 나설지 짐작조차 할 수 없었다. 참모들은 대부분 미국의 패권주의를 탐탁지 않게 보고 있었지만 북핵을 해결해야 하는 현실적 목표를 감안하면 미국과 호흡을 맞추지 않을 수는 없는 일이라 집권 초기처럼 참모회의가 활기차지는 않았다.

오후가 되자 대통령은 연길에 있는 절친 박종환에게 전화를 걸었다. 박종환은 대통령과는 떼려야 뗄 수 없는 50년 지기이지만 이인자니 실세니 하며 찾아오는 사람들이 생기자 대통령에게 부담을 주지 않으려고 연길로 외유를 떠난 사람이었다. 특히 대통령은 중국과의 사드 문제에서 이 절친에게 큰 신세를 지고 있었다.

대통령 선거운동 중이라 눈코 뜰 새 없는 스케줄을 소화하고 있을 때 문재인의 당선을 확신한 중국은 베이징에서 밀사를 보내 주한 중국대사 추궈홍과 함께 문재인을 대리할 수 있는 인사와의 면담을 요청했다. 물론 사드 배치 철회의 신념을 가진 문재인으로부터 확답을 받기 위한 의도였는데 이때 중국 측 특사를 만난 사람이 바로 박종환이었다.

그는 이 자리에서 중국의 기대와 정반대로, 비록 문재인이 대통령이 된다고 하더라도 이미 배치된 사드를 철수시킬 수는 없다고 못을 박아버렸다. 당시 문재인 진영의 모든 참모가 사드 철회를 부르짖고 있었음에 비추어보면 예상 밖의 답변이었지만, 처음부터 중국의 기대를 확 꺾어 새 대통령의 부담을 덜어줄 수 있었다.

"종환아, 추운데 거기서 고생이 많지?"

"문통이 잘하고 있으니 그 흐뭇함으로 사네."

"지난번 우리 안보실의 남 차장이 중국 측과 완전한 관계 복원을 이루고 와서 사드 문제는 끝났다 생각했는데 중국인들 뒤끝이 안 좋네."

"그들은 그게 시작이라 생각할 거야."

"글쎄 말이야. 다 됐다고 발표까지 해놓고선 또 저렇게 스멀스멀 기어 나오니 더 신경 쓰이고 피곤하네."

"여기 나와서 보니까 오히려 자네가 감옥에 갇힌 것 같아 안돼 보여. 다 잊고 바람 좀 쐐. 옛날처럼 오일환이네 구레스시에 가서 대취해보게. 확 다 날려버리면 갑자기 좋은 생각이 떠오를 수도 있잖아."

"정말 맘껏 술 마셔본 지도 오래됐네."

"흐흐, 우리 국민들은 자네 그 착한 얼굴에 속아 말술인 줄은 상상도 못 할걸."

문재인은 웃었다. 역시 친구와 술은 묵을수록 좋다 했던가.

"하여간 어려움은 있지만 차츰 중국 대륙에 한류도 다시 흐를 테고, 옛날처럼 이 나라에 유커도 다시 찾아올 거네. 어쨌든 그때 자네가 중국 측에 어떠한 기대도 안 준 덕에 그나마 빨리 일이 풀렸어."

"흐흐, 시진핑도 자네의 그 순수해 보이는 얼굴에 넘어간 거야."

"이제 청와대도 정부도 다 제자리를 잡았으니 그만 들어오게. 그 추운 곳에 자네를 보내놓고 마음대로 들어오지도 못하게 하다니 내가 죄인일세."

"그 문제는 알아서 할게."

"여하튼 기쁨을 같이 나누고자 전화했네. 고마워."

"로션 잘 바르게. 그 착하게 생긴 얼굴이 문통 자네의 복이야."

"또 연락하세."

문재인은 전화를 끊으려다 정말 하고 싶었던 말이 생각난 듯 다시 전화기를 귀에 갖다 댔다.

"전화한 김에 쓴소리 좀 들어보세."

"거기 샤프한 참모들이 많은데 참모들에게 들어야지."

"아니, 대통령이란 자리가 쓴소리 한번 듣기가 그리 쉽지 않아. 그래서 부탁인데 나쁜 쪽으로만 얘기 좀 해줘."

"나쁜 쪽으로만? 그러니 당근이 아닌 채찍을 달라는 거군. 흐흐, 이제 성군 흉내도 잘 내는데."

"중국이 자꾸 약속을 이행하라는데 크게 세 가지야. 하나는 사드 재배치하지 말라는 걸로 그건 어렵지 않아. 많은 국민들이 반대하고 더 이상 부지도 마땅치 않아서 당장은 미국도 이해하거든."

"그래."

"또 하나는 미국의 MD 체계로 들어가지 말라는 건데 어차피 그건 우리가 해선 안 돼. 우리가 아무리 북한에 멱을 잡혀 있다손 치더라도 MD는 러시아나 중국을 염두에 둔 미국의 방어 체계인데 우리가 거기 들어간다는 건 유사시 미중, 미러 전쟁에 우리가 말려들어간다는 뜻이야. 앞으로 세계 정세가 어떻게 바뀔지 모르는데 우리가 중국과 러시아의 타깃이 될 수도 있는 그런 위험한 짓을 할 수는 없어."

"옳은 판단이야."

"마지막 하나는 한미일 군사 협력을 심화시켜 삼각 군사동맹으로 가지 말라는 건데, 우리가 일본과 군사 협력을 그리 심화시킬 만한 부분도 없어."

"그렇긴 하지."

"종환아, 그렇게 잘했다고만 하지 말고 완전 반대쪽에서 얘기해 줘. 참모들이 반대편에서 얘길 안 해주니까 너한테 묻는 거잖아."

"비판은 언론에서 구해야지."

"언론은 언론이고 너를 통해 들어야 더 신뢰감이 생길 것 같 아. 언론은 칭찬이든 비판이든 다 자기네 시각이 들어가 있으니 까 믿음이 안 가. 조중동은 저쪽 일색이고 한경오는 이쪽 일색이 야. 너는 옳으면 옳다, 틀리면 틀렸다 거르지 않고 내뱉으니까 말이야. 아주 혹독하게 말해줘."

"그럼 몇 가지 얘기할게."

"그래."

"자네는 고통받는 국민들을 누구보다 안타깝게 생각하니 신속 한 타개가 무엇보다도 중요했을 테고 또 그게 맞기도 하지만, 그 세 가지 조건을 중국에 내준 건 안타까워. 중국과 약속한 사드, MD, 한미일 군사동맹의 3개 항은 모두 미국과 멀어지는 내용들 이잖아. 미국 입장에서는 당장 겉으로는 잘했다고 하겠지만 속 으로는 부글부글 끓겠지. 일전에 백악관 안보보좌관 맥마스터는 한국이 주권을 포기하지는 않을 거라고 논평하더군."

"주권 포기가 아니야. 우리가 스스로 판단했을 때 그 길로 갈 이유가 없어서 안 하는 거지."

"하지만 미국은 그렇게 생각하지 않아. 그 세 가지는 모두 미국이 간절히 원하는 거니."

"할 수 없는 부분이야. 한 가지 결정으로 미국과 중국 모두를 만족시킬 수는 없어. 하지만 자네 얘기를 듣고 보니 이번에는 미국을 만족시킬 만한 걸 하나 해야겠다는 생각이 들어."

"그럴 수밖에 없겠지. 그런데 그렇게 이쪽저쪽 역성을 들어주다 보면 나중에는 주머니가 동나버리지 않겠어?"

"어쩔 수 없잖나? 안보는 미국이고 경제는 중국이니 둘 사이에서 균형을 잡아가는 수밖에 달리 무슨 수가 있겠나?"

"그래서 말인데…… Theory of everything을 찾게."

"지금 무슨 말을 한 거야? 잘 못 알아들었어."

"물리학 용어야. 허허, 요즘 시간이 나서 물리학 공부를 열심히 하고 있네."

"그런데 Theory of everything이라 그랬나? 무슨 뜻이야?"

"자네 아인슈타인의 쓸쓸했던 말년을 아나?"

"아인슈타인이 말년을 쓸쓸하게 보냈다고? 들어본 적이 없는데."

"그는 중력의 대가야. 그가 내놓은 일반상대성이론은 우주의 질서에 딱딱 들어맞아. 지구는 왜 태양의 주위를 도는지, 속도가 빠르면 왜 시간이 천천히 흐르는지를 완벽하게 설명한단 말이야. 그래서 그는 과학자이면서도 신의 존재를 확신했어. 신의 창조가 아니고서는 이렇게 질서 잡힌 우주가 태어났을 수 없다고 믿었던 거야."

"$E=mc^2$이 떠오르는군. 이 공식이 결국 핵무기를 탄생시킨 거잖아."

"하지만 그는 중력의 세계 반대편에 있는 거대한 미립자 세계의 진리를 절대 받아들이려 하지 않았어."

"양자역학 말인가?"

"그래. 확고부동한 질서 속에서 신의 섭리를 깨달았던 그로서는 세상의 바탕이 무질서이고 정해진 건 하나도 없다는 양자역학의 선구자 닐스 보어를 무척 미워한 거야."

"물과 기름처럼 섞일 수 없는 운명이었나 보군."

"그래. 양자역학에서는 아무것도 정해진 게 없어. 미립자들은 수많은 가능성을 갖고 존재하다 관찰되는 순간 결정되어버리지. 그래서 하이젠베르크는 불확정성의 원리를 내놓으며 미시 세계에서는 모든 게 확률로만 존재한다고 주장한 거야. 이런 미시학자들을 아인슈타인은 결코 인정하지 못했고, 결국 양자역학이 옳았음이 입증되자 모든 과학자들이 아인슈타인에게 등을 돌렸어."

"그건 그렇고 갑자기 아인슈타인 얘기는 왜 해?"

"중국은 중력이고 미국은 양자역학이야. 두 나라는 섞일 수 없고, 따라서 우리로서도 그 둘을 동시에 만족시킬 수는 없어. 사드도 보게. 미국이 원하는 대로 해주니 중국이 반발하고, 또다시 중국이 원하는 대로 약속해주니 그게 고스란히 미국의 불만이 되지 않나. 그렇기 때문에 지금처럼 중국을 만족시켰다가 다음에는 미국이 좋아하는 걸 내놓는 식으로는 필연적으로 거짓말쟁이가 되고, 결국 두 나라 모두 우리에게 등을 돌리게 돼 있어."

"그래서 아예 한 방향만 보고 가자는 젊은 참모들이 많아."

"그건 중국이겠지?"

"그래."

"자네가 겪는 애로가 그대로 느껴지네. 남북 화해와 통일이라는 역사적 과업을 이루겠다는 이상에 불타는 젊은 참모들과, 그와 정반대로 움직이는 미국 주도의 국제 현실 사이에서 이러지도 못하고 저러지도 못하는."

"예전 트럼프 방한 때 청와대 앞에 환영 시위대와 반대 시위대가 동시에 진을 치는 걸 보고 어쩌면 우리 국민을 만족시키기가 더 어렵겠다는 생각이 들었어."

"방법을 찾아야 해. 중력과 양자역학을 동시에 만족시키는 통합이론을 말이야."

문재인은 이 낯선 단어를 가만히 발음해보았다.

"Theory of everything이라……. 미국도 만족시키고, 중국도 만족시키고, 친미 국민들도 만족시키고, 친중 국민들도 만족시키는 이론. 음, 거기에 하나 더 있어. 북한도 만족시켜야지."

27.
최고의 데이트

전화를 끊고 난 후 박종환의 말을 되뇌며 깊은 생각에 빠져 있던 문재인 대통령에게 한 사람의 얼굴이 떠올랐다. 한국의 여러 문제에 대해 깊이 고민하고 특히 대안을 제시하려는 모습이 인상적이었던 최이지 박사. 얼마 전 직접 면담도 해보았지만, 아직 젊은 나이인데도 문제에 대한 진지한 접근 방식이 매우 인상적이었고, 무엇보다 현실적 대안을 내놓아 신뢰가 갔다.

언론에 글줄 쓰는 사람이라 해서 만나보면 맹탕이기 일쑤였고 비판에는 열을 올리지만 대안은 어설프고 유치하거나 아예 대안 자체도 없는 사람들과는 달리 신선한 충격을 안겨주었던 여성. 제반 경제 문제에 관해 고견을 내놓았던 그녀의 해법은 단 한 번도 들어본 적이 없는 독창적인 것이었다.

미국 MIT에서 핵물리학을 전공한 데다 IAEA에서도 근무했다니 핵의 정치에는 더욱 깊은 지식과 경험이 있을 터였다. 지난번 사드에 대해서도 독창적 의견을 내놓았던 걸 보면 어쩌면 'Theory of everything'에 대해서도 혜안을 가지고 있을 수 있다. 여기까지 생각이 미치자 더 이상 기다릴 수 없다는 듯 대통령은 직접 그녀에게 전화를 걸었다.

"최이지 박사, 나 대통령입니다. 괜찮다면 지금 여기 집무실로 와주세요."

"알겠습니다. 그런데 무슨 자료를 준비하면 좋겠습니까?"

"아닙니다. 그냥 편안하게 차나 한잔합시다. 조용히 올라오세요."

이지는 대통령의 '조용히'라는 말이 윗선에 보고하지 말라는 뜻이라고 생각했다. 권력의 심장부에서는 불과 몇 주 만에 다시 대통령을 독대하는 것 자체도 구설에 오를 수 있기 때문이리라.

이지는 조용히 사무실을 나와 대통령의 집무실을 찾았다.

"최 박사, 한국 생활에 어려움은 없나요?"

대통령의 안부 인사에 오히려 이지는 더욱 긴장하며 허리를 곧추세웠다. IAEA에 근무하면서 세계 각국 지도자들 간의 미팅을 지켜본 경험을 통해 해결이 불가능할 정도로 어렵고 복잡한 문제가 의제로 오를수록 지도자들의 표정은 온화하고, 첫마디는 단순하고 평범하다는 것을 알고 있던 터였다.

"대통령님의 염려와 관심 덕분에 편안하기만 합니다."

대통령은 입술을 꼭 다문 채 말없이 자신의 다음 말을 기다리는 이지의 명민한 얼굴을 가만히 바라보았다. 문 대통령은 과거 노무현 대통령 시절부터 대통령 근처에 오는 것만으로도 주눅이 들어서 자기 소신을 말하기는커녕 대통령의 의중에 맞는 말을 하기 위해 눈치부터 살피는 사람들을 많이 보아왔다. 밖에서는 내로라하고 목청을 높이던 사람들 중에도 대통령을 직접 대면하는 순간 오금이 저려 입을 못 떼던 사람들이 천지였다.

청와대의 주인이 되면서 자신은 누구보다 수평적인 대통령, 어떤 사람이라도 어려워하지 않고 소통할 수 있는 그런 대통령이 되겠다고 결심했지만 사람들은 별로 달라진 게 없는 것 같았다. 자신이 아무리 소탈하게 대해도 대한민국의 대통령이라는 자리 자체가 그간 모든 권력을 한 손에 쥔 절대권력이었던 탓인지 상대는 어려워하기 일쑤였다.

하지만 이지의 표정은 한없이 편안해 보였다. 과하지도 부족하지도 않게 지성인으로서 범접할 수 없는 자부심과 자존감이 아우라처럼 그녀를 휩싸고 있어 그것부터 마음에 들었다.

"친구가 낯선 단어를 언급했는데……."

이지는 대통령의 얼굴에 신선한 기대감이 자리 잡고 있는 걸 보았다.

"무슨 단어인지요?"

"Theory of everything. 들어본 적 있어요?"

"네. 우주와 미립자의 서로 다른 운동법칙을 동시에 만족시키는 방정식인데, 아인슈타인도 호킹도 성공하지 못했습니다."

"세계 최고의 천재들이 모두 실패했다면 그냥 꿈이라는 얘긴가요?"

"그렇지는 않습니다. 물질의 최소 단위를 알갱이가 아닌 끈으로 보면 중력의 법칙과 양자역학을 모두 만족시킵니다. 끈이론이라고 하는데 갈래가 너무 많아졌지만 시간이 흐르면서 어떻게든 방정식을 만들 수 있지 않을까 생각하는 게 물리학계의 예상입니다. 그런데 그 친구분은 왜 대통령님께 Theory of everything 얘기를 하셨습니까?"

"최 박사가 한번 추측해봐요."

대통령이 시험하듯 묻자 이지는 잠시 생각에 잠겼다가 대답했다.

"혹시 안으로는 보수와 진보를, 밖으로는 미국과 중국을 동시에 만족시키는 해법을 찾으라는 뜻에서 그런 단어를 썼을까요?"

대통령은 자신이 왜 절친에게 전화를 걸었는지, 절친의 충고는 무엇이었는지 설명했다.

"만물이론을 찾는 데는 수학이 방법일 수 있습니다."

"수학적으로? 정치경제와 외교안보를 수학으로 푼다는 얘깁니까?"

"그렇습니다. 모든 요소를 다 대입해 방정식을 만든 후 그 해를 구하는 것도 하나의 방법입니다."

"그 방정식은 미국과 중국, 한국의 진보와 보수 양측, 그리고 북한까지도 만족시켜야 해요. 아니, 북한은 빼고 해야만 답이 나오나요? 다른 나라들은 모두 북한의 핵을 막으려 하고 북한은 죽자고 가지려 하니 너무도 상이한 두 조건의 수학적 통일이 가능할까요?"

"수학은 사전에 단정을 하지 않습니다. 모든 건조한 조건을 놓고 무심하게 들여다보는 겁니다. 게다가 제 생각에는 북한을 그렇게 단정적으로 볼 필요도 없을 것 같습니다. 어쩌면 그 반대일 수도 있습니다."

"무슨 뜻인가요?"

"얼마 전 TV 뉴스에서 김정은이 묘한 얘기를 하는 걸 봤습니다."

"묘한 얘기요?"

"인민을 상대로 한 교화 연설이었는데 '천 번 만 번 생각해도 핵개발하기를 잘했다'는 내용이었습니다."

"나도 본 것 같은데 수소폭탄 실험이 성공한 후 신이 나서 북한 주민들에게 자랑하는 장면 아니었나요?"

"맞습니다. 바로 그 장면입니다."

"그런데 그게 왜 묘하죠?"

"천 번 만 번 생각해도 위대하신 영도자 김일성 동지를 따르기 잘했다고 하면 어딘지 이상하지 않습니까?"

"김일성을 따르는 걸 천 번 만 번 생각했다면 당장 숙청당하겠지요. 어! 듣고 보니 김정은의 그 표현은 이상하군요. 정말 이상해요!"

대통령은 무심코 대답하다 이지가 무얼 말하고자 하는지 깨닫고는 탄성을 질렀다.

"'천 번 만 번 생각해도 핵개발하기를 잘했다'는 말 안에는 매우 흔들리는 김정은의 모습이 담겨 있습니다. 겉으로는 끊임없이 핵개발을 해대지만 속으로는 회의와 불안에 시달리고 있다는 얘깁니다. 즉 북한은 만족스러운 조건이 나오면 핵을 포기할 것입니다."

문재인은 새삼 이지의 총명함을 느끼고는 강렬한 바람이 담긴 목소리로 말했다.

"반드시 그 방정식을 풀어야 합니다. 우리가 미국과 중국 사이에서 꼭두각시 춤만 추다가는 결국 우리의 이익은 다 잃고 비극을 맞이하게 될 것입니다."

"그렇습니다."

"문제는 그게 어렵지 않겠나 하는 거죠. 아니 불가능하지 않겠는가. 그걸 풀 수 있는 사람이 있겠는가 하는 거죠."

두 사람이 각자 자기 생각에 골몰하면서 대통령의 집무실은 적막에 휩싸였다.

"사람이라…… 방정식을 풀어낼 사람…… 과연 그런 사람이 있기는 한 건가……."

대통령이 혼잣말처럼 중얼거리는 동안 이지는 인철을 생각하고 있었다. 어쩌면 인철과 같이 한번 해볼 수 있지 않을까 생각하던 이지는 이내 속으로 고개를 가로저었다. 아무리 그가 난해한 문제 해결에 일가견이 있다손 치더라도 모두를 만족시키는 단 하나의 답을 찾을 수는 없을 것이다. 그러고 보면 단 하나의 방정식이 가능하다고 생각하는 그 자체가 헛된 희망일지도 모른다.

"최 박사, 아무리 생각해도 적당한 사람이 떠오르지 않네요. 참모들 중 샤프한 사람들이 있지만 이들은 신념이 강하다 보니 아예 다른 쪽은 거들떠보지도 않아요."

이지는 대통령의 이 말이 무엇을 의미하는지 짐작할 수 있었다. 적당한 사람이 없는데 당신이 한번 해보지 않겠나 하는 의미일 것이고, 자신을 호출했을 때부터 이미 대통령은 이런 마음을 갖고 있었을 터였다.

"Theory of everything이라는 말씀에 기계적으로 답변 드리다 보니 방정식에 이르렀네요. 한번 해보기는 하겠지만 기대는 하지 않으셔야 할 것 같습니다."

"부담 없이 해요. 그리고 지원이 필요하면 뭐든 가리지 말고 내게 얘기하면 됩니다."

"그렇게 하겠습니다, 대통령님."

대통령 집무실을 나온 이지는 곧바로 미국의 인철에게 전화를 걸었다.

"대통령께서는 권력과 잘못된 믿음의 결합을 경계하는 본능을 가지신 모양이에요. 멀리 있는 친구에게 전화를 걸어 가장 부정적 입장에서 얘기를 해달라고 요청하셨어요. 그건 소크라테스의 방법론이에요. 물론 인철 씨가 저의 크리톤이, 아니 소크라테스가 되어주실 수 있죠?"

"논쟁의 상대방이 되라는 뜻이에요?"

"네, 저도 대통령님처럼 비판을 구하며 생각을 가다듬고 싶어요."

"그럼 저는 이지 씨 생각의 정반대편에서만 보아야 하는 건가요?"

"소크라테스는 늘 그랬어요."

"잘 할진 모르겠지만 해볼게요. 그런데 무슨 문제죠?"

"북핵 문제를 둘러싼 방정식을 만들고 그 답을 구하는 일이에요. 조건은 우리나라의 진보와 보수층을 동시에 만족시키고, 미국과 중국 심지어는 북한까지 만족시키는 거예요."

"일본과 러시아는요?"

"물론 그 두 나라도 종속 변수로 고려해야죠. 대체로 일본은 미국과, 러시아는 중국과 노선을 같이해왔으니 그 범주 안이지만 수학적 방법론은 그 모든 걸 고려하는 걸 의미해요. 우리 함께 그 방정식을 세우고 해를 찾아봐요."

"저는 이지 씨와 함께라면 뭐든 하고 싶어요. 하지만 이지 씨와 달리 저는 그간 북핵 문제를 언론에서 다루는 정도로만 이해하고 있었어요. 시간을 좀 주셔야 하겠는데요."

"물론이에요. 모든 걸 고려해 인자를 뽑아야 하니 저 또한 시간이 많이 필요해요."

"그럼 준비가 되었을 때 시작하기로 해요."

"네, 인철 씨. 기대돼요."

이지는 인철과 같이 일을 한다는 기대감에 기쁜 마음으로 전화를 끊었다. 사실 일을 같이 한다는 건 최고의 데이트나 다름없었다.

28.

소치에서 온 초대장

A4 절반 크기의 봉투에서 나온 내용물을 읽고 있던 인철의 눈꺼풀이 미세하게 떨렸다. 러시아어와 영어로 인철의 이름이 선명하게 새겨진 1520포럼의 초대장. 주최자는 러시아 철도공사. 포럼이 열리는 장소는 흑해 연안의 도시 소치였다.

처음 자신의 아파트 우편함에서 이 초대장이 든 우편물을 발견했을 때만 해도 인철은 잘못 배달된 우편물이거나 전에 살던 사람에게 온 편지려니 생각했다. 대부분의 우편물은 사무실로 오기 때문에 아파트 우편함에는 언젠가 이 집에 살았던 사람들에게 오는 길 잃은 우편물들뿐이었다. 그런 우편물 중 하나려니 했지만 오른쪽 아래에 적힌 수신인의 이름은 분명 자신이었다.

의아한 심정으로 편지봉투 왼쪽 윗부분의 발신인에 눈길을 옮긴 순간 인철의 심장은 얼어붙는 듯했다. 발신인은 비록 작은 글씨였지만 "아이린 B."라고 또렷하게 쓰여 있었다. 인철의 이름과 주소를 쓴 것과 똑같은 손글씨였다. 고풍스런 필체의 알파벳 한 자 한 자가 심장에 들어와 박히는 것처럼 인철의 가슴은 쿵쾅 거렸고 숨이 멎는 것 같았다. 자신을 지켜보는 눈이 없는지 본능 적으로 주위를 둘러보며 재킷 안주머니에 재빨리 우편물을 찔러 넣고 5층까지 걸어 올라가는 동안 시간은 정지한 듯 느리게 흘 렀다.

집 안으로 들어오자마자 급한 손길로 뜯어낸 봉투에서 나온 게 바로 이 초대장과 인철의 이름으로 발권된 소치행 티켓이었 고, 그 외에는 작은 메모 한 장도 나오지 않았다.

빼곡하게 들어찬 프로그램의 내용을 샅샅이, 그것도 몇 번씩 이나 살펴보고 또 살펴보아도 분명 발신인으로 적혀 있는 아이 린과 연관되는 어떠한 것도 찾을 수 없었다.

인철은 깊은 고민에 빠졌다. 아이린이 납치 실종된 지 2주가 넘었지만, 뉴욕 경찰은 어떠한 단서도 찾지 못하고 있는 중이었 다. 아이린이 FBI 요원이라 그런지 언론에는 납치 사건 자체가 아예 언급조차 되지 않았다. 그동안 인철은 두 차례 더 조사를 받았지만, 새로운 게 나올 수 없는 질문과 대답만 반복되었을 뿐 이었다.

그나마 지난주에는 경찰에서 전화조차 오지 않았고, 담당 형 사에게 무슨 소식이나 진전이 있는지를 캐물어도 알맹이 없는 대답만 되돌아올 뿐이었다. 마치 아이린이라는 한 사람의 존재 자체가 완전히 증발한 것처럼 느껴질 정도였다.

인철은 초대장과 프로그램을 자세히 조사해보았다. 우선 포럼의 개최 일자가 불과 일주일 후라서 참석하려면 비자 받는 시간도 촉박할 정도였다. 프로그램 표지의 "위대한 통합의 시대"라는 구호도 차라리 정치적 구호라면 모를까, 한낱 철도공사가 내세우기에는 부적절해 보였다. 아이린에게 듣기는 했지만 인철은 구글 검색을 통해 1520은 러시아 철도의 독특한 궤간을 의미하는 숫자라는 걸 다시 한 번 확인했다.

거의 모든 서방 국가의 철도는 선로 사이의 너비가 1,435밀리미터이며 이를 표준궤라고 부르는데, 제정 러시아 시대부터 구소련 시대 그리고 지금에 이르기까지 러시아는 표준궤보다 넓은 1,520밀리미터의 광궤를 사용하고 있다는 것이다. 러시아뿐 아니라 1991년 해체되기 전까지 구소련에 속했던 카자흐스탄, 우크라이나, 벨라루스 같은 독립국가연합CIS 국가들은 모두 현재도 같은 광궤를 사용하고 있어 중국과 북한을 제외하고는 구소련권의 유라시아 대륙 전체가 광궤철도로 연결되어 있다고 볼 수 있었다. 그리고 이들은 RZD라 칭하는 러시아 철도공사를 중심으로 긴밀한 협력관계를 맺고 있는 것 같았다.

소치라는 개최 장소도 2014년 동계올림픽이 열린 곳이고 올림픽 유치 경쟁에서 평창과 경합하는 바람에 우리나라에도 알려진 이름이지만, 아방궁에 비견되는 푸틴의 별장이 있는 곳이라는 사실이 더 의미심장하게 다가왔다.

인철은 아무리 머리를 쥐어짜보아도 아이린이 어떻게 이런 초대장을 보냈는지 짐작조차 할 수 없었다. 술을 마시며 소치에 같이 가자는 농담 같은 말이 오고 가긴 했지만 지난번 자신은 소치에 가지 않는다는 뜻을 분명히 했고, 아이린은 자신도 갈 수 없는 신분이라 대답했는데 밑도 끝도 없이 날아온 초대장이라니. 게다가 트럼프 캠프 외곽에서 일했던 세레나라는 여성이 캠프의 회계 책임자를 협박하다 살해된 사건을 추적하던 중 납치되어 생사조차 알 수 없는 아이린이 어떻게 이런 초대장을 보낼 수 있는 건가.

어쩌면 이 초대장을 보낸 장본인은 아이린이 아니고 아이린을 납치한 일당들이 자신을 러시아로 유인하려는 계략일지도 몰랐다.

"아에로플로트 부탁합니다."

인철은 항공권을 발행한 아에로플로트에 전화를 걸었다. 하지만 여러 경로를 거쳐서 확인했음에도 불구하고 모스크바에서 누군가가 현금으로 항공권을 결제했다는 사실 외에는 드러나는 게 없었다. 인철은 납치된 아이린이 자신의 의사에 반해 미국 공항의 출국심사대를 통과할 가능성을 생각해보았으나 그것은 불가능한 일이었다.

그렇다면 둘 중 하나였다. 아이린은 납치된 채 현재 미국에 있거나, 납치에서 풀려나 자신의 의사로 소치에 가 있거나. 인철의 본능은 절대로 이 초대를 받아들여서는 안 된다고 얘기하고 있었다. 아이린의 납치범들은 협박을 통해서든 고문을 통해서든 얼마든지 이런 자필쯤이야 끌어낼 수 있고, 이 초대장에 유인되어 혼자 소치에 간 자신을 살해하는 것은 일도 아닐 것이다. 하지만 달리 생각하면 실종된 아이린의 이름으로 발송된 이 초대장은 어쨌든 납치 이후 그녀와 연결되어 있는 유일한 단서였다.

인철은 아이린의 납치 사건을 담당하는 형사와 FBI 요원에게 전화를 걸어 그들로부터 어떠한 상황 변화도 없다는 답변을 받자 고심 끝에 초대에 응하기로 결심했다.

자신과의 식사를 마지막으로 아이린이 납치되었고, 그 아이린의 이름으로 초대장을 받았다면 초대를 받아들이는 것이 올바른 길이라는 생각과 더불어, 소치의 1520포럼에 가보면 설사 납치범들을 만나더라도 그것은 오히려 아이린을 구하는 첫걸음이라고 스스로를 설득했다.

일단 마음이 정해지자 인철은 일사천리로 러시아 여행 준비를 마쳤다. 느려터진 일처리로 악명 높다는 러시아 영사관이 비자를 제 시간에 내줄지 걱정했지만, 신기하게도 1520포럼의 초대장을 내밀자 마치 기다리고 있었다는 듯 한두 시간 만에 비자가 나왔다.

인철은 김용 총재에게 긴급하게 러시아에 다녀올 일이 생겼다는 간단한 이메일만을 남겨놓고 소치로 향했다.

모스크바로 날아간 인철은 다시 로컬 비행기로 바꿔 타고 세 시간여 만에 흑해 연안에 위치한 작고 아름다운 도시인 소치에 도착했다. 겨울에는 영하 40도가 보통인 러시아에서 한겨울에도 영하로 내려가는 일이 거의 없는 소치가 러시아의 대표적 휴양지가 된 것은 당연하게 생각되었다. 늦가을인데도 아직 수은주가 영상 29도를 가리키고 사람들은 흑해의 깨끗한 물에서 수영을 즐기고 있었지만, 도시를 에워싼 카프카스 산봉우리에는 만년설이 쌓여 있었다.

모스크바 셰레메티예보 공항에서는 소치행 국내선 여객기로 갈아타느라 정신이 없었지만 소치 공항에 내리자 인철은 이 낯선 도시에서 과연 자신에게 어떤 일이 닥치게 될지 긴장감으로 등이 꼿꼿해지지 않을 수 없었다. 인철은 자신을 노출시키는 게 안전에 도움이 된다는 생각에 비행기에서부터 옆 좌석 승객과 일찌감치 통성명을 하고 명함도 주고받았다. 그는 조지아 철도청의 국제부장으로 포럼에 가는 길이었다.

"와우. 1520포럼에 관심 있는 한국인이 있군요."

자신을 요제프라고 밝힌 그는 인철이 초대받은 한국인 여행객이라고만 밝히자 엄지손가락을 세워 보이며 반가워했다.

"한국의 KTX 놀랍더군요. 코레일 초청으로 한국에 가보았어요."

"저는 1520포럼이 처음인데 참석자가 많은가요? 어떤 사람들이 오나요?"

요제프는 큰 눈을 더욱 크게 뜨면서 수다를 늘어놓기 시작했다.

"이 비행기에 탄 승객 대부분이 포럼 참석자들일 거예요. 적어도 30여 개국에서 500명은 참가해요. 광궤 철도를 사용하는 나라의 철도청장이나 CEO는 모두가 반드시 참가하고…… 정말 엄청나요. 우리 철도가 얼마나 대단한지 알게 될 거예요. 세계 최고의 식사는 물론이고, 문자 그대로 술과 꿀이 흘러요. 철도인이라면 누구나 한 번쯤 이 포럼에 참가해보는 게 소원이죠. 한 사람당 참가비만 해도 무려 5,000달러나 되잖아요. 이건 정말 아무에게나 주어지는 기회가 아니에요. 내가 지난 3월 국제부장이 됐는데, 이번 포럼에 청장님을 수행하게 되었으니 정말 운이 좋았습니다."

땅딸막한 체구의 요제프는 가슴을 터질듯이 부풀리며 말했다. 그러고는 갑자기 인철의 귓가로 둥그런 얼굴을 들이밀더니 목소리를 한껏 낮춰 속삭였다.

"게다가 러시아권의 유관 기업은 물론이고 지멘스나 봄바르디에, 알스톰 같은 글로벌 철도기업 CEO들도 이 포럼에 초대받고 싶어 안달입니다. 이렇게 최고위급 인사들이 한자리에 모인다는 게 그런 기업들에게는 꿈의 비즈니스 기회가 될 테니까요. 이 행사에 서로 스폰을 하겠다고 줄을 섰다는 소문입니다. RZD 주코프 사장은 정말 대단한 비즈니스의 귀재입니다. 자기 돈 한 푼도 안 들이고 꿩 먹고 알 먹는 거지요. 하긴 뭐, 푸틴 대통령의 오랜 친구니까 가능한 일이지만요. 그나저나 올해도 푸틴 대통령이 포럼에 오면 얼마나 좋을까요! 그를 가까이서 직접 볼 수만 있다면. 몇 년 전에 한 번 푸틴이 예고도 없이 나타난 적이 있었거든요. 푸틴이 소치에 있는 별장을 아주 좋아한다는 소문이 자자합니다. 푸틴이 러시아 대통령이라면 주코프는 1520포럼의 대통령입니다. 이번에 가까이서 볼 수 있을지도 모른다고 생각하니 정말 가슴이 떨릴 지경입니다."

한참을 그렇게 떠들던 요제프가 고개를 갸우뚱하며 인철에게 속삭이듯 물었다.

"그런데 지금까지 이 행사에 한국인이 초대되었다는 말을 들은 적이 없는데 미스터 킴이 아마도 최초의 한국인 같아요. 게다가 그냥 여행객이라니요."

인철도 요제프와 같은 생각에 잠겨 있었다. 이런 포럼에 내가 왜 초청된 것일까? 인철은 자신이 상상했던 것보다도 훨씬 큰 행사에 참가하는 것임을 알고, 이것은 자신을 유인해 해코지를 하려는 납치범들의 함정이 아니란 확신을 가질 수 있었다. 비록 러시아의 우방들뿐이긴 하지만 많은 국가의 최고위직을 포함한 대표단이 참가하는 국제적 모임에 공식 초대장을 보내 참가시켜놓고 납치극이나 살인극을 벌인다는 건 상식과 너무도 멀었다.

"자, 그럼 행사장에서 봐요."

요제프로부터 출국장 밖에 행사장까지 가는 셔틀버스가 대기하고 있다는 말을 들은 인철이 다른 승객들에 섞여 출구를 천천히 빠져나오자, 검정 신사복을 깔끔하게 차려입은 민머리의 날씬한 사내가 다가왔다.

"김인철 씨! 저는 RZD 국제부장 알렉세이입니다. 소치에 오신 것을 환영합니다."

눈을 감고 들으면 그가 외국인이라는 생각을 하지 못할 정도로 유창하고 정확한 한국어 억양과 발음이었다.

"저는 소치에 계신 동안 김인철 씨를 잘 모시라는 주코프 사장님의 특별 지시를 받았습니다. 이쪽으로 오십시오."

인철이 미처 무슨 말을 할 새도 없이 알렉세이는 인철을 검정색 벤츠로 안내했다. 행사장으로 가는 셔틀버스를 타려고 줄 서 있던 사람들이 휘둥그런 눈으로 인철을 쳐다보았다. 설마 저 사람도 1520포럼 참석자인가 의심했던 젊은 동양인이 저렇게 귀빈이었나 하며 놀라는 눈치였다.

인철이 탄 벤츠는 오토바이 경호대의 에스코트를 받으며 모든 교통 신호를 무시한 채 질주했다. 육사 생도 시절 주요 행사에 대통령이 참관하러 오는 것을 본 적이 있었지만, 그때와는 비교도 안 될 만큼 사이렌 소리 요란한 에스코트를 받으며 순식간에 행사가 열리는 호텔 앞에 도착했다.

정문에서 현관까지도 수 킬로미터에 달할 정도로 드넓은 정원을 지나 다다른 호텔 건물은 이곳이 러시아라고 상상하기 어려울 만큼 야자수와 사철 만개한 아름다운 꽃들에 둘러싸인 채 고고하게 서 있었다.

"이 호텔은 RZD 간부들과 각국 철도청장들만 숙박하는 전용 호텔이니, 늦은 밤이든 새벽이든 안심하고 산책이나 조깅을 해도 좋아요. 일반 참가자들은 인근의 다른 호텔에 묵으니까 아주 조용할 겁니다."

"혹시 아이린이라는 여성을 아세요?"

"아니, 모릅니다."

"저를 이 행사에 초대한 사람인데요."

"귀빈은 한 분 한 분 주코프 사장님이 직접 심사해 초대하십니다."

"그래요? 그럼 주코프 사장이 왜 저를 이 행사에 초청했나요? 저는 주코프 사장을 전혀 모르는데요."

인철의 의문에 알렉세이는 미소를 띠며 말했다.

"저는 미스터 킴이 주코프 사장님과 특별한 개인적 인연이 있다고 들었습니다만……."

알렉세이는 전혀 내용을 알지 못하는 눈치였다. 맥이 빠졌지만 인철은 알렉세이가 평양의 김책공대와 서울의 연세대에서 각각 2년씩 한국어를 공부했고, RZD에는 한국어에 능통한 직원이 알렉세이 말고도 스무 명가량 된다는 놀라운 정보를 얻은 것으로 만족해야 했다.

호텔 로비는 연분홍색과 초록색 대리석으로 장식되어 있었고, 족히 4, 5미터 높이는 될 법한 천장으로부터 길게 늘어진 크리스털 샹들리에가 은은한 불빛을 내뿜어 별천지에 온 것 같았다. 인철은 태어나서 지금까지 이렇게 크고 아름다운 호텔을 본 적이 없었다. 인철이 묵을 객실도 방이 세 개나 되는 스위트룸이었는데, 창밖으로는 바로 아름다운 흑해가 내려다보였다.

"조금 쉬고 계시면 여섯 시에 시작되는 환영만찬에 모시러 오겠습니다. 그때 주코프 사장님과 인사하실 수 있을 겁니다."

나가려던 알렉세이가 돌아서며 웃음 띤 얼굴로 물었다.

"넥타이는 있으시죠?"

그는 인철이 재킷은 걸쳤지만 청바지 차림에다 달랑 배낭 하나만 메고 있어 걱정됐던 모양이었다.

"네."

29.
푸틴과 주코프

호텔의 별관 연회실에서 열린 환영만찬은 한마디로 성황 그 자체였다. 정장을 차려입은 남성들 사이로 화려한 드레스를 입은 여성들도 우아함을 뽐내며 오가는 생기 넘치는 파티였다. 이들은 오랜 친구를 다시 만난 듯 반가운 인사를 건네며, 삼삼오오 즐거운 대화를 나누고 있었다. 인철의 자리는 중앙의 메인 테이블 바로 옆 VIP 테이블에 마련되어 있었다.

이윽고 주코프 사장이 입장하자 장내가 일순 쥐 죽은 듯 고요해졌다가 순식간에 함성과 박수갈채가 쏟아졌다. 사회자의 멘트가 계속 이어졌으나 모든 것이 러시아어로 진행되다 보니 인철은 한마디도 알아들을 수가 없었다.

주코프 사장은 단상에 올라가 환영인사를 몇 마디 하더니 생각지도 못한 놀라운 일이 벌어졌다는 듯 표정을 확 바꾸며 목청을 최고조로 뽑아 올렸다.

알렉세이가 급한 걸음으로 다가와 고개를 숙인 채 인철의 귀에 대고 통역을 시작했다.

"여러분, 마침 푸틴 대통령이 소치에서 휴가 중이시더군요. 1520포럼이 있다고 전화 드렸더니, 여러분께 인사를 대신 전해 달라고 하셨습니다. 그래서 싫다 그랬더니 여러분, 두 눈 크게 뜨고 보십시오. 지금 걸어 들어오는 사람이 누구인지. 여러분이 가장 존경하고 사랑하는 바로 그 얼굴 아닙니까?"

그 순간 푸틴 대통령이 무대의 뒤편에서 들어섰고, 두 사람은 몸싸움이라도 하듯 세차게 포옹했다. 언론에서 듣던 대로 푸틴은 키는 그리 크지 않지만 다부진 체격이었다. 수백 개의 조명까지 스포트라이트로 쏟아지니 그의 창백한 얼굴은 마치 밀랍으로 빚은 조각처럼 보였다. 왼팔은 앞뒤로 크게 흔들면서, 오른팔은 몸통에 딱 붙인 채 전혀 움직이지 않는 푸틴의 걸음걸이를 두고 푸틴의 오른팔이 의수가 아니냐는 소문이 돌기도 했었는데, 장교 출신인 인철은 그것이 유사시 즉각 총을 뽑아 사격하기 위한, 고도로 단련된 총잡이들 특유의 걸음걸이라는 걸 짐작할 수 있었다.

"우와!"

"블라디미르 블라디미로비치!"

기립한 참석자들의 함성과 박수, 그리고 휘파람 소리로 행사장은 순식간에 열광의 도가니로 변했다. 단상에 오른 푸틴은 분위기가 가라앉기를 기다려 느리고 침착하게 말을 시작했다.

"철도는 러시아를 넘어 유라시아의 통합을 이끌어야 합니다. 철도가 러시아의 위대한 시대를 다시 열어야 합니다. 1520 철도는 위대한 통합정신의 유산이며 주체라는 걸 주코프 사장과 나는 마음에 깊이 새기고 있습니다."

푸틴은 짧은 인사말을 통해 철도와 철도인들에 대한 각별한 애정을 아낌없이 드러냈다. 이어 환호와 열광 속에 떠나가는 푸틴을 향해 주코프 사장이 즉흥적 헌사를 바쳤다.

"꺼져가던 러시아의 위대한 영광을 재현한 지도자이자 러시아 국민을 하나로 만든 위대한 영웅 푸틴 대통령께 이 구호를 바칩니다. 여러분 모두 나를 따라 외치기 바랍니다. 표트르, 비테, 푸틴, 1520 모두 영원하라!"

주코프 사장의 헌사와 함께 중앙 테이블을 거치며 몇몇 외빈과 인사를 나누던 푸틴이 순간 주코프를 돌아보았다. 감격의 도가니가 되어 "표트르, 비테, 푸틴, 1520"을 따라 외치는 함성 속에서 주코프 사장을 향하는 푸틴의 눈길이 서릿발처럼 싸늘하다고 느낀 것은 바로 옆에 기립해 있던 인철뿐인 것 같았다.

알렉세이는 눈시울을 붉히며 표트르는 수도를 페테르부르크로 천도하고 러시아 제국을 건설한 위대한 계몽군주이며, 비테는 금본위제도 도입으로 러시아에 자본주의를 도입했고, 특히 시베리아 횡단철도 건설을 시작한 러시아의 영웅이자 철도인들의 영웅이라고 설명해주었다.

푸틴이 떠난 후 두 시간도 넘게 이어진 만찬이 끝나고, 연회장의 한쪽 벽면이 양쪽으로 열리자 밖으로 이어진 야외 풀장 주변으로 샴페인과 보드카가 가득한 스탠딩 테이블들이 나타나며 러시아의 유명 록 밴드 연주와 함께 2차 환영만찬이 시작됐다.

주코프 사장은 참가한 사람들과 일일이 악수를 나누기 시작했다. 인철은 알렉세이에 이끌려 주코프 사장에게 다가갔다. 큰 키에 카리스마가 넘치면서도 눈빛이 부드러운 주코프 사장이 인철을 반기며 유창한 영어로 말했다.

"오, 인철! 소치에 온 것을 환영해요. 아이린이 당신을 특별히 잘 대해주라고 메시지를 두 번이나 보냈어요. 소치는 세계 최고의 휴양지이니 맘껏 즐기고 가세요."

"아이린은 어디 있습니까?"

"하하하. 그걸 나한테 물어요? 여기 오지는 못한다고 했지만 어디 있다고 얘기하지는 않았어요. 아이린은 나중에 만나고 최고로 즐겨요. 불편한 게 있으면 알렉세이를 통해 나한테 직접 얘기해요."

주코프 사장은 자기가 하고 싶은 말만 영어로 하고는 이미 인철 뒤에 줄을 서 있는 사람들에게로 눈길을 옮겼다. 다시 주위는 인철이 전혀 알아들을 수 없는 러시아 말들로 뒤엉키고, 인철은 닭 쫓던 개 지붕 쳐다보는 것처럼 멀찍이 물러나 멍하니 주코프 사장을 바라만 볼 뿐이었다.

일단 아이린에게 아무런 문제가 없다는 걸 알게 된 게 소득이라면 소득이지만, 주코프를 전혀 모르고 있는 듯하던 FBI 요원

아이린이 주코프 사장과 보통을 훨씬 뛰어넘는 친분이 있다는 점은 무척 혼란스러웠다. 게다가 그를 전혀 모른 척하고 있었다는 건 더더욱 받아들이기 어려웠다.

새벽 한 시쯤 러시아 국기를 상징하는 하양, 빨강, 파랑 풍선들이 하늘로 날아가고 축포와 불꽃놀이로 모든 환영만찬이 끝날 때까지 인철은 영어가 가능한 누구와도 대화하며 아이린이라는 이름을 입에 올리고 구석구석을 뒤지다시피 했지만 아이린에 관한 어떠한 정보도 얻을 수 없었다. 겹겹의 엄중한 경호로 둘러싸여 있는 주코프 사장과도 다시 대화를 나눌 기회를 얻지 못했다.

인철은 온 신경을 곤두세워 어떠한 사소한 실마리라도 찾기 위해 노력했다. 하지만 어떤 식으로 방을 배정했는지 주위가 너무나 조용했고, 다른 투숙객 누구와도 마주치지 않았다.

다음 날 아침에 일어나니 흑해를 둘러싼 카프카스 산봉우리로 안개가 피어올라 마치 일본의 한적한 온천 휴양지에 쉬러 온 것 같았다. 객실 앞에 놓인 러시아 신문들에는 푸틴과 주코프가 나란히 선 사진들이 대문짝만 하게 실렸고, 돌리는 TV 채널마다 그 소식뿐이었다.

다음 날 주코프 사장은 "1520포럼에 29개국 철도 대표단이 참석했지만 외국인은 옵서버로 참석한 미스터 킴 단 한 명뿐입니다."라는 말로 기조연설을 시작했다. 알렉세이의 통역을 들으며 이 자리에 29개국 사람들이 모였다면서 외국인이 나 혼자라니

이건 무슨 뜻인가 의문을 품었던 인철은 시간이 흐르면서 이 말이 매우 의미심장했음을 깨닫게 되었다. 카자흐스탄, 우크라이나, 벨라루스 등 이 자리에 모인 국가들이 구소련 해체 이후 각자 독립국가의 길을 가고 있지만 주코프는 '우리가 남이가'라고 말한 것이었다.

주코프 사장에 이어 단상에 오른 각국의 철도청장들은 전날 푸틴 대통령이 말한 것처럼 구소련의 아이덴티티는 1520 광궤 철도에 담겨 있으니 철도가 앞장서서 구소련의 영광을 재현하자는 주장을 쏟아냈다. 그리고 어느 순간부터 이러한 주장들은 자연스럽게 중국의 일대일로 정책에 대한 성토로 이어졌다. 중국이 돈으로 러시아의 정신을 파고들려 한다. 카자흐스탄을 비롯한 중앙아시아 국가들에게 1520 광궤를 포기하고 표준궤인 중국 철도 시스템을 받아들인다면 무상으로 철도를 건설해주겠다고 추파를 던지고 있다는 것이었다.

지난밤 자는 둥 마는 둥 잠을 설치다 무슨 단서라도 붙잡아야 한다는 마음으로 일찌감치부터 회의장 앞을 서성거리던 인철에게는 이런 주장들이 처음에는 낯설기만 했다. 오히려 미국에서는 푸틴과 시진핑의 브로맨스가 회자되고 있는데, 푸틴의 최측근인 실세 철도청장이 주최하는 행사가 시진핑의 야심찬 일대일로 정책에 대한 공개 성토장이 되는 것이 의아하게 여겨졌다.

"러시아 철도는 중국 철도와는 완전히 달라요. 기본적으로 중국은 표준궤를 쓰고 차량과 신호 시스템도 완전히 다르지요."

알렉세이는 묻지도 않았는데 계속해서 러시아의 철도 현황을 설명했다.

"1991년 12월 31일 소련 해체가 러시아 국민들에게 자유를 가져다주었지만, 뼈아픈 고통도 안겨주었어요. 1998년 모라토리엄을 선언할 만큼 경제위기도 겪었고……. 2005년이 되어서야 소련 해체 당시의 국민소득 수준을 되찾았으니까요. 러시아 국민들은 대제국을 형성했던 소비에트라는 '영광스런' 과거에 대한 향수를 가지고 있어요. 그리고 러시아가 힘을 잃으면 100개가 넘는 다민족으로 구성된 러시아도 소련처럼 해체될 거라는 불안감에 시달리고 있지요. 러시아가 해체되면 우리의 석유나 자원을 모두 미국이나 중국에 빼앗기게 될 거라 생각합니다. 러시아 국민의 90퍼센트가 푸틴을 절대적으로 지지하는 이유지요."

"정치적으로 갈가리 찢어진 구소련 국가들을 하나로 묶어주는 게 철도와 러시아어 두 가지거든요. 그런데 중국이 만리장성에 버금가는 대역사로 철도 건설에 열을 올리는 게 무슨 꿍꿍이겠어요."

"시진핑은 돈이 얼마가 들든 중국 철도로 유라시아를 넘어 아프리카까지 연결하는 정책을 추진해왔어요. 바로 21세기 실크로드 구상입니다. 중국은 러시아의 최우방국인 카자흐스탄의 철도를 표준궤로 건설해주겠다고 벌써 20년도 넘게 줄기차게 추파를 던지고 있어요. 이건 우리 러시아를 무릎 꿇리려는 속셈이 분명합니다."

알렉세이는 이런 설명들을 쏟아내면서 중국의 일대일로에 강한 적대감을 드러내 인철을 놀라게 했다. 인철의 관심은 철도가 아닌 아이린에게, 그리고 주코프가 과연 돈 주인인지 여부를 확인하는 데 있었기 때문에 알렉세이의 푸념이랄지 근심이랄지를 건성으로 들어 넘기긴 했지만, 푸틴의 복심인 주코프가 이렇게 생각하고 있다면 중국과 러시아의 관계가 겉으로 보이는 것처럼 그리 좋은 것만은 아니라는 느낌이 들었다.

"알렉세이, 주코프 사장과 조용히 단둘이 만나고 싶은데 당신이 주선해줄 수 있나요?"

"물론입니다. 사장님은 최선을 다해 김인철 씨를 모시라 지시하셨고, 무슨 요구사항이라도 있으면 바로 당신에게 얘기하라 하셨으니까요."

그러나 알렉세이는 인철의 부탁을 전할 필요가 없었다. 주코프가 먼저 만나자는 전갈을 보내왔기 때문이었다. 하지만 놀랍게도 그가 제안한 약속 시각은 다음 날 자정이었고, 장소는 어떤 주요 인물에게도 공개되지 않은 자신만의 사우나였다.

알렉세이는 인철이 그의 개인 사우나에 초청받았다는 사실에 입을 쩍 벌릴 뿐이었다.

"내일 만나자는 건 이해하겠어요. 오늘은 떠나는 손님들을 배웅해야 할 테고 늦게까지 계시는 분들도 있을 테니까요. 그런데 왜 자정이지요? 다들 잘 시간인데."

"아마 내일 밤까지 약속이 있으실 겁니다. 자정에야 간신히 시

간을 내실 수 있는 모양인데, 주코프 사장님이 인철 씨를 얼마나
배려하시는지 느낌이 옵니다. 이런 일은 처음이거든요."

30.
트럼프의 심계

    정기 노선을 다니는 항공기들의 이착륙이 모두 끝난 늦은 시각. 붉은 점멸등을 반짝이며 작은 비행기 한 대가 어둠을 뚫고 동남쪽 상공에 나타나서는 이내 소리 없이 소치 공항의 활주로에 내려앉았다. 비행기가 활주로를 선회하며 속도를 차츰 줄여 정지하자마자 마이바흐 한 대가 미끄러지듯 비행기 옆으로 다가가 멈춰 섰다. 비행기 문이 열리자 검정 신사복을 입은 한 사람을 태우고는 쏜살같이 활주로를 빠져나갔다.

    "주코프요."

    "쿠슈너입니다."

    "여행은 괜찮았소?"

    "왕세자 전용기가 의외로 편했습니다."

    "우리 정보에 의하면 당신이 사우디 왕실의 숙청을 사주했다던데."

"순전히 사우디를 위해서였어요."

"혹 시리아 문제를 복잡하게 끌고 갈 의도라면 잘못 판단하는 거요."

"우린 시리아에 더 이상 개입할 생각이 없어요. 장인께서는 이란과의 핵합의를 파기할 때부터 시리아 문제는 러시아가 중심이 되어야 한다고 생각했던 겁니다."

"아무튼 당신 장인의 특별한 메시지가 무척 궁금하오."

"이따 같이 계실 건가요?"

"그렇소."

마이바흐가 어둠 속을 질주하여 도착한 곳은 바로 푸틴의 별장이었다.

늦은 밤이었지만 푸틴은 정장을 한 채 쿠슈너를 기다리고 있었다. 가벼운 인사와 담소를 곁들인 티타임이 끝나자 세 사람은 푸틴의 서재로 자리를 옮겼다.

"장인의 트럼프노믹스는 반드시 실패합니다."

쿠슈너의 입에서 나온 첫마디는 푸틴과 주코프에게는 너무나 뜻밖이었다. 기회만 있으면 트럼프노믹스만이 미국을 살리는 길이라고 강변하는 트럼프의 사위가 이런 말을 하고 있다는 사실이 믿어지지 않았다.

"그리고 이 사실을 가장 잘 알고 있는 분이 바로 장인입니다."

쿠슈너의 말은 아예 도발적이었다. 만약 그를 트럼프 본인이 보낸 것이 아니라면 쿠데타라도 일으키려는 의도가 아닌지 의심이 들 정도였다. 주코프가 의미를 알 수 없는 희미한 웃음을 입가에 떠올린 채 물었다.

"어째서 그렇소?"

"그것은 전적으로 선거용이었으니까요."

"후후, '메이크 아메리카 그레이트 어게인'이 선거용 사기극이라고?"

"비웃지는 말아요. 주코프 사장 당신이라면 1퍼센트도 안 되는 지지율로 출발해서 대통령이 될 수 있겠어요?"

백만장자의 아들인 쿠슈너는 이미 이십대 초반에 형무소에 간 아버지를 대신해 그룹을 경영하고 25세 때는 혼자 힘으로 언론사를 인수한 야심가인 데다 누구라도 설득할 수 있는 능력자로 인정받고 있었다. 그가 가족의 공직 임명을 금하는 법을 무시하고 아내 이방카와 함께 백악관 선임고문직을 수행한다거나 복잡하고 미묘한 국제정치 현장 곳곳을 비밀리에 다니며 미국의 이익을 챙기는 걸 본 사람들은 그가 두뇌와 배짱 면에서 장인 트럼프에 조금도 뒤지지 않는다는 평가를 내놓고 있는 중이었다.

하긴 그가 러시아 스캔들의 한가운데에 있으면서도 전혀 개의치 않고 극비리에 사우디에서 왕세자의 전용기 편으로 소치에 날아왔다는 자체가 그의 배포를 말해주는 것이었다. 물론 이런 행위는 스스로 러시아에 약점을 잡히는 일이라서 그 어떤 정치인도 하지 못할 일이지만, 오히려 그렇기 때문에 푸틴과 주코프는 그가 품고 왔을 카드를 예의 주시했다.

"나 같은 소인이 어떻게 그런 기적을 만들 수 있겠소? 당신네 패밀리만 가능한 일이지. 솔직히 나는 당선도 당선이지만 전 언론이 다 달려들어 한목소리로 비난해도 외눈 하나 깜빡이지 않고 대적하는 거나 코미 국장을 사정없이 잘라버리는 트럼프 대통령의 모습을 보며 어떤 정치가도 흉내 낼 수 없는 그만의 능력을 흠모하고 있소. 개의치 말고 얘기를 계속하시오."

주코프 또한 만만치 않은 사람이었다. 푸틴과 페테르부르크대학 동문이며 같은 KGB 출신. 구소련 시절 푸틴이 동독에 주둔한 반면, 주코프는 오랫동안 미국에 주재해 영어에도 능통한 러시아 내의 대표적 친미 인사였다. 52년생인 푸틴과 동갑이며 어려서부터 한동네에 살아서 가족들끼리도 가까운 사이였다. 그는 얼른 자신을 낮추어 젊은 쿠슈너의 기분을 돋웠다.

"장인은 미국 제조업 근로자들의 분노를 불러일으켜 당선이 되셨죠. 중국, 일본, 한국, 독일의 제품이 미국시장을 점령해 당신들은 일자리를 잃고 나락으로 떨어지고 말았다, 내가 당선되면 이들 약탈자들의 제품이 미국 땅에 더 이상 발을 붙이지 못하도록 할 것이라고 외치셨죠. 그래서 근로자들이 대거 장인을 찍었지만, 사실 이미 고가의 미국 상품은 완전히 경쟁력을 잃었어요. 장인의 주장대로 거대한 무역 장벽을 쌓아 값싸고 질 좋은 외국 상품의 진입을 막으면 오히려 그 근로자들과 서민들이 견딜 수 없다는 걸 장인은 누구보다 잘 아시죠."

"나무젓가락부터 슈퍼컴퓨터까지 미국은 중국 제품을 쓰지 않고는 못 견디지. 일전에 미국의 어느 방송사에서 중국 제품 안 쓰고 살아보기란 퍼포먼스를 했는데 결국 불가능이란 결론을 내고 마는 걸 본 적 있소."

"트럼프노믹스는 오히려 강력한 경쟁력으로 세계를 리드하는 미국 하이테크 분야를 위축시키기 때문에 솔직히 말하면 장인의 트럼프노믹스는 중국제 짝퉁보다 더 짝퉁이에요."

"하하하하!"

"호호호호!"

"크크크크!"

세 사람은 한참이나 배를 잡고 웃었다. 웃음이 잦아들자 주코프가 차분한 음성으로 물었다.

"트럼프 대통령처럼 샤프한 분이 대책을 마련해놓지 않았을 것 같지는 않소."

쿠슈너는 잠자코 고개를 끄덕였다.

"그 대책이 오늘 당신이 여기로 온 것과 관계가 있소?"

"그렇습니다."

"얘기를 들어봅시다. 그게 도대체 우리와 어떤 관계가 있는지."

"세상에는 두 종류의 나라가 있습니다. 산유국과 비산유국. 즉 기름을 생산하는 나라와 생산하지 않는 나라."

"그래서요?"

"장인이 미국인을 포함한 모든 세계인들의 기대를 깨고 파리 기후협약에서 탈퇴한 이유가 뭐라고 생각하세요?"

푸틴의 얼굴을 정면으로 응시하며 던지는 쿠슈너의 질문에 주코프가 대신 대답했다.

"러시아는 트럼프 대통령의 결정에 진정 감사하고 있소."

"장인이 그 결정을 통해 러시아에 보낸 메시지를 이해하셨나요?"

"트럼프 대통령은 이제껏 그 어느 대통령보다도 우리 러시아를 배려하고 있소. 미국 내의 무지막지한 반발에도 불구하고 말이오."

"그 무엇보다 기후협약 탈퇴는 러시아에 보내는 장인의 선물이자 두 나라가 앞으로 공동번영의 길로 나아가자는 신호탄입니다."

"블라디미르 블라디미로비치는 물론 모든 러시아인들이 트럼프 대통령의 결정을 반겼고 분명한 우정을 느꼈소."

"지금 러시아는 세계 제1의 산유국입니다. 사우디가 다음이고, 우리 미국이 그다음이죠. 파리기후협약은 산유국을 죽이자는 얘깁니다. 즉 러시아가 주저앉는단 얘기지요."

구소련 몰락의 가장 큰 이유가 바로 유가 하락이었고 지금 러시아의 사정도 마찬가지이기 때문에 푸틴도 주코프도 쿠슈너가 석유 이야기를 시작하자 줄곧 그의 입에서 눈을 떼지 않았다. 비록 우정이니 선물이니 좋은 말을 내놓기는 하지만 사실 그는 지금 러시아의 아킬레스건을 건드리고 있는 것이었다. 경제학자들이 유가의 등락을 좌우하는 여러 요소에 대해 설명하고 있지만 두 사람은 그게 다 웃기는 얘기라는 걸 너무나도 잘 알고 있었다. 유가 등락의 요인은 단 하나. 바로 미국의 결정이라는 걸 두 사람은 확실히 알고 있었다.

"장인은 처음 내각을 짤 때부터 러시아를 염두에 두었어요. 그래서 미국인 중에서 러시아와 가장 가깝고 러시아 석유를 잘 아는 틸러슨 엑슨모빌 회장을 국무장관으로 발탁한 겁니다."

주코프가 충분히 알아들었다는 표정으로 웃으며 말했다.

"우리가 도와줄 일이 있소?"

"도움을 청하러 온 게 아니에요."

"그러면?"

"앞으로 러시아가 겪게 될 운명에 대해 먼저 얘기를 하고 싶은 겁니다."

"러시아가 겪게 될 운명?"

"장인은 세상 사람들이 생각하는 것보다 몇 배나 생각이 깊은 분이에요. 그리고 그분은 세상을 움직이는 힘이 무언지 누구보다 잘 아시는 분이죠. 이 세상을 움직이는 근본적인 힘, 그리고 모든 나라들의 최종 목표는 경제예요. 정치란 바로 경제의 다른 이름일 뿐이에요."

주코프는 고개를 끄덕였다.

"장인은 미국 경제에는 희망이 없다고 생각하시는 거예요. 그리고 이 생각은 아주 정확해요."

"흐흐. 그건 지나친 엄살이 아니오?"

"그렇지 않아요. 미국은 여느 나라와 달라요. 다른 나라는 반드시 세계의 유일한 초강대국이 될 필요가 없어요. 독일이나 프랑스나 일본과 같이 그저 자기 나라만 잘 먹고 잘 살면 그만이에요. 경제가 어려우면 경제에 포인트를 주면 돼요. 하지만 이 세상에서 딱 한 나라, 미국만은 그렇게 마음대로 안 돼요. 미국은 어떤 일이 있어도 군사적 힘을 포기할 수 없어요. 경제가 다 망해도 군사비를 폭포수처럼 쏟아부어야 하는 나라예요. 그게 미국의 슬픈 운명입니다."

"왜 그렇게 생각하는 거요?"

"미국이 군사를 포기하는 순간 달러의 대폭락이 오기 때문이죠. 지난번 미국이 서브프라임 위기를 어떻게 극복했는지 잘 보셨을 테죠."

"돈을 마구 찍어냈지."

"바로 그겁니다. 미국은 종이만 있으면 돈을 찍어낼 수 있어요. 그 힘이 바로 군사력에서 나오기 때문이죠. 그러니 군사의 몰락이 바로 달러의 몰락이고, 달러의 몰락이 미국의 몰락이에요."

"군사를 계속 유지하면 될 거 아니오? 미국은 최신예 제럴드 포드를 포함해 항공모함을 모두 열한 척 갖고 있는 데 비해 우리는 겨우 쿠즈네초프 한 척, 중국은 랴오닝 한 척. 물론 이건 항공모함이라 부르기도 힘들 만큼 초라한 것이지만 말이오."

"그게 마음대로 안 되니 문제지요."

"중국 때문이란 얘기요?"

쿠슈너는 두 사람을 뚫어지게 바라보면서 고개를 아래위로 천천히 끄덕였다.

"중국이 워낙 가파른 속도로 군비를 증강하고 있기 때문에 이대로 5년만 가면 미국은 중국을 함부로 대할 수 없게 됩니다."

"중국을 상대로 군사작전을 할 수 없게 된다는 뜻이오?"

"바로 그렇습니다."

"당신의 얘기를 들으니 트럼프 대통령이 그간 러시아에 우의를 보여온 것은 매우 심오한 뜻이 있는 것처럼 들리는데."

"이제 얼마 후면 러시아의 운명은 우리 미국보다 더 처참해집니다."

"무슨 뜻이오?"

"태양광 발전 세계 1위가 중국인 건 잘 알고 계시죠?"

주코프는 고개를 끄덕였다.

"원자력은 어떤지 아세요?"

"무섭게 성장하고 있다는 건 알고 있소."

"그 정도가 아니에요. 중국은 이미 자체 기술로 원자력 발전 전체 사이클을 소화하는 데다 2030년까지 원전 100개를 세운다는 목표예요. 한국과 마주한 중국의 동해안은 온통 원전으로 발디딜 틈이 없어질 지경이에요. 뿐만 아니라 일대일로의 65개국에도 역시 원전을 빽빽하게 세우겠다는 계획을 갖고 있어요. 이미 전 세계에 원전을 수출하고 있음은 물론, 세계에서 가장 안전하다는 용융염 원자로 기술은 이미 세계 1위를 달성하여 동유럽, 남미 등이 앞다투어 중국의 원전을 수입했고 영국, 남아공,

이란, 터키, 이집트, 케냐, 수단, 아르메니아, 카자흐스탄 등도 이미 수입 계약을 맺었거나 계약 직전이에요. 2030년에는 중국이 원전 수출로 벌어들이는 수입만 1,600억 달러가 됩니다. 러시아의 석유 수출 1,200억 달러보다 훨씬 많아요."

"으음!"

이제껏 잠잠히 쿠슈너의 얘기를 듣기만 하던 푸틴의 입에서 신음이 새어나왔다. 원전의 세계화는 당연히 러시아의 원유를 위축시킬 것이고, 그것은 바로 러시아의 침체로 이어질 것이 뻔했다.

"죽일 놈들!"

주코프는 더했다. 그는 러시아 철도를 지켜왔고, 철도를 지킨다는 건 러시아 정신을 지킨다는 것에 다름 아니었다. 중국이 거대한 일대일로 건설로 1520 서클을 붕괴시키는 것에 가뜩이나 적개심을 가져왔던 그에게 일대일로에 들어가는 65개국 모두에 원전을 짓는다는 중국의 계획은 도저히 견딜 수 없는 만행일 수밖에 없었다.

"미국과 러시아와 사우디아라비아는 결속해야 합니다!"

푸틴과 주코프는 바로 눈앞의 젊은 미국인 쿠슈너의 입에서 사우디아라비아라는 단어가 튀어나오자 그간 벌어졌던 제각각의 일들이 갑자기 머릿속에서 하나로 통일되었다. 얼마 전 지금까지 사이가 나빴던 사우디 국왕 살만이 난데없이 선물을 잔뜩 가지고 모스크바를 방문해 푸틴과 이유도 주제도 없는 회담을 한 것이나, 왕세자이자 국방장관인 빈 살만이 소치로 푸틴을 찾아와 환담을 한 것이 모두 쿠슈너의 작품이었던 것이다.

"우리는 산유국입니다. 현재 중국은 우리를 무서운 속도로 가라앉히고 있습니다. 장인이 파리기후협약을 탈퇴하자마자 시진핑이 기후협약을 보호하겠다고 선언하고 나섰습니다. 중국은 차츰 석유를 떠납니다. 잠시 러시아의 석유와 군사력을 이용하고는 당당히 반대편에 우뚝 설 것입니다."

웬만해서는 표정의 변화를 보이지도, 목소리를 낮추는 법도 없는 푸틴이 듣는 사람이 아무도 없음에도 최대한 목소리를 낮추고 물었다. 그는 이미 쿠슈너가 짐작조차 하기 어려운 제안을 갖고 찾아왔다는 걸 느끼고 있었다.

"러시아가 할 일이 뭐요?"

쿠슈너는 즉답을 하는 대신 두 사람의 얼굴을 한참이나 쳐다보다 푸틴보다도 더욱 목소리를 낮추어 거의 속삭이듯 흉중의 한마디를 밀어냈다.

"만약의 경우 우리는 어느 정도 중국을 절제시키려 합니다."

"만약의 경우라면?"

"김정은이 끝까지 핵을 포기하지 않을 경우입니다."

"절제시킨다는 뜻은?"

"구체적인 작전 계획은 아직 세워지지 않았습니다."

"작전 계획?"

주코프는 말할 것도 없고 측정할 수 없는 담력을 가졌다는 푸틴조차 작전 계획이라는 말에 경악해 낯빛이 변했다.

"중국이 북한 타격에 개입할 경우 중국을 공격하겠다는 얘기요?"

"아직 아무것도 정해진 것은 없습니다. 하지만 중국이 과거 한국전쟁 때처럼 개입한다면 그냥 물러서지는 않을 거란 뜻입니다."

"지금 당신은 미국과 중국 사이에 군사분쟁이 터질 경우 러시아는 중국 편을 들지 말라는 요청을 하는 거요?"

"바로 그렇습니다."

"음."

푸틴은 작은 신음을 냈지만 바로 눈을 치뜨며 한마디 내뱉었다.

"중국이 ICBM을 못 쏜다고 보는 거요?"

"절대 못 쏩니다."

일직선으로 쏘아진 질문에 역시 일직선으로 튀어나온 대답 이후 방 안에는 기나긴 침묵이 이어졌다. 푸틴도 주코프도 쿠슈너도 아래위 입술을 꾹 다물고 있는 사이 시간은 계속 흘러만 갔다. 세 사람의 머릿속은 갖가지 복잡한 생각으로 가득 찼지만 아무도 입을 열려 들지 않았다. 이윽고 푸틴이 주코프를 향해 말했다.

"알렉산드르 세르게예비치, 쿠슈너 고문을 좀 쉬게 해야 하지 않겠나?"

"그렇군. 밤이 너무 늦었어. 내 사우나에서 쉬도록 하는 게 좋겠어."

"긴 비행에 피로할 테니 마사지라도 받고 침대에 들도록 하는 게 낫지 않을까?"

"그러겠네."

"그리고 내게 다시 와주겠나? 술이라도 한잔하세."

"곧 다녀오겠네."

세 사람은 자리에서 일어났다.

"대통령 각하, 장인께서 모든 미국인의 바람을 어기고 파리기후협약을 탈퇴한 걸 잊지 마시기 바랍니다."

"어떻게 그 위대한 우정을 잊겠소?"

"우리는 산유국입니다. 러시아가 중국과 같은 라인에 서 있는 것은 올바른 방향이 아닙니다. 미국과 같이 나아가야 합니다."

"내 적절한 경로를 통해 답변을 주겠소."

"부디 기대에 어긋나지 않기 바랍니다."

"깊이 생각하겠소."

푸틴은 쿠슈너에게 손을 내밀며 한 팔로는 어깨를 가볍게 감싸 안았다.

31.
드러난 돈 주인

주코프의 개인 사우나는 카프카스 산맥을 따라 달리는 나지막한 구릉 위에 있었다. 구릉이라지만 높이가 꽤 돼 고즈넉한 산속 분위기인 데다 사방이 짙은 어둠에 잠겨든 시간이라 아무 일 없이도 신경이 곤두서는 느낌이었다.

인철이 차에서 내리자 현관에서 대기하고 있던 집사가 인철을 밝고 화려한 방으로 안내한 후 옷장을 열어 걸려 있는 로브를 걸어주며 말했다.

"죄송합니다. 주코프 사장님께서 먼저 사우나를 하시도록 안내하라 하셨습니다."

"여기 안 계신가요?"

"손님과 얘기가 좀 길어지시는 모양입니다."

"손님이요? 이 늦은 시간에도 손님이 있나요?"

"갑자기 찾아오신 분이 계신 것 같습니다."

인철은 주코프의 생활을 이해하기 힘들었지만 집사의 안내를 받아 사우나로 향했다. 인철이 로커와 통해 있는 복도를 꺾어드는 순간 역시 로브 차림으로 반대편에서 오던 사람과 몸을 부딪치고 말았다.

"익스큐즈 미!"

"쏘리!"

인철이 "쏘리"라고 말하기 전에 상대의 입에서는 워싱턴에서 그렇게나 자주 듣던 익숙한 한마디가 튀어나왔다. 인철은 아무도 없을 줄 알았던 사우나에 사람이 있다는 사실에도 놀랐지만, 온통 러시아어 판인 이곳에서 너무나 세련된 뉴욕식 영어를 들었다는 사실이 믿어지지 않았다.

"미국인이군요."

인철은 자신도 모르게 반가운 마음에 물었으나 상대는 대답 없이 등을 돌린 채 황급히 자리를 벗어나버렸다. 그러나 상대의 이런 태도는 오히려 인철에게 이상한 느낌을 주었다. 보통의 미국인이라면 이런 상황에서 당연히 한두 마디 농담이나 인사 정도는 나누기 마련인데 이 사람은 깔끔하고 교양 있어 보이는 외모와 걸맞지 않은 행동을 보이는 것이었다. 인철은 약간 풀어진 표정의 그가 정체를 숨긴다는 기분이 들었으나 순식간의 일이라 로커로 걸음을 옮겨 로브를 벗고 수건을 걸친 채 증기가 자욱한 습식 도크로 들어갔다.

"인철, 미안해요. 갑작스럽게 블라디미르를 찾아온 손님이 있었소."

20분가량 시간이 지난 다음 나타난 주코프는 이렇게 양해를 구한 후 인철과 같이 땀을 흘렸다.

"아이린이 특별 대접을 지시해 생각 끝에 사우나를 같이 하는 게 제일 낫겠다고 생각했소. 여기서 땀을 푹 흘린 후 마사지를 받으면서 자면 내일 비행기를 타는 데 도움이 될 거요."

사우나를 마친 주코프는 인철의 손을 잡고 로커의 반대쪽 문을 열고 앞장서 나갔다.

"이건!"

눈앞에 펼쳐진 신기루 같은 풍경에 인철의 입에서는 절로 탄성이 새어나왔다. 어느 정도 호사스러운 방일 거라고 짐작은 했지만 인철의 눈에 들어온 건 한 개인의 방이라고는 도저히 믿어지지 않는 화려함과 사치스러움의 극치를 이룬 천상의 방이었다. 인철은 이런 방은 오로지 러시아의 차르들만이 누렸던 사치의 절정임을 알고 있었기에 문득 이 사우나가 정말 주코프의 개인 사우나인지 의심이 일었다. 주코프는 인철의 심정을 안다는 듯 가볍게 말했다.

"블라디미르도 가끔 이용하고 있소."

주코프의 이 말은 또다시 강한 의문을 몰고 왔다. 도대체 나는 무슨 이유로, 무슨 신분으로 러시아 대통령이 이용하는 사우나에 초대되어 이런 융숭한 대접을 받는 건가. 생각이 여기에 미치자 또 하나의 의문이 꼬리를 물었다.

'조금 전 부딪쳤던 그 미국인은 누구인가?'

그러나 인철의 이 의문들은 헐렁한 옷을 입은 두 사람의 금발 여성이 다가오자 바로 뇌리에서 떠나버렸다. 두 여자는 인철과 주코프를 옆방으로 이끌었다.

"알렉산드르 사장님!"

두 여성은 머리 쪽이 뻥 뚫린 두 개의 침대로 두 사람을 안내해서는 익숙한 솜씨로 두 사람의 로브를 벗겼다. 인철은 저항할 사이도 없이 로브가 벗겨진 채 주코프를 따라 침대에 엎드렸고, 곧 여성의 부드러운 손길이 등과 목을 눌러오기 시작했다.

"이제 이대로 깊은 잠 속으로 들어갑시다. 이 최고의 마스터들이 밤새 뭉친 곳을 풀어줄 거예요. 잠도 잘 오지만 아침에 깨었을 때 날아갈 듯이 기분이 가뿐해질 거예요. 굿 나잇!"

주코프는 인철에게 한마디 인사를 남긴 후 온몸을 쫙 펴고 기지개를 켠 후 침대에 몸을 묻었다. 인철 역시 혈도와 경락을 적절한 강도로 빈틈없이 눌러오는 능숙한 손길에 몸을 맡기고 잠을 청했지만 엉뚱하게도 뇌리에 한 사람의 이름이 떠올랐다.

'재러드 쿠슈너.'

마사지를 받았는지 표정이 완전히 풀려 있긴 했지만 그 미국인은 가끔 뉴스에서 보던 바로 그 사람 쿠슈너였다. 인철은 여기서 쿠슈너를 보았다는 사실의 무게를 누구보다도 잘 알고 있었다. 아이린에게 이 결정적 정보를 전하면 그녀는 중단된 FBI 수사를 재개시킬 수도 있고, FBI 출신 뮬러 특검의 등에 날개를 달아줄 수도 있을 것이다. 인철은 주코프 쪽으로 고개를 돌리며 큰소리로 불렀다.

"알렉산드르 세르게예비치 사장님!"

주코프는 그새 잠이 들었는지 목소리의 한 자락은 잠에 묻어둔 채 힘이 빠진 느릿한 목소리로 대답했다.

"불렀소?"

"아까 어떤 미국인과 마주쳤는데 그가 누군지 생각났어요."

"쿠슈너 말이오?"

"네."

"그가 그랬소. 상당히 놀라서 보안 유지를 부탁하기에 내가 우리 이너 서클이니 손톱만치도 염려할 필요 없다고 말해주었소."

옆 침대에 엎드려 온몸에 힘을 뺀 채 잠의 경계에 들어섰던 주코프는 침대 구멍에서 얼굴을 빼 인철에게로 향하며 아무렇지도 않게 대답했다.

"처음엔 누군지 몰랐는데 한참 생각해보니 그 사람이더군요."

"그 친구 사우디 왕세자 비행기를 타고 날아왔는데 사람이 생각보다 훨씬 샤프했소. 흐흐, 나를 옭죄어오기에 나 스스로 소인배라 둘러대고 간신히 벗어났소."

인철은 자신을 FBI 요원인 아이린과 가까운 사이로 아는 주코프가 아무 스스럼없이 쿠슈너 얘기를 꺼내는 것에 놀라지 않을 수 없었다. 인철은 지금 이 순간 자신이 상상력을 발휘하여 이

상황을 확실히 이해해야만 주코프로부터 최대한 정보를 얻어낼 수 있다는 생각에 주코프가 했던 말을 자꾸 곱씹었다.

'아이린이 당신을 특별히 잘 대해주라고 메시지를 두 번이나 보냈어요. 여기 오지는 못한다고 했지만 어디 있다고 밝히지는 않았어요.'

주코프의 말에 나타나는 아이린은 주코프와 친근하게 문자 메시지를 주고받는 사이이고, 주코프가 아이린을 상당히 존중하고 있다는 것도 느껴졌다. 그녀가 주코프를 알지 못하는 것처럼 시치미를 떼고 있었던 건 자신을 속인 것과 다름없었다. 지금 주코프가 자신에게 아무렇지도 않게 쿠슈너를 언급하는 건 자신을 대단히 신뢰한다는 뜻이고, 심지어는 자신을 이너 서클이라고까지 표현했다.

물론 그 관계가 아이린에게서 기원한 것임을 보면 주코프는 아이린을 FBI 요원이 아닌 매우 내밀한 존재로 여기고 있음이 틀림없었다. 하지만 그녀가 FBI 요원이라는 사실 또한 의심할 바가 아니었던 걸 떠올리면 그녀의 정체는 그야말로 오리무중이었다.

인철은 자신이 알고 있는 아이린은 머리에서 완전히 지워버리고, 주코프가 알고 있는 아이린과의 관계 선상에 자신을 위치시켜야 한다고 생각했다. 즉 자신은 지금 주코프가 믿고 있는 대로 아이린과 아주 가까운 사람으로 그들의 이너 서클 멤버로 처신해야 하는 것이다. 인철은 주코프가 아이린의 신분을 매우 높게 보고 있다는 인상을 느꼈기에 주코프의 나이를 무시하고 말투에 약간의 우위를 담았다.

"그 친구 되게 급한 일이 있었나 보군요. 러시아 스캔들 와중에 러시아로 날아왔으니."

"러시아와 미국이 같은 산유국이라 강조했소. 그런데 블라디미르는 그의 말에 꽤나 끌리는 것 같더군요."

인철은 기민하게 머리를 굴리며 대화를 이끌어나갔다.

"같은 산유국이니 같이 행동해야 한다. 사우디에서 비행기를 타고 왔으니 러시아, 사우디, 미국이 세계 1, 2, 3위 산유국이니만치 같이 행동하자는 논리였군요."

"바로 그거요. 중국이 우리를 가라앉히고 있으니 이대로 있을 수만은 없다는 거요."

"단합해서 석유를 전략무기화하자던가요?"

"그 정도가 아니오. 트럼프 패밀리는 보통의 미국 정치인들로서는 상상할 수도 없는 얘기를 너무 쉽게 했소. 확실히 사업가 출신이라 머리 쓰는 게 달라요. 그가 틸러슨을 국무장관에 앉히고 우리에게 이해할 수 없는 추파를 던져온 것도 알고 보면 누구도 생각하지 못한 깊은 뜻이 있었던 거요."

인철은 대화하는 중에 주코프가 자신에게 그 무엇도 감추려 하지 않는다는 걸 깨닫고는 몹시 의아했지만 기회라는 생각에 노골적으로 물었다.

"쿠슈너의 제안은 뭐였어요?"

337

하지만 인철의 예상과는 달리 주코프는 이 질문에는 고개를 가로저었다.

"당신이 아이린의 친구로서 들을 수 있는 얘기는 여기까지요."

주코프의 이 말로 인철의 관심은 또다시 아이린은 누구인가로 모아졌다. 하지만 주코프에게 아이린의 내력을 물어본다는 건 대단히 위험한 일로, 섣부른 질문을 하다가 자신의 정체가 탄로 날 수도 있기에 잠자코 있을 수밖에 없었다. 반면에 노다지와도 같은 최고의 정보들이 쏟아지고 있는 이 순간은 오히려 제3인베스트먼트와의 연관성을 탐지할 절호의 기회였다.

"아이린이 꼭 와볼 필요가 있다고 해서 왔는데 역시 1520포럼은 대단하더군요. 과연 러시아가 철도의 왕국인 걸 실감할 수 있었어요. 러시아 철도공사의 흑자 규모는 얼마나 되나요?"

주코프는 다시 잠에 빠져들었다가 인철이 뭔가를 또 물어오자 느릿느릿 대답했다.

"연간 30억 달러 정도는 버는 것 같소. 직원 수가 120만이니 큰 흑자라 할 수는 없지만 많은 사람들을 먹여 살리고 있는 거요. 게다가 안보와 군사 기여도가 커서 러시아의 첫 번째 기업이나 다름없소."

"흑자는 국고로 전액 들어가나요? 아니면 자유롭게 투자를 할 수 있나요?"

"벌리기만 한다면 뭐든 해야 하지 않겠소?"

"성공률이 높은가요?"

"흐흐, 가즈프롬을 가지고 노는데 돈이 안 벌릴 수 있겠소."

의미심장한 말이었다. 제3인베스트먼트는 가즈프롬과의 거래에서 막대한 이익을 쌓은 후 미국의 셰일 석유로 옮겨갔다는 장부상의 자취가 인철의 뇌리에 또렷이 떠올랐다.

"최근에는 미국의 셰일 석유가 터져 한몫들 보는 모양이던데요."

"셰일 석유야 당신네 가문들이 다 최고로 챙기지 않았소?"

인철의 귀가 번쩍 뜨였다. 당신네 가문들이라고? 인철은 순간 많은 것이 한꺼번에 이해되는 느낌이었다.

아이린.

수수께끼 같던 그녀의 정체가 드디어 한 꺼풀 벗고 인철의 뇌리 한편으로 서서히 걸어 들어왔다. 워싱턴에서 아이린이 했던 그 이상한 말들, 미국의 대통령과 국무장관을 지칭해 불쑥 "그래 봤자 꼭두각시들인걸"이라고 내뱉었던 것이나 로스차일드 가문과 록펠러 가문에 얽힌 비밀스러운 얘기들, 자신을 이너 서클이라 지칭하는 주코프의 이해하기 힘든 솔직함, 이 모든 게 아이린의 가문에서 비롯되었다는 직감이 떠올랐다.

생각이 여기에 미치자 인철은 머릿속에서 아이린이 FBI 요원이라는 기억을 말끔히 지워버렸다. 자신이 아는 아이린과 주코프가 아는 아이린이 일치하지 않는다면 이제 겨우 세 번 만난 자신보다 오랫동안 알아온 주코프가 아는 아이린이 훨씬 더 실체에 가까울 것이다.

"러시아 철도공사는 미국의 셰일 석유회사에는 투자하지 않나
요?"

"인철, 그런 고리타분한 얘기는 그만하고 이제 잡시다. 쿠슈녀
가 갑작스레 날아와 잠을 못 자는 바람에 지금 죽을 지경이오."

주코프는 팔까지 내젓고 고개를 돌려 얼굴을 뻥 뚫린 구멍 속
깊이 집어넣어버렸다. 이제 두세 번만 질문을 더 하면 어느 정도
돈 주인을 알아낼 수 있다고 생각하던 인철은 소리쳐 주코프를
깨우고 싶었으나 그건 예의에 어긋나는 데다 무엇보다 강한 의
심을 살 수 있는 행동이었다. 몇 번 망설이다 인철 역시 얼굴을
구멍 속으로 집어넣고 말았다.

"인철, 우리 1520포럼 어땠소? 아이린이 같이 오지 못해 아쉽
긴 하지만 인철과 같이 사우나를 했으니 아이린도 내가 최고의
대접을 했다는 걸 알 거요. 아이린 또한 내 사우나를 좋아하니."

아침에 눈을 떴을 때 이미 가버리고 없던 주코프가 정장을 깨
끗하게 받쳐 입은 채 호텔 로비에서 인철에게 작별 인사를 했다.
인철은 러시아 철도공사의 투자 얘기를 꺼내고 싶었으나 이미
대여섯 명의 수행원에게 둘러싸인 주코프에게 그런 얘기를 꺼낼
수는 없었다.

"감동적인 대접이었습니다."

주코프는 두 팔로 인철을 껴안았다.

"또 놀러 오시오."

두 사람이 포옹을 마치자 옆에 있던 주코프의 비서가 인철에게 부드러운 회색 벨루어 천에 싸인 선물 상자를 열어 보였다.

"주코프 사장님께서 드리는 작별 선물입니다."

"앗!"

놀랍게도 그것은 OMAS 만년필이었다. 자살한 요한슨의 부인이 자신에게 준 유품과 똑같은, 삼각 홀더에 금으로 된 촉이 당당하게 허공을 찌르고 있는 모습이 분명 요한슨의 것과 똑같았다.

"아이린은 인철을 단순히 친구라고 했는데 그렇지만은 않을 거요. 가문은 아무나 사귀지는 않으니까. 혹 아이린과 결혼하게 된다면 서약서를 쓰게 될 거요. 그때 이걸로 써주면 고맙겠소."

주코프는 만면에 미소를 띠고 말했다. 인철은 어리둥절했지만 겉으로는 화사하게 웃었다. 하긴 생각지도 못한 성과를 올렸으니 웃지 않을 이유가 없었다. 이제 주코프에게 더 이상 무엇을 묻거나 할 필요조차도 없었다. 그는 가즈프롬을 데리고 논다고 말했으며, 나머지는 이 만년필이 애기하는 것이었다. 결국 돈 주인은 주코프였던 것이다.

"정말 특별한 선물이군요. 잊지 않을게요."

인철은 환하게 웃으며 주코프와 악수를 나누고 공항으로 향하는 벤츠에 올랐다.

워싱턴으로 돌아온 인철은 아이린 실종 사건을 담당하는 형사에게 전화를 걸었다. 소치에 있는 동안에도 여러 번 전화를 했던 형사는 오히려 인철에게 지난번 조사 이후 아이린으로부터 소식이 있었는가를 되물었다. 인철은 아이린이 더 이상 납치 상태가 아니라고 판단했지만 그런 걸 경찰에 말할 필요는 없다고 생각했다.

"아이린에게 연락이 오기만 기다리고 있어요."

"제기랄, 그 여자가 하필 FBI라 골치 아파 죽겠어요. FBI 요원이다 보니 사실상 경찰은 완전히 따돌림을 당하고 있는 형편입니다. 그러나 눈치를 보니 그들도 답답한 거 같아요. 생사 여부는 물론이고 종적조차 묘연한가 봐요. 납치범들이 어떤 조직이든 대단한 놈들임이 틀림없어요. FBI 요원을 그렇게 감쪽같이 사라지게 하다니."

32.
비밀 회합

우아하고 기품 있는 금갈빛 광택을 은은하게 내뿜으며 라스베이거스의 붉은 언덕 위에서 모하비 사막을 바라보는 고풍스런 저택.

커다란 원탁에 앉은 한 기사가 좌중을 향해 칼칼한 목소리를 던졌다.

"트럼프가 점점 어려운 지경으로 빠져들고 있습니다."

원탁에는 나이와 차림새가 다양해 보이는 여덟 명의 남자가 앉아 있었고, 말을 꺼낸 사람은 사십대 중반으로 고대 로마 정치가들의 석상처럼 각진 얼굴에 터프한 옷차림이었다. 대부분의 다른 기사들은 조금 더 포멀한 차림이었다.

"러시아 스캔들로 버지니아 주지사, 뉴저지 주지사에 뉴욕 시장까지 전부 민주당이 가져가는 바람에 민주당은 물론 공화당 내에서도 반감이 급증하고 있어요. 게다가 스타이어는 4,000만 달러를 쓰면서 트럼프 탄핵 광고를 하고 있는데 서명자가 이미 300만을 넘어섰습니다. 지지도나 신뢰도나 모두 너무 저조해 그를 대통령으로 결정한 게 잘한 건가 회의가 들 지경입니다."

짙은 갈색의 굽실굽실한 곱슬머리에 핏기가 전혀 없는 하얀 얼굴이 살아 있는 사람이라기보다는 밀랍 인형처럼 보이는 큰 키의 기사가 긴 손가락으로 탁자를 가볍게 두드리며 말했다. 한 마디 내놓을 때마다 가는 주름이 지고 가볍게 굽은 코의 모양이 그가 유대 혈통임을 추측케 했다. 하긴 뭐, 이 자리에 모인 사람들 대부분은 정도의 차이는 있을지언정 유대의 피가 섞여 있다고 보는 게 맞을 것이었다.

이들이 미국 라스베이거스의 카지노 군락에서 멀지 않은 곳에 자리 잡은 붉은 언덕에서 회합을 갖는 것에도 어떤 의미가 있어 보였다. 라스베이거스는 가장 미국적인 곳이라 해도 과언이 아닌 곳. 돈이 종교요, 진리인 곳. 인간의 끝없는 탐욕이 어떠한 거리낌도 없이 삶의 목표가 되는 동시에, 눈 깜짝할 사이에 거대한 성공과 실패가 모두 가능한 곳이었다.

"그게 오히려 기회요. 그렇게 쫓겨야 전쟁으로 몰아넣기가 더 쉽지 않겠소? 오늘 우리는 중요한 결정을 해야 합니다. 로스차일드 씨, 보안은 신경 쓰셨겠지요?"

"염려 마시오."

과연 저택은 밖에서 보기에는 점점이 수놓인 열대 나무들의 우거진 잎사귀들만 보일 뿐, 그 너머로 이렇게 어마어마한 저택이 자리 잡고 있으리라고는 그 누구도 상상하지 못하게 가려져 있었다. 특이한 것은 아예 저택으로 닿는 도로가 없어 광활하게 펼쳐진 사막을 걷는 것 외에는 이 집으로의 접근 자체가 애초에 봉쇄되어 있었다. 저택 옆 개인 활주로에 열 대 가까운 경비행기가 세워져 있는 것으로 미루어 사는 사람이나 찾아오는 사람이나 모두 비행기로만 오가는 곳이었다.

활주로와 저택은 지하 통로로 연결되어 있었고, 설령 수십 대의 드론이 하늘을 날며 사진을 찍더라도 라스베이거스의 저택에서 흔히 볼 수 있는 여덟 쪽으로 이루어진 주황색 벽돌 빛깔의 커다란 지붕만 보이게 건축되어 있었다. 물론 이 지붕은 모든 전자기기의 탐지를 완벽하게 차단하는 기능을 갖추고 있었다. 이 저택은 존재하되 외부인들에게는 존재하지 않는 것이나 마찬가지였다. 마치 중세시대 성배를 찾아 헤매던 파르치팔의 전설에서 성배가 보관되어 있는 성이 착하지 않은 사람들의 눈에는 절대 보이지 않도록 감춰져 있는 것처럼.

그러나 저택의 내부는 인간이 상상할 수 있는 최고 수준의 사치를 다해 장식되어 있었다. 가장 눈에 띄는 것은 온갖 보석으로 수놓인 벽면의 초대형 성조기였다. 독립선언 당시의 13개 주를 기념하는 13개의 루비로 장식되어 있었는데, 이 루비들은 당장에라도 건강한 핏줄기가 솟구쳐 오를 듯 선연한 빨강색을 내뿜고 있었고, 51개의 주먹만 한 다이아몬드가 현재 미국의 51개 주를 상징하며 성조기의 바탕을 장식하고 있었다.

다이아몬드들이 박혀 있는 짙은 파랑색 벽은 깊은 우주 공간보다 진한 감청색 사파이어들로 이루어져 있어 미국이란 나라가 깊은 사색의 결과로 태어났다는 걸 은유하는 듯했다. 원탁의 중앙에 깊이 파인 반구형의 공간 위로 커다란 지구의가 놓여 있는데, 미국이 그려진 부분이 정중앙의 천장을 향하고 있어 마치 이 나라만이 지구에서 유일하게 선택된 땅이라고 주장하는 것 같았다.

실내 곳곳에 'HG&Co.'라는 로고가 선명하게 수놓인 휘장들이 걸려 있고 그 아래에 '휴먼게놈개발회사Human Genome & Company'라고만 적혀 있었지만 당연히 제대로 된 해석은 따로 있었다. 'HG'는 실은 'Holy Grail', 즉 성배기사단을 의미하는 것이었다.

성배기사단.

이들은 미국이라는 성배를 지키고 수호하기를 자처하는 8인의 기사들이었다. 각각의 기사들은 수조 달러 이상의 재산을 가졌고, 세계의 정치, 경제, 금융, 군수산업과 언론을 지배하는 비밀에 휩싸인 8대 가문의 은밀한 대표자들이었다. 이들의 회합은 세상 사람 그 누구도 모르게 비밀리에 이루어져 왔다. 오늘 이 자리에 모인 8인은 철저히 그들만의 철칙을 따른다. 예를 들면 오로지 돈에게 일을 시킬 뿐, 어떠한 경우에도 자신들은 세상에 드러나지 않는다는 것이 그 철칙 중 하나였다.

"지난 일은 후회하지 맙시다. 전쟁에 관한 한 젭 부시보다 더 적극적이어서 우리가 그를 선택했으니 말이오."

육십대의 건장한 기사가 묵직한 목소리로 말했다. 잘 다듬어진 체격에 구릿빛 피부, 청회색 눈동자와 한마디를 끝낼 때마다 단호하게 일자 모양이 되는 붉은 입술이 지난 한 세기 동안 미국 내에서 매파 전통을 지켜온 가문의 대표답게 보였다.

"그와 우리는 지향점이 같고 무엇보다 임기가 남아 있는 한 우리의 동지요. 집권 초 거칠게 내밀었던 발톱도 지난번 우리의 권고에 따라 적당히 숨겼으니 최소한 시키는 대로는 잘하고 있소."

숱이 많은 백발을 길게 드리운 한 기사가 그의 말을 받았다. 그는 190센티미터의 큰 키에 실제 나이는 90세에 가깝지만 외모만 보면 60세 정도로 보였다. 그는 금융업을 토대로 부를 일군 가문의 수장답게 현 8인회에서 가장 연장자이면서도 가장 까칠하고 까다로운 사람이었다. 하지만 용의주도한 데다 관찰력이 뛰어나 실수를 하지 않기로 유명했다.

"그가 중국에서 2,500억 달러 투자를 약속받았지만 그다음 날 APEC에서 바로 뻔뻔한 도둑놈들을 그냥 두지 않겠다고 했는데 그게 바로 중국을 지칭하는 것임은 어린아이도 알 수 있었소. 그건 바로 우리에게 한 말이오."

이번에는 곱슬머리의 키 작은 오십대가 듣기 좋은 저음의 목소리로 말을 이었다. 그는 대학에서 역사를 가르치며 독서를 즐기는 온건한 학자였지만 석유 재벌 록펠러 가문의 대표였다. 그는 학자답지 않게 단호한 표정으로 한마디 한마디를 딱딱 끊었다.

"트럼프로 하여금 즉각 전쟁을 치르게 해야 합니다. 이번이 마

347

지막 기회입니다. 이제 조금만 지나면 중국의 군사굴기가 힘을 발휘해 미국으로서도 전쟁이라는 카드는 포기해야 합니다. 중국과 전쟁이란 카드를 내던지고 경제만으로 대결하는 건 100퍼센트 패배입니다. 다음 선거에서 트럼프는 물먹고 민주당이 집권합니다. 그러면 전쟁은 끝입니다. 미국은 서서히 말라죽는 겁니다. 기회는 트럼프가 있는 지금입니다. 미국은 지난 세 번의 실수를 반복해서는 안 됩니다."

"지난 세 번의 실수라면 뭘 말하는 거요?"

"2차 세계대전을 끝내면서 서방 연합국이 소련에게 동유럽 전체를 그냥 안겨준 게 첫 번째 실수지요. 프랑스와 영국이 독일에 선전포고를 한 것이 2차 세계대전의 시작인데, 선전포고의 명분이 무엇이었나요? 바로 히틀러의 폴란드 침공이었어요. 폴란드를 지키자며 전쟁에 뛰어들어놓고, 막상 1945년 5월 미국과 연합군의 승리로 전쟁을 끝내면서는 폴란드는 물론 동유럽을 그냥 내팽개쳤어요. 그때 미국이 조금만 신경을 썼더라면 전쟁 끝나는 막판에 숟가락 하나 더 얹은 꼴인 소련에게 동유럽을 갖다 바치지 않을 수 있었을 겁니다."

"또 한 번의 실수는?"

"1945년부터 1949년 사이에 미국은 엄청나게 핵무장을 하고 있었지만 소련은 원자폭탄을 단 한 개도 가지지 못했어요. 그 4년 동안 미국이 월등한 군사력을 앞세워 소련을 동유럽에서 쫓아냈더라면 역사는 완전히 달라졌을 거예요. 냉전? 그런 건 없었을 겁니다."

결이 좋은 갈색 머리카락이 멋져 보이지만 어딘지 조급한 표정이 얼굴에 배어 있고 눈이 작은 기사 한 사람이 빠르게 얘기를 거들었다.

"그때 우리 가문에선 우랄산맥 동쪽에 새로 설립된 소련의 핵연구시설에 원자탄 투하 계획을 검토했어요. 소련이 미국을 넘보고 도전하지 못하도록 싹을 자르자는 거였지요. 그런데 소련을 항복시키려면 원자탄 열 개는 필요하다는 실무진의 의견이 나오자 트루먼은 이미 큰 전쟁으로 지칠 대로 지친 국민들에게 전쟁을 계속하자고 설득하는 것은 불가능하다고 변명했어요. 조부님은 화가 나 그때부터는 대통령을 만나주지도 않으셨어요. 그때 기사단에서 조부님의 결정을 따랐어야 했던 게 아닐까요?"

지금까지 조용히 듣기만 하던 또 한 기사가 강한 독일어 악센트가 섞인 영어로 말했다. 방위산업으로 일가를 이룬 독일계로서 전 세계가 사실상 그의 가문이 제조한 무기로 전쟁을 벌이고 있다 해도 과언이 아닐 정도였다. 나라마다 회사는 달라도 지분은 결국 이 가문이 지배하고 있었다. 8인 중 가장 나이가 젊은 그는 몇 년 전 사망한 부친의 뒤를 이어 8인회의 새 멤버가 되었다. 하지만 칙칙한 집안 내력과는 달리 자유분방해 보이는 인상을 가진 사람으로 옷차림도 티셔츠에 헐렁한 차콜색 실크 재킷을 걸치고 청바지를 입고 있었다. 그는 금빛 머리칼을 쓸어 올리며 말했다.

"1949년 말 〈알게마이네 차이퉁〉에 동독의 소련군 기지에 핵폭탄 투하 계획이 있다는 얘기가 흘러나온 적 있었어요. 여론을 떠본 거지요. 당시만 해도 시대가 달랐던지라 서독 주민들의 반발이 그리 크지 않았는데도 미국 정부는 망설였어요. 미국이 소련을 압박하는 게 훨씬 쉬웠던 그 당시에 왜 손 한번 안 써보고 동유럽을 통째로 소련에게 안겨줬는지는 지금도 불가사의예요."

구십대 기사가 냉랭한 목소리로 물었다.

"마지막 세 번째 실수란 뭐요?"

"1950년의 한국전쟁입니다. 그때 만주에 원자폭탄을 투하해 중공군의 개입을 막았어야 했어요. 그랬으면 북한 공산당은 궤멸됐고 정전이 아니라 종전을 시켰겠지요. 물론 오늘날 중국 공산당도 저렇게 크지 못했겠죠. 어쩌면 진작 자유화가 되어 수십 개 나라로 쪼개졌을 겁니다."

"차이나 아웃!"

조각상 같은 얼굴의 터프가이가 로마 황제가 노예에게 사형을 선고할 때 했던 것처럼 엄지손가락을 아래로 꺾는 제스처를 하며 말을 보탰다.

멤버들 중 록펠러와 더불어 어쩔 수 없이 세상에 가문의 이름이 알려지고 만 로스차일드가 입을 열었다. 그는 윌버 로스를 트럼프 내각의 상무장관으로 넣어놓고 있었다.

"우리가 힐러리를 받아들일 수 없었던 건 힐러리의 소극적인 외교 정책 때문이었소. 전략적 인내라는 게 오바마와 힐러리의 전매특허였으니까. 그 전략적 인내의 결과로 수소폭탄이 나왔으니 미치광이 트럼프를 받으면 받았지 도저히 힐러리를 받을 수는 없었소. 물론 젭 부시는 삼부자가 다 전쟁을 치르는 데 대해 약간의 거리낌이 있었고, 그 찰나의 선택이 그를 가라앉혀버린 거요."

로스차일드는 이제까지의 얘기를 정리하고는 미래를 의미하는 듯 두 팔을 허공을 향해 뻗었다.

"자, 이제 옛날 얘기는 그만하고 오늘 어떤 결정을 할지 의논하는 게 어떻소? 다들 동의하시면 록펠러 교수님이 기본 배경을 설명해주시오."

록펠러는 자리에서 일어났다.

"1991년 소련이 붕괴하고 나서 우리는 미국이 영원할 걸로 예상했지만 불과 20년 만에 새로운 도전을 받고 있습니다. 바로 중국이죠. 많은 미국인들이 아직도 중국을 깔보고 있지만 사실은 많이 다릅니다. 중국의 인공위성 기술은 놀랍기만 합니다. 일본이 족족 실패하며 쩔쩔매고 있는 데 반해 중국은 단 한 번의 실패도 없이 100퍼센트 성공시키고 있어요. 이 인공위성들은 전적으로 군부에 의해 개발되었어요. ICBM은 어떻습니까. 세계에서 가장 우수한 ICBM인 둥펑-41은 열 개의 핵탄두를 달고 미국 내에 있는 열 개의 목표물을 동시에 공격할 수 있는 위협적인 성능을 자랑하고 있습니다. 최근에는 신형 핵잠수함까지 속속 진수시키고 있는데 그 성능이 세계 최고라는 말까지 나옵니다. 중국이 아직은 납작 엎드려 있지만 이제 5년 후면 상황은 완전히 바뀝니다. 따라서 지금이 중국의 싹을 자를 마지막 시간이라는 겁니다."

"우리의 자본을 중국으로 대거 옮기는 건 도저히 불가능한가요?"

누군가의 질문에 금융계의 제왕인 구십대가 한순간의 망설임도 없이 대답했다.

"중국은 법이든 제도든 금융이든 모든 게 공산당 밑에 있소. 위험성도 크지만 중국에 자본을 넣는 순간 그건 이미 우리 게 아니라고 생각하면 맞소. 우리가 트럼프보다 중국을 더 적으로 보는 건 바로 중국에 우리 자본을 옮길 수 없기 때문이오. 여기 미국에 두어야만 하는데 여기 두면 우리 돈이 미국의 붕괴와 운명을 같이하게 되니 그걸 막아야 하는 거요."

"우리 돈은 미국과 운명을 같이할 수밖에 없는데 미국이 중국 때문에 붕괴되고 있으니 중국을 주저앉혀야 한다는 건 늘 느끼고 있던 바요. 그러나 중국과의 전쟁 논리가 좀 빈약하다는 느낌은 지울 수가 없어요. 어느 분이든 좀 더 뚜렷하게 얘기해줄 수 없어요?"

8인회는 한 사람 한 사람이 모두 가문을 대표하고 있기 때문에 나이나 예의에 전혀 얽매이지 않는 전통을 이어오고 있었다. 구십대의 금융 거두는 찬찬히 전쟁의 이유를 설명해나갔다.

"달러와 석유는 슈퍼 강국 미국을 떠받치는 두 개의 기둥이오.

2008년 리먼 사태로 금융위기가 덮쳤을 때 미국은 세 차례나 대규모로 달러를 찍어내서 미국 경제를 유지했소. 쉽게 말해 미국 정부는 종이만 있으면 돈을 찍어낼 수 있소. 이것이 가능한 이유는 두 가진데, 하나는 달러가 기축통화이기 때문이오. 미국 아닌 다른 나라가 이렇게 한다면 즉각 인플레 때문에 경제가 엉망이 되고 바로 망하겠지요. 이 세상에서 오로지 미국만 할 수 있는 이것이 우리의 부모와 조부모님들이 관철시킨 브레튼 우즈 체제의 골자요. 2차 세계대전 후 우리는 글로벌 안정 시스템이 필요하다는 주장으로 달러를 기축통화로 만들었소. 지금에 와서야 달러가 왜 기축통화가 되어야 하느냐 불평하는 나라들이 있지만 그때는 그들이 정신을 차리지 못했소. 전후의 폐허 속에서 당장 눈앞의 현실만 보았지, 20년 후를 생각지 못했던 것이오. 마치 지금 미국 국민들이 중국과의 전쟁이 왜 필요한지 모르는 것처럼."

"후후, 국민들이 우리처럼 생각하면 세계가 망하겠지요."

"아무튼 그 무렵 패전국인 독일, 이탈리아, 일본은 물론이고 영국, 프랑스, 소련까지도 완전히 망했소. 9·11 테러 후 세계무역센터 자리를 그라운드 제로라고 하지만, 2차 세계대전 후의 유럽 대도시들이 원조 그라운드 제로요. 모든 것이 다 사라졌소. 우리 선대는 그때를 놓치지 않고 달러를 기축통화로 만들었고, 지금은 그게 미국을 떠받치는 힘이오."

구십대 금융 거두의 설명이 귀에 쏙쏙 들어왔는지 오십대 기사가 고개를 크게 끄덕였다.

"또 하나의 이유는요?"

"달러가 모든 국제무역의 지불수단이 되는 데서 나오고 있소. 석유를 비롯한 원자재 거래는 달러로만 가능하지. 차베스란 놈 기억해보시오. 차베스는 2000년대 초반 최고의 풍운아였지만 달러를 모욕하면 어떻게 되는지 생생하게 보여주었잖소?"

"매우 멍청한 놈이었다는 기억은 어렴풋이 나는데……."

가문의 대표들은 최고의 두뇌와 석학들을 무수히 밑에 두고 있었지만 8인회는 누가 대리할 수 없이 단 한 사람, 가문의 대표들만 참석하기 때문에 구십대 금융 거두처럼 세상의 모든 일에 정통한 지식과 경륜을 가진 사람도 있었고, 이 오십대 기사처럼 아는 게 하나도 없는 날라리 같은 사람도 있었으나, 희한하게도 8인회는 큰 문제없이 오랜 세월 지속되어 오고 있었다.

"반미 성향에 좌파 이념으로 가득한 차베스는 베네수엘라 대통령에 당선되자 미국에 대들기 시작했소. 당시 베네수엘라는 세계 4위의 원유 생산국이었고, 미국은 베네수엘라 석유를 많이 수입하고 있었소. 차베스는 2006년 9월 유엔 총회에서 조지 부시를 악마라고 부르는 만용을 부리고, 걸핏하면 대미 석유 수출을 중단하겠다느니 협박하더니만, 석유 대금을 달러가 아닌 다른 나라 돈으로 받기 시작했소. 달러를 기축통화로 인정하지 않겠다는 거였소. 결과? 뻔했소. 다 망했소. 차베스는 물론 베네수엘라가 망한 거요. 달러가 아닌 돈을 세상 어디서 쓸 수 있겠소? 석유 팔아 받은 돈이 모두 쓸모없는 휴지조각이 되어버린 거요.

차베스가 달러에 대든 대가로 인해."

록펠러가 말을 이었다.

"그런데 지금 중국이 달러에 도전하고 있어요. 위안화를 기축통화로 만들려고 금을 엄청나게 쌓아두고 있습니다. RCEP(역내포괄적경제동반자협정)다, AIIB(아시아인프라투자은행)다, 그게 다 위안화를 기축통화로 만들려는 시도입니다. 우리가 중국을 가라앉혀야 하는 이유가 바로 이것입니다. 중국이 달러에 도전하는 것은 큰 문제입니다. 중국은 차베스 같은 이단아와는 다릅니다. 중국이 추진하는 일대일로 사업에 걸치는 나라가 자그마치 65개국입니다. 게다가 아시아태평양 역내 경제공동체의 한 중심에 중국이 있고, 이들은 당연히 중국의 위안화를 기축통화로 받아들입니다. 달러는 심각한 도전을 받고 있어요. 달러가 추락하면 우리 자산도 추락해요. 달러가 절반으로 떨어지면 우리의 자산이 반으로 줄고, 쿼터로 떨어지면 우리 자산도 25퍼센트로 줄어드는 겁니다. 이걸 눈앞에 보면서도 가만 앉아 있을 수만은 없습니다."

"지금 중국을 때리지 않으면 네 번째 실수가 될 것은 명약관화합니다. 그러나 문제는 ICBM과 SLBM을 갖고 있는 중국을 상대로 전쟁을 할 수 있느냐입니다."

오십대 기사의 궁금증에 로스차일드가 나섰다.

"문제없소."

"중국이 핵무기를 쓸 경우에도요?"

"우리는 중국이 절대로 핵무기를 쓰지 못하는 전쟁을 할 수 있소."

"도대체 어떻게요?"

"우리는 이미 깊이 연구해두었소. 전쟁의 방법을. 설명을 듣고 싶소?"

오십대는 잠시 생각하다 고개를 가로저으며 대답했다.

"우리 가문은 생각하지 않겠습니다. 전통대로 폰 H. 가문을 따르지요."

그는 금발의 젊은이를 바라보았고 금발 청년은 빙그레 미소로 답했다. 로스차일드는 오십대에게 고맙다는 듯 고개를 끄덕이며 친절하게 말했다.

"트럼프에게 직접 들을 기회를 마련하겠소. 그의 얘기를 듣고 나서 중국을 상대로 전쟁을 할지 여부를 결정합시다."

8인의 기사는 모두 의자에서 일어나 한 손을 들고 우렁차게 외쳤다.

"America Forever!"

33.
남중국해

하와이의 펄 하버-히캄 해공군 통합기지를 떠난 알레이버크급 미 해군 구축함 채피 호는 시사 군도가 눈에 들어오자 태평양 사령부 지령실에 전통을 날렸다.

"여기는 채피, 현재 시각 1134, 위치 파라셀 군도 25해리 접근 중!"

지령실에서는 기다리고 있었다는 듯 즉각 답신이 들어왔다.

"작전 명령을 하달한다! 파라셀 군도 향해 직선 항행하라!"

"로저, 채피 파라셀 군도 향해 직선 항행한다! 채피 파라셀 군도 향해 직선 항행한다!"

통신장교의 보고를 받은 함장 메이슨 중령은 여느 때와는 다른 직선적인 지시에 입가를 약간 비틀었다. 이미 오바마 정권 말기부터 한 달에 한 번꼴로 수행해오고 있는 작전이지만 오늘은 어딘지 감이 달랐다. 통상의 작전 명령에는 언제나 접근 거리가 예민하게 반영되어 있었다. 국제 관례상 영해로 인정하고 있는 12해리 밖으로만 항행하라든지 혹은 12해리 안으로 들어가라든지 거리를 명시하는 숫자가 반드시 작전 명령 안에 들어가 있었고 이것이 가장 중요했다. 하지만 오늘은 숫자가 생략된 채 '직선 항행'이라는 의미심장한 명령이 떨어진 것이다. 메이슨 함장은 직감적으로 오늘의 항행이 심상치 않을 걸로 판단하고는 마이크에 대고 긴장된 목소리를 내보냈다.

"전 대원 전투 준비! 반복한다. 전 대원 즉각 전투 준비 태세에 들어가라!"

채피는 미 해군의 유도미사일 구축함으로 매케인 호 등 몇 척의 구축함과 '프리덤 오브 내비게이션' 작전을 수행하는 주력함이었다.

중국은 세력이 커짐에 따라 남중국해에 인공섬을 건설하고 군용기가 뜨고 내릴 수 있는 활주로를 비롯해 군사시설을 지으면서 필리핀, 브루나이, 대만, 베트남 등 주변 여러 나라와 분쟁을 일으키고 있었다. 미국의 보수 진영은 오바마가 엉거주춤한 태도로 중국의 인공섬 건설 자체를 저지하지 못하고 문제를 키운데 대해 강한 불만을 드러냈다. 이에 따라 오바마는 호주와 동맹을 강화하여 중국의 영해 확장을 견제하고 자유 항해를 보장하기 위해 '프리덤 오브 내비게이션'이라는 이름의 군사 작전을 정기적으로 수행하는 중이었다.

중국은 이를 영해 침범으로 규정하고 미국의 구축함이 인공섬이든 시사 군도든 난사 군도든 12해리 안으로 들어오면 좌시하지 않겠다는 메시지를 계속 던져오고 있었지만 미국의 구축함들은 이 경고를 무시하고 고의로 12해리 안으로 들어가 항해했다. 물론 이는 중국의 과도한 해양권 주장을 무력화하기 위한 정책의 실현이었지만 중국이 최근 들어 적극적이고 공격적으로 대응해오고 있는 중이라 이 지역은 항상 긴장 상태였다. 따라서 미국과 중국 간에 전쟁이 난다면 바로 여기서 터진다는 전망이 지배적이었다.

트럼프는 중국이 북한 핵 저지와 관련하여 마음에 들게 행동할 때는 작전함들에게 12해리 밖으로 항행하도록 지시했고, 마음에 들지 않을 때는 12해리 안으로 조금 들어가도록 지시했지만, 오늘처럼 아예 직선으로 파라셀 군도를 향해 항행하라는 지시를 내린 적은 없었다.

"이제 12해리 안으로 들어갑니다!"

항행장교의 보고에 메이슨 함장은 고개를 끄덕이며 조금씩 크게 다가오는 파라셀 군도를 바라보다 짧게 한마디 명령했다.

"단 한순간이라도 레이더에서 눈을 떼지 마! 무슨 일이 있어도 이놈을 놓치면 안 돼!"

"알겠습니다!"

최근 중국 공군은 12해리 영해 안으로 들어오는 미군 함정에 대해서는 함장이든 조종사든 현장에서 판단해 조치하라는 교전수칙을 내려놓은 상태였다. 즉 현장에 출동한 지휘관이 총격을 퍼붓든 미사일을 쏘든 상부에 별도 보고할 필요 없이 임의로 판단해 대응하라는 것으로 충돌의 위험이 매우 높은 조치였다.

물론 미 해군에서도 당연히 이런 내용을 알고 있었고, 메이슨 함장은 12해리를 넘는 순간 언제라도 전투가 벌어질 수 있다는 각오로 최악의 경우 벌어질 군사 충돌의 그림을 그려보고 있었다. 이미 남중국해 초입에서부터 일정 거리를 두고 계속 따라오고 있는 수면 밑의 잠수함을 격침시키는 건 쉬운 일이지만, 과연 어떤 경우에 공격을 해야 할지 판단하는 건 어려운 문제였다.

"잠수함 위치는?"

"0.8마일 후방입니다! 계속 접근하고 있습니다!"

수면 밑 잠수함은 음파탐지기에 엔진 소리가 그리 크게 걸리지 않는 걸로 보아 중국의 최신예 잠수함이거나 러시아에서 도입한 고성능 잠수함일 가능성이 있었다.

"이제 0.6입니다."

메이슨 함장은 오늘이 매우 특별한 날이라 생각했다. 자신의 구축함도 파라셀 군도를 향해 직선으로 전진하라는 비일상적 지시를 받고 있지만 중국 잠수함도 마찬가지였다. 늘 1마일 이상 거리를 두던 잠수함이 점점 근접해오고 있는 것이었다. 메이슨 함장은 통신장교에게 지시했다.

"작전사령부에 보고해!"

교신을 마치고 난 통신장교가 뜻밖의 보고를 해오자 메이슨 함장은 소스라치게 놀랐다.

"멈추지 말고 직선 항행을 계속하라는 지시입니다. 잠수함이 0.3마일 이내로 들어오면 공격 행위로 간주하고 함장 판단하에 대응하랍니다."

"음!"

메이슨 함장의 입술 사이로 짧은 신음이 새어나왔다. 선제공격의 옵션까지 포함하고 있는 함장 판단이라는 말이 비할 수 없는 무게로 다가왔다.

"공격하라는 뜻인가?"

통신장교가 함장의 말을 그대로 옮긴 후 스피커 볼륨을 높였다.

"공격을 포함한 모든 자위 조치를 함장 판단하에 하라!"

메이슨 함장은 잠시 생각하다 단호한 어조로 지시했다.

"시호크를 띄워!"

"알겠습니다!"

대잠헬기 시호크는 잠수함과의 대결에서 그야말로 무적이었다. 적의 잠수함에서 발생하는 전파를 수집하거나 적외선 레이더를 사용해 적의 위치를 파악하는데, 일단 위치 파악만 되면 그다음은 치명적 어뢰나 헬파이어 미사일을 발사해 잠수함을 그 자리에서 끝장냈다. 아무리 도망치려 해도 유도 기능이 완벽한 SH-60B 어뢰나 헬파이어 미사일을 피할 가능성은 제로였다.

"이상합니다. 계속 거리를 좁히고 있습니다."

레이더에서 눈을 떼지 않고 있던 작전장교가 어딘지 이상하다는 듯 고개를 갸웃거리며 보고하자 메이슨 함장의 가슴에 이제까지와는 달리 한 조각 불안감이 자리 잡았다. 구축함의 밥인 잠수함이 저렇듯 작정하고 다가오는 의미는 무엇이란 말인가.

만약 저 잠수함이 먼저 어뢰를 쏜다면 상황은 정반대가 될 것이다. 여기서 공격만 하면 중국 잠수함은 그대로 격침되지만 그것은 상대도 마찬가지다. 얼마든지 어뢰를 발사해 이쪽을 공격할 수 있으니 승패는 어느 쪽이 먼저 선제공격을 하는가에 달려 있다.

메이슨 함장은 잠수함이 선제공격을 해올 가능성은 1퍼센트도 안 된다고 스스로를 달랬지만 어제까지 별일 없었다고 오늘도 별일이 없다 단정할 수는 없는 일이었다. 아니, 어제가 아니라 지난 1년간, 아니 100년간 아무 일 없었다고 오늘도 아무 일 없을 거라 단정할 수는 없는 일이었다. 잠수함이 점점 다가옴에 따라 메이슨 함장의 가슴속에 자리 잡은 불안감과 갈등은 차츰 커져만 갔다.

"잠수함 수심은?"

"150미터입니다."

메이슨은 중국의 잠수함이 공격해오기 전에는 무슨 일이 있어도 먼저 어뢰를 발사하거나 미사일을 쏠 수는 없다 생각했고, 따라서 불안은 증폭되어만 갔다.

바다 밑 중국 잠수함의 함장은 한마디 소리 없이 모니터에 꽉 들어찬 미국 구축함을 묵묵히 지켜보고 있었다.

"함장님, 0.5마일 거리입니다."

함장은 묵묵히 고개만 끄덕였다.

지앙쉔쯔.

중국 북해 함대 소속의 쑤이隋급 공격형 핵잠수함 함장. 이 핵잠수함이 처음 진수되었을 때 중국 해군은 만세를 불렀다. 중국이 드디어 미국 기술을 앞섰다고 자부하는 최초의 작품으로 핵탄두를 여섯 기나 장착할 수 있었다.

이전까지 중국의 잠수함들은 성능이 떨어져서 쥐도 새도 모르게 적진에 근접해 기습 타격하는 잠수함 본연의 기능과는 거리가 멀었었다. 추진 시 펄을 빨아들이며 엄청난 소용돌이를 일으키는 바람에 스스로 위치를 노출시키기 다반사였다. 또한 소음이 워낙 커서 음파탐지기로 추적할 필요도 없이 누구라도 항로를 예측할 수 있을 정도였다. 그러나 이번 095형 최신예 잠수함은 이런 모든 결점을 개선했을 뿐 아니라 중국 해군 최고기술책임자인 마웨이밍 해군소장이 자신 있게 공개할 정도로 최첨단 기술들이 적용되었다.

이제 중국도 본격적인 해양 전력을 가지게 된 셈이었다. 냉전 시절 미국이 폭격기에 주력했던 데 비해 소련은 핵잠수함에 전력을 쏟아부었고, 사실 미국은 소련의 이 핵잠수함을 굉장히 두려워했다. 북극의 얼음덩어리 밑에서 밖으로 나오지도 않은 채 대륙간탄도탄을 발사하는 소련의 핵잠수함을 잡을 방법을 도저히 찾아낼 수 없었던 게 미국이 군축회담을 서두른 이유였으니 핵잠수함의 위력이란 사실 엄청난 것이었다.

중국은 이러한 소련의 핵잠수함을 본받아 유인 우주선을 쏘아 보내는 기술을 망라해 핵잠 건조에 전력을 기울였고, 결국 세계적 명품이 탄생했다. 더욱 놀라운 것은 중국 해군이 이 잠수함의 함장으로 지앙쉔쯔를 임명했다는 사실이었다. 중국 최초이자 세계 최초의 여성 잠수함장이었다. 전 세계 대부분의 나라에서 잠수함은 여전히 금녀의 공간이었다. 특히 공격형 핵잠수함의 경우 수많은 무기를 적재하고 남은 좁디좁은 공간을 승조원들이 나눠 써야 하는데 별도의 여성 전용 설비를 둘 수 없기 때문이라는 게 그 이유였다.

"근무함을 바꿔주십시오. 저는 핵잠수함을 타지 않겠습니다."

그것은 정말 이해할 수 없는 소청이었다. 아무도 그녀가 왜 그러는지 알 수 없었지만 쉔쯔 함장은 미국의 '프리덤 오브 내비게이션' 작전이 계속되자 근무지 변경을 요구했다. 결국 그녀의 뜻대로 되어 모든 잠수함 장교가 선망하는 최신형 핵잠수함 대신 낡은 소형 잠수함을 타고 남지나해 함대사령부에서 미국 구축함을 감시하는 임무를 맡게 된 것이었다.

"함장님, 적의 대잠 헬기가 떴습니다. 거리를 벌릴까요?"

"계속 항진!"

이미 얼굴이 굳을 대로 굳어버린 승조원들은 '계속 항진'을 명령하는 함장을 이해할 수 없었지만 감히 군소리를 하지 못했다.

이제까지의 함장들은 미국 구축함을 두려워한 나머지 최소 2마일 이상 거리를 두었고, 이것은 기지의 명령이기도 했다. 하지만 이 여성 함장 쉔쯔는 외눈 하나 깜빡하지 않은 채 막무가내로 미국 구축함을 향해 돌격하는 것이었다.

"함장님, 이래도 괜찮을까요?"

"무슨 소리야?"

"기지의 명령이 없었습니다."

"기지는 머릿속에서 지워버려. 내가 현장 지휘관이야."

"알겠습니다!"

쉔쯔는 여태껏 단 한 번도 패해본 적이 없는 승부사였다. 14억 인구의 중국에서는 태어나는 순간부터 잔인할 정도의 생존 경쟁에 내몰리지 않을 수 없었다. 탁아소의 한 자리를 차지하는 것이나 초·중·고등학교에 진학하는 것은 물론이고, 대학입시 경쟁은 치열하다 못해 살인적이었다. 톈진 시 전체 고등학교 졸업생 중 단 한 명에게만 상하이 해군사관학교 입학이 허용되었지만 그녀는 최소 100 대 1이 넘는 이 모든 경쟁에서 항상 최후의 승자가 되었고, 급기야는 최초의 여성 잠수함장이 된 것이었다.

"무슨 일이 있어도 미국과의 군사충돌은 피하라!"

이것은 전 중국군에 내려진 군사위원회 주석 시진핑의 엄명이었다. 거역할 수 없는 이 명령이 있는 이상 중국군은 껍데기에 불과했고, 상급 지휘관들은 만에 하나 미군 전투기나 함정과 스치는 사고라도 날까 봐 노심초사했다.

때때로 혈기방장한 조종사들이 미군의 영공 침범이나 불법 정찰 행위를 참지 못하고 경고성 근접 비행이라도 하면 수사기관에서 범죄자 취조하듯 닦달하기 일쑤라 중국군의 사기는 떨어질 대로 떨어져 있었다.

"0.4마일 접근입니다."

"수심은?"

"160미터입니다."

순간 결기를 머금은 쉔쯔의 목소리가 날카롭게 터져 나왔다.

"함수를 60도로!"

"함수 60도!"

작전장교는 습관적으로 복창하면서도 무슨 의미인지 함장의 얼굴을 빤히 쳐다봤다. 곧 배가 수면을 향해 60도로 세팅되자 쉔쯔의 목에서는 마치 소곤거림과도 같이 낮지만 묵직한 힘이 담긴 목소리가 천천히 흘러나왔다.

"액추에이터를 완전히 풀어!"

"넷?"

작전장교는 순간 소스라칠 듯 놀랐으나 본능적으로 복창했다.

"액추에이터 완전 개방!"

순간 벽력과도 같은 쉔쯔의 목소리가 작전장교의 귀를 때렸다.

"급부상하라!"

외마디 절규 같은 명령과 함께 쉔쯔는 갑갑한 듯 군모를 벗어 던져버렸다. 감추어져 있던 검다 못해 푸른빛이 도는 짧은 머리가 그녀의 작고 둥근 두개골을 더욱 명민하게 드러내주었다.

작전장교는 놀라 얼굴이 삽시간에 흙빛으로 변했지만 함장의 작전 명령을 거부할 수는 없는 일이었다.

"급부상!"

순간 바닷속 짙푸른 심연에서 잠수함이 60도 각도로 위를 향해 마치 한 발의 어뢰처럼 치솟아 올랐다. 헤아릴 수 없이 많은 공기방울을 뒤로 남긴 채 가미카제 특공대처럼 미군의 구축함을 향해 로켓처럼 솟구쳐 나가는 잠수함 속에서 쉔쯔는 희미하게 웃었다.

"으악! 함장님!"

모니터를 지켜보던 작전장교의 비명이 귀에 들려왔지만 허리를 꼿꼿이 세운 메이슨 함장은 독수리 같은 눈을 수중 레이더에 고정시킨 채 흔들림 없는 목소리로 조타실 마이크에 대고 외쳤다.

"우현 30도 급회전!"

"우현 30도 급회전!"

거대한 가스 터빈 네 대가 최고 RPM까지 수직으로 치솟으며 육중한 구축함을 간신히 돌리자마자 쏴아 소리와 함께 쉔쯔의 잠수함 함수가 허공으로 솟구쳤다 비산하는 물줄기와 함께 쾅 소리를 내며 수면 위로 떨어졌다. 요란한 프로펠러 소리를 내며 시호크가 헬파이어 미사일을 장전한 채 공중을 선회하는 가운데 채피 호의 함장 메이슨 이하 모든 장교와 수병이 잠수함 갑판에 눈길을 모았다.

이윽고 해치가 열리며 갑판에 몸을 드러낸 사람이 여성인 걸 알아채자 초긴장 상태의 수병들과 사관들, 심지어는 함장인 메이슨 중령도 흥미로운 눈길로 이 여성의 일거수일투족을 지켜볼 수밖에 없었다.

"나는 쉔쯔 함장이다."

이 한마디에 다시 한 번 구축함의 모든 군인들은 눈이 휘둥그레졌다. 여성 함장이라니!

"귀함은 중화인민공화국의 영해를 침범하였으므로 나포함이 원칙이나, 시진핑 국가주석의 특별 지시에 따라 1회에 한하여 특별히 용서하니 즉각 함수를 돌려 영해 밖으로 물러나라!"

메이슨 함장은 또다시 갈등에 휩싸였다. 방금 거의 충돌할 뻔했던 상대방의 급부상을 심각한 적대 행위로 간주하고 격침시키는 극단적 그림부터 상대가 도발한 것과 똑같이 들이받아버리는 그림까지 여러 옵션이 떠올랐으나 일단 지금은 말로 할 때라는 결론을 내렸다.

"귀함의 난폭한 공격 행위로 보아서는 당장 격침시켜야 함이 원칙이나, 일단 함장과 작전장교를 인치하여 조사 후 결정하겠다. 함장과 작전장교는 체포에 순순히 응해 다른 불상사가 없기 바란다."

쉔쯔는 주머니에서 무언가를 꺼냈다. 모든 사람들의 눈길이 집중된 가운데 쉔쯔는 라이터를 꺼내 손에 쥔 것에 불을 붙이고는 입에 물었다. 놀랍게도 그것은 시가 파이프였다.

"으음!"

메이슨 함장의 입가에서 신음이 새어나왔다. 잠수함이 물 위로 솟아쳐 올랐을 때 시가를 꺼내 무는 건 함장들의 전통이었다. 하지만 이것은 여유가 있는 평시의 행동이지 지금 상황이라면 상대방 함장은 한껏 당황해 안절부절못해야 정상이다. 그러나 나이도 별로 들어 보이지 않는 중국 함장, 그것도 여성 함장은 오히려 여유를 부리고 있었다. 메이슨은 원칙적으로는 현장 조치에 관한 전권을 갖고 있었지만 관행에 따라 사령부에 상황을 보고토록 했다.

"사령부에 본함은 격침과 함장 체포를 염두에 두고 있다 보고하고 지시를 받아."

그러나 다음 순간 메이슨은 귀를 때리는 기관총 소리에 대경실색했다. 본능적으로 공중에 떠 있는 시호크를 향해 고개를 돌렸으나 시호크는 저만큼 선회하고 있어 기관총을 쏠 위치도 아니었고, 자신의 명령 없이 기관총 소사를 할 리도 없었다. 정신을 차린 메이슨의 눈에 들어온 건 잠수함의 기관총신이었다.

두두두두!

다시 한 번 잠수함의 기관총이 불을 뿜었고, 포탄은 채피를 옆으로 둔 채 허공을 향해 날았다.

"즉시 퇴각하지 않으면 나포하겠다."

거대한 이지스 구축함 앞의 소형 잠수함 갑판에 선 쉔쯔는 마치 사자 앞에 선 쥐새끼같이 초라한 몰골이었지만 겁 없는 퇴각 명령에 이어 시가 파이프를 입에 문 채 기관총까지 발사하고 있는 것이었다.

메이슨은 이쯤 되면 이제 다른 옵션은 없다고 생각했다.

"적 어뢰관 확인하라!"

"어뢰관 확인! 이상 없습니다."

메이슨은 잠수함이 어뢰관을 열어놓지 않은 이상 격침까지 시킬 수는 없다 생각했다. 그렇다면 시호크의 발칸포를 잠수함 함수 부근의 바다에 갈기는 정도가 당장의 적절한 대응일 것이었다.

"시호크 공격 준비!"

"로저, 시호크 공격 준비 완료!"

"함수 앞으로 경고 발포하라!"

"경고 발포!"

복창과 동시에 발칸포가 불을 뿜었다.

쿠쿠쿠쿠, 쿠쿠쿠쿵!

잠수함 갑판 위의 쉔쯔는 바로 코앞에 수십 발의 발칸포탄이 쏟아지는데도 시가를 입에 문 채 남의 일처럼 무심하게 바라보고 있더니 발칸포 사격이 끝나자 들고 있던 워키토키에 대고 이미 작심한 듯 강고한 지시를 내렸다.

"발사관 개방!"

순간 메이슨은 크게 당황할 수밖에 없었다. 그는 급히 시호크와 채피의 모든 공격 수단에 대응을 명하고는 급히 사령부를 불렀다.

"이머전시! 이머전시! 수상 대치 상황에서 적함이 기총 소사에 이어 어뢰관 개방 직전이다. 즉시 격침 명령 하달 바란다. 격침 명령 요청한다. 격침 명령 요청한다!"

이와 동시에 메이슨은 급히 시호크를 불렀다.

"시호크, 헬파이어 발사 준비!"

"시호크 준비 완료! 발사 명령 대기 중!"

시호크의 답신과 동시에 작전장교의 경악에 찬 목소리가 귀를 울렸다.

"적이 어뢰관을 열었습니다!"

메이슨이 시호크에 눈길을 돌리며 막 발사 명령을 내리기 직전, 날카로운 목소리가 무전기를 타고 흘러나왔다.

"공격 중지! 공격 중지!"

"무슨 소리야? 적이 어뢰관을 열었단 말이야!"

"공격 중지하고 배를 돌려 빠져나오라! 사령관님 명령이다! 빨리 도피하라!"

"왜 돌려! 이 바보들아! 헬파이어 한 방이면 끝인데."

메이슨은 절규했지만 사령관의 명령을 듣지 않을 수 없는 상황이었다.

"조타실, 우현으로 150도 회전하라! 우현으로 150도 회전하라!"

다시금 네 대의 거대한 가스 터빈이 맥시멈 RPM까지 급속히 치솟으며 구축함은 함미를 적에게 그대로 내준 채 함수를 돌렸다. 메이슨은 미치광이 같은 중국 함장이 어뢰 발사 명령을 내릴지 몰라 한참이나 등에 식은땀을 흘렸지만 다행히 잠수함으로부터 어뢰가 발사되지는 않았다.

"이런 굴욕이!"

"도대체 사령관님은 왜 격침 명령을 안 내리시는 거야!"

"위대한 미 해군이 한낱 중국 고깃배에 무릎을 꿇다니!"

낡은 소형 잠수함 한 척으로 미국의 이지스 구축함을 물리치고 유유히 기지로 복귀한 쉔쯔는 순식간에 국민 영웅으로 떠올랐다. 그녀에게 걸리면 누구도 살아남을 수 없다는 전설에 하나가 더 보태졌고, 시진핑은 은밀히 사람을 보내 그녀를 포상했다.

포기를 모르는 쉔쯔의 생애와 용기는 모든 중국인의 입에 회자되었고, 특히 보이시하면서도 동양적인 미모와 잠수함장으로서의 강한 카리스마가 어우러진 쉔쯔의 모습은 세계 최강자로 급부상하고 있는 중국을 상징하는 이미지가 되었다. 언론에 의해 영웅담이 조금 더 포장되면서 그녀는 14억 중국 인민의 애인이 되었다. 초등학생들은 그녀의 스티커를 사 모으고, 여성들에게는 롤 모델이자 대리만족의 대상이 되었으며, 수많은 남성들에게는 마음속 연인으로 자리잡아갔다.

쉔쯔의 꼿꼿하고 곧은 자세는 땅바닥 끝까지 구부러졌다가 순식간에 하늘로 솟구쳐 오르는 대나무 같은 탄력성과 강인함, 그리고 유연성을 표징하며 가장 중국적이라는 찬사를 받았다. 이제 남자 동료들마저도 그녀의 이름 쉔쯔를 부를 때면 경외심과 공포감을 감추지 않았다. 그녀를 본받아 해군, 그것도 금녀의 공간인 잠수함의 장교가 되겠다는 꿈을 가진 소녀들이 터져날 지경이었다.

하지만 중국을 뒤덮는 쉔쯔의 뉴스를 들추며 홀로 미소 짓는 미국인이 있었는데, 그는 바로 도널드 트럼프였다.

34.
시간을 벌어라

　평안남도 남포시.

　남포 조선소 뒤의 장마당은 모처럼 활기가 돌았다. 오랫동안 남포는 북한의 조선과 철강산업의 중심지라 다른 지역에 비해 먹고사는 형편이 나았다. 하지만 근래 들어서는 남포의 장마당들도 말라비틀어진 푸성귀처럼 활기가 사라진 지 오래였다. 중국의 대북제재가 강력해지며 새로 들어오는 물건이 거의 없어진 데다 날로 고조되는 대미항전 분위기 탓이었다.

　"감자요, 감자."

　넉살 좋고 수완 좋은 양승락은 한 차 가득 모아온 감자를 장바닥에 널어놓은 채 목청껏 사람들을 불렀다. 오늘은 제철소와 조선소의 봉급이 나오는 날이라 남포 시내는 물론 각지에서 물건들이 들어와 그나마 성황을 이루었다. 강원도에서 평안도, 심지어는 압록강, 두만강변까지 북한 전역을 돌아다니며 장마당에 그때 그때 필요한 물건들을 공급해온 양승락이 오늘 선택한 상품은 그간 주로 취급해왔던 가전제품이 아니라 뜻밖에도 감자였다.

"저 간나 좀 보라우!"

놀랍게도 양승락이 가지고 온 감자는 대인기였다. 그간 큰 장마당에서 최고의 인기를 구가하던 가전제품이니 화장품들을 힘들게 구해 가지고 온 장사꾼들은 전혀 생각지도 못했던 감자가 날개 돋친 듯 팔려나가는 걸 보고 놀라움과 질시가 가득 찬 눈으로 양승락을 바라보고만 있었다.

"도대체 감자가 저렇게 잘 나갈 줄 누가 알았간! 저 똥돼지같이 생긴 놈이 눈깔은 바리바리한 게 계산 하나는 날래게 생기디 않았간. 우리 이러지 말고 저 간나한테 가서 좀 배우자. 기래야 뭘 사대야 할디 알지 않갔니."

그랬다. 장사에 관해서는 야수 같은 본능을 가진 양승락은 남포 조선소와 제철소 봉급날을 노리고 갑자기 트럭 한 대를 만만치 않은 돈을 주고 빌려서는 산간마을을 돌아다니며 감자를 사모아온 것이었다. 마지막 한 무더기까지 다 팔고선 판을 걷던 양승락은 장사꾼들이 하나둘 모여들어 조언을 청하자 갑자기 측은한 마음이 생겼다.

자신이 돈 벌 정보를 남에게 알려준다는 게 내키지 않는 일이었지만 동정심 많은 양승락은 트럭 위에 올라가 장사꾼들에게 일종의 강의를 시작했다.

"요즘 정세를 보자면 설라무네, 고난의 행군이 또 온단 말이외다. 여러분, 고난의 행군 잘 알디 않소? 그때 간나들이 한 200만 죽었단 말이디요."

고난의 행군이란 말은 삽시간에 장사꾼들을 흔들어놓았다.

"죽일 놈의 돼지새끼, 수소폭탄은 뭔 개빌어먹을 수소폭탄임 메!"

사람들의 반응이 뜨거운 걸 보며 양승락은 조언이랄지 웅변이 랄지 하여튼 호기롭게 말을 이어나갔다.

"동무들 요즘 배급 나오는 거 본 적 있소? 전부 장바닥에서 사 대는데 사실 이제 공화국은 더 이상 사회주의 낙원이 아닙네다. 사실 한 번도 낙원이었던 적 없습네다만."

불만에 가득 차 있던 장사치들이 바로바로 호응했다.

"뒈질 놈의 새끼! 아, 미사일이 밥 멕여주나, 뭐! 태평양 건너 뉴욕에다 쏜다구? 아, 양키 놈들은 수백 배, 아니 수천 배, 아니 수만 배나 그 대륙탄인지 뭔지 갖고 있다는데 김정은이 그 돼지 새끼 미친 거 아님메? 근데 박사 양반, 양키들이 쳐들어옵네까, 안 옵네까? 솔직한 심정이라면 양키 놈들이 좀 쳐들어왔으면 좋 겠수다레. 이 썩을 노무 지옥보다는 낫디 않갔소?"

"와아―."

"옳소!"

"백 번 지당해!"

놀라운 일이었다.

인민의 삶은 내팽개친 채 수소폭탄에만 열중하는 김정은에 대한 반감으로 차라리 양키들이 쳐들어왔으면 좋겠다는 장바닥 민심. 분위기를 탄 양승락은 호기롭게 내뱉었다.

"동무들, 한번 잘 생각해보시라요. 해방전쟁 이후 언제 한번 양키 놈들이 쳐들어온 적 있나? 단 한 번도 없시요. 날이면 날마다 대미항전이니 양키 침공이니 하지만 지난 70년래 양키 놈들 한 번도 쳐들어온 적 없네다. 모두 김정은 간나들의 수작입네다."

순간 쌩 하고 바람을 가르는 소리가 나며 날아든 총탄 한 방에 양승락은 비명조차 없이 제자리에 풀썩 쓰러지고 말았다. 이어 드르륵 소리가 나며 기관총알이 날아들자 장사꾼들은 일거에 뿔뿔이 흩어졌다. 하지만 그중 상당수는 총알을 무릅쓰고 양승락에게 달려들어 주머니를 뒤지고 있었다.

같은 시각 김정은 임시 집무실.

"도대체 어떤 놈인지 알아야 전략을 세울 거 아니오!"

김정은의 짜증난 목소리가 회의 참석자들의 고막을 자극해왔지만 누구도 대답을 할 수 없었다. 그간 지구상에 있는 트럼프 관련 정보는 하나도 빠짐없이 모두 모아놓고 분석을 했으나 트럼프란 인간은 그야말로 알 수 없는 인간이었다. 김정은과 같이 햄버거를 먹겠다는 말을 한 지 얼마 지나지 않아 북한을 완전 파괴하겠다는 말을 하더니, 그 직후에 또다시 '내 친구 김정은'이라는 식으로 중구난방인 그에 대해서는 어떤 데이터도 의미 있는 판단의 기준이 되지 못했다.

"동무들, 제발 한마디 하시오. 차라리 미친놈이라고 얘기하시오. 어느 쪽으로든 얘기하란 말이오."

"미친놈이 맞습네다."

김정은의 조급한 목소리에 외무성의 꽃이라는 최선희가 입을 열었다. 좌중의 시선을 한몸에 받으며 최선희는 말을 이어나갔다.

"지난번 일본, 남조선, 중국, 베트남 할 것 없이 돈타령으로 4,000억 달러를 챙기는 걸 보면 미치긴 미쳤으되 매우 노회한 자입네다. 일본에 가서는 일본 칭찬, 남조선에 가서는 남조선 칭찬, 중국에 가서는 중국을 칭찬하니 도저히 말을 믿을 수 없는 자입네다. 게다가 중국에서는 2,500억 달러를 약속받고 나서는 바로 중국을 욕하며 대립하니 한마디로 야비한 장사꾼에 불과한 자입네다."

최근 이인자 자리에 우뚝 올라선 최룡해가 최선희의 말에 지지를 보냈다.

"이놈은 했던 약속도 마구 뒤집어엎는 개차반입네다. 파리기후협정도 제 맘대로 탈퇴하고 이란과 맺었던 핵협정도 제 맘대로 깨버립네다. 그러니 이놈과는 어떤 약속도 할 수 없습네다."

김정은은 고개를 끄덕이며 리용호 외무상에게로 고개를 돌렸다.

"외무상이래 시원한 말 좀 해보라우요. 지난번 트럼프 미친놈을 가이새끼라 그랬듯이."

리용호 외무상은 준비한 도표를 벽에 내걸게 했다. 도표에는 모두 아홉 명의 이름이 적혀 있었다.

"이놈들이 지금 뮬러 특검의 조사를 받고 있습네다. 현재 매너포트 선대본부장과 파파도풀로스 고문은 가택연금된 상태이고 나머지 일곱 명도 바람 앞의 촛불 신세입네다. 트럼프 개놈이 기소된 두 명을 가리켜 뭐라고 웃기는 얘기를 했는지 아십네까?"

"말해보라우."

"너무 하급직들이라 상대해본 적도 없다고 합네다. 선대본부장에 캠프 고문인데 말입네다."

"하하하하!

"호호호!"

"하하하하!"

모두들 웃음이 터지면서 분위기가 한결 누그러지자 리용호는 단언하듯 말했다.

"이것들이 러시아와 갖가지 수작을 했지만 결정적인 건 장남인 트럼프 주니어란 놈과 사위 쿠슈너란 자식이 정권을 잡으면 러시아 국영은행을 제재하고 있는 마그니츠키법을 고치겠다 한 겁네다. 이건 명백한 반역인 데다 가족들이라 트럼프에게 치명상입네다. 트럼프는 얼마 있으면 탄핵될 가능성이 아주 큽네다. 그러니 이런 자와 무슨 협상을 하갔습네까?"

김정은은 통쾌해하면서도 일말의 불안감이 가시지 않은 표정으로 말했다.

"그건 그거고 지금 어떻게 해야 하냔 말이야. 저놈이 날 가리켜 친구네 뭐네 하는 건 오히려 연막 아니겠나. 저러다 어느 순간 갑자기 백조 새끼인지 뭔지 보내는 거 아니냔 말이오. 지금 우리가 내 방에도 못 들어가고 이 개떡 같은 임시 사무실에서 회의하는 거 보란 말이오. 그 개 같은 놈이 자꾸 내 집무실을 폭격하니 무슨 참수를 하니 미친 소릴 해대고 있으니 내 집무실에도 못 들어가고 있디 않간."

최룡해가 천 번 만 번 이해한다는 표정을 지으며 달랬다.

"이 미치광이 가이새끼가 어떻게 나올지 모르니 위험한 곳에 구태여 갈 필요가 있갔습네까?"

"그건 그렇다 치고, 이제 어떻게 해야 하느냔 말이오. 제잰지 지랄인지 점점 쎄게 들어오는데 더 이상 갠디기도 어렵디 않갔소? 핵실험도 그렇고 미사일 발사도 그렇고 판단하기가 참 애매하단 말이오. 동무들 의견을 내보라우."

최선희가 다시 입을 열었다.

"중국이 이번에 2,500억 달러나 약속했으니 그 약발이 있습네다. 따라서 미사일은 몇 번 더 쏠 수 있을 걸로 보입네다. 핵실험도 한 번 정도는 안심하고 할 수 있을 걸로 보입네다."

"흠!"

최룡해가 입을 열었다.

"문제는 속도입네다. 천리마 돌격으로 수소폭탄 장착한 대륙간탄도탄을 완성하고 핵실험 한 번, 대륙간탄도미사일도 한 번 쏴버리면 끝 아닙네까. 그다음부터는 뭘 해도 완전 핵보유국 위치에서 임할 수 있습네다."

"뭘 해도라는 건, 핵을 계속 보유하든 협상하든 어느 쪽이든 말이오?"

"그렇습네다."

"그런데 저 트럼프란 놈을 믿을 수 없으니 하는 말 아니오? 탄핵될 때까지 기다리자니 제젠지 지랄인지가 점점 죄어들어 오고, 지금 하자니 얻어낼 대가가 반쪽이 날 테고, 무엇보다 인민들에게 내 입장이 뭐가 되냔 말이오? 결국 웃음거리밖에 더 되갔소? 미국 놈들한테 무릎 꿇은 거밖에 더 되냔 말이오?"

김정은은 상당히 위축되어 있었다. 핵과 미사일만이 살길이라 밀고 나갈 때와는 전혀 다른 모습일 수밖에 없는 것이, 중국이 미국의 힘에 눌려 제재에 적극 동참하자 모든 상황이 달라져버린 것이었다. 심지어 일각에서는 중국이 원유 파이프를 완전히 잠가버릴 가능성이 있다는 분석이 나오는 데다 가장 견디기 힘든 건 트럼프가 말끝마다 내뱉는 참수 작전이었다.

회의에 참석한 북한의 핵심 지도자들은 문제가 몹시 까다롭다는 걸 깊이 인식하고 있었다. 처음에는 핵과 미사일을 직선으로 개발 완성하면 최후에는 둘 중 하나의 길로 순조롭게 갈 걸로 판단했다. 그러나 중국이 미국 측으로 기우는 바람에 제재가 너무나 가혹하게 다가와 장마당은 물론 군 일각에서도 불안과 궁핍을 견디지 못하고 점차 불온한 기운이 감돌고 있다는 걸 모두 느끼고 있었다.

최근 들어 미국에서 몇 개의 채널을 통해 대화 제의를 해오고 있지만 한결같이 무늬만 대화 제의여서, 응하는 것 자체로 그간 내세웠던 결기만 우습게 되는 꼴이었다.

"아, 진정 답답하구만. 내 집에도, 내 집무실에도, 내 특각에도 가고 싶단 말이오. 나라를 이끌어가는 최고지도자들이 이렇게나 생각이 없어서야 어떡하겠소?"

김정은을 포함해 모두가 무력감에 빠져 있을 때 맨 끝자리에 앉아 있던 한 사람이 천천히 자리에서 일어났다.

"제가 한 말씀드리겠습네다."

"말해보라우요."

누구에게나 안하무인인 김정은이지만 이상하게도 이 사람에 대해서만은 부드럽기 짝이 없어, 사람들은 아닌 밤중에 홍두깨처럼 툭 튀어나온 조직지도부 정책국장 권오성에게 시선을 모았다.

"남조선 문재인 정권은 국정원장들과 국방장관 출신 김관진을 비롯해 군 요직 인사들을 개작살내고 있습네다."

"뿐만 아니라 국정원, 국방부 할 것 없이 적폐 쌓은 놈들을 다 청소하고 있습네다. 묘하게도 이놈들은 모두 우리가 혐오하고 증오하던 놈들입네다."

권오성의 발언이 어딘지 익숙한 동시에 아주 새롭게 들린다는 생각에 사람들은 모두 귀를 기울이며 신경을 곤두세웠다.

"우리가 내려가서 정권을 잡으면 맨 처음 했을 것 같은 일들을 지금 남한 정권이 아주 속 시원히 해주고 있단 말입네다."

"정말 그런 것 같은데……."

조직지도부 출신의 고위 간부가 천천히 고개를 끄덕이며 낯익은 것 같으면서 낯설기도 한 권오성을 바라보며 그의 과거 모습을 기억 속에서 끄집어냈다. 조연준. 그는 조연준이 저승사자로 변모할 무렵 어디선가 데리고 온 새로운 얼굴이었다. 같이 일할 기회는 없었지만 처음부터 출신이라든지 특기라든지 하는 게 베일에 가려진 사람이었다. 그런데 언제부터인가 김정은은 그를 최고전략회의에 앉히기 시작했던 것이다.

"한마디로 하자면 깊이 통하는 데가 있다는 말입네다. 달리 얘기하면 가는 방향이 같단 말입네다."

"음, 그건 미처 생각해보지 못했는데."

"이런 난감한 상황에서는 남조선이 답입네다."

"무슨 얘깁네까? 좀 속 시원하게 말씀하시라요."

최선희의 독촉에 권오성은 최선희를 똑바로 주시하며 대답했다.

"지금 문제는 시간입네다. 트럼프 가이새끼가 우리에게 시간을 안 준다는 거 아닙네까. 시간 끌면 폭격이든 타격이든 전쟁이든 하겠다는 거지요. 협상을 해도 과거 6자 때처럼 마냥 시간을 벌어주지 않는다는 말입네다. 말이 협상이지 사실은 강제라요. 그래서 미국과 일대일로 마주 앉는 게 시원해 보이지만 사실은 스스로 좁은 길로 들어가는 겁네다. 우리는 세 가지를 해야 합네다."

"세 가지라면요?"

"첫째는 초스피드로 핵과 미사일을 완벽하게 완성하고, 둘째는 시간을 끌 대로 끌다 협상 테이블에 앉고, 셋째는 협상 채널을 최대한 넓혀야 합네다. 미국, 중국, 남조선, 심지어는 일본까지도요. 그래서 중구난방으로 만들면 시간을 한참 벌 수 있습네다. 특히 남조선으로 하여금 트럼프를 잘 막아주도록 해야디요."

"그거야, 바로 그거야! 미국과 일대일로 마주하는 건 피하라는 얘기 아니야?"

"바로 그렇습네다. 특히 남조선에 희망적인 조짐을 조금씩만 던져주면 미국이고 뭐고 청와대가 다 막아줍니다. 저들끼리 다투다 반미 시위도 일어날 겁네다. 맘껏 시간을 가질 수 있습네다. 미국 놈들 뿔대 나서 미군이 철수할 가능성도 있고, 남남갈등에 쌈박질을 얼마든지 조종할 수 있습네다. 핵 완성 이상의 성과를 낼 수 있습네다."

"역시 권 동무래 머리가 비상하오!"

김정은이 박수를 치자 모두 따라 박수를 치며 "김정은 동지 만세!"와 "권오성 동지 만세!"를 외쳤다.

35.
블랙십

금빛 머리카락을 늘어뜨린 레오 폰 H.는 뉴욕 맨해튼의 한 펜트하우스 사무실에 앉아 마천루가 끝나는 지점의 하늘을 바라보고 있었다. 시야에 들어오지는 않지만 트럼프 빌딩이 지척에 있는 곳이었다.

레오는 프로이센 황족 혈통의 한 지파로서, 일찍이 미국으로 건너와 더 큰 부를 일군 폰 H. 가문의 유일한 상속자였다. 이 가문은 재산 분할로 인해 세대가 갈수록 부가 쪼그라드는 것을 막기 위해 장자에게 모든 것을 물려주는 장자유일상속 전통을 고수해왔다. 또한 자식이 단 두 남매뿐일 경우 여자의 결혼을 금지해 재산을 보호하고 적통의 보전을 예비하도록 했다.

레오는 독일계로서 자신도, 하나뿐인 여동생도 뉴욕 태생이었지만, 1년에 3개월은 반드시 독일 뮌헨에서 지내야만 했다. 가족끼리는 독일어로 대화해야 했고, 자신은 아버지의 성을 이어받지만 여동생은 어머니의 성을 따라 B라는 이름을 물려받는 것도 이해하기 어려운 가문의 전통이었다.

이 때문에 초등학교 시절에는 자신이나 동생 중 하나는 뮌헨의 성벽 밑에서 주워온 게 틀림없다고 의심한 적도 있었다. 아이린 B.! 아이린은 생후 100일 무렵 세례식을 할 때 오른쪽 쇄골 아래에 B. 가문의 문장인 세 잎 클로버 문신이 새겨졌다. 어머니는 아이린이 북구적 외모와 강인한 성품, 그리고 온갖 스포츠에 능한 것까지 자신의 유명한 증조할아버지와 판박이라고 입버릇처럼 말했다. 이 가문은 프로이센의 재상으로 독일을 통일시킨 할아버지 이래 친러적 전통을 불문율처럼 이어왔다.

아이린은 일찍부터 가문의 블랙십 기질을 보였다. 일반에게는 감춰진 극소수 대부호의 자제들을 위한 비밀 학교를 다녀야 하며 반드시 기술을 전공해야 한다는 등의 규율을 완전히 무시하고 일반 대학에 진학한 것도 모자라 다른 학생들과 뒤엉켜 기숙사 생활을 하더니, 대학 졸업 후에는 몰래 FBI에 취직해 위험한 삶을 살고 있었다. FBI에서 가지각색 흉악범들을 상대하며 워싱턴의 밤거리를 누비는 것으로도 부족해 이번에는 트럼프 선거 캠프의 비리를 캐는 등 천방지축이었다. 레오는 보디가드를 풀어 24시간 아이린을 감시하다 결국 아이린과 FBI의 영원한 결별을 위한 최후의 수단으로 납치라는 극단적 방법까지 동원한 것이었다.

"레오, 이건 반칙이야. 이럴 수는 없어요. 어머니께 고자질한다는 협박도 오빠답지 않게 비겁한 거구요."

오빠가 이런 적은 없었다. 가문의 상속자가 되더니 오빠 레오는 변해도 너무 변했다. 특히 그랜드 케이맨 사건 이후 오빠는 완전히 막무가내가 되었다. 자기 말은 아예 듣지도 않으려고 하더니 이제 납치까지 한 것이다. 아이린의 원망은 한참 동안 계속됐다. 레오는 등을 돌린 채 시선은 창밖에 두었지만 극도로 신경을 곤두세운 채 동생의 말을 듣고 있다가 몸을 돌렸다.

"이제 다 한 거지? 그러게 진작에 FBI를 그만두라고 했잖니. 그간 네 편에 서서 감쪽같이 숨겨주었다만 어머니가 아시면 쓰러지실 거야. 네가 하는 일이 얼마나 위험한 일인지 아니? 솔직히 이 오빠는 네가 그 이상한 곳에 들어간 후 단 하루도 다리를 뻗고 자지 못했다. 아이린, 네게 무슨 일이라도 생긴다면 내가 어떻게 어머니를 뵙고, 아버지 영전에 얼굴을 들 수 있겠니? 한평생 너만을 사랑하셨던 아버지를 말이다."

부모님 얘기가 나오자 아이린은 잠시 멈칫했다.

"너는 지금까지 우리 가문의 모든 룰을 어기고 제멋대로 살았어. 이제라도 집으로 돌아와 오빠와 함께 일하자. FBI에 돌아가는 것은 이미 틀린 일이다. 사표도 벌써 수리됐고, FBI는 너를 찾는 것도 포기했다. 내가 다 조치해놓았어."

"사표라뇨. 그건 절대 안 돼요. 내가 목숨의 위협까지 받고 있는 줄 알고 눈에 불을 켜고 찾고 있을 거예요. 호호, 내가 지금 바로 요 앞 경찰서에 전화해서 나를 납치한 범인이 친오빠라고

하면 바로 오빠를 체포하러 올 텐데……. 호호, 자작극이라고 해야 하나? 어떻게 할까요?"

아이린의 하늘색 두 눈동자에 처음으로 미소가 스며들었다. 포착하기 어려운 아이린의 그 미소는 오빠인 레오만이 눈치 챌 수 있는 것으로, 이제 본론에 들어갈 수 있을 만큼 마음이 풀렸다는 신호였다. 레오는 이 기회에 가문의 흥망을 좌우할 수도 있는 무거운 얘기를 해 아이린을 꽉 잡아야 한다고 생각했다.

"아이린, 이제부터 오빠가 하는 말을 잘 들어라."

아이린은 지금까지 레오가 이렇게 심각하고 진지한 표정을 짓는 것을 본 적이 없었다. 이윽고 서재의 거대한 한쪽 면을 채우고 있는 대대로 내려온 적갈색 마호가니 책장에서 HG&Co.의 황금 서책을 꺼내 보이며 레오가 들려주는 이야기를 아이린은 넋을 잃은 듯 조용히 듣고만 있었다.

"아이린, 네가 FBI에 들어간 것도 결국 미국을 지키기 위한 정의감 때문 아니냐! 이제는 네가 오빠 말을 들을 차례다. 그리고 지금부터 오빠가 네게 하는 말은 누구에게도 누설해서는 안 된다. 우리 가문의 명운이 달린 일이야."

레오는 지금 미국의 패권이 위협받고 있으며, 성배기사단은 미국의 패권을 지키기 위해 이에 도전하는 중국과 전쟁이 불가피하다는 결론을 내렸다는 사실을 때로는 강하게, 때로는 호소하듯 말했다.

"우리는 후보들을 면접했다. 힐러리는 아예 전쟁 의사가 없었고, 젭 부시는 잠시 망설였다. 반면 트럼프는 적극적이었고 전쟁을 약속했지. 그는 왜 전쟁을 해야만 하는지를 이해하는 유일한 사람이었어. 우리는 지지율이 1퍼센트도 안 되던 그를 공화당 후보로, 그리고 결국은 대통령으로 만들었다."

"……."

"주사위는 이미 던져졌고 지금은 천재일우의 기회야. 김정은 이란 완벽한 도화선이 있기 때문이지. 이 친구는 트럼프가 세게 나가면 움츠러들어. 바꿔 말해서 약하게 나가면 도발한단 말이지. 핵문제가 어느 정도 교착 상태에 빠지면 반드시 도발해. 핵실험이든 미사일 발사든 안 하고는 못 배겨. 요체는 이 도발을 이용하되 중국이 끼어들지 않을 수 없도록 어떻게 교묘한 상황을 만드느냐는 거야."

"성배기사단에서 그걸 설계하나요? 그중에서도 군수 집안인 오빠가 앞서서?"

"트럼프는 교활한 사람이야. 허나 어떻게 보면 굉장히 현명한 사람이지. 그는 왜 전쟁을 해야 하고, 어떻게 중국을 끌어들이며, 어떻게 마무리를 해야 하는지 누구보다 잘 알아. 쿠슈너를 푸틴에게 보내 시진핑과 사이를 벌려놓고, 남중국해에서 낡은 잠수함에 꼬리를 내려 중국에 자신감을 불어넣는 데까지 착착 준비를 해왔어. 이제 트럼프는 국내에서 점점 막다른 골목에 이르게 되어 있고, 김정은은 도발하지 않을 수 없게 되어 있어. 발화점을 향해 한 걸음 한 걸음 다가가는 거지."

"중국을 눌러야 미국이 사나요? 중국과 공존은 안 돼요?"

"그게 선량한 보통 사람들이 빠지기 쉬운 함정이야. 미국은 군사력이고 중국은 경제력이야. 그런데 군사력을 쓰지 않고 경제력만 써서 싸우면 미국이 질 게 뻔하잖아."

"미국이 군사를 포기하고 그 힘을 경제로 돌리면 되지 않아요?"

"미국이 군사를 포기하는 순간 달러는 폭락이고, 달러가 폭락하는 순간 미국은 붕괴해. 수천만이 노숙자로 전락해 도시를 뒤덮겠지. 그렇게 보면 미국은 전쟁을 해야만 하는 운명을 가진 슬픈 나라야."

처음에는 깜짝 놀라 토끼눈을 뜨던 아이린이 점차 침착함을 되찾으며 진지하게 귀를 기울이는 모습에 레오는 자신이 미중전쟁의 계획을 털어놓길 잘했다는 생각을 했다. 최소한 시니컬한 반박 몇 마디 정도는 있을 거라는 예상과 달리 시종일관 조용히 듣기만 하고, 자신의 말이 끝난 후에도 한참 동안이나 아무 말 없이 앉아 있는 아이린을 지켜보며 레오는 역시 피는 물보다 진하다는 말을 떠올렸다.

"아이린, 이제부터 우리 남매가 가문의 전통을 이어나가야 한다. 미국을 지키는 것이 우리 가문의 일이다."

오빠의 말에 아이린은 잠에서 깨어난 듯 몽롱한 눈을 들어 통유리로 된 거실의 한쪽 면에 가득 찬 자유의 여신상을 바라보며 힘없이 물었다.

"미국은 언제까지나 그렇게 살아야만 하나요? 무기를 팔고 전쟁을 해야만 하는 나라로요?"

"시간을 버는 거야. 지금은 인구가 많은 중국의 시대이지만 얼마간 시간이 지나면 하이테크가 인구를 이기는 시대가 와. 그때까지 미국은 생존해야 해."

"미국의 생존을 위해 중국과 전쟁하는 것이 과연 정당한 일일까요?"

"중국이 세계를 지배하면 어떻게 되겠니? 중국은 세계를 이끌 어떠한 사상도 이념도 없는 나라야. 힘과 돈만이 그들의 목표이고, 인권도 자유도 안중에 없어. 중국의 형법은 세상에서 가장 무섭고, 변호사는 피고인을 보호하는 게 아니라 국가를 대신해. 인터넷도 제한하는 나라가 세계를 지배한다고 생각해봐."

"중국도 점점 나아지고 있어요. 러시아가 나아지고 있듯이. 거꾸로 중국의 시각에서 보면 미국이 깡패요, 돈 없으면 지옥과도 같은 세계 아닐까요? 미국 흑인의 평균수명은 세계적으로도 부끄러운 수준 아녜요?"

"아이린, 우리 가문은 미국을 수호하는 사명을 지녔다. 언제나 미국의 시각에서 보고 미국을 최우선으로 해야 해."

레오의 이 말에 아이린은 어쩔 수 없다는 듯 느릿하게 대답했다.

"알겠어요."

하지만 아이린의 마음속에는 수천수만 가지 생각이 얼기설기 떠오르다 사라지기를 반복했고, 내뱉고 싶은 말들은 목구멍까지 차올랐다.

'오빠. 오빠나 성배기사단이 지키려는 게 미국인가요, 아니면 자신들의 부인가요? 당신들이 미국의 백년대계를 지킨다는 것은 핑계일 뿐, 결국 엄청난 부를 천년만년 지키려는 거지요. 미국이 쓰러지면 당신들의 달러도 휴지 조각이 되는 게 두려운 거지요? 그래서 트럼프를 미국 대통령으로 만들었고 중국을 쓰러뜨리려는 거잖아요? 중국 국민들이 열심히 일해 미국에 물건을 파는 게 그리 잘못된 건가요? 당신들이 전쟁을 일으켜 돈을 지키고, 아니 더 큰돈을 벌려고 하는 건 아닌가요? 거대한 두 마리 고래 싸움에 얼마나 많은 희생자가 나올지 생각해보았나요? 안중에 없겠지요? 얼마나 더 가지고 싶은 거예요? 트럼프든 CIA든 모두 꼭두각시로 앉혀놓고 마음대로 휘두르면서 이제 또 전쟁을 하겠다구요? 미래의 패권을 다투는 미국과 중국 간의 전쟁은 2차 세계대전이나 베트남전 같은 옛날 전쟁과는 차원이 다르다는 걸 생각해보았나요? 당신들이 아무리 미국을 지키는 수호신이라고 변명해도 당신들은 한낱 전쟁장사꾼들일 뿐이에요.'

한꺼번에 마음속 깊은 곳으로부터 아우성처럼 터져 나오려는 목소리들을 억누르며 아이린은 자리에서 일어났다. 오빠는 고분고분해진 동생을 포옹하며 다시 한 번 귓속말로 속삭였다.

"아이린, 우리가 미국을 지켜야 해."

아이린은 웃어 보이면서 거실을 나와 자신의 방으로 갔다. 지구상에서 열 손가락 안에 꼽히는 다이아몬드 수저를 물고 태어난 사람의 방답게 동서고금 어느 황실의 공주방보다 찬란하게 꾸며진 이 방을 아이린은 성장기의 어느 순간부터 불편하게 느끼기 시작했다. 가문의 부가 세계의 구석구석에 전쟁무기를 팔아서 이루어진 것이라는 생각 때문이었는데 이제 또다시 미중전쟁 불가피론을 펴는 오빠의 말을 듣고 어떻게 해야 할지 가슴이 꽉 막혀왔다.

"인철!"

아이린은 나지막이 인철의 이름을 불렀다.

그렇다. 인철, 그가 필요하다. 그에게 알려야 한다. 그렇잖아도 인철은 갑작스레 사라진 자신을 찾기 위해 이리 뛰고 저리 뛰다 위험을 무릅쓴 채 지푸라기라도 잡는 심정으로 소치 1520포럼까지 가지 않았던가.

자신이 오빠에게 감금되어 있는 이상 이들의 음모를 분쇄할 작은 몸짓이라도 해볼 수 있는 사람은 그밖에 없다. 그리고 북한을 도화선으로 미중전쟁이 벌어진다면 한반도는 전쟁터가 될 테고, 1,000만 명이 넘게 산다는 서울이 초토화될 수도 있다. 한국인으로서 전쟁의 가장 직접적인 피해자이며 당사자가 될 수 있는 인철은 분명 달려들 테고, 그의 두뇌라면 어떤 해결책을 생각해낼 수도 있을 것이다. 그는 누구의 도움도 받지 않고 그랜드 케이맨에서 돈세탁을 거쳐 트럼프 캠프에 흘러들어간 검은 돈이 주코프의 돈일 거라는 엄청난 추측을 해내지 않았던가.

그러나 감금된 상태에서 어떻게 인철을 만나고 어떻게 이 엄청난 음모를 알릴 것인가. 인철을 불러달라고 할 수는 있겠지만 일거수일투족을 생생히 담아내는 초고성능 카메라와 도청기 앞에서 자신이 조금이라도 위험한 말을 하면 인철은 어쩌면 영원히 햇빛을 보지 못할 것이다.

종일 고심하던 아이린은 소치를 떠올리고는 곰곰이 생각을 이어가다 환한 얼굴이 되어 레오의 방으로 갔다.

"오빠, 마지막으로 정들었던 한 사람을 꼭 만나야 해요."

"김인철을 말하는 거니?"

"네."

"데려오마. 단, 그 사람을 사랑한다거나 다시 만난다거나 할 수는 없다. 가문의 전통이니 지켜다오."

"염려 말아요. 나는 영원히 결혼할 수 없다는 거 잘 알아요. 꼭 해야 한다면 오빠하고 하게 되어 있잖아요."

"미안하다. 아이린."

"호호, 오히려 더 좋아요."

아이린은 인철에게 편지를 써 레오에게 건넸다.

인철 씨, 진작에 연락드리지 못해서 미안해요. 소치는 잘 다녀갔다는 소식 들었어요. 나는 납치된 게 아니라 개인적인 사정으로 잠시 집에 머물고 있으니 걱정 말아요. 한번 놀러오지 않을래요.

—아이린

뉴욕 맨해튼. 인철은 보디가드들의 안내를 받으며 초고층 빌딩 펜트하우스의 거실에 도착했다. 아이린이 눈앞에 나타날 때까지 자신 역시 납치라도 되고 있는 것은 아닐까 착각할 정도로 한 장면 한 장면이 그저 놀라움의 연속이었다.

"인철 씨, 다시 만나게 되어 반가워요."

인철에게 악수를 청하는 아이린의 하늘색 눈에는 우선 기쁨의 미소가 가득했다.

"놀라셨다면 죄송해요. 오빠가 납치라는 극단적 방법을 썼던 건 단지 저를 보호하기 위한 목적이었어요. 오빠는 살인 사건 수사가 바로 총격전이라 생각하니까요."

인철은 아이린이 별안간 사람을 시켜 자신을 이런 곳으로 데리고 올 리 없다 생각하며 아이린의 얼굴에서 뭔가를 읽어내려 했다. 하지만 아이린의 표정에 아무런 변화가 없는 것을 보고는 더욱 미심쩍기만 했다. '아이린은 감금 상태이고 감시당하고 있다'는 심증을 굳히며 인철이 떠보듯 말했다.

"이메일을 보내지 그랬어요. 이리 오라고."

"호호, 명함을 다른 데 둬서 이메일 주소를 몰라요."

"전화나 문자를 했어도 제가 왔을 텐데요."

"그냥 모셔오고 싶었어요."

인철은 아이린의 상태를 확실히 알아차릴 수 있었다.

'아이린은 전화도 이메일도 못 쓰는 감금 상태이고, 지금 이 순간도 감시당하고 있다.'

"제가 사는 곳을 보여드리고 싶어 이리로 모셨어요."

아이린은 지구상에서 가장 번화한 맨해튼의 최고급 빌딩 81층에서 인간이 누릴 수 있는 최고의 물질적 사치와 호사를 누리고 있었지만 인철이 이제껏 봐온 그녀는 이런 걸 드러내거나 자랑하는 성격이 아니었다. 게다가 평소와는 다른 아이린의 화법도 은근히 자신의 상태를 암시하고 있었다.

"아이린, 당신이 FBI 요원인 걸 의심하지는 않았지만 뭔가 보통 사람들과 다르다는 느낌은 늘 가지고 있었어요. 그렇지만 지금의 상황은 저의 모든 상상을 초월하는군요. 그런데 그 문신은 가문의 표식인가요?"

인철은 아이린의 오른쪽 쇄골 아래를 가리키며 물었다.

"네. 외가 쪽으로."

"왠지 대단한 가문이라는 느낌이 강하게 드는데요. 단순한 부호를 넘어서는."

"호호, 가문에 대해서는 묻지 말아요. 오빠가 싫어해요. 우리 와인이나 한잔해요. 뻬뜨뤼스로 하실래요? 로마네 꽁띠로 모실까요? 아니면 캘리포니아산 컬트 와인 스크리밍 이글이요?"

"저는 다 좋아요."

"그러면 우리 저렴한 실버 오크로 해요. 그것도 알렉산더 밸리 걸로."

해가 기울고 어둠이 내릴 무렵이라 맨해튼의 생동하는 불빛을 눈에 가득 채우며 잔을 부딪쳐오는 아이린의 모습은 가볍고 즐

겁기만 했다.

"워싱턴의 클럽에서 와인 마시던 게 잊히지 않아요. 그때 우리 되게 취했었죠?"

"네, 업어가도 모를 정도로요."

"재미있는 표현이네요."

"우리 한국에서 쓰는 말이에요."

"호호, 좀 업어가지 그랬어요? 그랬으면 납치는 안 당했을 텐데요."

아이린은 인철과 처음 만났을 때 얘기부터 시작해 시종일관 깔깔댔고, 때때로 가벼운 스킨십도 도발적으로 유발했다. 인철도 마찬가지로 웃음을 터뜨리며 떠들었지만 한 겹 아래에는 신경을 곤두세운 채 아이린의 한마디 한마디를 곱씹어 새겼다.

"소치는 어땠어요? 흑해 연안에서 철 지난 수영이라도 했나요?"

"도착한 첫날부터 비행기에 오르는 마지막 순간까지가 다 유영이었어요. 마치 우주 공간을 헤엄치듯 했으니까요."

"주코프 사장이 잘해주던가요?"

"최고로요."

"바쁘지만 않았으면 더 잘해줬을 거예요. 그가 벨루가를 권하면 한 잔만 받아 마셔야 해요. 그걸 모르고 한 병 다 마시면 큰일 나요."

"독주인 모양이죠?"

"아니요. 주코프 사장은 재미난 얘기를 많이 알거든요. 하도 웃겨서 한 병 다 마실 때까지 얘기를 듣다 보면 몸에 힘이 다 빠져버려요. 그는 아마 그런 식으로 여자들 힘을 빼버려 집에 못 가게 하나 봐요."

"하하하하!"

"호호호호!"

인철은 크게 웃었으나 이것이야말로 오늘 두 시간에 걸친 가면무도회에서 아이린이 하고 싶었던 한마디 말이라 생각했다. 주코프가 재미있는 얘기를 많이 알고 있다는 아이린의 말이, 주코프가 뭔가를 알고 있으니 그의 얘기를 들으라는 걸로 들리자 인철은 기술적으로 말을 이어갔다.

"그런데 그 사람이 저를 그렇게 최고로 대접한 건 제가 아이린 당신의 친구라 생각했기 때문이었어요. 속으로 미안하던데요. 아무것도 아닌 저를 그렇게 중요한 사람으로 여기고 있으니."

"그는 우리 가문을 위해서라면 모든 걸 다 바칠 사람이에요."

"그런 것 같았어요. 당신의 친구라는 이유 하나만으로 그렇게 잘해주었으니. 그때 처음 헛된 꿈을 꾸게 되던데요. 아이린 당신과 친구보다 더 가까운 사이였으면 하는 꿈이요. 그는 그런 걸 확실하게 구분하더군요."

인철은 주코프가 아이린의 친구로서 들을 수 있는 얘기는 여기까지라며 분명하게 선을 긋던 걸 떠올리고는 아이린에게 신호를 보냈다. 이 대목은 두 사람이 최고로 신경을 기울여 대화를 나누고 있었기에 아이린은 인철이 무얼 말하는지 금세 알아채고는 큰 소리로 웃었다.

"호호호, 약혼자라고 하지 그랬어요. 저는 평생 결혼하지 않을 거라서 이 세상 모든 남자들이 저를 약혼자라고 해도 아무 상관 없어요. 호호, 결혼하지 않는 여자를 약혼녀로 두면 재미있겠어요. 그런데 인철, 당신 나 사랑해요?"

"네? 아, 아니."

"뭐예요? 예스예요, 아니면 노예요?"

"아, 아니. 하하하하."

"우리 약혼 서약서 하나 써요. 결혼 안 할 여자 아이린 B.라고 선명하게 넣어서요."

"약혼 서약서요? 그런 것도 있어요?"

"호호, 물론 세상엔 없지만 만들면 되죠."

아이린은 잠시 자리를 떠나더니 곧 한 남자를 데리고 왔다.

"오빠, 이분이 김인철 씨예요."

"미스터 킴, 나는 레오입니다. 아이린에게 얘기 들었습니다."

"김인철입니다."

키가 크고 미국에서도 보기 힘든 황금빛 금발을 가진 레오는 아이린과 남매임을 한눈에 알아볼 수 있었다. 그는 미심쩍은 표정으로 말했다.

"아이린이 추억을 간직한다며 약혼 서약서를 만들고 싶다는데, 이 약혼 서약서는 법적으로 어떤 효력도 없다는 건 알고 있겠죠?"

"물론이죠. 일종의 기념품 같은 걸로 이해하고 있습니다."

"레오, 오빠가 증인이 되어줘요. 효력은 없는 거라도 이왕이면 제대로 격식을 갖추는 게 좋잖아요."

레오는 가문의 문양이 찍힌 종이에 직접 문구를 썼다.

김인철과 아이린 B.는 금년의 마지막 날 이전에 약혼을 하기로 약속합니다. 단, 두 사람 중 어느 한 사람이 지키지 않을 경우 이 서약은 무효이며, 그에 대해 어떤 책임이나 의무가 발생하지 않음을 확인합니다.

김인철과 아이린 B.

레오 폰 H.

레오는 서약서를 두 통 만들어 인철과 아이린의 사인을 받고 나서는 자신의 이름까지 적어넣었다.

"약혼 서약서가 기념품이라…… . 아이린, 약혼이란 결혼을 하기로 약속하는 건데 그 약속을 하기로 또 약속했으니 세상에 이보다 더 기발한 추억이 어디 있겠니? 이렇게 하니 어떤 결혼 서약서보다도 격식 있어 보인다."

"오빠, 그런데 그 단서를 안 넣으면 무슨 벌칙이라도 있나요? 법적으로 말이에요. 어떻든 약속을 어겼으니 뭔가 문제가 있을까요?"

"약속을 하기로 약속한 걸 어겼다면 무슨 벌칙이 맞을까? 돈을 주기로 약속한 걸 어기면 책임이 발생한다는 건 알겠는데, 돈을 주기로 약속할 걸 약속하고 어겼다는 건데……. 하하, 이건 법학 교수에게 물어봐야겠다."

아이린의 표정이 가볍고 재미있어 보이는 데 비해 레오는 애써 즐거워하는 표정과는 달리 속내가 그리 편해 보이지는 않았다. 가문의 규칙에 따라 결혼이 금지된 아이린이 이런 서약서까지 쓰고 싶어 하는 게 마음에 걸렸기 때문이다.

"오빠, 고마워요. 이제 인철 씨를 안내해줘요."

레오는 아쉬움이 담긴 미소를 지으며 자리에서 일어나 인철에게 손을 내밀었다.

"인철 씨, 사정을 이해해주기 바랄게요."

"알겠습니다. 이제 아이린이 안전하다는 사실을 알았으니 그걸로 모든 게 다 잘됐어요."

아이린이 다가와 인철을 포옹하자 두 사람은 짙은 키스를 나누었다. 인철이 아이린의 어깨가 미세하게 떨리고 있음을 감지하는 순간 아이린은 흐느낌을 멈추고 가볍게 몸을 뺐다.

"인철 씨, 행복하게 사세요. 좋은 여자 만나 멋진 결혼식도 올리고요."

아이린의 이 말에 인철은 가슴속 깊은 곳에서 뜨거운 게 치밀고 올라오는 걸 느꼈지만 잠시 눈을 감고 자제했다. 하지만 다음 순간 두 사람은 누가 먼저랄 것도 없이 와락 끌어안았다.

"잘 가요. 인철. 영원히 잊지 않을게요."

"아이린……."

안내를 받아 건물 밖으로 나온 인철은 사내들이 제공하는 차량을 거절하고 택시로 뉴욕 시내를 돌고 돌다 호텔 앞에서 내렸다. 아이린이 자신에게 주코프를 만나달라고 부탁한 이상 그것은 아이린의 신변과 관계된 일일 수도 있고, 생각지도 못한 거대한 비밀을 드러내달라는 급박한 요청일 수도 있었다.

어느 경우든 한시바삐 러시아로 날아가 주코프를 만나야 한다고 생각한 인철은 호텔에 방을 잡고 나서 알렉세이에게 전화를 걸었다.

36.
주코프의 좌절

'블라디미르 블라디미로비치. 당신께도 전쟁이 결코 불리한 옵션이 아닙니다. 전쟁이 터지면 구소련권 국가들이 결속될 것이고 유가 폭등으로 러시아 경제가 대번에 좋아집니다. 미국과 러시아는 산유국의 길을 같이 걸어야 합니다. 기회는 지금 이 순간뿐입니다.'

푸틴은 베이징으로 향하는 비행기 안에서 지난번 사우디 왕세자의 전용기를 타고 왔던 쿠슈너가 소치의 다차를 떠나기 직전 비밀스럽게 자신에게 남긴 말들을 재차 곱씹어보았다. 쿠슈너가 남긴 말들은 계속 이어지며 귓전을 울렸다.

'러시아가 지금 중국 편에 선다면 중국에 이용만 당하게 될 것입니다.'

'중국의 야심을 너무나도 잘 알지 않습니까? 일대일로와 AIIB를 통해 주변 모든 나라를 중국의 주변국으로 만들려고 하는 게 어제오늘의 일도 아니지 않습니까. 중국이 1520 철도 국가들을 러시아 세력권에서 빼내려고 얼마나 회유합니까. 대통령께서도 불쾌해하시지 않았습니까?'

'중국몽을 이루기 위해 중국은 어떤 짓도 할 것입니다. 중국몽이 이루어지면 주변국들에게는 재앙입니다. 특히 러시아는 설 곳이 없습니다.'

'중국의 기술 수준은 이미 많은 부문에서 미국을 앞서고 있어요. 몇 년째 세계 1위를 달리는 슈퍼컴퓨터부터 원전을 비롯한 각종 에너지는 물론이고, 중국군은 항공우주 관련 기술과 세계 최고 성능을 자랑하는 ICBM, 세계 최고의 잠수함도 보유하고 있습니다. 5년에서 7년만 있으면 중국은 미국과 당당히 맞서게 될 것입니다. 중국이 러시아와 같이 가는 것은 딱 그때까지입니다.'

전용기가 베이징 공항에 도착하자 푸틴은 손을 가로저어 각종 환영행사를 생략하고 곧바로 중난하이의 시진핑 집무실로 향했다.

"시 주석, 오랜만이오."

흐루시초프와 마오쩌둥 간의 대립이 있은 이후 교조주의와 수정주의로 갈라져 공산진영의 주도권을 놓고 대립을 계속하던 두 나라는 고르바초프와 옐친을 거치며 거의 정상화가 되었고, 푸틴이 대통령이 되면서부터 본격적인 협력관계를 구축하기 시작했다. 이 협력관계는 날로 긴밀해져 이제 두 나라는 매년 정상이 교차 방문하고 있으며, 고위 관리와 지도자들 역시 수시로 방문함은 물론 중국은 러시아의 날을, 러시아는 중국의 날을 지정해 경제협력부터 문화협력까지 전방위로 관계를 밀착시켜 나가고 있었다.

특히 두 나라는 최근에 이르러 북한 핵문제에 대해 보조를 맞추어 미국을 견제하며 중러 함대의 합동훈련을 실시함으로써 안보 분야의 협력 또한 강화해나가고 있는 중이었다.

"블라디미르 블라디미로비치! 여행은 즐거웠나요?"

"여기 로스네프트의 키릴로프 사장이요."

두 사람이 인사를 교환하는 사이 푸틴이 농담을 던졌다.

"키릴로프. 자네 회사에 100억 달러를 주시는 분이니 업고 집무실을 한 바퀴 휘 돌게. 내가 자네라면 죽을 때까지 등에 업고 내려놓지 않겠네."

중국 정부의 러시아 국영 석유회사 로스네프트 투자 조인식이 끝나고 나자 시진핑과 푸틴은 두 사람만의 밀실 회합을 가졌다.

"부탁이 있어요."

시진핑의 타이밍에 푸틴은 속으로 웃었다. 100억 달러를 주면서 하는 부탁이라면 그것이 무엇이든 자신은 거절할 수 없다는 생각을 하며 푸틴은 짐짓 신중한 표정으로 귀를 기울였다.

"뭐든 편하게 얘기합시다."

"철도공사 사장 주코프를 교체할 수는 없는지요?"

"주코프를요?"

푸틴은 보통 일은 아닐 거라 예상했지만 이것은 그야말로 뜻밖이었다.

"네."

"무슨 일이라도 있습니까?"

"무슨 이유인지 몰라도 그는 입만 벌리면 반중국 선동을 하고 있습니다. 특히 우리의 일대일로 공사에 대해서 적대적이다 못해 파괴적이에요. 투르크메니스탄, 몽골, 우즈베키스탄, 아프가니스탄 할 것 없이 온 동네 사람들 다 모아놓고 반중국 선동을 하고 있단 말입니다. 심지어는 신장 위구르, 티베트에 이르기까지 명백한 중국 영토 내의 인민들에게도 반중국 논리가 공급되고 있으니 도저히 그냥 넘길 수가 없습니다."

"불러서 야단을 치죠."

"이미 그렇게 해서 될 단계는 넘었습니다. 그를 자르지 않으면 일대일로 공사를 접어야 할 것 같습니다."

시진핑은 담백한 표정으로 얘기했지만 푸틴은 피해 가기 어려운 압박감을 느끼지 않을 수 없었다. 중국이 아무리 컸다 해도 자신의 최고 심복이자 이인자인 주코프를 자르라는 건 정도가 지나쳐도 한참 지나친 것이었지만 푸틴은 곰곰 생각하다 고개를 끄덕였다.

"알겠습니다. 조치하죠."

"감사합니다."

그날 밤 푸틴은 평소와 달리 시진핑이 베푼 만찬만 끝내고 방으로 돌아와 문을 걸어 잠근 채 깊은 생각에 잠겨들었다. 요즘 와서 중국과의 관계가 역사상 유례가 없을 정도로 가까워졌지만 푸틴은 두 나라 사이에 근본적으로 존재하는 불신을 오늘 밤 그 어느 때보다 절실히 느끼고 있었다.

국경 문제는 일단 봉합해두긴 했지만 언제라도 터질 수 있는 문제이고, 무엇보다 극동 접경 지역의 인구 불균형은 머지않아 거대한 충돌을 야기할 것이다. 중국 동북부는 미어터질 정도로 인구가 넘쳐나는 데 비해 극동 지역의 러시아 인구는 극히 희박해 중국인들이 국경선을 마구 침범하고 있는 상황이다.

푸틴은 시진핑이 주코프를 자르라고 강요해오는 건 결국 중앙아시아의 패권을 거머쥐겠다는 야욕이나 다름없다는 걸 너무도 잘 알고 있었다. 주코프는 1520포럼을 통해 러시아 부활운동을 전개해온 대표적 애국인사였고 이는 자신의 뜻이기도 했다.

"중국 놈들!"

시진핑이 무리한 부탁을 해왔을 때 푸틴의 머릿속에 떠오른 인물은 바로 쿠슈녀였다.

'블라디미르 블라디미로비치, 중국이 진정 러시아의 친구라 생각한다면 그건 오산입니다. 시베리아에서 중국 동부로 내려오는 가스 가격 협상을 10년이나 끈 걸 생각해보세요. 중국인들은 말로는 영원한 동반자 어쩌고 하면서 단돈 8달러를 가지고 10년을 끄는 놈들입니다. 유럽에 공급하는 가격이 380달러라면 그보다 수송가가 훨씬 높은 중국 동부로의 공급은 당연히 390달러 정도가 되어야죠. 그렇게 해줘야 전략적 동반자 아닙니까? 우리 미국이라면 400달러는 해줍니다. 그런데 388달러 제시한 걸 그놈의 8달러 깎겠다고 10년을 다투는 걸 보세요. 이제 조금 있으면 러시아 유가는 그들이 부르는 게 값이에요. 중국은 현재 3,000만 배럴을 목표로 저장시설을 짓고 있어요. 그게 다 저장되면 그때부터 세계 유가를 쥐고 흔들 겁니다. 이들은 자기네 원유는 손도 안 대고, 국제 유가가 떨어질 때면 살인적인 양을 비축하고 또 비축합니다. 우리 산유국들이 단결하지 않으면 헐값에 허덕이며 시간만 까먹어요.'

다음 날 시진핑은 푸틴의 숙소로 찾아와 작별 인사를 했다.

"블라디미르 블라디미로비치, 중국과 러시아는 영원히 같이 걸어갑시다."

"물론이오. 주코프는 내가 시 주석께 드리는 선물이자 결혼반지요."

"결혼반지? 하하하하, 좋아요, 좋아. 우리 두 사람이 중국과 러시아의 혼례를 성사시킵시다."

푸틴은 시진핑을 따라 웃었으나 공항으로 향하는 자동차에 올라타는 그의 입꼬리에는 의미를 알 수 없는 야릇함이 머물러 있었다.

37.
푸틴의 돈

"미스터 킴!"

모스크바 공항에서 인철을 기다리고 있던 알렉세이는 진심으로 반갑게 인철을 맞았다.

"시간이 이르니 먼저 사무실에 가서 차나 한잔하고 호텔로 가시죠. 주코프 사장님께서 기다리고 계십니다."

모스크바 시내에 자리한 고풍스런 제정 러시아 시대 건물의 철도공사 사장 집무실에서 주코프는 반갑게 인철을 맞았다.

"아, 인철. 이거 정말 반갑소. 여기까지 찾아줄 줄은 꿈에도 몰랐소. 그래, 아이린은 잘 지내고 있소?"

"네. 며칠 전 아이린과 레오랑 같이 얘기를 나눴어요."

주코프는 남매의 이름을 듣는 것만으로도 설레는 모양이었다.

"물론 그 자리에서 알렉산드르 당신이 소치에서 내게 최고로 잘해주었다는 얘기도 했어요."

"고맙소."

인철은 도대체 왜 러시아 철도공사 사장이자 푸틴의 최측근이라는 든든한 신분을 가진 주코프가 미국의 아이린 남매에게 쩔쩔매는지 궁금해서 견딜 수가 없었다. 같은 미국인이라면 어떤 관계가 있을 수도 있겠지만 미국인과 러시아인 사이에 이토록 엄격한 위계가 있다는 사실은 도저히 이해할 수 없는 것이었다.

"어째서 아이린에게 그렇게 잘해주시는 거죠?"

"인철이 아이린과 가까운 친구라는 건 알지만 친구에게는 할 수 없는 얘기요."

인철은 가방에서 약혼 서약서를 꺼냈다.

"친구보다는 조금 더 가까운 사이예요."

폰 H. 가문의 문장이 찍힌 서약서에서 아이린과 레오의 사인을 확인한 순간 주코프는 사람이 달라진 듯 앉아 있던 상석에서 일어나 인철에게 자리를 양보했다. 인철이 계속 손을 내저으며 사양하자 그는 인철의 맞은편에 앉아서 이야기를 시작했다.

"지난 볼셰비키 혁명 때 폰 H. 가문이 막대한 돈을 써 시베리아 유형지에서 죽음 직전에 다다른 우리 주코프 집안을 살려주었소. 사정은 좀 복잡하지만 그렇게 이해하면 편할 거요."

"폰 H. 가문이 그럴 만한 특별한 이유가 있나요?"

"우리 조부님께서 독일 황실인 폰 H. 가문의 서기를 지내셨소. 은퇴할 때 그 가문으로부터 큰돈을 받아 러시아로 돌아왔는데 그만 반혁명분자로 몰려 돈을 다 빼앗기고 유형지로 끌려간 거요. 그 소식을 들은 폰 H. 백작이 막대한 돈을 혁명위원회에 헌납하고 유형지까지 찾아와 조부를 구해내신 거요. 그게 첫 번째 은혜요."

"또 있나요?"

"나를 제외한 모든 집안사람이 전 세계 곳곳에 자리 잡고 있는 그 가문 소유의 기업에서 고위직으로 일하고 있소. 그게 두 번째요."

"세 번째는요?"

"우리 집안과 그 가문 사이에는 200년간 유효한 계약이 있소."

"어떤 계약인데요?"

"조부님과 폰 H. 백작의 관계를 그대로 이어가는 계약이오. 그 래서 주코프 집안사람들은 성년이 되면 가장 먼저 그 계약서에 서명을 하게 되어 있소."

"반대하는 사람은요?"

"가족사를 알면 아무도 반대하지 않소."

인철은 어딘지 약간 맥이 빠지는 기분이었다. 뭔가 신비한 조직이 뒤에 있는 줄 알았더니 모든 건 폰 H. 집안과 주코프 집안의 사적인 관계였다. 하지만 인철은 이내 행운을 만났다는 생각에 기분이 좋아졌다. 어떻든 주코프는 알고 있는 거라면 뭐든 인철에게 얘기해줄 수밖에 없는 사람이었다. 인철은 마치 알라딘이 마술램프에서 나온 지니를 시험하는 기분으로 들떴다.

"지난번에 쿠슈너가 소치에 찾아와 제안한 건 어떤 내용이었나요?"

"미국과 중국 간에 무력충돌이 일어났을 때 러시아는 개입하지 말라는 거요."

"앗!"

인철은 직감적으로 북한 핵문제를 떠올렸다. 미국이 중국과 무력충돌을 일으킨다는 건 그전에 반드시 북한을 공격한다는 전제가 깔려야 하는 것이었다. 미국은 북한 핵의 해결수단으로 군사행동을 검토했을 테고, 그에 따라 중국의 개입에 대해서도 여러 경우의 수를 두고 연구해왔을 것은 불문가지였다. 그런데 이제 쿠슈너가 러시아를 찾아왔다는 건 미국의 공격 개시가 임박했다는 얘기였다.

"미국이 중국을 때릴 가능성이 있나요? 중국은 수백 기의 ICBM을 보유하고 있는데요."

"쿠슈너가 가고 난 후 블라디미르와 함께 군사 전문가들의 견해를 들었소. 전문가들은 전쟁이 전개되는 양태에 따라 중국이 ICBM을 쏠 수 있는 경우와 없는 경우가 있다고 했소. 그들은 중국이 ICBM을 쏠 수 없는 방향으로 미국이 전쟁을 연구했을 거라는 일치된 의견을 냈소. 그래서 그런지 쿠슈너는 중국이 절대 ICBM을 쏠 수 없다 확신했소. 그건 이미 그들이 연구를 마쳤다는 얘기요."

"러시아는 어떻게 할 생각이죠?"

"블라디미르의 마음이 크게 움직였소. 나는 본래부터 중국이 아니라 미국과 손잡아야 한다고 생각했지만."

"1520 때문에요?"

"바로 그렇소."

"미국은 언제 중국을 때린다고 합니까?"

"정확한 시점에 대한 얘기는 없었지만 아마 임박했을 거요. 미국과 북한의 동향을 잘 지켜보아야 할 거요."

"그들이 러시아에 통보하지 않을까요?"

"절대 하지 않소. 미국이란 나라는 그야말로 아무도 모르고 있을 때, 남들이 전혀 짐작할 수 없을 때 전광석화같이 때리는 나라요. 역사가 그걸 보여주고 있잖소."

"그러면 지금부터 아무 때나 행동이 가능하단 얘기군요."

"바로 그렇소."

"미국이 먼저 북한을 때리는 거죠? 중국이 개입하지 않을 수 없는 방법으로?"

"당연히 그렇게 하지 않겠소?"

"러시아가 찬성하느냐 마느냐가 그들의 행동에 영향을 주겠죠?"

"절대적일 수밖에 없소."

"레오에게는 주코프 당신이 알렸겠죠?"

"당연히 나는 그에게 알려야 하오. 하지만 그는 내가 알리기 전에 이미 알고 있었소. 그는 알 수밖에 없소."

"어째서요?"

"여덟 가문의 동의와 도움 없이는 트럼프가 전쟁을 결심할 수도, 실행할 수도 없소. 그들이 실제적으로 미국을 움직이니까."

"돈으로?"

"그렇소. 미국은 돈으로 움직이는 나라요. 잘 알다시피 여덟 가문의 재산은 나머지 미국의 전 재산보다 많으면 많았지 적지는 않을 거요."

"그럼 빌 게이츠 같은 사람도 그 여덟 가문에 들어가나요?"

주코프는 고개를 가로저었다.

"개인인 빌 게이츠는 제일가는 부자일지 몰라도 그에게는 가문이 없잖소? 빌 게이츠 같은 사람 십수 명이 모여 있는 가문 말이오."

인철은 내친 김에 제3인베스트먼트의 자금에 대해서도 물으려다 약간의 갈등을 느꼈다. 자신이 정체를 숨기고 주코프에게 묻는 것은 법률 위반이 될 수도 있지만, 무엇보다 양심상 주코프에게 물어 확인한 다음 그걸 러시아 세무당국에 알려 과세를 하고 처벌을 하게 한다는 건 어딘지 내키지 않았던 것이다. 곰곰이 생각하던 인철은 자신의 행위가 법적으로도 인간적으로도 옳지 않다는 데 생각이 미쳤다. 하지만 고발을 전제하지 않는다면 흥미 삼아 물어볼 수는 있는 일이었다.

"그런데 제3인베스트먼트의 돈은 당신 건가요, 아니면 러시아 철도공사의 돈인가요?"

"그건 내 돈도, 철도공사의 돈도 아니오. 그건 블라디미르의 돈이오."

"넷?"

인철은 경악했지만 동시에 머릿속이 확 밝아지는 느낌이었다. 주코프가 아닌 푸틴이 돈의 주인이라면 주코프가 바로 이브라힘이라는 얘기였다. 인철은 이제까지와는 달리 주코프를 향한 분노에 휩싸여 네가 요한슨에게 2,000만 유로를 주며 자살을 강요한 놈이냐고 외쳐 묻고 싶었지만 간신히 참아냈다.

"왜 그렇게 놀라는 얼굴이오? 뭐가 잘못된 거라도 있소?"

"푸틴은 자신의 돈이 드러나는 걸 극도로 기피할 것 같은데요."

"그야 당연한 일이오."

"알려고 드는 사람이나 알게 된 사람은 그냥 두지 않겠죠?"

인철은 사실을 확인하기 위해 유도 질문을 던졌다.

"꺼리긴 하지만 누군가 알게 되었다고 어찌하겠소? 돈이 한두 군데 있는 것도 아니고 전 세계에 널려 있는데, 아무리 숨기려 해도 누군가 알게 될 수밖에 없지 않겠소?"

"그럼 어떻게 입을 막나요? 돈을 주고 회유하나요?"

"그까짓 걸 알았다고 돈을 줄 리 있소? 복잡한 일이 생기기 전에 다른 곳으로 옮기면 그만인데."

의외로 주코프는 돈 주인이 푸틴인 걸 알게 된들 무슨 대수냐는 식이라 인철은 잠시 혼란에 빠졌으나 이내 주코프의 말이 맞다는 생각이 들었다.

그는 푸틴의 돈이 전 세계에 흩어져 있다 말했고, 그러다 보면 당연히 알게 되는 사람이 꽤 생길 것이다. 그럴 때마다 2,000만 유로씩을 준다는 건 턱에 닿지 않는 얘기라 요한슨이 단순히 제3인베스트먼트의 돈이 푸틴의 소유라는 걸 알아낸 걸로 2,000만 유로를 받았을 리는 없을 것이다. 그렇다면 요한슨이 알아낸 건 훨씬 더 커다란 비밀이었을지 모른다. 예를 들면, 전 세계에 숨겨진 푸틴의 돈 전부와 같은.

푸틴의 돈 전부에 대해 물었을 때 과연 주코프가 제대로 대답을 할 것인지 고민하던 인철이 한번 부딪쳐보려는 생각으로 말문을 떼려는 순간 날카로운 벨소리가 울렸다. 주코프는 얼른 책상 앞으로 가 각각 색깔이 다른 다섯 대의 전화기 중 빨간색 전화기를 들었다.

"알렉산드르."

"블라디미르, 중국은 잘 갔다 왔나? 키릴로프가 시진핑에게서 100억 달러를 받아왔다고 축하주 마시자던데."

"알렉산드르, 미안하지만 잠시 쉬어야겠네."

"쉬라고? 철도공사 사장을 그만두라는 얘기야?"

"그렇네."

"무슨 소리야? 왜 날 내쫓는 거지?"

"잠자코 부탁을 들어주게."

"흐흐, 시진핑 그놈이 쏠았군. 이봐, 블라디미르 블라디미로비치, 중국에 다 내주겠다는 거야? 그놈들의 알량한 돈 몇 푼 좇다 보면 결국 비참하게 버림받고 말아."

"내게도 생각이 있으니 따라주게. 나는 미국으로 하여금 중국을 공격하도록 할 거야. 그런 다음 미국과 같이…… 아무튼 내게도 생각이 있으니 기다려주게."

"생각은 개뿔! 그래, 이까짓 자리쯤이야 그만두라면 그만두겠네. 하지만 자네, 역사의 실수를 저지르고 있다는 건 알아두게."

"미안하네."

주코프는 분노에 차 전화를 먼저 끊어버리고는 주먹으로 책상을 내리쳤다. 이때 문이 열리면서 몇 사람의 사내가 들어서서는 주코프를 향해 정중하게 요구했다.

"사장님, 짐 정리하실 동안 저희가 입회하겠습니다. 지금부터는 전화도 문자도 이메일도 하시면 안 됩니다."

"뭐라고? 입회? 푸틴, 너 정말 내게 이럴 수 있어?"

주코프는 분노에 가득 찬 눈을 인철에게 돌려 뭔가를 말하려다 어딘가에 생각이 미친 듯 입을 꾹 다물고 말았다.

"죄송하지만 나가주시겠습니까?"

사내들 중 하나가 인철과 주코프 사이를 가로막고 나가줄 것을 요구했지만 인철이 움직이지 않고 버티자 주코프가 사정하듯 말했다.

"인철, 이만 작별해야 할 것 같소."

"러시아에선 국영기업의 사장이 다 이런 식으로 그만둡니까?"

"철도공사는 푸틴이 숨길 게 많아서 그렇지. 다음에 만나기로 합시다."

"괜찮은 거죠?"

"나를 한동안 격리시켜놓을 거요. 그동안 내가 접속하던 모든 비밀정보의 패스워드를 바꾸고 그 이상의 무언가를 하겠지. 그러나 걱정할 것은 전혀 없어요."

주코프는 사내 중 한 사람에게 손짓으로 인철을 안내하라고 지시했고, 사내는 정중히 인철에게 방에서 나갈 것을 요구했다. 인철은 자리에서 일어나며 주코프에게 악수를 건넸다.

"다음에 봅시다. 알렉세이가 안내해줄 거요."

호텔로 가는 자동차 안에서 인철은 알렉세이에게 이것저것 물어보았으나 그는 중국에서 100억 달러를 받고 난 푸틴이 주코프 사장을 제거해달라는 시진핑의 요청을 거절할 수 없었을 거라는 짐작 외에는 별로 아는 것 없이 분노만 터뜨렸다.

"달리 이유는 없을까요?"

인철은 마음에 하나 걸리는 게 있었다. 지난번 소치의 포럼에서 주코프가 "표트르, 비테, 푸틴, 1520"을 외쳤을 때 푸틴이 서릿발같이 싸늘한 눈길로 주코프를 쏘아보던 기억이 떠올랐다. 분명 그를 칭송하는 기분 좋은 말이었건만 그렇게 화를 낸 이유가 무엇이란 말인가.

"다른 이유? 푸틴이 주코프 사장을 해임한 이유 말입니까?"

"그 외 짐작 가는 게 없어요?"

"전혀 없는데요."

자동차가 가다 서다를 반복하는 동안 인철은 눈을 감고 아까 주코프가 자신에게 뭔가를 말하려다 그만두었던 걸 떠올렸다. 사내들이 있는 데서 얘기했다간 자신에게 해가 미칠 걸 염려해서였을 것이고, 직전의 화제로 미루어 그가 하려던 얘기는 푸틴의 돈일 것이다.

곰곰이 생각하던 인철은 문득 알렉세이를 향해 외치듯 물었다.

"알렉세이, 당신은 주코프 사장의 집을 알 거 아니오?"

"물론입니다."

"그리 갑시다. 그리고 가장 빠른 한국행 비행기 표를 구해줄래요?"

인철은 알렉세이에게 신용카드를 내밀었다.

"오늘 밤에 출발하는 편 말입니까?"

"네. 부탁할게요."

주코프의 저택에 당도하자 알렉세이는 벨을 누르고 인철을 집 안으로 안내했다. 인철은 주코프 부인과 인사를 나누고 나서 알렉세이를 보냈다.

"알렉세이, 나를 데리러 오지는 말아요. 나중에 다른 호텔에서 만납시다."

"인터컨티넨탈 모스크바 트베르스카야에서 기다릴게요."

인철과 단둘이 마주 앉은 주코프 부인은 남편의 해임 소식과 함께 인철이 내놓은 폰 H. 가문의 문장이 들어간 약혼 서약서를 보고는 놀라는 표정이었다.

"급히 남편의 컴퓨터가 필요합니다."

주코프 부인은 발걸음을 빨리해 인철을 서재로 안내했다. 인철의 뒤에 선 채 컴퓨터가 부팅되기를 기다리던 주코프 부인은 걱정스러운 표정을 지으며 말했다.

"언젠간 이런 일이 생길 줄 알았어요. 그이는 푸틴의 돈을 다루니까요. 푸틴의 돈을 다루면 반드시 결과가 좋지 않아요. 가즈프롬 사장 샤토프를 보세요. 실컷 돈을 벌어다 주고 쫓겨났잖아요."

"그는 부패 범죄를 저질러 체포된 줄 알았는데 그게 아닌가요?"

"푸틴의 돈을 벌어준 게 부패라면 부패지요."

컴퓨터가 부팅되자 화면에 비밀번호를 입력하라는 메시지가 떴다.

"아, 어떡하죠? 저는 비밀번호를 모르는데."

"어디 적어둔 게 없을까요?"

"제가 알기로는 없어요. 하지만 해볼게요."

주코프 부인은 은행 계좌번호라든지 생년월일이라든지 금고 비밀번호라든지 가능한 모든 번호를 다 넣어보았지만 실패하자 낙심한 표정으로 일어났다.

"비밀번호는 그이만 알고 있어요."

주코프 부인은 남편의 번호를 눌렀으나 전화기에서는 전원이 꺼져 있다는 멘트만 반복해서 나왔다.

"표트르, 비테, 푸틴, 1520을 쳐보실래요? 지난번 소치 1520 포럼에서 주코프 사장이 그 구호를 외치자 푸틴이 매우 분노한 눈길로 주코프 사장을 노려보기에 혹시 무슨 비밀이라도 노출했나 하는 생각이 들었거든요."

주코프 부인은 다시 자리에 앉아 '표트르, 비테, 푸틴, 1520'을 컴퓨터에 입력했다.

"아!"

"오오!"

멋진 추리였다. 한동안 두 사람을 답답하게 잡아두었던 컴퓨터가 거짓말처럼 열렸다. 인철은 주코프 부인이 푸틴이라는 이름이 붙은 파일을 하나씩 열 때마다 화면에 떠오르는 셀 수도 없는 은행과 투자회사와 전 세계의 기라성 같은 대기업과 거기에 밤하늘의 별처럼 흩어져 숨어 있는 천문학적 숫자들을 보고 경악하지 않을 수 없었다.

"USB 가지신 거 있어요?"

"네."

인철이 파일을 웹하드에 저장하고 USB에 담는 순간 집 주위를 감시하는 카메라에 세 대의 자동차가 나타나더니 이어 요란한 벨소리가 났다.

딩동! 딩동!

주코프 부인은 얼른 컴퓨터를 끄고 현관에서 인철의 신발을 가지고 와 인철에게 신긴 다음 카펫을 조금 걷고 마룻장을 쳐들었다.

"아!"

마치 영화에서처럼 시커먼 구멍이 드러나자 주코프 부인은 말 없이 손을 흔들어 작별을 고했다.

"너무 큰 폐를 끼쳤습니다."

"폰 H. 가문을 이렇게 도울 수 있어서 기뻐요."

요란한 벨소리가 계속 들리는 가운데 인철은 주코프 부인의 손을 한 번 꼭 쥔 다음 구멍 속 사다리에 발을 디뎠다.

38.
전쟁의 논리

트럼프는 백악관의 스테이트 다이닝룸에 13인의 주요 인사를 초대해 만찬을 베풀었다. 이날 모인 사람들의 면면은 의회 중진, 대형 군수업자, 대부호 등으로 다양했지만 한결같이 각 분야의 정상을 차지하고 있는 사람들이었다.

이날은 평소와는 달리 다양한 술이 제공되지 않고 단 한 종류의 술만이 만찬장에 나왔는데 그것은 스코틀랜드 산 싱글몰트 위스키 글렌고인이었다. 약간의 와인 외에는 술을 별로 마시지 않는 트럼프는 일생일대의 승부를 펼칠 때면 바로 이 술을 딱 한 잔 마시곤 했는데, 대장장이의 골짜기에서 만들어진 이 술은 그에게는 바로 전쟁의 술이었다.

테이블 위 접시가 다 치워지고 나자 트럼프는 앞으로 나섰다.

"존경하는 미국의 지도자 여러분. 오늘 나는 중대 발표를 하고자 여러분을 백악관으로 초대했소."

그는 서두의 인사말을 마친 후 테이블에 앉아 있는 13인과 일일이 눈을 맞추었다.

"내가 대통령 선거에 나선 건 단 한 가지 이유에서였소."

그는 다시 한 번 좌중을 훑어본 후 힘 있게 내질렀다.

"내 가슴속에는 참을 수 없는 분노가 도사리고 있었기 때문이오. 그 분노란 지난 30년간 어째서 미국이 이토록 비참한 처지로 떨어졌느냐 하는 의문과 맞닿아 있었소."

트럼프의 얼굴은 조금씩 붉은색을 띠기 시작했다.

"미국은 위대한 나라였소. 70여 년 전 미국은 태평양과 유럽에서 두 번의 큰 전쟁을 치렀고 둘 다 승리했소. 그 후 50여 년간 세상의 모든 나라들을 다 먹여 살렸소. 태평양에서는 일본을 살리고 중국을 살렸으며 한국을 살렸소. 유럽에서는 영국을 살리고 프랑스를 살리고 심지어는 전범국 독일까지 살렸소. 우리는 전 세계 거의 모든 나라에 안보를 제공했고 원조와 차관을 제공했으며 민주주의를 심었소. 그 결과 세계는 안전해졌고 분쟁은 줄었으며 많은 나라가 번영했소."

트럼프의 얼굴은 점점 시뻘겋게 달아올랐다.

"하지만 이들 중 그런 고마움을 아는 나라는 하나도 없소. 모두 자신들이 잘해서 번영했다고 생각하지 미국에 고마워하는 나라는 단 하나도 없소. 오랜 세월 그토록 많은 미국의 자원을 투입하고 그토록 많은 미국인들이 그들을 위해 땀과 피를 바쳤지만 지금 그들은 미국을 위해 티끌만큼도 희생하려 들지 않고 미국의 공로를 인정하지도 않소."

몇 사람의 손바닥에서 박수 소리가 나왔다.

"개중에는 오히려 미국을 적대시하는 나라들도 있소. 여러분, 우리 미국이 무엇을 잘못했기에 그들이 우리를 적대시하는 거요? 우리는 오랜 시간 공산주의를 멸망시키기 위해 투쟁했고 모든 나라들이 그 득을 보았지만 고마워하기는커녕 오히려 증오를 퍼붓고 있소."

트럼프는 진정하려는 듯 얼음물을 한 잔 마시고는 숨을 골랐다.

"우리가 정의롭고 정당한 행동을 했음에도 이렇게 무시당한다면 도대체 무슨 이유로 그런 짓을 계속하겠소? 나는 지난 30여 년간 우리 미국의 지도자들이 너무나 무능했고, 무엇보다 우리의 조국인 미국을 버렸다고 생각하오. 자신의 나라 미국을 버리고 남의 나라를 위해 죽자고 뛰었다고 생각하오. 그래서 온 가슴에 분노가 차올랐고, 결국 대통령으로 나선 거요."

트럼프는 목소리를 낮추었다.

"미국은 점점 가라앉고 있소. 우리가 그렇게 희생하며 도와줬던 나라들이 이제는 우리를 사정없이 약탈하고 있소. 우리로 말미암아 살아난 나라들이 지금은 하이에나 떼처럼 우리를 약탈하고, 우리의 살과 피를 뜯고 마시고 있소. 나는 이들을 그냥 두지 않겠소. 그들이 우리에게서 약탈해간 재산을 도로 빼앗아올 것이오. 미국이 정당하고 정의로운 행동을 한 대가가 미국의 몰락이라면 나는 더 이상 그 영역에 머무르지 않겠소. 수단과 방법을 가리지 않고 나는 미국의 이익을 위하여 행동하겠소. 지금 한반도 해역에 우리의 항모들이 대기하고 있지만 전 세계가 나를 잘못 알고 있소. 북한 핵은 처음부터 지금까지 나의 관심사가 전혀 아니오."

사람들은 갑자기 엉뚱한 말이 튀어나오자 모두 놀란 얼굴로 트럼프의 입가를 주시했다. 워낙 어디로 튈지 모르는 인물이지만 지금의 이 발언은 도대체 알아듣기조차 어려운 말이었다.

"북한은 나의 최종 타깃이 아니오. 국제적 비난만 바가지로 받고 정권이 넘어가든 난민이 터져 나오든 골치 아픈 결과를 다 떠맡은 채 헤아릴 수도 없는 돈을 퍼부어야 될 텐데, 대체 무슨 이유로 그런 바보짓을 한다는 말이오? 나는 북한이 아니라."

트럼프는 여기서 작심했던 한마디를 하려는 듯 말을 끊고 한 사람 한 사람의 얼굴을 다시 한 번 찬찬히 들여다보고 나서 최후의 한마디를 내뱉었다.

"최악의 약탈자 중국을 상대로 우리의 돈을 되돌려받고자 하는 거요."

한 사람이 자리에서 일어나 트럼프에게 물었다.

"대통령 각하, 중국을 상대로 돈을 돌려받는다는 말이 무슨 뜻입니까?"

"나는 중국을 상대로 전쟁을 하고자 하는 거요."

순간 넓디넓은 스테이트 다이닝룸은 완전한 정적에 묻혀버렸다. 13인 중에는 성배기사도 몇 명 있었고 대략은 트럼프가 매우 공격적인 발언을 할 것으로 짐작은 하고 있었지만, 이렇게 노골적으로 중국과의 전쟁을 선언할 걸로는 생각하지 못했기 때문에 침묵은 한동안 계속되었다. 트럼프 역시 한동안 침묵을 지킨 후 천천히 입을 열었다.

"하룻밤 자고 나면 중국에는 달러가 쌓이고 미국에는 적자가 쌓이고 있소. 이것은 어제오늘의 일이 아니라 지난 수십 년간 계속되어왔고, 앞으로도 이것을 멈출 방법이 없소. 이대로 가면 미국은 조용히 몰락하고 마는 거요. 시간이 이제 5년도 안 남았소."

"대통령 각하, 전쟁을 하면 역전이 가능합니까?"

"그렇소. 나는 중국과 무력충돌이 발생하는 순간 선전포고를 하고 중국이 가진 3조 5,000억 달러의 현금, 1조 5,000억 달러의 미국 채권, 국가에 신고되지 않은 민간 보유 현금 2조 5,000억 달러에 대해서 무효 선언을 할 거요. 즉 종잇장으로 만들어버릴 거요. 일단 7조 5,000억 달러의 이득을 보는 조치요."

트럼프는 자신만만한 표정이었고 목소리 또한 우렁찼다.

"게다가 선전포고와 동시에 달러 가치는 천정부지로 치솟소. 우리는 이때 헐값으로 모든 국제 채무를 청산하고 달러의 건전성을 확보할 수 있소. 유가 또한 급등하고 전쟁 후에도 오랫동안 초상승세를 유지하기 때문에 미국은 최소 30조 달러 이상의 이득을 볼 거요. 그러면 우리 미국은 새 출발을 할 수 있소."

"대통령 각하, 전쟁으로 이득을 보는 것이 과연 미국의 정신에 맞는 것입니까?"

"조금 전 말했듯이 미국은 50년 이상 전 세계를 위해 봉사하고 희생했소. 그리고 그 결과로 이 지경이 된 거요. 지금 정부의 재정적자가 20조 달러이고 우리 국민의 가계부채 총액은 12조 달러요. 얼마 전 우리 정부가 공무원에게 봉급을 지불하지 못했던 모라토리엄을 떠올려보시오. 지금 미국은 죽느냐 사느냐 기로에 서 있소."

"각하, 우리 모두 비슷한 생각이라 믿습니다. 그런데 중국과 전쟁을 시작할 근거가 있습니까?"

"우리에게는 멋진 도화선이 있소. 바로 깡패국가 북한이오. 나는 핵무기만을 이유로 북한을 공격하는 건 싫지만 중국으로 옮겨갈 도화선으로서 북한은 만점이오. 우리는 지금 이 시간 이후 아무 때나 이들의 핵과 미사일을 공격할 수 있소. 그리고 중국은 북한 접경에 15만이나 되는 거대한 병력을 주둔시키고 있소. 이들을 끌어들여 충돌하는 건 아주 쉬운 일이오."

트럼프의 계획은 그리 황당하지만은 않았다.

"중국이 나라의 존망을 걸고 달려들지 않는 한 핵전쟁은 걱정할 필요 없소. 만약 핵전쟁이 일어난다 해도 중국은 핵을 몇 발 발사할 수도 없소. 대신 그 결과는 중국이라는 나라의 완전한 실종이오. 지구상에 더 이상 존재하지 않는다는 뜻이오."

"러시아는요?"

"나는 오래전부터 러시아와 교감해왔소. 최근에는 푸틴에게 모든 걸 털어놓았고, 그는 우리와 같은 길을 걷기로 했소. 러시아는 상관하지 않을 것이오."

"대통령 각하, 어쩐지 북한이 아니라 우리 미국이 깡패국가 같은 기분이 드는군요."

"어쩔 수 없소. 이런 충격요법을 쓰지 않고서는 미국이 도저히 살아날 길이 없소. 지난 50여 년간 전 세계를 살려온 탓이오. 지금 우리에게는 다른 어떤 옵션도 없소. 우리가 지난 50여 년간 그들에게 주었던 것을 조금 돌려받는 것 외에는."

트럼프는 흉중에 있던 마지막 한마디를 내뿜었다.

"나는 많은 연구를 했소. 그간 북한의 핵위기를 최대한 고조시켰고, 러시아와 관계를 유지해왔고, 일본을 더욱 깊숙이 끌어당겼소. 여러분, 내게 용기를 주시오. 지금 이 순간이 아니면 군사력을 써볼 기회조차 없소. 내가 세상의 모든 비난과 원망을 안고 가겠소. 하지만 이런 결심을 할 수 있는 대통령은 나뿐이라 확신하오. 여러분, 내게 죽어가는 미국을 살릴 힘을 주십시오."

침묵이 시작되었다. 너무나 천박한 대통령, 억지에 강짜로 일관해온 대통령, 미국의 기준에 턱없이 모자란 대통령. 그러나 그는 지금 이 순간 위대한 대통령으로 거듭나고 있었다.

짝짝짝짝!

맨 처음 박수가 터져 나왔다. 의외로 박수의 주인공은 조금 전 미국을 깡패국가에 빗댄 의회의 중진이었다.

"I am with you!"

그는 자못 엄숙한 얼굴로 자리에서 일어나 엄지를 세우며 소리쳤다. 동조의 박수 소리가 점점 강해지고 한 사람, 두 사람, 이 윽고 모든 사람들이 자리에서 일어나 엄지를 치켜들며 외치기 시작했다.

"I am with you!"

성배기사단을 대표하는 레오가 마지막으로 엄지를 세웠다.

"You are allowed!"

39.
방정식

몇 년 만에 인천공항에 발을 디딘 인철은 애써 침착하려 했지만 설레는 마음을 진정시키기 힘들었다. 입국심사대를 향해 걸어가는 동안 공항 전체를 감싸고 있는 한국 특유의 냄새가 어린 시절 어머니의 밥상을 대하는 듯해 약간 울컥하는 기분마저 들었다. 여느 때와 달리 미국의 전쟁 계획을 품고 온 터라 비장하기도 했고, 무엇보다 저 문만 나서면 그리운 이지를 만날 수 있다는 생각이 측두엽을 한껏 부풀리기도 했을 것이다.

이지와는 북핵 문제를 푸는 방정식을 만들어보기로 하고 준비가 되었을 때 만나기로 했는데 그 약속이 지금 실현되고 있다는 사실 또한 기쁘게 다가왔다. 인철은 입국심사를 기다리는 짧은 시간에도 다시 이지가 보내온 문자를 꺼내보았다.

어디만큼 오셨어요? 어서 서울의 어느 골목길을 함께 걸으며 한

강 위로 드리운 석양을 보고 싶습니다.

인철은 이지를 만난 후 한 사람에 대한 사랑이 그 사람을 얼마나 오래 만났나 하는 시간의 양만으로 계산될 수 없다는 것을 알게 되었다. 인간의 DNA에는 아주 오랜 옛날의 기억들이 새겨져 있다는 말을 들은 적이 있는데, 인철의 마음은 물론이고 온몸 구석구석까지 이미 오래전부터 이지를 다 알고 기억하고 있는 것 같은 기분이었다.

지난번 이지가 워싱턴을 다녀간 후 두 사람은 거의 매일 잔잔한 감정이 담긴 메일을 교환하고 있었지만 뉴욕의 어마어마한 펜트하우스에서 아이린을 만나고 돌아온 날 괜스레 미안해진 인철은 이지에게 격정적인 고백을 했다.

이지 씨. 지금 이 순간 당신이 몹시 보고 싶어요. 하고 싶은 말이 많지만 이렇게 멀리서 당신을 그리는 마음을 어떻게 이루 다 표현할까요. 때로는 당신의 모습이 손에 잡힐 듯 또렷하게 그려지다가, 때로는 흐려진 수채화처럼 멀리멀리 달아나곤 합니다. 그럼에도 이지 씨를 향한 저의 마음은 한결같습니다. 마음 있는 곳에 몸까지 있으면 더 좋겠지만, 다른 한편 생각하면 몸이 없어 더 애달피 그리워요. 몸 없이 마음만 있는 게 결코 못하지 않다는 사실에 새로이 눈을 뜹니다.

—인철

이지의 답장은 인철로 하여금 두 발을 땅에 딛고 있지 못할 만큼 들뜨게 했다.

　지구에서 먼 은하일수록 더 빠른 속도로 팽창해 나간다는데 제 마음이 바로 그 달려나가는 은하와 같아요. 멀어서 좋아 보기는 처음이에요. 끝없는 그리움의 시간이 함께하기 때문이고, 곁에 있으면 반드시 겪어야 하는 회자정리의 인과율도 피할 수 있으니까요. 우리는 끝까지 사랑을 포기하면 안 돼요. 이제 곧 불멸의 생명 단계가 오니까요. 광자컴퓨터 정도의 기억장치에다 뇌를 스캔해 저장하면 육신은 없어져도 생명은 영원히 유지될 수 있겠지요. 그때를 생각한다면 사랑하는 사람을 늘 소중히 간직해야 해요. 좋은 정신과 아름다운 기억을 갖고 있는 게 한 인간의 최고 재산이에요. 육신이 있을 때 사랑하는 사람을 갖고 있음과 없음은 그야말로 하늘과 땅의 차이예요. 아니, 어쩌면 그보다 더 큰 차이예요. 문자 그대로 불멸의 사랑이 되니까요.

　　　　　　　　　　　　　　　　　　　　　　　　　　　—이지

　이지는 사랑의 언어에도 지성과 지식이 넘쳐흘렀다. 바로 그 이지가 저 자동문 건너편에서 자신을 기다리고 있는 것이다.
　공항 입국장의 문을 나서자마자 이지는 인철이 비엔나의 어두컴컴한 아랍 바에서 처음 보고 홀딱 반했던 그 모습 그대로, 몇 달 만에 워싱턴에서 재회했을 때의 그 모습 그대로 인철을 향해 절제된 동작으로 손을 내밀었다.

"비행기가 꽤 연착했어요. 배고프지요? 우리 맛있는 거 먹으러 가요."

너무나 평범한 이지의 이 한마디로 길고 길었던 기다림과 그리움의 시간들과 고통스럽던 탐색의 시간들이 물거품처럼 녹아내리고, 두 사람은 수많은 새로운 연인들이 그렇듯 인생에서 가장 큰 기쁨의 시간 속으로 발을 내디뎠다.

"시청 앞 더플라자를 숙소로 잡았어요. 전망이 좋은 데다 제가 있는 곳과 가까워요."

"같이 덕수궁 돌담길을 걷고 싶어요."

"방정식을 풀고 나서 걷는 건 어떨까요? 먼저 걸어버리면 머리가 혼란스러워져 방정식을 못 풀 것 같아요."

역시 독일 태생임을 감출 수 없는 이지의 절제된 방식이었다.

인철은 더플라자에 짐을 푼 후 로비에서 기다리고 있던 이지와 같이 북창동 골목에서 순두부를 먹고는 커피를 마셨다. 서로 가볍게 그간의 소식을 교환하며 커피를 나누고 나자 이지는 자리에서 일어났다.

"그럼 내일 오후에 만나기로 할까요?"

"아니, 아침 일찍 만나면 어떨까요? 사실 마음 같아서는 당장 지금부터라도 함께 방정식을 풀고 싶어요."

"그건 안 돼요. 인철 씨는 모스크바에서 여기까지 날아왔어요. 푹 쉬어야 좋은 생각이 나는 법이죠."

"그럼 열 시쯤으로 할까요?"

"네, 그럼."

다음 날 커피숍의 구석진 곳에 자리를 잡고 차를 시키고 나자 이지는 웃으며 물었다.

"어젯밤에는 상당히 급해 보이던데 멋진 해법을 빨리 내놓고 싶으셨던 거예요?"

"네? 뭐, 아니……."

차를 한 모금 마신 이지는 그때까지의 웃음기를 지우고 또박또박 말했다.

"대통령님 친구분이 특이한 얘기를 하신 데서 이 방정식이 출발했어요. 그분은 북핵의 해법을 어느 한쪽의 승리와 패배가 아닌 모두의 승리로 만들 수 있는 방법을 찾아보라는 뜻으로 대통령님께 Theory of everything을 얘기하셨어요. 이것은 북핵과 연관 있는 모든 나라를 만족시키는 방정식을 찾으라는 뜻이죠."

"찾으셨어요?"

"일단 고려해야 할 인자는 정리해보았어요."

이지는 갖고 온 노트북을 펼쳤다.

한국

1. 북한 핵을 포기시킨다.

2. 미국의 선제타격이나 전쟁을 절대 반대한다.

3. 북한의 과도한 병력을 감축시킨다.

4. 북한의 인력 배치를 군이 아닌 생산활동으로 돌린다.

5. 북한 주민의 인권을 제고한다.

6. 남북 간 대화와 평화의 굳건한 틀을 짠다.

7. 평화통일로 나아간다.

8. 중국과 척지지 않고 경제협력을 지속적으로 이어간다.

9. 미국과의 친선과 동맹을 더욱 공고히 한다.

"이 정도면 필요한 인자를 다 고려했을까요?"

인철은 하나씩 짚어가며 생각을 정리하고는 고개를 끄덕였다.

"그런 것 같아요."

"다음은 북한의 입장이에요. 이것은 북한 주민과 집권세력을 구분하지 않았어요. 일단 핵문제 해결이 중심과제이다 보니. 그러나 결과적으로는 북한 주민에게 도움이 되도록 해 개별 인자 속에 암암리의 복잡한 계산이 들어 있어요. 변수라 할지."

북한

1. 핵을 보유한다.

2. 현 체제의 안정을 보장한다.

3. 미국의 공포에서 벗어난다.

4. 경제발전을 이룬다.

5. 평화적이든 비평화적이든 통일로 나아간다.

"비평화적이라는 단서가 틀린 걸까요?"

"그렇진 않을 거예요. 북한은 그것도 염두에 두고 있는 모습을 보여왔으니까요. 미 제국주의 원수를 몰아내고 통일하자니까 두 행위 사이에 공통점이 있다고 보는 게 맞겠어요."

"그럼 미국의 인자를 볼게요."

미국

1. 필요시 무력을 써서라도 북한 핵을 포기시킨다.

2. 한국과의 동맹을 더욱 굳건히 한다.

3. 필요시 사드를 추가로 배치한다.

4. 한미일 삼각 군사동맹을 이룬다.

5. 한국을 MD망 안으로 끌어들인다.

6. 중국을 견제한다.

7. 한국과 중국의 밀착을 그리 반기지 않는다.

8. 남중국해 등에서 중국의 팽창을 견제한다.

9. 남북통일에 대한 입장이 불분명하다.

"이 정도일까요?"

"주요 인자는 다 들어간 것 같아요."

인철은 주코프로부터 들었던 트럼프의 전쟁 계획을 넣는 것은 일단 유보하기로 했다. 실행 여부가 불투명하기도 했고, 그런 공룡 같은 외부 인자를 집어넣으면 아예 방정식이 성립될 수도 없거니와 그런 가상의 가능성으로 인해 내부적 고찰을 포기한다는 게 옳을 수는 없을 것이었다.

일본

1. 필요시 미국의 무력을 써서라도 북한 핵을 소멸시킨다.

2. 한미일 군사동맹을 선호한다.

3. 독도를 탈환한다.

4. 피랍 일본인을 송환한다.

5. 북한과의 수교를 선호한다.

6. 남북통일을 반대한다.

7. 중국과의 관계를 증진한다.

8. 센카쿠를 영유한다.

"써놓고 보면 일본은 상호 모순적 인자들을 여럿 가지고 있다는 느낌이 들어요. 중국과의 관계 증진을 추구하면서도 당장이라도 분쟁이 터질 수 있는 센카쿠는 아예 협상의 대상으로도 여기지 않는다든지, 북한과 수교를 원하면서도 정작 남북통일은 반대한다든지요."

"일본이 통일을 반대한다고 공식적으로 얘기한 적은 없는 거죠?"

"물론이에요. 어느 나라도 공식적으로 남북통일을 반대하지 않아요. 다만 그간의 모든 자료를 비교 분석하면 이 같은 경향을 나타내 보인 거죠."

"네, 다음은 중국인가요?"

"러시아를 먼저 봐요."

러시아

1. 북핵을 반대한다.

2. 미국의 대북 공격을 반대한다.

3. 북한에 대한 영향력 확대를 지향한다.

4. 한국과 경제협력을 희망한다. 특히 극동 지역과 시베리아 공동개발을 갈망한다.

5. 경제발전을 위해 미국과의 우호관계를 희망한다.

6. 미국의 독주를 견제한다.

7. 한국의 미국 기지화를 우려한다.

8. 대중국 석유 및 가스 판매를 유지한다.

9. 중국 경제발전의 낙수효과를 기대한다.

10. 중국의 일대일로를 우려한다.

"러시아는 미국이나 중국과 우호 협력을 원하면서도 한편으로는 경계하고 있어요."

"중국과 친하게 지내려 하면서도 일대일로는 경계하고요."

중국

1. 북핵을 반대한다(속내는 불투명).

2. 핵 포기 대가로 모든 지원을 계속한다.

3. 미국의 대북 공격을 절대 반대한다.

4. 북한 제재에 소극적이다.

5. 북한 붕괴를 절대 불원한다.

6. 북한에 대한 영향력 증대 및 우호를 희망한다.

7. 북한에 원유를 지원한다.

8. 남북통일을 절대 불원한다.

9. 남한의 MD망 구축을 절대 반대한다.

10. 한미일 삼각 군사동맹을 절대 불원한다.

11. 남한과의 경제교류를 희망한다.

12. 남한으로부터의 민주주의 수입을 경계한다.

13. 일본으로부터 센카쿠를 탈환한다.

14. 일본의 군사대국화를 불원한다.

15. 대만과의 통일을 희망한다.

16. 러시아와 군사교류를 강력 희망한다.

17. 인민봉기를 극도로 경계한다.

18. 미국과의 우호를 희망한다.

19. 미국의 보호무역을 극히 경계한다.

20. 북한과의 중조 수호조약을 부정한다.

21. 군사굴기를 가속화한다.

22. 북미 충돌의 불씨가 전이되는 것이 불안하다.

"중국과 관련된 인자가 참 많군요."

"조사하다 보니 참 걱정이 많은 나라였어요."

"이제 이런 다양한 인자들을 묶어서 방정식을 만드는 건가요?"

"네. 각국의 인자들을 통합해 각국의 경향을 먼저 만들고, 그 경향들을 모두 만족시키는 답을 찾는 거예요."

"하하, 이건 정말 수학이군요. 서로 충돌하는 인자는 어떻게 하죠? 가령 러시아가 중국과 경제교류를 원하지만 일대일로는 경계한다는 인자요."

"다른 여러 인자와 복합적으로 고려해 강한 인자와 약한 인자로 나누죠."

"강한 인자는 살아남고 약한 인자는 배제하는 거군요."

"네, 하지만 기억에는 남겨두어야 해요. 잠재적 인자로요."

인철은 이 많은 인자를 어떻게 모두 고려할지 엄두가 나지 않았으나 한편으로는 새로운 방정식에 대한 흥미가 크게 일었다.

"정치경제와 외교안보를 수학으로 푸는 게 흥미로워 보이면서도 한편으로는 아인슈타인과 호킹이 평생 Theory of everything의 방정식을 풀다 결국은 포기하고 말았다는 사실이 눈앞에 선명하게 다가와요."

"저도 처음이라 어떻게 할지 막연하지만, 인철 씨와 같이 하면 뭐라도 나올 거라는 희망으로 열심히 인자를 찾았어요. 그럼 북한의 핵 보유부터 볼까요?"

"그건 북한 빼고는 모두가 원치 않는 걸로 나와요. 중국의 속

내가 불투명으로 나와 있긴 하지만."

"네. 하지만 중국은 미국이 북한을 공격할까 봐 두려워하고 경계하는 인자가 워낙 많아요. 그래서 중국도 불원하는 걸로 보는 게 낫겠어요."

"그럼 북한이 핵을 가진다는 해법은 없는 거네요."

"그래요."

이지는 결론처럼 한마디 하고는 자신의 노트북에 '북한의 핵 포기'라고 썼다.

"미국의 군사공격은 그리 간단하지 않아요. 미국과 일본은 반반이고 우리와 중국, 러시아는 불원이거든요."

"일본과 러시아도 절대로 빼놓을 수 없는 만큼 참고인자로 넣고 잘 살펴야 해요."

"그럼 북한 반대, 중국 반대, 남한 반대, 미국 50퍼센트로 보면 될까요?"

"네, 하지만 남한 국민들 중에는 북핵을 견디며 사느니 무력을 써서라도 제거해야 한다는 생각을 가진 사람들도 꽤 있으니 결론적으로 공격 배제가 우월한 인자이고 공격은 잠재인자로 기억해두기로 해요."

이지는 노트북에 '우월인자:공격 배제, 잠재인자:공격'이라고 적었다.

"그것 참 재미있네요. 그런데 우리 문제인데 우리와 반대편에 있는 북한의 인자도 동등하게 넣어 다수결 같은 방식으로 결론을 내도 되는 걸까요?"

"일단은 상대의 인자들과도 화합해보는 거예요. 그러나 결론을 내릴 땐 우리의 입장만 인자가 되죠. 그래서 완전한 수학이나 다수결과는 좀 달라요. 가령 지금 따져본 공격 같은 경우 다른 모든 나라가 찬성이고 우리만 반대일 때 다수결로 하는 게 아니라 따로 깊이 생각해야죠."

"북한이 핵을 포기할 경우 미국은 입장이 뚜렷하지 않지만 한국, 중국, 일본은 경제지원을 염두에 두고 있군요."

"미국이 말하는 모든 면에서의 대화도 결국 경제지원을 포함하는 말이니 경제지원이라 결론지어요."

"통일은 주요 4국인 남한, 북한, 미국, 중국의 입장이 다 다르군요. 남한은 평화적 통일, 북한은 무조건 통일, 중국은 절대 반대, 미국은 입장 불명이에요. 통일은 각자의 입장이 다르고 당장의 핵문제 해결과는 큰 관계가 없으니 빼놓을까요?"

"어쩌면 통일과 핵문제 협상 사이에 잠재적 함수관계가 있을지 몰라요. 체제보장과 통일은 상충될 수도 있으니까요."

"북한이 겉으로는 통일을 표방하지만 속으로는 통일을 두려워할 수도 있다는 얘긴가요?"

"네. 그런 경우 통일을 안 한다는 보장을 해줘야지요."

"흡수통일을 안 한다는 건가요?"

"흡수통일이 아니더라도 통일 유예 협정이 필요할지 몰라요. 예를 들면 30년 후 통일하기로 합의하는 식으로요."

인철은 크게 놀랐다. 이지는 보통 사람으로서는 상상하기조차 어려운 말을 하고 있었다. 모두가 입만 열면 통일을 얘기하지만, 실제로는 그것이 통일을 저해하는 부분도 있음을 이지는 꿰뚫어 보았다. 이러한 이상적이면서도 현실적인 판단은 이지가 독일에서 성장하며 동서독 통일의 문제점과 후유증을 직접 경험했기 때문에 가능한 일일지도 몰랐다.

"이지 씨를 보니 체 게바라의 한마디가 생각나는군요."

"뭐죠?"

"우리는 늘 현실적이어야 한다. 하지만 가슴으로는 이룰 수 없는 꿈을 품어야 한다. 지금 보니 이지 씨는 거꾸로 같네요. 아니, 꿈과 현실을 같이 실행하고 있다고나 할까요."

"통일 유예를 선언하면 북한도 안정될 수 있고, 중국도 통일 절대 반대 입장을 바꿀지도 몰라요."

"여하튼 살아오면서 한 번도 생각해보지 못한 개념이에요. 그럼 통일은 뭐라고 결론지을 거예요? 그 노트북상에서."

"글쎄요."

"순간적으로 비범하다는 생각이 들었는데 그냥 유예 선언으로 쓰지 않으실래요?"

"중요한 문제이니 좀 더 깊이 생각해보기로 해요. 느낌으로는 유예가 맞는 것 같긴 하지만."

"통일이 되면 국회의 3분의 1 이상이 북한 국회의원으로 채워질 거예요. 북한 동포들이 처음에는 남한 사회의 마력에 빠지겠

지만 이내 경쟁에서 처지고 가난과 차별에 지쳐 분노의 한 표를
행사하지 않겠어요?"

인철의 얘기에 이지도 동의했다.

"정치적으로 강하게 결속하겠죠. 독일의 예를 봐도 수적으로
는 서독의 25퍼센트밖에 안 되는 동독인들이 통일 이후 정치를
완전히 장악했으니까요. 국회가 난장판이 될 거예요. 사회에서
이념투쟁과 계급투쟁도 엄청날 거구요."

"유예기간은 북한에도 도움이 되겠죠. 김정은이 계속 집권하
든, 정권 교체가 일어나든 혼란을 수습하고 시장경제에 연착륙
해야 하니까요. 유예가 좋겠어요."

"네."

이지는 노트북에 '통일 유예'라고 적어넣었다.

두 사람은 이런 식으로 북한 핵문제 해법의 해답지를 하나하
나 만들어나갔다. 처음에는 도저히 불가능할 것 같았던 작업이
각각의 인자를 여러 시각에서 평가해 등급을 부여하고 최대공약
수라든지 최소공배수, 교집합 등의 수학적 방법을 써서 정리하
자 마지막에는 상당히 완성된 몇 개의 유사해답이 나오기 시작
했다.

"아! 이거 되네요."

가능성을 발견한 인철이 기쁨의 탄성을 질렀지만 거기까지였
다. 그로부터 두 사람이 아무리 애를 쓰며 유사해답의 부족한 점
을 보강하고 완전무결한 정답을 찾아내려 해도 결정적 인자들은

결코 만족스럽게 섞이지 않았다.

"어떻게 해봐도 2퍼센트 부족이에요. 답이 근사치에 접근하기는 했지만 모두 조금씩 어긋나요. 남북미가 만족하면 중국이 덜 만족스럽고, 남북중이 만족하면 미국이 불만이고, 북중미가 만족하면 남한이 싫으니 이건 아예 빼버려야 하고……."

이지 역시 잡힐 듯 잡히지 않는 해답을 구하려 무진 애를 썼지만 커피숍이 문을 닫도록 Theory of everything은 구해질 듯 구해지지 않았다.

"오늘 너무 애쓰셨어요. 이제 잊어버리셔요. 아인슈타인도 호킹도 실패했듯, 역시 방정식 하나로 세상의 모든 걸 설명하는 거나 모든 나라의 기대를 충족시키는 건 불가능한 것 같아요."

"대통령께 보고할 거예요?"

"네. 해야 해요. 기대하고 계시는데 어서 알려드려야죠. 그래야 다른 길을 모색하실 테니까요."

"어차피 달리 모색할 길도 없잖아요. 이제까지처럼 아무런 입장도 없이 진보 눈치, 보수 눈치, 중국 눈치, 미국 눈치, 심지어는 북한 눈치까지 보는 것밖에는."

"죄송해요. 지치셨나 봐요."

"아니, 그건 아닙니다. 이지 씨와 오늘 종일 즐거웠어요. 그런데 죄다 다른 나라 입장만 고려하다 보니 좀 답답했나 봅니다. 제가 죄송합니다."

"늦었으니 내일 다시 연락하기로 해요."

"아니, 내일 다시 만나죠. 왠지 이대로 끝낼 수는 없을 것 같아요. 끝내더라도 포기하고 끝내는 게 아니라 확실히 답이 없다는 결론을 내리고 포기하는 게 맞을 것 같아요."

"제 생각도 그래요. 그게 수학이니까요."

인철은 광화문 부근의 오피스텔에 사는 이지를 바래다주고 돌아오는 길에 자신이 괜히 이지에게 짜증을 냈나 싶어 조금 전의 장면들을 거꾸로 돌려보았다. 답답한 마음에 정부가 입장도 없이 여기저기 눈치만 본다고 내뱉은 말이 이지에게 상처를 줬을까 이모저모 생각하던 인철은 어느 찰나 뇌리에 섬광이 번득이자 제자리에 우뚝 멈춰 섰다.

"아!"

한참이나 길거리에 석고상처럼 굳어 있던 인철은 이윽고 전화기를 꺼내 이지의 번호를 눌렀다.

"이지 씨, 아까 우리가 해답을 찾았던 거예요."

"네? 정말이세요?"

"네, 우리가 찾아놓고 없다 생각했을 뿐이에요. 어서 밖으로 나와봐요."

이지는 놀라움과 반가움에 겉옷만 적당히 걸친 채 뛰어나왔다.

"그런데 답은 모두 2퍼센트씩 부족했잖아요. 그래서 인철 씨가 유사해답이라 이름 붙였고요."

"그게 아니었어요. 지금 문득 생각났어요. 우리가 어떤 오류를 범했는지."

"설명해주세요."

"유사해답처럼 어느 한쪽이 불만족스러운 게 맞아요. 그 부족한 나머지 부분은 우리가 선택으로 메워야 해요. 그게 수학과 현실의 다른 점이에요."

"선택으로 메운다는 말은 어떤 의미죠?"

"수학과 달리 세상일에는 완벽한 해답이 없어요. 우리가 선택함으로써 비로소 해답이 되는 거죠. 그래서 삶의 선택이 중요하고, 그 선택을 위해 지식과 경험을 연마하잖아요. 또 선택한 후에는 그 선택을 완성하려는 용기와 노력이 필요하고요. 국가도 마찬가지예요. 저는 남북미중을 그 자체로 만족시키는 해법은 없다고 생각해요. 없는 게 오히려 좋아요. 우리가 선택하고 우리 힘으로 그걸 이루어나가는 게 맞으니까요."

이지는 인철의 말을 들으며 완벽한 수학적 해답을 얻은 것보다 오히려 더 큰 만족감을 느끼면서 인철의 눈길을 자신의 눈동자 속으로 끌어 담았다.

"우리가 주변 4강의 입맛만 맞추려고 하다 보면 결국 마네킹이 되어 남들이 갖다 놓는 자리에 서 있게 될 거예요. 아까 우리는 혼도 자아도 없이 남을 만족시키는 방법만 찾았던 거예요. 그건 수학이에요. 어떤 면에서는 핵개발을 잘했다고 생각할 수도 있어야 해요. 만약 그것이 우리의 선택이었다면."

이지는 인철을 바라보았다. 온 나라가 전전긍긍하며 미국에 붙느냐, 중국에 붙느냐 양자택일만을 고민하는 판에 우리가 선택한 게 답이라는 인철의 말은 커다란 위안으로 다가왔다.

"네, 인철 씨. 우리의 선택이 바로 해답이라는 말이 가슴에 다가오네요. 그 자체로는 좋은 선택도 나쁜 선택도 없다, 내가 선택한 게 해답이다. 결국 수학이 아니라 용기가 답이란 얘기네요."

두 사람은 자리에서 일어나 잠시 어색하게 망설이다 자기도 모르게 손을 뻗어 서로의 손을 잡았다. 그냥 헤어지기는 너무 아쉬웠던 인철은 이지의 얼굴을 똑바로 바라보다 불현듯 세차게 끌어안았다. 자신도 모르는 힘에 끌려 인철은 이지의 입술에 자신의 입술을 포갰으나 부드러운 살갗이 느껴지는 순간 이지는 살며시 몸을 뺐다.

40.
희생

"아이린, 크리스찬 디올이든 베르사체든 구찌든 마음대로 골라. 아니면 너 와인 좋아하니 로마네 꽁띠나 뻬뜨뤼스도 좋아. 아니면 아예 완전히 새로운 너만의 일을 새로 시작하든지."

"차차 생각해볼게요."

"네가 심심할까 봐 그런다. 방송국을 해볼래? 배우도, 탤런트도, 운동선수도 많이 만나고 재미있을 거야."

아이린은 웃었다.

"아니면 문화재단을 해보렴."

"나는 그냥 오빠 하는 일 구경만 할래요. 그것도 재미있을 것 같아요."

"그래, 돈 버는 일도 재미있지. 그것도 하나의 게임이다. 세상을 읽고 정보를 얻고 투자를 하고, 이 모든 과정을 거쳐 돈이 들어오는 걸 보면 커다란 성취감을 느낄 거야. 일종의 종합예술 같은 거지."

"돈 버는 건 오빠 밑의 전문 경영인들이 하잖아요."

"하지만 생각지도 못하는 큰 정보는 내가 조율해야 한다. 트럼프는 이번 토요일 밤 열한 시 워룸에서 북한 공격 시뮬레이션을 한다. 거기서 문제가 없으면 월요일 밤 열한 시에 북한을 때리는 거야. 하지만 이 공격은 중국을 끌어들이기 위한 미끼일 뿐이지. 어떤 규모의 전쟁이 될지는 모르지만 하나 확실한 건 우리 군수 회사들의 주가는 수직으로 상승한다. 물론 유가 또한 천정부지로 치솟지. 이미 5,000만 배럴 이상 비축해두었으니 다음 주엔 샴페인을 터트리자꾸나."

"지금 이 순간 와인 한잔해요. 세상일에 관심도 없던 오빠가 이런 대사업가가 된 걸 축하하고 싶어요."

"고마워, 아이린, 내 동생아. 뭘 마시겠니?"

"오빠가 골라줘요."

"그래, 오늘은 나의 셀렉션을 자랑하고 싶구나. 내 사랑하는 누이에게."

아이린이 돌아왔다는 사실은 레오에게는 단순히 여동생이 돌아온 것 이상의 의미였다. 언제든 자신이 마음만 먹으면 결혼할 수 있는 누이. 세상에서 가장 빼어난 미인이 평생 자신을 위해 대기하고 있다는 생각은 묘한 감정을 갖게 했고, 레오는 복잡한 감정의 갈래 속에서 점점 취해만 갔다.

"아이린, 널 혼자 둘 수는 없어."

취한 레오는 아이린의 곁으로 자리를 옮겨 기다란 금빛 머리카락에 코를 갖다 대고 냄새를 맡더니 아이린의 뺨에 키스를 하고 급기야는 아이린의 입속 깊이 혀를 넣었다.

"오빠, 침대로 가요."

레오를 침대에 누이고 시간을 끄는 사이 그가 설핏 잠이 들자 아이린은 레오의 주머니에서 휴대폰을 꺼냈다. 아이린은 조급한 와중에도 침착하게 납치 직전 식사를 했던 식당 베니니의 관할 경찰서를 생각해내곤 전화를 걸었다.

"아이린 실종 사건을 담당하는 형사님 부탁해요."

상대편이 나오자 아이린은 적당히 둘러대고 한 사람의 전화번호를 손에 넣었다. 그는 바로 인철이었다.

"인철 씨, 아이린이에요."

"아이린!"

"오빠가 금방 깰 것 같으니 잘 들어요. 이번 토요일 밤 열한 시에 트럼프가 백악관 워룸에서 전쟁 시뮬레이션을 해요. 문제가 없으면 월요일 밤 열한 시에 북한을 때려요! 그리고 무슨 일이 있어도 제 일로 경찰에 연락하면 안 돼요."

"토요일……."

인철은 아이린이 전화를 갑자기 끊어버리자 더 이상 말을 잇지 못했다. 아이린의 안위가 크게 걱정되었지만 아이린에게 전화를 할 수도, 경찰에 신고를 할 수도 없었다. 신고가 해결책이라면 그녀가 자신에게 전화하는 대신 경찰에게 했을 것이다. 인철은 워싱턴의 바에서 헤어진 후 납치 아닌 납치를 당한 채 철통 같은 감시를 받는 아이린이 이 전화를 하기까지 얼마나 힘들었을까. 그리고 혹 발각된다면 어떤 고초를 겪을 것인가 생각하자 가슴이 울컥했지만 자신이 할 수 있는 일은 없었다.

아니, 뭔가 할 수 있다손 치더라도 지금은 그럴 때가 아니다. 주코프와 아이린 양쪽으로부터 받은 이 정보는 의심할 수 없는 무시무시한 정보이고, 시간은 너무도 촉박했다.

인철의 짐작대로 아이린은 전화를 끊고 오빠와 무서운 대면을 하고 있었다.

"아이린, 너는 돌아오지 않는구나."

"오빠."

"네가 누구에게 전화를 걸어 무슨 말을 했든지 간에 문제 삼지는 않겠다. 나는 이 휴대폰을 보지 않고 버리련다. 성배기사단을 배신해도 벌이 따르고 가문을 배신해도 벌이 따르기 때문이다. 둘 다 네가 감당할 수 없는 벌들이지."

"아아, 오빠."

"너는 나를 배신했다. 세상에서 너를 가장 사랑하는 사람을 배신하고 정결한 내 사랑을 비열한 음모로 오염시켰다. 나는 네게 사랑의 와인을 따랐으나 너는 내게 거짓을 따르더구나. 너는 최고의 가문에서 태어났으면서도 천박한 자를 좋아했고, 몸은 하늘에 있어도 마음은 길바닥에 있었다. 하여 가문의 수장으로서 네게 명하노니, 너는 영원히 뮌헨의 고성에서 나오지 말라! 아이린, 부디 나를 원망하지 말거라! 쇤하우젠 성에 갇혀 한 발짝도 나오지 못한 할머니와 똑같은 운명을 택한 사람은 바로 너 자신이니까."

아이린의 전화를 받고 난 인철은 머리가 멍해졌다. 감당할 수 없는 무거운 정보를 갖게 된 유일한 한국인으로서 무슨 일을 해야만 할 것인가. 무슨 일을 할 수 있을 것인가. 인철은 이지에게 전화를 걸었다. 이런 국가적 사태를 대통령에게 알리지 않을 수 없는 일이었다.

"트럼프가 미국시각 토요일 밤 열한 시에 전쟁 시뮬레이션을 하고 문제가 없으면 월요일 밤 열한 시에 북한을 공격한다고요? 그걸 어떻게 믿을 수 있죠?"

"설명하긴 어렵습니다만 저를 한번 믿어주시면 안 되겠습니까?"

문재인 대통령은 말없이 이지의 얼굴을 바라보다 무거운 표정으로 말했다.

"그 정보의 신뢰도가 0.1퍼센트도 안 된다 하더라도 대한민국의 대통령으로서 그냥 넘길 수는 없어요. 안보회의를 소집하지요."

이지의 참석이 허용된 가운데 대통령 주재로 열린 긴급 대책 회의에서 처음에는 냉소적인 눈길로 이지를 바라보던 대부분의 참모들은 국방부의 보고가 도착하자 아연 실색했다.

"대통령님, 칼빈슨과 스테니스가 한반도를 향해 다가오고 있고 레이건은 요코스카에서 출항 준비 중입니다. 뿐만 아니라 루스벨트와 니미츠가 한반도에서 멀지 않은 해역에서 대기 중입니다. 이것은 사상 초유의 일입니다."

그간 항공모함 레이건, 루스벨트, 니미츠가 몇 번 동해상에서 훈련을 하곤 했기 때문에 크게 신경을 쓰지 않았지만 다섯 척의 항모가 한반도를 향해 다가온다는 보고가 오늘 이지가 가져온 놀라운 정보와 맞물릴 수 있다는 데 생각이 미치자 안보실장을 비롯해 참모들은 일순 당혹감에 빠졌다.

안보실장은 참모에게 지시했다.

"전쟁 시뮬레이션이면 군 지휘관들이 대거 참석할 거야. 주미 대사관에 전화를 걸어 육해공군 지휘관들의 토요일 밤 일정을 알아보라 그래. 알려주지 않겠지만 분위기는 감지할 수 있을 거야. 모두 일정이 있거나 워싱턴에 체류하고 있다면 이 정보를 믿을 수밖에 없어."

회의 참석자들이 신경을 곤두세우고 있는 가운데 주요 지휘관들이 토요일임에도 모두 일정이 잡혀 있는 게 확인되자 회의 분위기는 심각하게 돌변했다. 참모 한 사람이 분노의 음성을 쏟아냈다.

"당장 트럼프 대통령에게 전화를 걸어 공격을 멈추라고 해야합니다. 대통령님께서 기회 있을 때마다 언급하셨듯이 이것은 우리의 동의 없이 한반도에서 전쟁을 하자는 행위입니다."

그의 분노를 시발점으로 참모들의 난상토론이 시작되었다.

"명령을 한다는 얘긴가요, 지시를 한다는 얘긴가요, 트럼프에게?"

"네?"

"미국이 멈춰줄 리 없다는 얘기예요."

"멈추든 안 멈추든 그냥 있을 수는 없잖아요."

"백악관 워룸에서 시뮬레이션을 하고 48시간 후 실제 행동에 들어간다는 계획이면 우리 요구를 들어줄 리 없어요. 이미 주사위는 던져졌다는 얘기예요. 소용없는 줄 뻔히 알면서도 거기 매달린다는 건 해법이 아니에요."

누군가 몹시 격앙된 얼굴로 트럼프를 비난한 후 방안을 냈다.

"북한에 알려 무조건 핵 포기 선언을 하게 하면요?"

몇몇 참모들이 고개를 끄덕이며 동의를 표했다.

"좋습니다. 시진핑에게도 알려 당장 포기시키도록 해야 합니다."

"북한이 우리 말도, 중국 말도 듣지 않으면 어떻게 하지요?"

"그럴 리 있나요?"

"충분히 그럴 리 있습니다. 북한은 이제껏 핵개발에 모든 걸 다 바쳐왔는데 말 한마디에 포기한다는 게 오히려 더 우습잖아요. 나는 절대 포기하지 않는다고 봐요."

이후 밤늦게까지 참모들의 의견이 쏟아졌지만 하나같이 입을 모아 미국을 성토할 뿐 딱히 해결책을 내놓지 못하자 대통령은 회의를 정리했다.

"실장이 올라가세요."

"알겠습니다. 대통령님의 친서를 가지고 가는 게 더 낫겠습니다."

오랫동안 꽉 닫힌 판문점이었지만 다른 사람도 아닌 임종석이 올라간다 하자 북한은 문을 열어주었다. 시진핑 주석이 마음먹고 보낸 특사도 만나주지 않았던 김정은이었지만 서울에서 온 특사가 임종석인 걸 알고는 즉각 만남에 응한 것이다.

"나는 그간 임 실장님이 북남의 적대관계 해소에 열정을 바쳐온 걸 높이 평가합네다."

"국방위원장님, 지금 시간이 너무 없습니다."

임종석이 대통령의 친서를 내밀자 한 자 한 자 꼼꼼하게 읽고 난 김정은은 아연 얼굴이 굳어버렸다. 그는 곁에 있던 최룡해에게 친서를 넘겼고, 최룡해 역시 파랗게 질린 얼굴로 아무 말도 하지 못했다.

"급히 핵 포기 선언을 하셔야만 하겠습니다."

"간나들!"

김정은은 더 이상 말을 잇지 못했다.

"시간이 없습니다. 오늘, 아무리 늦어도 내일까지는 핵 포기 선언을 해야 합니다."

"개간나들!"

김정은의 얼굴은 일그러질 대로 일그러졌고 최룡해 역시 주먹을 부들부들 떨었다. 임종석은 거듭 핵 포기를 재촉했으나 김정은은 대답을 하지 않은 채 자리에서 일어났다.

"내래 생각을 해보갔소."

"다시 말하지만 달리 방법이 없습니다. 여기서 대답을 하실 때까지 기다리겠습니다."

"아니, 알려줄 테니 내려가시오."

김정은은 손을 내밀어 악수를 건넨 다음 최룡해와 같이 나가버렸고, 임종석은 빈손인 채 서울로 돌아올 수밖에 없었다.

청와대.

김정은이 핵 포기 선언을 할 기미가 전혀 보이지 않아 밤새 잠을 이루지 못했던 문재인 대통령은 집무실 소파에 앉아 밖을 내다보았다. 어둠이 아직 남아 있는 데다 새벽안개가 끼어 밖이 잘 보이지 않았다. 대통령은 텅 빈 집무실에 어두운 그림자가 어른거리는 것 같은 느낌이 들어 주변을 둘러보았다. 물론 아무도 없었지만 대통령은 꼭 누군가가 옆에 와 앉은 것만 같았다.

"형!"

노무현. 정치를 시작한 것도 대통령이 된 것도 모두 그로부터 기인했고, 그와 밤새워 얘기했던 이상과 정의를 실현하기 위해 이제껏 달려왔지만, 많은 걸 이룬 것 같아도 하나도 이룬 것이 없는 것 같았다. 무엇보다 전쟁이 코앞에 다가왔는데도 아무런 대책이 없다는 게 서글픔과 외로움으로 다가왔다.

"바보 같은 놈!"

김정은은 정말 바보 같은 짓을 하고 있다. 마지막 기회마저 발로 걷어차버리고 뻔히 죽는 길로 내달리고 있다. 자신은 주한미군을 묶어두고 있지만 그렇다고 미국이 티끌만치라도 공격에 지장을 받을 리 없다.

대통령은 미국이 북한을 공격했을 때 어떻게 해나가야 할지 정말 판단하기 어려웠다. 바다에 떠 있는 항공모함을 향해서 아무것도 할 수 없는 북한의 유일한 보복수단은 휴전선 인근의 방사포와 장사정포로 서울을 포격하는 것뿐이고, 그것은 한국군과 주한미군을 묶어놓고 있는 자신의 정책과 충돌해 큰 문제를 야기할 것이다.

"문재인이 대한민국 국민을, 서울 시민을 죽였다!"

비록 짧은 시간이겠지만 전쟁 반대라는 의지로 군을 묶어놓고 있다가 방사포에 희생되는 국민이 생긴다면 당연히, 그리고 즉각 터져 나올 절규였다. 대한민국 대통령으로서 자신이 할 일은 당연히 예상되는 북한의 장사정포와 방사포의 포격을 막는 데 있다. 그러기 위해서는 미군의 선제타격이 시작됨과 동시에 북한군의 장사정포와 방사포를 한미의 공군력으로 쓸어버려야 할 것이다.

그러자면 어쩔 수 없이 미국과 같이 작전 단계에서부터 정보를 주고받아야 하고, 그것은 사실상 전쟁 준비가 되고 마는 것이다.

"으음!"

전쟁 반대 의지는 정권의 몰락으로 이어질 가능성도 크다. 수십조를 들여 이룩한 공군력과 북한의 공격으로부터 국민을 지키기 위해 배치된 주한미군을 쓰지 못하게 했다는 책임은 필연적으로 탄핵으로 이어질 것이고, 탄핵 이전에 분노의 시위나 쿠데타로 실각할 가능성도 큰 것이다. 만일 미군이 아무런 통보 없이 선제타격을 감행할 경우 미군으로부터 사전에 통보를 받지 못했다는 사실 하나만으로도 레임덕이 시작될 수도 있다.

"음!"

대한민국의 대통령이지만 할 수 있는 게 아무것도 없다는 현실에 문재인은 거듭 한숨을 내쉬었다. 어제의 긴급안보회의는 미군의 선제타격이 코앞에 다가왔는데 아무것도 할 수 없다는 사실을 다시 한 번 확인시켜주었을 뿐이었다. 기껏 할 수 있는 게 북한에 올라가 핵 포기를 하라는 권유였고, 중국에 알려 핵 포기를 시켜달라는 부탁일 뿐이었다.

권유와 부탁.

이 일촉즉발의 상황에 전혀 어울리는 단어가 아니었다.

"대통령님, 모두 기다리고 있습니다."

비서가 긴급 안전보장회의가 소집되었음을 알렸지만 대통령은 별반 의욕이 나지 않았다. 그간 북한이 미사일을 쏠 때마다, 핵실험을 할 때마다 무수히 회의를 해왔지만 북한을 향해 경고 한번 속 시원히 못 했는데 지금 이 상황에서 미국의 공격을 중지시키거나 북한의 핵을 포기시키는 어떤 방안도 나올 수 없을 것임은 자명했다.

"갑시다."

대통령은 무겁게 발걸음을 옮겼으나 두 시간 후 똑같이 무거운 발걸음으로 집무실로 되돌아오고 말았다. 북한의 대답을 기다려보자는 것과 중국이 북한을 강력하게 설득하고 있을 거라는 관측 외에는 할 것이 없었다.

41.

Theory of everything

갑갑증을 견디다 못한 대통령의 뇌리에 이지가 떠올랐다. 어제 워낙 참모도 많고 정신이 없었던 터라 최 박사의 의견을 물어보지 못했지만 최 박사는 누구도 하지 못하는 생각을 해내는 독특한 사람이었다.

"최이지 박사, 집무실로 좀 와줄 수 있어요?"

"네, 대통령님. 그런데 제게 그 정보를 주었던 분과 같이 봬도 될까요?"

"물론이죠."

이지는 인철이 도착하기를 기다려 대통령의 집무실로 건너갔다.

"김인철입니다."

"반갑습니다. 어떤 분인지 궁금했어요."

대통령은 우울한 목소리로 이지에게 말했다.

"북한의 대답을 기다리고 있으나 전망은 부정적이에요. 김정은은 대가를 챙기지 못한 채 겁에 질려 핵과 미사일을 포기하면 정권의 기반이 흔들릴 수 있고, 앞으로 영원히 미국에 꼼짝 못한다고 생각할 거예요. 그래서 핵을 포기하더라도 공격을 당하고 포기하는 게 투사 이미지를 쌓고 인민의 적개심을 유발해 통치에 훨씬 유리하다고 판단할 겁니다. 사정이 이러하니 중국의 설득도 소용없을 걸로 봐요. 최 박사 생각은 어떻소?"

"지난번 대통령님께서 내주셨던 Theory of everything의 방정식을 김인철 변호사와 같이 풀었는데 유사해답이 여러 개 나왔습니다. 따라서 저는 해답이 없다 생각하고 포기하려 했는데, 김 변호사는 그 자체로 정답은 없고 유사해답들 중 하나가 우리의 선택을 통해 정답이 된다고 했습니다."

대통령의 눈길이 인철에게로 향했다.

"지금 이 순간에도 정답이 있을까요? 이제 공격이 사흘도 남지 않은 상황에서."

"저는 있다고 생각합니다."

인철의 대답에 대통령은 그의 눈동자를 물끄러미 바라보았다. 물론 의혹이 잔뜩 담긴 시선이었지만 이지가 데려왔다는 사실 때문인지 대통령은 곧 특유의 순박한 눈길을 인철의 입술로 향했다.

"어떤 답이 있을까요?"

"기본적으로 미국은 북한을 공격하는 걸 그리 좋아하지 않습니다. 전 세계의 비난이 쏟아지는 데다 정권이 붕괴하면 더욱 깊이 개입해야 하고 난민 등 힘든 문제가 잔뜩 생깁니다. 무엇보다 막대한 돈이 들어가기 때문에 트럼프로서는 가장 하고 싶지 않은 일일 것입니다. 또한 북한은 전쟁을 할 힘이 없습니다. 전쟁이란 짧은 시간에 막대한 돈을 쏟아붓는 건데 북한은 그럴 돈이 없기 때문입니다."

"미국과 북한이 원래는 서로 충돌하지 않는다는 건가요?"

"기본 입장이 그렇다는 겁니다."

"그러나 이제 시뮬레이션에 이어 미국이 북한을 침공한다고 하지 않았어요? 바로 김인철 씨가."

"그것은 중국 때문입니다. 미국에게는 북한이 매력 없는 데 반해 중국은 매력투성이입니다. 북한은 중국과의 충돌을 이끌어내기 위한 도화선일 뿐입니다."

"중국 때문에 북한을 침공한다고요?"

"네."

대통령은 무슨 뚱딴지같은 소린가 싶어 이지를 한 번 쳐다보고는 다시 인철에게로 눈길을 돌렸다.

"어느 쪽이든 당장 북한을 침공하는 건 변하지 않는데 무슨 차이가 있습니까?"

"차이는 없지만 우리 입장에서는 이러한 미국의 의도를 이용할 수 있습니다."

"어떻게요?"

"우리가 하나의 입장을 가지면 정답을 얻을 수 있습니다. 지금 우리는 확고부동한 입장 없이 중국과 미국 사이를 왔다 갔다 하고 있지요. 그러니 해답 없이 눈앞에 벌어지는 현상만 쫓아다니게 되고 미래를 설계할 수 없습니다. 우리가 입장을 가지면 그런 악순환을 벗어날 수 있습니다."

"지금은 어떤 입장을 가져야 하는 겁니까? 미국이 북한이든 중국이든 공격하려는 상황에서."

"일단 중국을 구해주어야 합니다."

"네? 그게 가능해요? 만약 가능하다 하더라도 대북 공격을 막아야지 어째서 중국을 구한다는 얘기지요? 북한은 도화선에 불과하니 중국이라는 목표가 없어지면 대북 공격도 없다는 뜻인가요?"

"그렇습니다."

"같은 개념이라면 대북 공격을 막는다고 얘기하는 게 낫지 않나요?"

"중국을 구한다는 표현을 쓰는 건 중국으로부터 이 기회에 얻어내야 하는 게 있다는 얘깁니다."

"미국의 공격으로부터 중국을 보호하고 그 대가를 받아낸다?"

"그렇습니다."

대통령은 인철의 얘기가 전혀 현실성이 없다 생각되었지만 전혀 막힘 없이 논지를 전개하는 데다, 북한은 매력이 없고 중국이 매력 있다는 논리는 일면 수긍이 가기도 해 귀를 기울였다.

"어떤 대가를 받아내는 겁니까?"

"중국으로 하여금 현재의 입장을 바꾸거나 굽히도록 하는 겁니다."

"현재의 입장이란 북한에 대한 입장입니까?"

"한반도에 대한 입장입니다. 미국의 공격이 임박한 이번 기회에 우리가 미국의 군사력을 이용해 대한민국의 미래를 설계해야 합니다. 우리 입장에서 미국의 중국 공격은 오히려 최상의 기회입니다."

인철의 얘기는 놀라운 것이었다.

"그럼 미국이 중국을 공격한 후를 상정해 우리의 계획을 짠다는 얘긴가요?"

"아니, 미국의 중국 공격을 없애자는 겁니다. 그전에 중국의 양보를 얻어내고 말입니다."

"논리가 쳇바퀴 돌듯 하는데 조금 더 구체적으로 설명을 해줄 수 있어요?"

인철과 이지는 문재인 대통령 곁으로 다가앉았다. 기나긴 시간이 흐른 뒤, 두 사람의 생각을 완전히 이해한 대통령은 결연한 표정으로 자리에서 일어났다.

송영길 의원은 대통령의 비상 호출에 급히 달려가면서 머릿속으로 그 이유를 짐작해보려 했으나 떠오르는 게 없었다. 자신이 위원장으로 있는 북방경제협력위원회 일은 아닌 게 확실했고, 당대표 경선과 관련한 일도 아닐 터였다. 본관에 도착해 차에서 내리자 기다리고 있던 비서관이 서둘러 대통령 집무실로 안내했다.

"송 의원님, 급히 모스크바로 날아가서 푸틴 대통령을 만나주셔야겠어요. 우리 한국인 중 푸틴 대통령을 원하는 대로 만날 수 있는 사람은 송 의원님밖에 없잖아요."

그간 푸틴은 한국 대통령들이 보낸 특사를 단 한 번도 만나준 적이 없었으나 송영길이 특사로 갔을 때는 무려 두 시간이나 온갖 얘기를 나누었다. 이것은 송영길과의 개인적 관계에서 비롯된 것으로 두 사람은 이미 다섯 번이나 만난 바 있었다.

"알겠습니다. 그런데 무슨 일이 있으신지요?"

대통령으로부터 설명을 듣는 송영길의 얼굴은 긴장으로 물들었고, 청와대를 떠나는 그의 눈길은 활활 타올랐다.

이해찬 총리 또한 긴급 연락을 받고 집무실로 달려왔다.

"총리님, 베이징으로 가서 시진핑을 만나주세요."

이해찬은 대통령으로부터 설명을 다 듣고 나자 안색이 크게 변하며 호흡마저 가빠졌다.

"상상조차 할 수 없는 거대한 프로젝트입니다. 그런데 제가 할 수 있을지는 의문입니다."

"성공과 실패는 하늘에 맡길 도리밖에 없는 것 같습니다."

"여하튼 우리가 무언가를 할 수 있다는 사실이 위대합니다."

홍석현은 집무실 현관까지 나와 맞이하는 대통령을 보자 직감적으로 미국과의 사이에 중대한 문제가 생겼다는 걸 느꼈다. 지난번 미국에 특사로 가서 트럼프로부터 국가원수급 예우를 받으며 그간 이완될 대로 이완된 한미관계를 두텁게 복원시켰던 걸 대통령이 진심으로 칭송하던 장면이 머리를 스쳤다.

두 사람은 집무실에서 오랫동안 깊숙한 대화를 나누었다.

"중국과 북한에 우리 특사가 대기하고 있고 저도 여기서 대기합니다. 이 일의 성패는 오로지 트럼프를 설득하느냐 못 하느냐에 달려 있습니다."

산전수전 다 겪어 좀처럼 긴장하는 일이 없는 홍석현의 이마에 땀방울이 맺혔다. 홍석현은 이미 온 신경이 워싱턴에 가 있는 듯 눈길을 한곳에 고정시킨 채 입술을 굳게 다물었다.

"홍 회장님, 그간 잘 모시지 못해 죄송합니다. 이번 일에 나라의 운명이 달렸으니 진심으로 부탁드립니다."

"이런 중차대한 국사에 대접이 있고 없고가 무슨 상관이겠습니까."

두 사람은 서로를 굳게 껴안았다.

임종석은 대통령으로부터 전혀 새로운 임무를 받고는 어금니를 깨물었다. 대학 시절 임수경을 북한으로 올려보내고 그간 남북화해와 통일을 위해 한몸 불살라왔건만 한국사회는 너무도 경직되고 적대적이었다.

"임 실장, 지난 30년간 임 실장이 몸 바쳐온 남북화합이 이번 일에 달렸어요."

임종석은 굳건한 표정으로 이를 악물었다.

"목숨이라도 바치겠습니다."

42.
코드 네임 슬픈 월요일

백악관 워룸.

실전 48시간 전, 새로운 전쟁 지침에 따라 시뮬레이션을 선행하는 극비 안보회의가 열리고 있는 이 밀폐된 공간에 트럼프 대통령을 중심으로 전군의 주요 지휘관이 빠짐없이 포진했다. 평소 거친 말과 제스처로 과도할 만큼 좌중을 압박하는 트럼프지만, 오늘 이 시간만큼은 깊은 침묵을 지키고 있었다.

불이 꺼지자 대형 모니터에 오랫동안 펜타곤이 다듬어왔고 이제 48시간 후면 코리아 페닌슐라에서 터져 나올 장면들이 작전명 '흰머리 화염과 분노' 아래 나타나기 시작했다.

한국시각 월요일 22:30

F-22 랩터 편대가 홀연히 평양과 원산 일대를 비롯한 북한 상공에 나타나 EMP탄 몇 발을 투하한다. 순식간에 북한의 통신시

설과 전자 시스템, 레이더가 마비되지만 늦은 밤이라 북한군은 이상 징후조차 감지하지 못한다.

한국시각 22:30

워싱턴의 국무장관이 일본 외상에 이어 중국의 외교부장에게 전화를 건다.

"30분 후 북한의 핵시설에 대한 외과수술적 타격을 개시할 거요."

"노! 사전 합의가 없었잖소."

"여하튼 그리 아시오."

국무장관은 일방적으로 전화를 끊는다.

한국시각 22:50

국무부가 한국 외교부에 10분 후 대북 공격이 시작될 예정임을 통보한다.

한국시각 22:55

원산으로부터 동남쪽 140킬로미터 해상에 진입한 세 척의 항공모함 레이건, 칼빈슨, 스테니스 호의 갑판에 슈퍼호넷과 F-35가 줄지어 서 있다. 여기서 그리 멀지 않은 해역에는 니미츠와 루스벨트가 대기 중이다.

한국시각 22:56

어디서 나타났는지 MQ-1 프레데터와 MQ-9 리퍼 여러 대가 어둠에 잠긴 평양의 밤하늘을 소리 없이 날고 있다. 정찰기이자 저격기인 이들 초소형 무인기들은 엔진 소리조차 들리지 않는다. 초고성능 카메라에는 평양 시내의 동정이 샅샅이 포착되어 그대로 백악관 워룸의 모니터에서 되살아나고 있다.

한국시각 22:58

스텔스 폭격기 B-2와 F-22 랩터를 선두로 괌과 오키나와, 일본 본토와 미국 본토에서 발진한 F-35가 어둠을 가르며 북한 전역의 목표물을 향해 날아간다.

이를 신호로 항공모함의 슈퍼호넷 등 함재기들이 속속 이륙해 이들의 궤적을 뒤따르고, 모두 400여 대의 최신형 전폭기가 북한 전역을 향해 산개한다.

한국시각 23:00

세 척의 항모와 타이콘데로가급 순양함, 알레이버크급 구축함, 각급 핵잠수함에서 토마호크, 트라이던트 등의 미사일이 동시다발적으로 발사된다.

한국시각 23:30

북한의 영변, 동창리, 무수단리, 풍계리 등 핵 관련 시설은 말할 것도 없고 미사일 기지, 이동식 미사일 발사대, 공군기지, 활주로, 해군기지 등과 각급 군단이 영문도 모른 채 화염에 휩싸인다. 평양 시내의 김정은 집무실을 비롯하여 보위부, 공산당 당사까지 초토화된 상태에서 무인 저격기들이 돌아다니고 있지만 김정은의 행방은 확인되지 않는다.

한국시각 23:40

각종 군사위성, 통신위성, 북한 상공에 떠 있는 특수 정찰기 코브라볼과 남해에 떠 있는 엑스밴드 레이더, 오산의 감청기지에서 북한 전역에서 잡히는 소리란 소리는 샅샅이 식별해내고 있지만 김정은의 지시도, 보복공격 명령도 들리는 게 없다. 혼비백산해 여기저기 난무하는 비명과 고함 소리 사이로 독립부대 단위의 명령이 간혹 오가나 상황 파악 정도에 불과하다.

한국시각 23:50

미국의 각종 감시장비들이 북한 전역을 면밀히 감시하고 있지만 불빛 하나 없이 고요하기만 하다. 감청설비에 잡히는 북한 전역의 소리를 감별하던 오산기지의 감청요원들이 아연 긴장한다. 주파수를 맞추고 성문 감정을 하던 요원들의 표정에 갑자기 생기가 돌더니 이윽고 환호가 터진다.

한국시각 23:55

네 대의 랩터가 바람을 가르며 인공위성의 GPS 경로를 받아 함경도 어느 산속 깊숙한 골짜기에 도착한 후 벙커버스터를 각 한 발씩 투발한다. 온 산이 다 내려앉는 굉음과 함께 비밀 벙커는 완전히 내려앉고 입구는 봉쇄되고 만다.

한국시각 24:00

F-35와 함재기들의 호위를 받으며 미국 본토와 괌에서 발진한 수십 대의 B-1과 B-52가 또다시 북한 전역의 목표물을 재차 폭격한다. 북한 전역에 희미한 불빛이라도 새어나오는 곳이 하나도 없지만 적외선 레이더와 GPS로 움직이는 미군 폭격기들은 정확하게 목표지점을 타격해 완벽하게 파괴한다.

한국시각 화요일 05:00

미국의 악의적인 파괴공작을 규탄하는 중국 외교부장의 긴급 성명이 터져 나온다.

"미국은 즉각 공격을 중지하라!"

긴급 군사회의에서 북한의 피해 상황을 보고받는 시진핑의 얼굴이 굳어진다.

"북한군 전력이 대부분 붕괴했습니다! 그냥 있으면 북한이 미국과 남한의 손에 떨어지고 맙니다."

"김정은은?"

"생사불명입니다. 어떠한 명령도, 지시도 나오지 않고 있습니다."

시진핑은 고뇌에 잠긴다.

한국시각 07:00

청와대 국가안전보장회의에서 전날 밤 공격 불과 10분 전 통보를 한 미국에 대한 규탄이 이어진다.

"당장 미국에 공격 중지를 요청하고 전쟁 반대 성명을 내야 합니다."

흥분한 참모들의 들끓는 요구에 문재인 대통령은 고심하다 결국 성명을 낸다.

"대한민국 정부는 어떠한 이유로도 한반도에서의 전쟁을 반대하며, 따라서 미국 정부에 즉각 공격을 중지할 것을 요구한다."

한국시각 08:30

중국의 외교부장이 미국 국무장관에게 전화를 건다.

"즉시 공격을 중지하고 물러서지 않으면 무거운 책임을 져야할 거요."

의외로 국무장관은 저자세다.

"우리 입장을 이해해주시오. 당신들은 북핵을 없애기 위한 공격을 양해했지 않소?"

"외과수술적 타격, 즉 포인트만 가려서 타격하란 말이지 누가 이런 식으로 초토화시키라 했소? 당장 항모를 빼시오!"

"우리 특수부대가 들어가 핵시설 파괴를 확인할 작정이오."

"그건 절대 안 돼!"

"반드시 필요한 절차요."

"육상부대가 들어오면 우리도 가만있지 않아요!"

"6자회담 결렬 시 그렇게 하기로 약속한 거요. 양해해주시오."

국무장관은 계속 저자세다.

한국시각 09:00

쥐 죽은 듯 잠잠하던 휴전선 일대의 땅굴에서 갑자기 수백 대의 방사포차가 달려나와 불과 10분도 안 되는 사이 예열과 조준을 마치고 남쪽을 향해 무차별적으로 로켓탄을 집중 포격한다. 방사포차는 점점 늘어나 2,000대 가까이 늘어서서 수만 발의 로켓탄을 쏟아붓는다. 한국 공군기들과 자주포대가 반격하지만 방사포대를 응징하기엔 역부족이다. 삽시간에 서울은 물론 인천, 천안, 청주까지 희생자가 즐비하다.

한국시각 09:23

청와대의 한미연합사 병력 사용 동의가 떨어지고 오산과 군산에서 발진한 주한미군의 공군기 및 대구와 사천에서 이륙한 한국 공군기가 휴전선의 방사포를 무차별 폭격한다. 이와 동시에 황주와 개성에 주둔한 북한군 지상군단을 향해 일본에서 날아온

F-22 랩터가 소형 핵폭탄을 발사하고, 단 두 발에 군단은 완전 궤멸한다.

한국시각 10:27

E-737 피스아이가 그나마 얼마 남지 않은 저고도 침투용 항공기 AN-2를 속속 잡아내 위치를 알리자 적외선 유도 미사일이 날아들어 바로바로 요격한다. 이미 활주로가 다 파괴되어 AN-2는 피하려 해도 피할 수 없는 상태이다.

특수 8군단을 비롯한 북한의 특수전 부대는 이동수단도 없지만 무엇보다도 1호 명령이 떨어지지 않아 야산에 몸을 숨긴 채 어찌할 바를 모르고 있다.

한국시각 11:00

C-130 허큘리스 수송기들이 영변, 무수단리, 풍계리 등 핵시설이 있는 지역으로 날아가 수백 개씩의 낙하산을 끊임없이 떨어뜨린다. 네이비실, 델타포스, 레인저 등 각종 특수부대가 혼재된 공정대는 이미 초토화되어 경비병조차 없는 핵시설을 손쉽게 장악한다.

한국시각 수요일 09:00

시진핑이 주재하는 비상 군사회의에서 미국의 공격에 대한 규탄이 이어진다. 시진핑은 고뇌하나 지난번 남지나해에서 미국 구축함이 쉔쯔에게 쫓겨간 기억이 자꾸 떠오른다.

외교부장은 미국 국무장관이 6자회담을 언급했던 사실을 보고한다.

"과거 우리와 미국 사이에 북한이 핵을 포기하지 않으면 미군 공정대가 북한의 핵시설을 장악하고 우리 군이 북한 북부에 주둔하는 걸 논의한 적이 있습니다."

고뇌하던 시진핑은 결국 압록강 너머에 대기하고 있던 5개 군단 15만 병력의 북한 투입을 명령한다.

한국시각 11:00

여의도 국회에서 방사포 피폭의 책임을 물어 문재인 대통령 탄핵 요구가 거세다. 흥분한 사망자 유족들이 청와대로 몰려들고, 언론도 유족의 분노를 담아내는 데 온 지면을 할애하고 있다.

군 지휘관들의 기류도 심상찮다. 미국의 선제타격을 반대했던 국민들까지도 관악산 벙커 앞으로 몰려가 문재인 대통령을 규탄한다.

한국시각 목요일 15:23

로켓부대를 앞세운 랴오닝성 집단군 제1사단이 압록강을 건너고, 이틀간의 맹폭으로 부대가 궤멸되어 어쩔 줄 모르고 있던 북한군 병사들의 열렬한 환영을 받는다. 북한군이 앞장서고 중국군이 뒤를 따르는 형태의 남진이 이루어진다.

북한군과 중국군이 혼재한 야영지에 항모에서 발진한 슈퍼호넷 편대가 날아와 이들을 마구 때리기 시작한다.

쑤웅!

중국군의 유도 미사일이 날아오자 슈퍼호넷들은 미사일 포대를 향해 공대지 미사일을 발사하고 순식간에 슈퍼호넷과 미사일 포대의 격전이 벌어진다. 슈퍼호넷 몇 대가 검은 연기를 내뿜으며 격추당하자 중국군이 만세를 부르지만 잠시 후 F-22 랩터 편대가 도착해 미사일 포대를 전멸시킨다.

한국시각 21:50

미군으로부터 야영지 폭격을 당한 중국군 지도부는 격분해 랴오닝성의 모든 미사일 부대에 압록강을 건너도록 지시한다.

한국시각 금요일 09:00

영변으로 특수부대 2개 중대 병력을 실어 나르던 C-130 허큘리스 한 대가 중국군의 유도 미사일 공격을 받고 300여 명에 이르는 중대원들이 몰살하자 트럼프는 기다렸다는 듯이 중국에 선전포고한다.

"본인은 북한 핵시설 해체 작전 중인 미합중국의 정당한 행위를 가로막고 우리 군에 유도 미사일 공격을 퍼부어 300여 명의 생명을 앗아간 중국을 상대로 전쟁을 선포한다!"

미국 국무성은 주미 중국대사관의 폐쇄와 중국 외교관들의 추방을 발표하고, 재무성은 중국이 보유한 달러와 채권의 완전 무효를 선언한다.

시뮬레이션은 여기까지였다.

불이 켜지자 트럼프는 대단히 만족스러운 표정을 지었다. 그는 자신과 마찬가지로 흡족해하는 육해공군 지휘관들을 향해 주먹을 꽉 쥐어 보였다.

"우리는 역사상 가장 위대한 군대를 건설했소. 이제 나는 이 군사력을 바탕으로 미국을 다시 세계에서 가장 강력한 나라로 만들 거요. 여러분은 나를 따르기만 하면 역사에 공헌한 가장 뛰어난 지휘관으로 남을 거요."

모두가 박수를 치는 가운데 한 지휘관이 손을 들었다.

"대통령 각하, 질문을 하나 해도 되겠습니까?"

"뭐든 하시오."

"러시아를 그냥 두고 중국과 전쟁을 하는 건 어딘지 찜찜합니다."

"크하하하!"

트럼프는 고개를 뒤로 젖히고 크게 웃었다.

"좋은 질문이오. 러시아를 그냥 두고는 아무것도 할 수 없지. 이제 여러분은 내가 왜 선거 전부터 유독 러시아와 그렇게 가까이 지냈는지 이해할 수 있을 거요."

트럼프는 마치 예언자 같은 신비한 표정을 얼굴에 흘리며 비서에게 지시했다.

"푸틴 대통령을 연결해!"

전화가 연결되는 동안 트럼프는 득의만면한 표정으로 설명해 나갔다.

"자유무역의 가장 큰 희생자는 우리 미국만이 아니오. 미국이 수사자라면 암사자인 러시아 또한 역사의 변두리로 밀려났소. 나는 이제 사자들의 시대를 복원시킬 거요. 바로 러시아의 차르이자 나의 가장 가까운 친구 푸틴과 손을 잡고 말이오."

푸틴과의 연결이 조금 지연되자 트럼프는 그간의 러시아 스캔들 특검에 분풀이라도 하듯 자랑스럽기 짝이 없는 얼굴로 저간의 사정을 설명했다.

"내 사위 쿠슈너는 보통 샤프한 친구가 아니오. 그는 나를 대신해 푸틴에게 왜 우리가 같이 가야 하는지를 설명했고, 푸틴은 100퍼센트 우리와 같이 걷기로 다짐했소. 그와 나는 중국을 비롯한 약탈자들과 명확히 선을 긋기로 했고 당분간 우리는 산유국으로서 같이 세계를 경영할 거요. 하지만 러시아가 1달러를 버는 동안 우리는 100달러를 벌게 되지. 진정한 트럼프노믹스는 바로 이걸 말하는 거요."

푸틴이 연결되자 트럼프는 스피커를 켜라고 지시했다.

"여러분도 직접 듣고 힘을 내시오. 이번 전쟁은 미국 대통령 트럼프가 앞에서 끌고 러시아 대통령 푸틴이 뒤에서 밀고 있소."

지휘관들을 마주 보고 선 트럼프는 우렁찬 음성으로 화면의 푸틴에게 과장된 인사를 건넸다.

"블라디미르 블라디미로비치, 여기 나의 지휘관들이 있소. 어서 이들을 격려해주시오."

커다란 화면을 가득 채운 푸틴은 특유의 무표정한 얼굴로 건조하게 말을 뱉어냈다.

"러시아는 세계에서 가장 강력한 대륙간탄도탄을 보유하고 있소. 이 미친 폭탄들이 화가 나면 미국의 모든 도시를 백 번 이상 파괴할 수 있는 건 여러분이 잘 알 거요. 미국이 불순한 의도로 전쟁을 일으킨다면 이 폭탄들은 사정없이 로스앤젤레스고 뉴욕이고 날아갈 거요. 여러분이 진정한 미국의 군인이라면 미친 대통령을 따라 춤을 추지 않을 거라 나는 믿소."

푸틴이 모니터에서 사라져버리자 트럼프는 얼굴이 시뻘개져서 미친 듯 고함을 질렀다.

"뭐라, 푸틴! 저 못 믿을 루스키 자식이 뭐 저따위 소릴 하는 거야! 뭐라고? 미국에 대륙간탄도탄을 쏘겠다고? 그래, 쏴봐, 쏘란 말이야, 푸틴 이 개자식아! 누가 죽나 보자. 네가 쏘면 나는 못 쏠 것 같아! 미국이 망하면 너희는 안 망할 것 같아! 한번 해보잔 말이야!"

지휘관들 사이에서 웅성거리는 소리가 나기 시작했다. 트럼프의 분노에 찬 절규가 계속되자 노골적으로 고개를 가로젓는 지휘관이 하나둘 늘어났다. 차츰 삼삼오오 모여 머리를 맞대고 숙

의하더니 급기야는 국방장관이 모든 지휘관의 의견을 모아 트럼
프 앞에 섰다.

"대통령 각하, 시뮬레이션은 실패입니다. 공격은 없습니다."

43.

Come Together

시진핑은 한국 정부의 특사 이해찬의 경고를 접하자 대경실색해 키신저를 비롯한 채널을 있는 대로 가동했다. 얼마의 시간이 흐른 후 미국이 시뮬레이션 직후 공격을 개시할 작정이며, 중국과의 전쟁을 염두에 둔 시나리오를 만든 것 같다는 보고를 받고는 크게 탄식했다.

"아아, 결국 이런 날이 오고야 마는가!"

그토록 피하려고 했던 미국과의 충돌이 이제는 불과 며칠 앞으로 다가온 것이었다.

"지난번에 2,500억 달러가 아니라 1조 달러를 줄 걸 그랬나? 지금이라도 2조 달러를 약속할까?"

시진핑은 연속 속절없이 중얼거렸지만 외교부장은 부정적이었다.

"액수도 너무 크지만 악순환이 될 뿐입니다."

"무슨 소리야! 지금 돈이 문젠가? 나라가 주저앉을 판인데. 내 솔직한 심정은 목숨이라도 내놓겠어. 그놈들과 전쟁을 피할 수만 있다면."

"불길한 건 푸틴이 계속 전화를 거부하고 있다는 사실입니다. 아마 미국과 모종의 밀약이 있는 것 같습니다."

"내가 러시아 놈들을 믿다니 정신이 나갔었어."

"이해찬 특사에게 뭔가 대책이 있는 것 같으니 그의 얘기를 들어보는 게 좋겠습니다."

김정은 또한 임종석으로부터 미국의 공격이 임박했다는 얘기를 듣자 얼굴이 하얘졌지만 입으로는 과장스럽게 흰소리를 내뱉었다.

"트럼프 이 늙다리 간나 새끼, 북조선인민공화국으로 미사일은커녕 대포 한 알이라도 날아오는 순간 네깟 놈이래 바로 황천행이야!"

하지만 그는 이내 조바심을 내비치며 물었다.

"임 동지, 미국 놈들이 전쟁을 일으킨다는 게 정확한 정보가 맞수까?"

"그렇습니다. 지금 중국도 초긴장 상태입니다."

"미국 놈들이 저러는데 중국은 가만있는다는 겁네까?"

"중국이 무슨 힘이 있습니까? 오히려 더 벌벌 떤다고 합니다."

임종석이 녹음해두었던 베이징 이해찬과의 통화를 들려주자 김정은의 안색이 삽시간에 흙빛으로 변했다. 사실 북한이 마음 놓고 ICBM 개발에 매진할 수 있었던 건 중국과 러시아가 있는 한 미국이 함부로 군사행동을 취하지 못한다는 판단과, 남한을 인질로 잡고 있는 한 미국이 공격하지 못한다는 믿음 때문이었다. 그러나 지금 미국이 군사행동에 나선다는 건 이 판단과 믿음을 모두 깬다는 것이고, 믿음이란 깨지면 그만일 뿐이었다.

"이렇게 된 이상 나는 남조선을 공격할 수밖에 없소!"

임종석은 김정은을 한참 노려보다 전혀 예상 밖의 한마디를 토해냈다.

"맘대로 하세요!"

"메라구?"

"문 대통령님은 정권이 전복될 위험을 무릅쓰고 처음부터 일관되게 선제타격 불가와 전쟁 불가를 외쳐왔어요. 그랬기 때문에 지금껏 미국이 고심하며 북한을 공격하지 못했어요. 그 대가가 남침이라면 마음대로 하세요."

김정은은 안절부절못할 줄 알았던 임종석이 예상 밖으로 강하게 나오자 당황스러웠다.

"위원장님은 할 수 있는 게 아무것도 없어요. 벌벌 떠는 시진핑을 꾸짖으며 미국과 붙으라고 해보세요. 오히려 지금 중국은 북한을 침공함으로써 미국과의 대립을 피하려 들지 몰라요."

임종석의 이 한마디는 김정은의 머리를 강타했다.

"그리고 남한을 공격하면 어떤 결말이 올지는 위원장님이 누

구보다 잘 아실 것 아닙니까? 위원장님이나 남한 공격의 선봉에
선 부하나 살아남을 수 없어요."

"이 간나가!"

임종석은 마음에 있는 말을 다 토해냈다.

"지금 미국은 북한 전역을 타깃으로 삼고 있어요. 트럼프가
'완전 파괴'라는 용어를 쓰는 건 이미 군사작전이 그런 쪽으로
세워졌단 뜻이에요."

"으음!"

김정은의 입에서는 신음이 새어 나왔다. 풀이 죽은 그는 말투
가 바뀌었다.

"임 동지, 당신은 여기 왜 온 거요?"

"우리 특사와 미국 대통령의 담판을 기다리는 겁니다. 만약 그
분이 성공하시면 위원장님에게는 마지막 기회입니다."

워룸에서의 시뮬레이션이 깨진 후 백악관에 틀어박힌 트럼프
는 아무도 만나려 들지 않았다. 홍석현은 워싱턴포스트 회장과
뉴욕타임스 사장 등 자신의 온갖 인맥을 다 동원해 간신히 트럼
프와 마주 앉을 수 있었다.

"특별히 시간을 낸 거요. 10분 주겠소."

"막상 얘기를 꺼내면 열 시간도 넘게 들으려 하실 텐데요."

"쳇! 뭐든 시간 낭비 말고 빨리 말해보시오."

"먼저 나는 대통령 각하께 자신감을 가지시라 말하고 싶어요.

왜 미국 경제를 그렇게 비관적으로만 보시는 겁니까?"

"무슨 소리요?"

"세계의 중요한 기술은 모두 미국에서 나와요. 기술 이전에 개념과 이론, 즉 과학이 모두 미국에서 나온다는 얘깁니다. 자신감을 가지세요. 일반 상품 위주의 중국으로서는 도저히 미국을 쫓아올 수 없어요."

"그러나 현실적으로 우리는 막대한 무역적자에 시달리고 있소. 중국 놈들이 우리 피를 빨아먹고 있는 거지."

"그 역할을 북한에 맡기자는 겁니다."

트럼프는 사업 머리가 비상한 사람이라 바로 홍석현의 말을 이해했다.

"미국에서 쓰는 물건들을 중국에서 수입하지 말고 북한에서 사라는 거요?"

"바로 그겁니다. 중국의 부상을 극도로 싫어하면서도 중국을 키워주는 건 바로 미국이잖아요. 컴퓨터부터 이쑤시개까지 전부 중국 걸 쓰니까. 이제 그 역할을 북한에 맡기자는 거예요. 북한의 그 값싸고 질 좋은 노동력을 남한의 자본, 기술과 합치게 해주면 즉각 중국을 추월해요."

"그럼 중국 놈들이 하던 도둑질을 남북한이 손잡고 하겠다는 거요?"

"미국이 값싸고 질 좋은 일반 상품을 대거 필요로 하듯 북한도 미국의 갖가지 하이테크 제품을 극히 필요로 해요. 북한이 중국을 대신해 모든 제품을 미국에 공급하고 거기서 얻은 수익을 몽땅 미국 제품 구입에 쓰면 그게 바로 트럼프노믹스예요. 다자간 자유무역이 아닌 쌍무 협약을 하자는 거죠."

"북한이 물동량을 다 감당할 수 있겠소?"

"하고도 남아요. 한국과 힘을 합치면 중국보다 생산능력이 더 뛰어나요."

"그런데 핵은?"

"핵은 심리예요. 안심시켜주면 자연히 해결됩니다. 지금 얘기한 것처럼 미국이 북한 상품에 최혜국 지위를 주고 북한 정권을 인정해주며 어떠한 무력도 행사하지 않는다는 협정을 맺으면 북한은 도장 찍는 순간 핵을 포기하고 병력도 확 줄이고 모두 생산에 투입해요."

"우리가 그렇게 한다 하더라도 남한이 문제 아니오? 북한은 남북 개방이 되면 정권이 자빠질까 봐 꽁꽁 싸매고 있는 거 아뇨?"

"우리 남한은 북한과 30년 후 통일을 하기로 협정을 맺을 거예요. 김정은 정권이든, 뒤집고 일어나는 정권이든 안심하도록 해주는 겁니다. 그 30년간 우리는 북한이 G20에 들도록 할 겁니다. 그러고 나서 통일하면 서로 좋아요."

"매력 있는 얘기이긴 한데……."

"대통령 각하가 총 한 방 안 쏘고도 북핵을 없애면 러시아 스캔들을 말끔히 날려버리고 영웅적 지도자 반열에 들게 됩니다."

트럼프는 한참이나 홍석현을 바라보고는 만족스런 표정으로 고개를 끄덕였다.

"무엇보다 중국에 갈 이익을 북한으로 돌리고 북한은 다시 미국에 돌려준다는 게 마음에 드는군. 맞아, 무역이란 그렇게 해야지."

"북한이란 시한폭탄을 없애주면 중국도 트럼프 만세를 외칠 겁니다. 바로 조금 전까지도 워룸에서는 북한을 도화선으로 중국을 치는 연습을 하지 않았습니까?"

"흐흐, 그렇군. 그런데 우리 군수산업은? 북한이라는 블랙십이 없어지면 내리막을 탈 수도 있는데."

"중국이 군사굴기에 급피치를 올리니 앞으로는 북한보다 나은 구실입니다."

"모든 게 완벽하군. 북한이 약속을 안 지키면 그때야말로 전 세계와 더불어 응징하면 되니까."

"그 약속까지 안 지키면 우리가 먼저 나섭니다. 하지만 협정 이후부터는 진심으로 잘 이끌어야죠. 1,000억 달러 정도 마련해 줄 필요가 있습니다. 그 정도의 현금이 북한에 들어가면 김정은이 자신감을 갖고 경제 개혁을 할 수도 있고, 반대로 급격히 산업화 세력이 형성되어 김씨 세습 정권을 무너뜨릴 수도 있습니다. 어느 쪽이든 과거 마셜 플랜 역할을 하는 거지요."

"돈은 누가 내는 거요?"

"한국, 미국, 일본, 중국이 250억 달러씩 내면 모두가 만족스러울 겁니다. 과거 마셜 플랜은 미국이 혼자 했지만요."

트럼프는 한참 생각하다 말했다.

"홍 회장, 한강의 기적을 이룬 당신네 한국인들은 얼마든지 북한을 G20으로 끌어올릴 거요. 좋소, 그 방향으로 갑시다. 그리고 고맙소. 당신은 절망의 구렁텅이에 빠져 있던 나를 건져주었소."

두 사람은 자리에서 일어나 서로를 굳게 껴안았다.

한국으로 돌아온 네 사람의 특사를 맞는 문재인 대통령은 환희에 들떠 있었다. 특히 머리에 전쟁만을 담고 있던 트럼프를 완전히 새 세상으로 이끌어낸 홍석현에게 깊이 고개를 숙였지만 홍석현은 전혀 이해할 수 없다는 표정으로 물어왔다.

"대통령님, 도대체 어떤 요술을 부렸기에 미국의 지휘관들 앞에서 푸틴이 180도 돌아버린 겁니까? 트럼프가 그런 기획을 했을 때는 사전에 굳게 약속을 했을 텐데요."

"하하, 홍 회장님, 그 요술을 부린 분을 소개하겠습니다. 먼저 요술사를 모시고 온 최이지 박사님입니다."

최이지는 일어나 고개를 숙였다.

"그리고 문제의 그 요술사입니다. 자, 인철 씨가 요술의 내막을 얘기해주실까요?"

그러나 인철은 웃으며 고개를 가로저었다.

"저는 아무것도 모릅니다. 저도 현장에 계셨던 분의 얘기를 듣고 싶습니다."

사람들의 시선이 모두 송영길에게 쏠렸다.

"흐흐. 저야말로 아무것도 모릅니다. 그냥 허수아비였어요. 인철 씨가 준 USB 하나를 푸틴에게 건네준 걸로 상황 끝이었어요. 워낙 친하기도 하지만 어쩌나 술을 마시자는지, 그냥 술만 마시다 왔을 뿐이에요."

"그 USB 안에 뭐가 들었는데요?"

이해찬의 궁금증에 송영길은 씨익 웃으며 대답했다.

"그거 말하면 저도 트럼프 짝 납니다."

"트럼프 짝? 무슨 뜻이죠?"

"트럼프가 모스크바에서 접대 한번 잘못 받고 평생 약점 잡혀 고생하잖아요."

대통령 집무실에 웃음이 터진 가운데 송영길은 당시의 상황을 전했다.

한국에서 날아온 송영길이 건넨 USB를 열어본 푸틴의 얼굴에 핏기가 가셨다.

"무얼 해주면 좋겠소?"

"트럼프 대통령은 백악관 워룸에서 전쟁 시뮬레이션을 하고 문제가 없으면 바로 전면적인 대북 타격에 들어갑니다. 트럼프 대통령을 말려주십시오."

"그거면 되겠소? 1억 달러든 10억 달러든 얼마든지 줄 수 있소."

"지금 전 세계에서 트럼프 대통령의 공격 의지를 꺾을 수 있는 사람은 오직 대통령 각하뿐입니다. 트럼프 대통령만 말려주시면 됩니다."

"북극에서 하와이 인근 해역으로 최신형 ICBM을 쏘겠소. 참, 그전에 일요일 아침엔가 미군 지휘관들 앞에서 트럼프와 친분을 과시하는 화상통화를 하기로 했는데 그때 칭찬 대신 욕을 퍼붓겠소."

송영길은 잠시 시간 계산을 하더니 잘되었다는 표정으로 말했다.

"그때가 미국시각으로 전쟁 시뮬레이션을 할 때입니다. 그때 ICBM을 쏘겠다고 하는 게 좋겠습니다."

"정말 그거면 되겠소?"

"그렇습니다."

일요일 아침, 전쟁 시뮬레이션 현장의 트럼프와 통화를 마친 푸틴은 바로 옆에 있던 송영길을 보며 통쾌하게 웃었다.

"수고하셨습니다."

"수고는 무슨! 송 동지가 날 위해 여기 모스크바까지 와줘서 얼마나 고마운지 모르겠소. 러시아 속담에 '위급할 때 친구가 누군지 알 수 있다.'라는 말이 있는데 이번에 송 동지야말로 진정한 내 친구인 걸 알게 되었소."

"여하간 도와드릴 수 있어 기쁩니다."

"내가 할 일은 이게 다요? 더 이상 해드릴 건 없소?"

"이제까지와 마찬가지로 시진핑 주석의 전화를 피하시기만 하면 됩니다."

"누가 걸었든 중국 쪽 전화는 절대 연결 말라 그랬으니 그건 염려할 필요 없소. 그럼 이제 나는 송 동지와 술독에 빠지기만 하면 되는 거군?"

"바로 그렇습니다."

두 사람은 술잔을 부딪쳤다. 푸틴은 고개를 숙여 송영길과 맞댄 술잔에 입술을 대기 직전 눈을 치뜨고 물었다.

"참, 그런데 그 파일 복사본은 확실히 없소?"

"대한민국 대통령의 약속입니다. 아니 그전에 대한민국의 약속입니다. 맹세코 복사본은 없습니다. 당신의 영원한 친구 송영길이 보증합니다."

"진심으로 고맙소."

푸틴은 본래 쿠슈너의 제안을 받아들여 미국의 중국 공격에 동조했고, 트럼프의 요청에 따라 시뮬레이션이 끝나면 지휘관들 앞에서 트럼프와 우정의 통화를 할 예정이었다. 그러나 한국에서 찾아온 송영길이 내놓은 수십 페이지의 서류를 보는 순간 푸틴은 거의 비명을 지를 뻔했다. 그것은 전 세계에 숨겨진 자신의 재산이 빠짐없이 기록되어 있는 엑스파일이었다. 한때 자신의 재산이 빌 게이츠보다 많다는 등 소련 붕괴 후 지금에 이르기까지 자신이 형성한 재산에 대한 구구한 억측을 간신히 잠재운 상황이었다.

무려 90퍼센트에 이르는 지지율을 하루아침에 30퍼센트 이하로 가라앉혀버릴 이 저승사자의 명부 앞에서는 세상에 무서울

게 없는 푸틴도 꼼짝달싹할 수 없었다. 이 파일이 공개되면 곧 있을 당선 가능성 100퍼센트의 대통령 선거도 크게 흔들릴 것이다. 그나마 다행인 건 이 명부를 가지고 온 사람이 다름 아닌 오랜 친구 송영길이라는 사실이었다.

"저는 한국을 떠나기 전 이 파일을 갖고 온 사람과 다짐을 했습니다. 그는 믿을 만한 사람이고 내게 확고부동한 약속을 했습니다. 염려하지 않으셔도 됩니다."

두 사람은 술잔을 높이 들었고, 푸틴은 송영길을 바라보며 한국인들이 좋아하는 푸시킨의 시 한 구절을 읊었다.

"마지막 꽃들은 더 사랑스럽네, 들판에 화려한 첫 꽃들보다도."

물론 이는 자신의 비밀을 영원히 지켜달라는 당부였다.

송영길의 얘기가 끝나자 모든 사람들의 이목이 인철에게로 집중됐다.

"놀랍군요. 어떻게 푸틴의 최고 비밀을 알아낼 수 있었죠?"

인철은 무의식중에 아이린의 이름을 입 밖으로 내려다가 멈칫했다. 힘든 시간을 보내고 있을 아이린의 이름을 함부로 입 밖에 낼 수 없다는 생각에 이어 불현듯 알 수 없는 한 줄기 슬픔이 마음속 깊은 곳으로부터 피어올랐다.

어마어마한 가문에서 태어났지만 그녀가 원한 건 소박한 자유였다. 그리고 무엇보다도 그녀에게는 자신의 자유뿐만 아니라 타인의 자유를 소중히 여기고 지켜주려는 고귀함이 있었다.

"그건…… 프로메테우스가 준 선물이었어요."

인철은 갑자기 눈물이 날 것만 같아 간신히 말을 끝내고 급히 자리에서 일어나 밖으로 나왔다. 출입증을 바꾸고 효자로를 따라 걸어 내려올 때 누군가 옆에 다가와 같이 걸음을 옮겼다.

이지였다.

미중전쟁

2020년 8월 3일 초판 1쇄 | 2024년 11월 22일 7쇄 발행

지은이 김진명
펴낸이 이원주

기획개발실 강소라, 김유경, 강동욱, 박인애, 류지혜, 이채은, 조아라, 최연서, 고정용
마케팅실 양근모, 권금숙, 양봉호, 이도경   **온라인홍보팀** 신하은, 현나래, 최혜빈
디자인실 진미나, 윤민지, 정은예   **디지털콘텐츠팀** 최은정   **해외기획팀** 우정민, 배혜림, 정혜인
경영지원실 홍성택, 강신우, 김현우, 이윤재   **제작팀** 이진영
펴낸곳 (주)쌤앤파커스   **출판신고** 2006년 9월 25일 제406-2006-000210호
주소 서울시 마포구 월드컵북로 396 누리꿈스퀘어 비즈니스타워 18층
전화 02-6712-9800   **팩스** 02-6712-9810   **이메일** info@smpk.kr

쌤앤파커스(Sam&Parkers)는 독자 여러분의 책에 관한 아이디어와 원고 투고를 설레는 마음으로 기다리고 있습니다. 책으로 엮기를 원하는 아이디어가 있으신 분은 이메일 book@smpk.kr로 간단한 개요와 취지, 연락처 등을 보내주세요. 머뭇거리지 말고 문을 두드리세요. 길이 열립니다.